백금남 장편소설

# 십우도

# 십우도

백금남
장편소설

무한

# 자서

—

　우리는 누구나 자신의 마음속에 노닐고 있어야 할 소 한 마리를 잃어버리고 산다. 말하자면 이 험난한 세파에서 무구한 노를 저으며 자신도 모르게 또 하나의 나, 그 참다운 나를 잃어버리고 산다는 말이다.

　그래서 우리는 하나의 숙제(話頭)를 가진다. 그 참마음을 어떻게 가져올 것인가 하고, 누구는 저 산중 절간에서 그 숙제를 끌어안고 명상의 세계로 들어가고, 누구는 이 세상 이 현상 안에서 부딪치면서 일어나면서 생활인으로서의 생활선(生活禪)을 추구한다.

　불 꺼진 등에 불을 밝혀 세상벽에 걸고 시장바닥에서 거침없이 살아나가는 삶. 그것이 생활선이라면 그 속에 진리의 참뜻이 있을 터이다. 보면 보는 대로, 들으면 듣는 대로, 앉고, 눕고, 서고, 먹고, 울고, 웃고…. 그것 그대로가 우리의 본래모습이라면 그 진리의 참뜻을 깨닫는 것이 생활선일 터이다.

이곳저곳을 떠돌다 내가 운명처럼 그들을 만났을 때 나는 보았다. 이제는 한낱 전설이 되어 가는 천궁(天宮)의 역사를, 때로는 피가 튀는 도살장에서, 때로는 어느 야산 기슭 골미창에서.

그들은 이제 흔적도 없이 사라져 가는 촛대와 신팽이를 갈아 들고 처절하도록 무심히 한 생명을 도살하고 있었지만 나는 볼 수 있었다. 그들이 버리려야 버릴 수 없는, 움켜쥐지 않으려야 않을 수 없는, 한 서린 천궁의 역사를, 그 존재론적 근원들을.

그러면서 나는 점차 알아가고 있었다. 자기 동일성의 회복을 위해 그들이, 그리고 내가, 아니 우리 모두가 잊어버렸던 것이 무엇이었던가를. 그 시심마(是甚麼)의 정체, 우리가 잊어버렸던 또 하나의 나, 참나, 그것의 정체가 과연 무엇인가를.

그래 꿈꾸었던 것이다. 본질의 현현(顯現)으로서 소의 등장이 확실해진 이상 그의 등장에 주저할 건 없었다. 한 세계를 넓고 깊게 들여다보고 있다는 부끄러움을 안은 채 무방(無方)의 경지를 꿈꾸면서 오랜 세월 피를 말렸다.

언제나 그를 찾아 산으로 들면 숲은 헤칠수록 험했고 잡으려는 소는 보이지 않았다. 득실치연(得失熾然)하여 시비는 칼날 같은데 여전히 번뇌는 수목처럼 울창하고 분별은 치열하게 타올라 나를 괴롭혔다. 천신만고 끝에 돌아와 그대의 손바닥 위에 소고삐를 놓으면 청천벽력처럼 일어나던 또 하나의 시심마.

〈소는 잡았으나 그 본체는 보지 못했다.〉

물론 내 오늘 무방의 경지를 보았다 하여 그 무엇이 달라질 것은 없다. 언제나 세계는 그대로이고 모든 게 그대로 진여(眞如)의 모습일 것이므로. 그러나 그렇기에 십우도는 내게 있어 끝이 아니라 시작인 것이다. 아니 참나를 잃고 삶이 무엇인가를 질문하면서 살 수밖에 없는 우리 모두의 숙제인 것이다. 우리들의 가슴속에 노닐고 있어야 할 한 마리의 소, 그 소가 저 산에 있는 한 어떻게 나를 찾고, 어떻게 나를 만나고, 어떻게 나를 가꾸고, 어떻게 나를 헹구고, 어떻게 근본으로 돌아가 눈빛 좋은 사내로 종횡무진 살아갈 수 있느냐 하는 문제는 비단 나뿐만이 아니라 저 산, 저 고독의 나라가 아무리 높고 험하다 해도 바로 우리들이 들어가 우리들이 찾아 풀어 가야 할 우리들의 영원한 숙제이기 때문이다.

천궁골은 오늘도 그렇게 우리들 가슴속에 살아 있고 이 새벽 다시 개울가에 나앉아 새벽이슬에 촛대를 간다. 찾아야 할 소가 거기 있기에.

– 백금남

차.례.

제1장

# 소를 찾아 나서다

## [尋牛]

그림설명

제1심우(尋牛 : 자기의 본심인 소를 찾는다)

맞은편 강기슭은 새벽 달빛에 젖어 오사(烏蛇)의 몸빛 같은 미광 속에 싸여 있었다. 소로길을 지나 마등재 가는 길이 궁형(弓形)처럼 휘어 돌아 어둔 하늘가에 대님 하나 던져 놓은 것 같고 여느 때 같았으면 대실로 향하는 그물골 사람들의 어수선한 발소리가 들려오련만 오늘따라 그것마저 들려오지 않는다. 언젠가 이곳에 나와 앉았을 때 들려오던 언 강바닥 깨는 메 소리만이 이따금씩 쿵쿵 들려온다.

지금이 여름이고 보면 또 일산(一山)에 벌목꾼들이 새벽 달빛을 타는 모양이었다.

박꽃이 하얗게 핀 달개집 너머로 밤의 혈관 같은 별무리가 곱다.

신팽이를 갈다 말고 산우는 가끔씩 날을 손끝으로 점검해 보곤 하였다. 칼날 끝에서 이는 서늘한 정기가 손끝을 타고 전신으로 흘러들었다.

산우는 신팽이를 간 다음 촛대를 이어 갈았다. 송곳처럼 뾰족한 날 끝에 물을 적실 때마다 달빛이 그 위에서 비늘처럼 번쩍였다.

물가의 물풀들이 새벽바람에 머리를 흔들었다. 촛대 가는 소리는 어둠의 속살을 도려내며 새벽 공기 속으로 사라져 갔다.

가끔씩 명아주여뀌가 우거진 곳에서 후두두 바람이 일었다.

촛대 끝에서 시퍼런 정기가 돌아 날 때쯤엔 새벽잠을 깬 새들이 날개를 퍼드득이며 날아올랐다.

새벽별이 할 일을 다한 듯 모습을 감추어 버릴 즈음 산우는 촛대를 뒤허리춤에 꽂고 조용히 개울을 따라 내렸다.

붓둑 모양 둘러쳐진 야산 기슭을 걸으며 산우는 가끔씩 이슬이 내려앉아 흰 구슬을 꿰놓은 것 같은 거미줄 위에다 탁한 침을 내뱉었다.

무엇을 위해 무엇을 끊기 위해 그렇게 새벽을 맞아야 하는 것인지 자신은 분명 알고 있었다.

동구 밖을 돌아 매실에 닿았을 땐 어느덧 날이 희미하게 밝아 오고 있었다. 이른 새벽부터 선지나 얻어 꾸리려고 그를 기다리고 있던 거잽이 이씨는 제 여편네 대신 국솥에 불을 넣다 말고 부엌 밖으로 얼굴을 내밀었다.

"일찍 나오는구만이라……."

산우는 대답 없이 고샅 끝으로 가 앉았다.

"그래 재는 어쨌누?"

"목욕이나 하고 도수장에 정화수나 뿌렸지요."

"새벽부터 바빴겠구먼."

이씨의 얼굴이 부엌 안으로 사라졌다.

산우는 말없이 멀리 보이는 강줄기를 바라보았다. 채양 밑의 그늘을 연상시키는 저쪽 나루터에 아직도 사람들의 그림자가 없는 걸 보면 이씨의 말마따나 너무 일찍 서두른 것 같았다.

그러나 어젯밤 천궁에서 꼬박 뜬눈으로 밤을 새운 그의 심정을 그 누구도 모를 것이었다. 새벽바람에 옷깃을 날리며 집으로 돌아와 촛대와 신팽이를 챙겨 개울로 나섰을 때에도 가슴은 천근만근 내려앉고 이번에도 실패해서는 안 된다는 염려가 공포처럼 가슴을 짓누르고 있었다.

"그래 이번에도 그냥 소를 잡을 참인가?"

계속 나루터 쪽으로 눈길을 주고 있는데 부엌 안에서 이씨의 음성이 들려왔다. 그의 음성에 연기가 짜증처럼 얽혔다.

"눈치들이 심상치가 않아서들 하는 소리여. 전번에도 설마 했는데 그 지경이었지, 이번마저 그렇다문 어떡허나 하는 눈치거든."

"……."

"뭐 때문에 그냥 소를 잡는 겐지 모르겠다는 거여. 다른 칼잡이들처럼 소 발을 묶나 눈을 가리나, 있는 그대로 아찔광하려고 드니 도시 그 이유를 모르겠다는 것이지. 허기사 그 옛날에도 그런 사례가 가끔씩 있긴 있었다지만 왜 하필이면 그런 위험한 짓을 사서 하느냐 말이여."

"……."

"요즘 들어 손이 딸리고 혀서 내가 다릴 놓기는 했네만 소 주인도 그걸 알고는 별로 내키지 않아 하는 눈치거든."

부엌 쪽으로 얼굴을 감추었던 이씨가 매운 연기 때문인지 눈물을 질금거리며 부엌을 나왔다. 그는 소매 끝으로 눈두덩을 닦으며 곁에 와 앉았다.

"그래 서문인가 동문인가 하는 화상은 왜 보이질 않나? 아프대더니 어디 많이 아픈 겐가?"

"……."

"소 잡는 날이면 새벽같이 천궁엘 나타나던 사람이……, 어제 온 주사에서 조실 스님이 읍내 장에 갔다 오다가 들렀드만이라. 신장 탱화 하나를 조성해야겠는데 요즘도 가끔씩 여길 들르냐고. 일간 사람을 보내야겠다더구면."

"……."

"이상도 하지. 뭐 땜에 천궁엔 얼씬거리는지 화공이 그리라는 그림은 안 그리고 부정이 득실득실한 비린내 나는 천궁에나 드나든다면 어디 일거리나 내맡기겠냐고. 역신이 들려도 오지게 들렸다는 게야. 무슨 이유 무슨 통속인지 알 수 없지만, 그렇다고 어사 나리 극락 가라고 목탁 치고 염불 외워 주는 것도 아니고 염라대왕처럼 턱 버티고 서서 소 잡는 모습을 표정 없이 쳐다보는 그 꼴이라니……."

이씨의 말을 듣고 있던 산우는 고개를 숙이고 고삽 끝에서 몸을 일으켰다.

"오늘은 선지가 좀 나을 겝니다."

이씨를 돌아보며 산우는 짧게 말했다.

이씨가 따라 일어나며 손을 훼훼 내저었다.

"아니여, 그런 말이 아니여, 내가 무신 유세나 하려고……."

산우는 말없이 뒤도 돌아보지 않고 천궁 쪽으로 걸음을 옮겨 놓았다. 서문 스님이 떠났다는 것을 그가 알 리 없으며 서문 스님의 속마음을 그가 알 리 없고 보면 어찌 그의 나무람을 탓할 수나 있으랴.

산기슭을 거의 돌아 내려서야 잡아야 할 소를 태운 배가 강 건너에 나타났다. 멀어서인지 배 위의 소는 언뜻 보기에 여느 소 같지 않아 보였다.

강바닥 위로 내리쏟아지는 아침 햇살 때문일까. 소의 누런 몸뚱이가 강바닥에 부서져 일어나는 일렁이는 빛과 하나가 되어 꼭 금빛 안개 더미가 이쪽 나루를 향해 흘러오고 있는 것 같았다.

산우는 소와 사람들이 천궁으로 들어가 마지막 감김치를 끝낼 시간을 계산하고 있었다. 이상스럽게도 가슴이 쿵쿵 소리를 내며 뛰어 놀았다. 언제나 소를 마주 대할 때면 느끼는 것이지만 종전에는 느낄 수 없었던 일종의 두려움 같은 떨림이었다.

밭둔덕을 지나 천궁을 향해 산우는 곧장 나아갔다. 가까운 곳에서 새벽부터 둔덕불을 놓은 것인지 연기 냄새가 매캐하게 콧속으로 흘러 들어왔다. 흘러온 연기가 안개발 같다.

천궁이 가까워지자 불출산을 올라온 아침 햇살에 십 평 남짓한

헛간처럼 지어진 낡은 천궁이 그 자태를 드러내었다. 예전엔 제대로 천궁답게 지어진 도수장이 이곳에 서 있었다. 그런데 몇 해 전 원인 모를 불이 나 다 타버리고 옥돌 영감이 산에서 나무를 베다 다시 지은 것이었다.

울타리가 없었으므로 소를 데려온 사람, 고깃근이라도 사가려는 사람들이 어느새 옹기종기 모여 무슨 말인가를 나누고 있는 모습들이 훤히 보였다. 소는 아마 천궁 깊숙이 매어 둔 모양이었다.

웅성거리는 사람들을 헤치고 산우는 천궁 안으로 들어섰다. 서문 스님의 모습이 보이지 않는다는 게 가슴 아팠다.

지금 어디를 헤매고 있는 것일까.

가슴이 또 한 번 쿵 하고 내려앉았다.

이상도 하지. 언제나 이곳을 들어서면 누런 소의 모습만은 확실하게 보였었는데.

어쩌면 도수장 안이 어두워서일지 모른다고 생각하는 순간 산우는 그만 무엇인가 가슴속에서 공기처럼 실실이 빠져 나가는 느낌을 받았다. 안도의 한숨 같은 것이라고나 할까. 전번의 소와는 너무 대조적인, 앙상하게 메마른 소 한 마리가 그를 멀뚱히 쳐다보고 있었다.

전번에 이 도수장을 들어설 때의 놀람이 아직도 가시지 않고 그대로 남아 있기 때문일까.

그때는 들어서기가 무섭게 뒤로 주춤 물러나고 말았었다. 입 안에서 '아' 하는 탄성이 흘러나온 것은 다음 순간이었다.

이럴 수가……

소는 소가 아닌 것 같았다. 소의 엄청난 동체가 확실하게 포착되는 순간 눈에 비친 것은 보기에도 섬뜩한 검은 빛깔이었다.

산우는 그때 자신도 모르게 토벽 구석에 걸려 있는 홍포를 벗겨 내렸었다. 손이 몹시 떨리고 있는 것으로 보아 자신도 모르게 손이 홍포 쪽으로 가고 말았다는 생각이 그제야 들었다. 홍포는 원래 잡귀 잡신이 붉은 빛깔을 싫어한다고 해서 소 잡을 때면 씌워오던 것이었다.

언제나 느끼는 것이지만 소를 대하는 순간에 이는 섬뜩한 기분은 참으로 감당하기 힘든 공포였다. 더욱이 그때의 소는 열 평 남짓한 도수장이 꽉 차 보이도록 엄청나게 큰 것이었다.

그뿐만이 아니었다. 더욱더 밝아지는 시야 속으로 확실하게 포착되는 소의 색깔은 검다기보다는 날카로운 칼날 끝에서 볼 수 있는 시퍼런 정기 같은 빛을 띠고 있어서, 눈앞이 어룽져 자주 눈을 감았다 뜨지 않을 수 없었다.

앞을 향하여 공격적으로 생긴 매우 날카로운 뿔은 흡사 청동으로 빚어 놓은 것 같아 도전적인 빛을 완강하게 띠고 있었고 뿔을 싸고도는 잔디처럼 나불거리는 털과 그 속에 파묻힌 골격과 근육, 그 궁륭의 웅장함은 작은 공만한 눈에서 시퍼렇게 발산되는 서늘한 정기를 잘 받쳐 주고 있었다.

산우는 그때 분명 망설였다. 너무도 엄청나고 위압적인 소의 자태에 질려 버린 모습으로.

왜 그런 소가 이웃 동리에 있었다는 소문을 들어 보지 못했는지 모를 일이었다.

그러나 일단은 칼잡이가 소 앞에 마주선 이상 물러설 수는 없는 일이었다. 그렇다고 서투른 백정이 소를 잡을 때처럼 소의 발을 묶고 눈을 가릴 수도 없는 일이었다. 그것은 죽어가는 소에게 최대의 고통이 될 뿐만 아니라 진정한 칼잡이라면 누구나 그런 짓을 원하진 않았다. 그것은 바로 스스로가 자기 패배를 자인하는 길이고 도살이 아니라 살생일 뿐이라는 걸 알고 있기 때문이었다. 그것은 보내는 것이 아니었다. 자기 자신을 죽이는 것이었다. 할아버지가 아버지의 두 눈을 가리고 외양간 한 귀퉁이에 걸린 나무로 만든 소의 두상을 촛대로 내려치게 한 것도 바로 그 때문이었다. 우선 마음의 눈을 뜨고 소가 죽음을 의식치 못하는 사이에 있는 그대로의 상태를 거꾸러뜨려야 한다는 걸 아무리 무지하고 몽매한 백정이라 할지라도 알고 있었던 것이다. 그것이 소를 신성시하는 법도이고 어사 나리의 마지막 길을 돕는 칼잡이의 양심이고 도리였다.

그걸 알면서도 대부분의 흰고무래들은 무사안일에 빠져 소의 몸과 네 발을 묶어 공포를 조성하며 살생만을 일삼아 오고 있었다.

조심스럽게 산우는 홍포를 던지듯이 덮어씌웠다. 소가 놀랄까 걱정스러웠으나 잡귀를 쫓기 위해서는 어쩔 수 없는 일이었다. 소는 여느 소들처럼 놀라 물러서거나 날뛰지 않았다.

뒤허리춤에서 촛대를 빼어 들고 소머리 앞으로 다가들었다. 할아버지가 소를 마주할 때면 언제나 가슴 가득 차오르던 뿌듯한 희열은 일지 않았다. 때를 잡아서 촛대를 날렸지만 그것은 그대로 공허한 울림에 지나지 않았다.

그때 산우는 비로소 먼 옛날 실패의 연속이었던 조상들의 도살을 이해할 수 있었다.

그것은 분명 칼잡이의 기술만으로 해결될 수 없는 하나의 거대한 벽이었다. 소의 눈이 빛나면 빛날수록 반대로 촛대를 든 마음은 걸림이 없는 상태를 가질 수 있어야만 넘을 수 있는 벽이었다. 그렇지 않다면 아무리 촛대를 휘둘러도 그것 역시 살생일 뿐이었다.

잠시 생각에 잠긴 사이 그를 올연스러이 쳐다보고 있던 소가 머리를 세차게 흔들었다. 산우는 천천히 촛대를 빼들었다. 소는 메마르고 볼품없었지만 자만하거나 얕봐서는 안 된다는 생각이 들었다. 촛대를 왼손에 쥐고 오른손을 소의 눈을 향해 내리뻗었다. 그 순간 소가 눈을 한 번 끔뻑 감았다 떴다.

산우는 잠시 멈칫했다. 갑자기 소의 눈에서 시퍼런 정기 같은 것이 그 손끝을 향해 일어났기 때문이었다.

실실이 빠져 나가던 안도의 한숨 같은 것이 가슴에 딱 걸리는 느낌이 들었다. 그러자 기다리기라도 했던 것처럼 가슴이 다시 소리를 내며 뛰어 놀았다.

역시 자만해서는 안 된다는 생각이 들었다. 보기에는 저렇게 여리고 앙상하고 볼품없지만 저 생명 속에도 나름대로의 어떤 강인함과 그 생명만이 지니는 불가사의한 힘이 내재해 있을 것이었다.

숨 막히는 한순간이 지나갔다. 산우는 자신의 모든 것을 소의 눈에다 집중시키려고 애썼다. 그러고는 마음이 정적처럼 가라앉기를 기다렸다. 마음의 평정은 그리 쉽게 오지 않았다.

소는 그런 산우의 눈을 마주 노려보다가 어느 한순간 지친 듯이 눈을 한 번 끔뻑 감았다 떴다.

때를 잡은 산우는 촛대를 든 왼손에 힘을 주고 오른손으로 소의 눈을 가리며 정수리를 향해 촛대를 내리꽂았다. 뒤이어 질퍽한 음향이 빛이 뿜어 오르듯 허공에서 찢어졌다.

그 순간 산우는 그만 눈을 감고 말았다. 소의 앞발이 뛰어오르는가 했더니 어느새 소의 뿔이 토벽을 향해 나아가고 있었다.

발길에 채이는 돌멩이처럼 산우는 모로 나가떨어지면서 다시 또 실패하고 말았다는 생각을 문득 하였다.

도수장 한 귀퉁이에 나무로 된 소의 두상을 걸어 놓고 정수리에 박힌 동전을 촛대로 치게 하던 할아버지의 모습이 떠오르는 순간 토벽과 문지방이 힘없이 참으로 힘없이, 터져 나가는 소리가 들려왔다.

퍼뜩 눈을 떠 시선을 돌리자 자신이 내려친 촛대가 시퍼런 정기가 발산되는 눈에 가 박혔고 한쪽 성한 눈에선 시뻘건 불덩어리 같은 빛기둥이 뻗쳐오르고 있었다.

소의 눈에 꽂혔던 촛대가 마당 한가운데 떨어진 것은 아마 문지방과 토벽을 떠받고 나가는 서슬 때문이었던 모양이었다.

사람들이 미친 듯이 내달아 오는 소를 피해 흩어졌다. 그 틈새를 비집고 소는 길길이 뛰며 도수장을 빠져 나가 밭이랑을 뛰고 있었다.

소의 뒷모습을 바라보며 산우는 절망적인 신음을 물었다. 또 실패해 버렸다는 생각보다는 단 한 번 주어진 생명과 생명과의 대결에서 자신이 이루어 왔던 모든 것을 다시 상실해 버렸다는 절망감이 가슴을 자우치고 있었던 것이다.

제2장

# 소의
# 흔적을
# 발견하다
## [見跡]

그림설명
제2견적(見跡 : 소의 자취를 본다)

간밤의 비로 인해 숲은 무거운 습기로 가득 차 있었다. 날이 밝으면서 선혈 같은 태양이 떠올랐으나 잡목 숲을 헤칠 때마다 습한 기류가 콧속으로 흘러 들어왔다.

천궁골로부터 삼십여 리 떨어진 산기슭에서 산우는 걸음을 멈추었다.

간밤에 몸을 의지했던 모듬으로부터 얼마 멀지 않는 곳이었다. 경사진 능선과 능선이 엇갈리면서 미로처럼 들어가 박힌 골짜기였다. 그래서인지 주위엔 산금낭화와 애기도라지가 한창 물이 올라 불어오는 바람 냄새를 맡느라고 고개를 흔들고 있었다. 산우는 그것을 정신없이 바라보다가 융성한 꽃 무더기 저쪽에 나 있는 소의 족적을 보았다.

젖은 땅 위에 선명히 드러난 족적과 족적 사이에는 역시 핏방울이 간간이 떨어져 있어 산속을 헤매면서 입었을 부상이 대단한 모

양이었다. 그가 내려친 촛대질로 인해 흘러내리던 피는 이미 응고
될 시간이 지났기 때문이었다.

산우는 족적의 형태와 붉은 피를 오래도록 살펴보았다. 족적의
형태가 흐트러지지 않은 것으로 보아 불과 수십 분 전에 이곳을 지
나간 것이 분명하고 골짜기를 벗어나 능선을 향하여 올라간 것이
라면 다음 안부(鞍部)에서 목을 잡을 수가 있을 것 같았다.

산우는 물이 흐르는 곳으로 내려가 목을 축이고 자리를 잡고 앉
았다. 우선은 허기진 배를 채워야 하고 촛대의 날을 점검해 둘 필
요가 있었다.

개울가 주위로는 들새풀과 메역새가 자욱이 나 있었다. 개울 저
쪽으론 화살나무와 국수나무, 생강나무가 관목층을 이루었는데
대사초와 수리취 등이 뒤엉키어 발 디딜 틈이 없어 보였다.

생각 같아서는 저 숲을 지나 당장 그 목으로 달려가고 싶었지만
목을 잡을 것까지는 없을 것 같았다. 더욱이 아직도 잡짐승인 이상
자신의 예측이 아무리 정확하다 하더라도 그 예측은 빗나갈 수 있
었다.

서툴고 무분별한 촛대질에 놀라 눈에 불을 켜고 도수장을 뛰쳐
나갔다고 해서 산짐승들처럼 능을 타 산을 넘는다거나 그들만이
다닐 수 있는 길로 교묘하게 접어든다고는 생각하고 싶지 않았다.
전번에 소를 따를 때를 생각하면 그렇게 믿어야 할 것이지만 설마
싶었다.

그것은 자신이 쫓고 있는 소를 과소평가하여 공포심으로부터 놓

여 날 심경일지 모르지만 아무튼 산우는 그렇게 믿고 싶었다.

산우는 어깨에 멘 주르먹(태기)을 개울에 내려놓았다. 주르먹 속에는 새용(작은 놋쇠 냄비)과 수저, 성냥, 비상약, 비상식이 들어 있었다.

주르먹을 열고 유지(油紙)에 싸여 있는 먹을 것을 꺼내 들었다. 소의 채끝 부분을 잘라 잘게 다져 곱창에다 넣어 조려 말린 것으로 좀 질기긴 하지만 소량을 먹어도 영양이 풍부한 것이었다. 할아버지는 언제나 사냥을 나설 때면 주르먹 속에 맨쌀을 가지고 다녔지만 그것은 배가 쉬 고파지는 단점이 있었다.

시장기가 가실 때쯤 수통의 물로 목을 축이고 나자 산등성이에서 한 가닥 거센 바람이 불어왔다.

중천에서 눈부시게 빛나던 해는 제풀에 지쳐 핏기를 잃고, 그래서인지 무거운 습기로 가득 채워진 갈래봉은 다음 봉우리와 겹쳐지면서 엷은 안개 같은 막을 드리웠다. 그 전경은 아름답기도 했지만 고독한 인간의 심성을 지배하는 정적을 동시에 지니고 있었다.

봉우리에 깔린 공기는 무거우면서도 순수할 것 같고 그래서 일어나는 빛의 조화는 신성하게만 느껴졌다.

그 전경을 바라보다가 산우는 하늘 높이 날고 있는 산지니(매)를 발견했다. 한 바퀴 휙 돌아 나는 꼴이 아마 먹이를 발견한 모양이었다.

지금쯤 표적이 되는 땅 위의 작은 동물은 숲속에서 혹은 나뭇가지 위에서, 혹은 바위 위에서 공격의 대상이 자신이 아니기를 빌며 불안에 떨고 있을 것이었다. 보호색을 낼 수 있는 동물이라면 주위의 빛깔에 적응할 것이며, 땅다람쥐 정도라면 재빨리 주위의 숲속으로 몸을 숨길 것이었다. 그럼 산지니는 찾아 나서게 되고 쫓고 쫓기는 생존의 줄다리기가 계속될 것이었다.

산우는 눈을 감았다. 문득 어린 날 얼룩이 앞에 버티어 선 아버지의 불안한 모습이 스치고 지나갔다.

먹이를 잃어버렸는지 전형적인 몸짓으로 서편 하늘로 사라지는 산지니를 바라보며 산우는 일어났다.

언덕 하나를 넘어서자 도라지, 구슬붕이, 미역취, 까실쑥부쟁이, 참취 등이 한창 어우러져 꽃을 피웠다가 지고 있었다. 그 저쪽으로는 마타리, 패랭이, 채꽃들이 초원을 덮고 있는 게 보였다.

그쪽으로 소의 족적은 잠깐 끊어졌다가 이어졌다. 족적의 깊이나 흙의 파동으로 보아 별 이상스러움은 발견할 수 없었다. 심하게 달린 형상도 아니었고 웬만큼 빨리 걷는다면 이내 잡을 수 있을 것 같았다.

엉성한 송림 사이로 억새와 망초가 뒤엉켜 한동안 계속되었다.

능선이 끝나는 지점에 다다랐을 때 산우는 자신의 예측이 잘못된 것임을 깨달았다. 소는 능선을 다 넘을 때까지 보이지 않았고 험준한 계곡이 나타나면서 개울을 사이에 두고 족적은 감쪽같이 사라지고 없었다. 개울을 건너 험준한 계곡 쪽으로 들어갔음이 분명한데 족적이나 핏자국은 흔적도 없이 사라져 버렸다.

멍청히 서서 자신의 어긋난 추측에 산우는 당황했다. 고삐 풀린 소가 어디쯤 몸을 숨겼다가 혹시나 습격을 가해 올지도 모를 일이었다. 사방을 휘둘러보면서 몸을 도사렸다. 두려움과 엇갈리는 용기가 가슴을 짓눌렀다.

동리 어귀에 끼리끼리 모여 있던 사람들. 어쩌다 한 번도 아니고 두 번씩이나 그런 일을 저질러 놓았는지 모르겠다며 웅성거리던 동리 사람들의 모습들이 생각났다.

백정이 잡으려던 소를 잡지 못하고 놓치면 그 동리가 망한다는 속설을 그들은 무모할 정도로 믿고 있었다. 한 맺힌 원귀의 원이 씻기지 않았다면 소를 놓칠 리 없고 소를 잡아 죽이지 않으면 마을은 곧 망하고 만다는 생각들을 그들은 하고 있었다.

몇 해 전 일어난 전쟁으로 인해 더 망할 것도 없으련만 몇 안 되는 동리 사람들은 밤만 되면 동리 어귀에 모닥불을 피워 놓고 웅성거렸다.

"동리가 망하려니까 별일이 다 나는구만. 내 일찍이 뭐랬나. 소를 맡겨서는 안 된다고 하질 않았나……."

"죽일 것은 뭐라 해도 산우란 그 작자여. 어디서 굴러 들어왔는지도 모를 개뼉다귀 같은 놈이 제 조상들의 고향이 본시 여기입네 하고 찾아들더니 이런 일을 한 번도 아니고 두 번씩이나 저질러 놓았으니……."

"어째서 이런 일이 두 번씩이나 일어날까 하고 생각해 보았더니 그놈의 칼질에 문제가 있었던 기야. 우리네야 어디 소를 잡을 때 소고삐를 풀어놓고 잡는가. 이거야 원, 소 눈을 막나 네 발을 묶나,

그냥 서 있는 그대로 아찔광하려고 하니……."

"어쨌거나 한 번 실수는 병가지상사랬지만 또 이런 일이 일어났
으니 큰일은 큰일이구먼."

속수무책인 동리 사람들의 말을 들으며 산우는 신팽이와 촛대
를 갈며 이를 악물었다.

정신을 바짝 차리고 산우는 바위가 총집한 계곡으로 들어섰다.
톱날같이 생긴 괴상한 바위들로만 이루어진 기이한 계곡이었다.

산우는 소가 무엇인가를 남기지 않고는 분명히 나아갈 수 없었
을 테니까 칡덩굴을 걷어 보기도 하고 이끼 긴 돌밭 위를 눈여겨
바라보기도 하며 계속 뒤져 나갔다.

소의 족적은 쉽게 눈에 들어오지 않았다.

고개를 갸우뚱거리며 산우는 헤쳐 온 길을 한 번 둘러보았다. 뚜
렷하지는 않았지만 자신이 거쳐 온 길은 무수한 상흔으로 얼룩져
있어 단번에 판별할 수가 있었다.

산우는 왔던 길로 되돌아갔다. 한참을 가다 되돌아보고 섰노라
니 문득 한 가닥 서늘한 깨달음이 뇌리를 스치고 지나갔다.

개울을 따라 산우는 올라갔다. 설마 하는 생각이 들었지만 물속
을 걸어가지 않았다면 이렇게까지 흔적을 남기지 않을 수는 없는
일이었다.

휘엄휘엄 한참을 올라가자 소가 개울을 나와 잡목이 울창한 산
등성이 쪽으로 올라간 흔적이 나타났다. 생각대로였다.

소의 족적을 따라 산우는 걸음을 멈추지 않았다. 우연의 일치인

지는 몰랐지만 소는 여느 산짐승 못지않게 점차 자신의 본능을 드러내고 있었다. 소는 쫓기고 있다는 사실을 알아채고는 교묘하게 족적과 핏자국을 흐르는 개울물 속에 은폐시키며 계곡을 벗어나고 있었다.

소의 교활한 본능에 산우는 아연해 했지만 자신의 착각을 비웃지는 않았다. 짐승들의 생존 본능에 관해 말해 주던 할아버지의 말을 떠올리며 그 말을 다시 한 번 솔직하게 긍정하고 시인했을 뿐이었다.

그때 할아버지는 소의 본능적인 마성이 어디서 오는지를 분명히 말해 주었다. 지금 당면하고 있는 이 상황을 그때의 애기들에 비추어 유추해 본다면 분명 모든 것은 정확한 본능의 결과임에는 틀림없었다. 도살장으로 끌려가는 소가 본능적으로 주인의 몰이를 거부하는 지혜가 바로 이와 같은 것이라고나 할까. 인간에게 위험이 닥쳐올 때 본능적인 예감 같은 것이 생겨나는 것처럼 그것은 소에 있어서도 마찬가지일 것이었다.

잡목이 울창한 산등성이를 올라가자 개울은 눈 아래로 멀어지고 좌우의 산사면이 한눈에 들어왔다.

이끼 긴 커다란 바위를 앞으로 한 언덕바지 어디쯤 다다르자 잠시 쉬었다 간 것인지 풀이 누웠고 피가 풀잎에 엉겨 있는 게 보였다. 초록으로 부푼 껍쇠 풀 가장자리에서 피는 이슬처럼 맑고 진한 빛깔로 번쩍이고 있었다. 참으로 붉고 순수한 피였다.

산우는 허리를 구부리고 손을 뻗쳐 피가 묻어 있는 풀잎을 뜯어 눈앞으로 가져왔다. 손가락으로 그것을 찍어 보자 아직 완전히 응고되지 않은 피의 끈기는 이상스런 감촉으로 가슴까지 흘러들었다.

산우는 하늘을 보았다. 멀리 비둘기가 떼를 지어 날아오르는 것 같은 구름 더미 너머로 진홍색으로 얼굴을 내민 산봉우리가 보였다.

피 묻은 풀잎을 버리고 산우는 걷기 시작했다. 족적은 계속되었다. 산우는 걸음을 멈추지 않았다. 금세 소의 동체가 눈앞에 나타날 것 같은데 좀처럼 보이지 않았다.

어느새 한낮이 지나고 멀리 산봉우리에는 낙조가 드리웠다. 산우는 안타까움을 느끼며 계속 족적을 따라 걸었다.

채 반 마장도 사이 하고 있지 않은 줄 알았는데 웬일일까. 넓게 퍼진 산사면을 돌아 나가면서 산우는 자신의 빗나간 추측에 당황했다. 족적과 핏자국은 저무는 낙조 속에 점차 희미해져 가고 산사면이 끝나는 지점에 도착할 때까지도 소의 모습은 여전히 보이지 않았다. 손에 닿을 듯 닿을 듯하면서 닿지 않는 물건처럼 금세 눈앞에 나타날 것 같은데 여전히 흔적만이 계속된다는 사실에 산우는 어느새 허둥대고 있었다.

촛대가 소의 눈에 내리꽂히던 순간 그 눈에서 시퍼렇게 뿜어 오르던 서늘한 정기가 계속 신경을 긁어 왔다. 가슴 한쪽으로 가득 찼던 안도의 한숨 같은 것이 딱 걸려 버리던 그 느낌, 하기야 저번 소와는 달리 여리고 볼품없다고 해도 그 생명 속에 나름대로의 어떤 강인함과 그 생명만이 지니는 불가사의한 힘이 내재해 있을 것이었다.

오히려 외형적인 강인함보다는 내형적인 어떤 힘 앞에서 나는 얼마나 많이 무릎 꿇어 왔던가.

산을 오르겠다고 작정하던 날, 만나 본 청강리의 한 포수는 산을 또 올라야겠다는 말을 하기가 무섭게 고개를 홰홰 내저었다.

"저번에 검둥일 쫓다 그렇게 혼이 났으면 정신을 차릴 일이지. 그놈의 소 값 갚아 준다고 고생깨나 한 모양이던데 차라리 이번에도 그 집으로 들어가 소 값 대신 머슴이나 살아 주게나."

"……."

"난 생각 없다네. 포수가 산 싫다 할 때야 말 다한 거 아닌가. 코쭐맹이(범), 넙대(곰), 승냥이, 삵쾡이 들쯤이사 뭐 겁날 게 있겠나. 그건 이미 짐승이 아닌 기여. 눈에 불을 시퍼렇게 켠 산귀신이란 말일세. 아무리 짐승이라 해도 저 죽일려는데 눈 뒤집지 않을 놈이 어디 있겠나. 이놈의 다리를 좀 보게나. 자네도 알다시피 이게 언제 다친 겐가. 저번에 그놈 잡으러 나섰다 이렇게 된 거 아닌가. 가지 말게나, 이번에 오른다면 자네 목숨 부지하기도 어려울 거이. 덩치가 크고 작고가 문제가 아닐세. 일단 눈에 불 켜고 산속으로 숨어들면 그 정기에 데팽이(안개)가 그놈 따라 끼고 동에서 번쩍 서에서 번쩍 뛰쳐나와 달려들며 날뛰는데, 어이구……."

산우는 입술을 꼭 씹어 물었다.

집채만한 바위돌이 총집해 있는 곳까지 다다르자 산우의 바람을 저버리고 해는 완전히 기울어 버렸다. 날이 저물자 주위의 바위들과 비자나무들만이 성성하게 살아나 위압적으로 다가왔다.

어둠이 내려앉을수록 산우는 포기하지 않고 걸음을 빨리했다. 고사목 사이를 뚫고 닥치는 대로 풀숲을 걸어차며 나아갔다.

광음은 어쩔 수 없는 것이었다. 얼마 가지 않아 족적은 어둠으로 인해 완전히 보이지 않고 걸음은 자연히 멈추어졌다.

모듬 칠 자리를 정하면서 산우는 소가 쉬지 않고 밤새 나아간다면 자신과의 거리는 다시 멀어질 것이고 그렇게 된다면 내일은 족적을 따르기보다는 지세를 보아 목을 잡을 수밖에 없다는 생각을 위안처럼 하였다. 물론 지세를 보아 목을 잡기가 쉽지는 않겠지만 할아버지에게 듣고 배웠던 그대로를 실천해 본다면 그렇게 어려운 것도 아닐 것 같았다. 그땐 열 살 남짓 어렸을 때였지만 할아버지의 가르침은 그만큼 자상했던 것이다.

사냥을 나서면 언제나 할아버지는 산우에게 짐승들이 일정하게 다니는 길이 있어 그 길을 미리 포착하고 차단하는 수렵의 한 방법을 가르쳐 주곤 했었다.

지금에 와서 굳이 그것을 기억해 내지 않는다 하더라도 소는 여느 산짐승처럼 산의 맥을 따라 나아가고 있는 게 분명했다. 지금까지의 경위로 봐서도 우연일지는 모르지만 인간의 눈을 속이기 위해 잠시 개울을 이용한 탈선이 있었을 뿐, 다음 목으로 정확하게 나아가고 있었다. 눈먼 실뱀장어가 자연에 순응하며 본능적으로 자기가 가야 할 곳을 알고 나아가듯이 소는 논이나 밭을 갈 때처

백금남 장편소설 • 십우도

럼 다음과 다음의 이랑을 분별해 내고 나아가고 있었다. 물론 산 짐승들처럼 그들이 다닐 수 있는 길이 정해져 있는 것은 아닐 테지만. 집에서 키우던 누렁이가 고삐가 풀려 집을 빠져 나갔을 때, 그 때를 생각해 보면 분명히 그것을 짐작할 수 있었다.

언젠가 할아버지는 어린 산우를 곁에 하고 바로 이런 말을 했었다.

집짐승이나 산짐승이나 그들에겐 본능적으로 마성이라는 게 있다. 우리는 흔히 집짐승과 산짐승을 구별하려 들지만 전혀 그렇지 않다. 길들여졌다는 것과 길들여지지 않은 것과의 차이, 그 차이는 상당할 테지만 일단 고삐가 풀려 자연의 품으로 돌아가 마성이 드러나기 시작하면 걷잡을 수 없는 것이 되어 버린다. 감정의 자제를 바란다는 것은 오직 바람일 뿐. 그것은 우리 인간도 마찬가지가 아니냐. 억눌려 있던 본능적인 욕망이 그 테두리를 벗어나기 시작하면 걷잡을 수 없는 악마가 되어 버리는 것처럼.

뭐 그런 뜻의 말이었는데 그러나 목을 치고 그런 말을 하고 있는 동안에도 할아버지가 기다리던 소는 쉽사리 나타나지 않았다. 해는 점차 기울어지고 공기는 급격히 차가워지기 시작했다.

할아버지는 끈질기게 기다렸다. 산우는 그런 할아버지가 그때는 미련스럽고 걱정스럽기까지 했지만 역시 할아버지의 말은 맞았다. 소는 어슬렁어슬렁 그 목으로 나타나 놀란 눈으로 이쪽을 바라보았던 것이다. 막연히 고삐가 풀려 산으로 올랐던 놈이었으므로 유순하게 산을 내려왔지만 할아버지의 말과 행동은 하나도 빗나간 것이 없었다. 사냥에 있어서도 잡으려는 짐승이 목을 치고 아무리 기다려도 나타나지 않을 때가 흔히 있었지만 할아버지는 언제나 실망하거나 포기하지 않았다. 할아버지는 자신의 경험을 믿었고, 믿었기에 다시 본래의 자리로 돌아와 쫓던 짐승의 족적을 추적해 보곤 했는데 그때마다 그 예측은 거의가 빗나가지 않았음을 알 수 있었다.

어린 산우는 그때 할아버지의 그러한 행동이 시간에 익숙한 사람이 시간을 예측해 낼 수 있는 것과 흡사하다는 걸 느낄 수 있었다. 지금 아마 몇 시쯤 되었을 것이다 하고 시간을 보면 거의 그 시간에 육박해 있거나 딱 맞거나 조금 넘었거나 넘지 않았을 경우와 같은 그런 예측이었다.

짐승이 할아버지가 기다리고 있던 목으로 오지 않았던 것은 그 목으로 오던 중 다른 짐승에게 잡아먹혔거나, 아니면 진로를 방해받아 되돌아갔기 때문이라는 흔적을 분명히 발견할 수가 있었다. 할아버지의 예측에 착오가 있었다면 짐승들의 그러한 면을 계산하지 않았다는 점에 있었을 뿐이었다. 물론 훌륭한 수렵사는 그런 것까지도 계산에 넣는다고 하지만.

그럴 때면 그제야 뭔가 짚이는 게 있는 것 같기도 하였다. 산세의 지형과, 형태, 궁륭, 그 모습에서 짐승이 어느 쪽으로 방향을 정할까 하는 그 무엇을 예측해 낼 수가 있을 것 같던 것이다. 그리고 그때만은 어린 가슴에도 한 가지 이상스런 예감이 느껴지곤 했는데 그 예감을 말할라치면 할아버지는 껄껄껄 웃으며 고개를 끄덕여 주고는 손을 이끌고 나아가며 어린 손자 녀석이 가진 예측의 불확실성과 편협성을 꼬집어 주었다.

산우는 그때마다 산이 가진 속성과 짐승의 본능적인 교활함과 마성, 음흉스러움 그리고 우직과 대담성, 그런 모든 것들이 산의 품속에서 어떻게 어떤 형태로 살아가고 있는지를 알아 갔고, 그렇게 함으로써 얻어지는 모든 것들이 훗날 백정이 되기 위한 수업임을 알아야 했다.

할아버지는 산을 내려오며 단 몇 마디의 말로 모든 것을 종합해 주었는데 어린 산우로서도 무슨 말인가를 알 수가 있는 말들이었다.

"사냥꾼이 아닌 이 할애비가 이런 짓을 가르치는 걸 언젠가는 확실히 이해할 때가 있을 게다. 흰고무래가 되려면 우선 사냥질부터 먼저 배워 둬야 하는 거여. 움직이는 걸 꺼꾸러뜨리는 힘을 길러 두지 않으믄 소의 골을 정확하게 때릴 수는 없는 것이니께."

산우는 모듬을 치기 시작했다. 모듬이라야 무성한 나뭇가지의 끝을 끈으로 묶어 휘어지게 당겨서 큰 돌이나 근처의 나무에다 매어 밤이슬 정도를 피하는 것이었다.

모듬을 지은 다음 썩은 나무 등걸을 주워 와 불을 피웠다. 주르먹 속의 성냥이 습기로 눅지 않았을까 걱정했으나 할아버지의 말대로 성냥개비와 함께 넣어 둔 몇 알의 쌀알이 습기를 모두 빨아 버린 것인지 이내 불꽃이 일어났다. 점처럼 작은 불꽃이 수초처럼 일렁거리며 번져 가기 시작하자 산우는 나무를 아끼지 않고 불꽃

위에다 올려놓았다.

불꽃은 점점 거세게 일어났다. 불빛을 받은 맞은편 바위의 표면이 붉게 물들어 낙조 속에 물든 한 폭의 바다 풍경을 보는 것 같았다.

산에서의 불이란 산짐승의 습격을 막는 데도 필요한 것이지만 밤새 급격히 차가워질 공기를 조금이나마 막아 보려는 데 그 목적이 있었다.

거세게 일어나는 불꽃을 바라보며 산우는 모듬을 이룬 나무 곁의 바위에 등을 기댔다. 등을 기댄 바위는 대낮의 따뜻한 열기를 가지고 등을 받았다. 모듬 밖으로 보이는 하늘을 바라보았다. 어둠이 깃든 하늘가에 별들이 하나 둘 얼굴을 내밀고 있었다. 잠시 후면 달이 뜰 것이었다. 아니 오늘 밤은 달이 없을지도 몰랐다.

산우는 시선을 돌려 무성한 잡목 숲을 바라보았다. 불현듯 어린 날 애들과 부르던 노랫소리가 생각났다.


......

십리 절반 무슨 나무?

오리나무

사시사철 무슨 나무?

사철나무

거짓 없어 무슨 나무?

참나무

죽어두 무슨 나무?

살구나무

목에 걸린 무슨 나무?

가시나무

그럼 대낮에는 무슨 나무게?

밤나무

…….


노래의 기억이 새로워질수록 숲 내음과 합쳐진 잡목 타는 냄새
가 감미롭게 코끝에서 스멀거렸다. 그것은 어머니가 불러주던 자장
가처럼 쌓인 피로를 한꺼번에 부채질하기 시작했다.

멀리서 들려오는 이리 떼의 울음소리를 들으며 산우는 몸을 뒤
채었다. 뒤이어 아름다운 산림 저쪽에서 야조의 울음소리가 들려
왔다.

이리 떼의 울음소리보다 밤에 듣는 야조의 울음소리.

찬바람 부는 골미창에 홀로 떨어진 것 같다. 차고 스산하다.

밝고 따뜻한 곳으로 가고 싶다. 목가처럼 포근한 곳으로 가 사랑
하는 사람들과 주위의 모든 것을 곱게 다스리며 살고 싶다.

산우는 눈을 감았다. 일렁이는 불꽃이 계속해서 눈가에 남았다.

한참 동안 눈가에서 일렁거리는 불꽃을 그려 보고 있으려니 어
린 날 개울가에서 상현의 사타구니 사이로 초롱한 열기를 모았던
현숙의 얼굴이 떠올랐다.

그날 현숙은 개울가에서 돌아와 아버지를 향해 말했다.

"아부지, 난 왜 현이 같은 고추가 없는 거지?"

"뭐?"

"왜 난 고추가 없느냔 말야?"

갑작스런 현숙의 질문에 어이없어진 것은 아버지만이 아니었다. 현숙의 성미를 알고 있는 식구들의 표정이 일시에 굳었다.

"그건 넌 계집애이기 때문이야."

긴장한 식구들 속에서 아버지가 가까스로 이렇게 대답했을 때 현숙은 볼멘소리로 그 말을 앙칼지게 받았다.

"계집이 뭔데?"

"엉?"

"계집이 뭐냔 말야?"

결국 현숙의 무지한 역습에 아버지의 말문은 막혀 버렸고 또 그답게 내뱉은 대답은 너무도 어줍은 것이었다.

"그건 말이야. 넌 상현이 같은 고추를 속으로 가진 것을 말하는 거야."

"속으로?"

"그럼."

"그럼 이 안에 있겠네?"

"그럼 그렇잖고!"

알았다는 듯이 돌아앉은 현숙을 바라보며 식구들은 그제야 안도의 한숨을 내쉬었다.

그러나 그 뒤가 문제였다. 돌아앉은 현숙의 손에는 어느새 젓가락이 쥐어져 있었고 그 송곳 같은 날은 여지없이 그곳을 헤집고 있었다.

"뭘 하고 있는 게냐?"

현숙의 몸서리치는 신음에 놀란 아버지가 뒤늦게 현숙을 잡았을 때 현숙은 눈물 어린 눈매를 들어 이런 말을 하였다.

"상현이처럼 달고 다닐 테야."

"뭐라고?"

파리한 아버지의 손이 현숙의 머리 위로 날았고 허우적거리는 다리 사이로 이미 홍건히 번져 내렸던 것은 분명 붉디붉은 피였다.

그때 산우는 그 피가 붉어 보이질 않았다. 사실은 붉어 보였으나 붉은 것이 아니라고 생각하자 붉어 보이질 않았다. 그녀가 저지른 행위가 주는 끝없는 의구심 때문이었을까. 사내의 피와 계집아이의 피는 분명히 다를 것이라는.

이미 규정지어진 결정적인 평등 속에서 왜 이런 젓가락질이 필요했던 것인지 지금도 그 이유를 모르겠지만 그러나 산우는 기억하고 있었다. 아버지의 출발, 그 모순을 깨려는 아버지의 출발을…….

그날도 동리 어귀 장승나무 그늘 밑에서는 동리 사람들이 모여 앉아 아버지의 출발과 그 출발을 위해 집념을 보이는 할아버지에 관해 얘기들을 하고 있었다.

"허어, 정골피 그 사람 알다가도 모를 사람이여. 제 아들놈이 칼질을 배우겠다고 나서니까 하는 짓거리 좀 보소……."

"아니 왜 또 그러나?"

"글쎄 그 짓거리라는 게 외양간 한 귀퉁이에다 나무로 깎아 만든 소의 두상을 걸어 주었는데……."

"나무로 깎아 만든 소의 두상?"

"그렇다네. 그놈의 두상 정수리에는 동전만한 쇳조각이 박혀 있는데 그것을 때리면 소리가 나게 되어 있는 것이라……."

"그래서?"

"그자가 그래 놓고는 칼질을 배우겠다는 아들놈을 외양간 안으로 끌고 들어가서는 또 하는 짓거리가, 그 또한 가관이라, 검은 헝겊으로 제 아들놈의 눈을 가리더니만 촛대로 두상에 박힌 쇳조각을 내려치게 하지 뭔가?"

"그것 참!"

"더욱이나 기막힌 것은 제 아들놈이 왜 하필이면 멀쩡한 눈을 가리고 이 짓거리냐고 투덜거리니까 우렁우렁 고함을 지르는데 참으로 기가 차더구먼. '뭐가 어째 이놈아, 보이지 않아 그런다구? 야 이놈아 그걸 말이라고 하는 기야? 그러니께 보일 때까지 치란 말이여.' 글쎄 이러고 야단이지 뭔가."

"그것 참, 그러고 보니 그 소문이 맞긴 맞는 모양이로구먼."

"소문?"

"그려."

"소문이라니?"

"일전에 윗담에 용백이가 그러던가, 산우의 증조 되는 양반이 눈먼 칼잡이였다구."

"눈먼 백정?"

"그려."

"아니 눈먼 백정이라니, 눈먼 사람이 어떻게 소를 잡아?"

"그야 낸들 아나, 그렇다니까 그런 줄 알지……."

"그럼 그래서 그런 짓거리를?"

"그나저나 설령 그렇다 하더라도 정골피 영감이 아니믄 정말 못할 짓이고 못할 소릴세."

"아니 아무리 그렇다 하더라도……."

"허기사 골피, 그 영감 백정질로 끝나기에는 아까운 사람이지. 소잡는 솜씨야 소문난 것이지만서도 그를 만나 본 오세암 스님도 머리를 홰홰 내 흔들더라는구먼. 말을 나눠 보니 예삿 사람이 아니더라는 게야."

"니미럴, 무신 소리들을 하고 있는지 모르겠네. 백정 주제에 지가 유식하면 얼마나 유식하고 칼질을 잘하면 얼마나 잘한다는 거여. 백정이 아무리 유식혀도 그건 역시 백정일 뿐이고 백정이 아무리 칼질을 잘혀도 원숭이 나무에서 떨어지듯 실수 말란 법이 어디 있는가."

"어쨌거나 세상 풍파 많이 겪은 사람은 분명하이. 좀체 입을 열지 않는 사람이라 그의 과거사를 알 길은 없지만서도……."

꼴망태를 메고 장성나무 밑을 지나다 바람처럼 들은 소리이긴 하지만 어린 산우는 그때 입술을 씹어 물었다.

동리 사람들의 말처럼 하루가 멀다 하고 칼질을 배우겠다는 아버지를 이끌고 외양간으로 드는 할아버지.

그들을 따라 외양간으로 들어가 보면 정말 외양간 한 귀퉁이에는 나무로 깎아 만든 소의 두상이 걸려 있었다. 어찌나 오래된 것인지 기름때가 번들거렸고 정수리 부근엔 마마 자국 같은 홈집이 이곳저곳에 빽빽하게 얽어 있었다.

할아버지는 아버지의 왼손에 촛대를 쥐어 준 다음 검은 헝겊으로 아버지의 눈을 막고는 정수리에 박혀 있는 쇳조각을 촛대로 내려치게 하였다.

아버지는 다가들었고 할아버지는 그런 아버지를 향해 이런 말을 하였다.

"네놈은 눈을 가리니까 보이지 않아 불만이 많을 테지만 이왕 칼질을 배우려면 칼잡이의 출발은 이렇게 해야 되는 법인 게야. 너의 눈먼 할애비가 이런 방식으로 칼질을 배워서가 아니라 이건 칼잡이의 기본인 기여. 그려. 오른손으로 소의 눈을 가리듯이 하고 왼손으로 정수리에 박힌 동전을 소리 나게 내리쳐 봐."

눈이 가려진 아버지는 더듬거리며 촛대를 들어 올렸는데 소의 정수리는 고사하고 촛대는 얼토당토않게 소의 콧잔등을 내려치고 있었다.

할아버지는 혀를 끌끌 찼다.

"틀렸어 이눔아, 아무리 처음이고 눈을 가렸지만 그게 뭐여! 너의 눈먼 할애비도 그렇게 둔하진 않았어!"

말은 그렇게 하면서도 할아버지는 다시 촛대로 나무로 된 소의 두상을 내려치게 하였다.

　그날 밤 할아버지는 아버지를 앞에 두고 이런 말을 하였다.

　"될성부른 나무 떡잎부터 알아본다고, 네놈의 촛대질을 보니 기가 막히는구나. 네놈이 무엇 때문에 촛대를 들어야 하는지 그것을 모르고 있으니 그럴 수밖에……."

　할아버지는 잠시 말을 끊고 눈을 한 번 지그시 감았다 떴다. 그러고는 곰방대에다 담배 한 대를 재워 불을 붙여 물었다.

　"허기사 모든 것에겐 다 근본이 있기 마련이지. 어찌 근본을 모르고 그 대답을 할 수 있겠누. 근본을 알고 처신을 익힌다면 그제야 법통이 생기고 일가가 이루어지는 법……."

　할아버지는 곰방대를 뻑뻑 빨았다. 그는 더 이상 말이 없었다. 그저 담배 연기를 피워 올리며 허공으로 허허한 눈길을 주었을 뿐이었다.

　산우는 계속해서 모닥불 위에다 나무를 얹었다.

　너울거리는 불꽃 속으로 할아버지의 허허한 얼굴이 나타났다간 사라지곤 하였다. 마을을 가로질러 흐르는 개울과 소달구지가 지나가면 꽁무니를 따라 타고 길길 거리던 아이들. 칡뿌리를 캐 입이 노래지도록 씹다가 이름 모를 꽃들로 화관을 만들어 쓰고 혹은 새신랑처럼 혹은 개선장군처럼 돌아오던 어린 날이 할아버지의 얼굴 너머로 가끔씩 떠올랐다.

......

날 저문다 깜북아

밤이 되믄 갈라나

안 보이믄 갈라나

조댕이에 검은 연지

안 보이믄 갈라나

.......


  새삼스럽게 불꽃을 튀기며 타오르는 모닥불이 놀에 물든 수림처럼 아름답게 보였다. 어둠이 꼭 모닥불을 잉태한 것 같았다. 주위의 아름다운 소나무들이 모닥불 주위로 그림처럼 떠 있었다.

  그림처럼 아름다운 전경을 바라보며 산우는 가만히 눈을 감아보았다.

  산우의 본디 고향은 은둔리가 아니었다. 그가 나고 자란 곳은 그곳이었으나 조상들이 대대로 뼈를 묻은 곳은 흰고무래들이 모여 사는 천궁골이라는 곳이었다. 은둔리로부터 수백 리 떨어진 곳이었다. 은티 나루에서 아침이슬을 밟으며 불출산 기슭을 한참을 휘어 돌아 들어간 곳에 그 마을이 있었다. 마을을 싸고 있는 산골짜기가 깊어서인지 언제나 골안개가 자욱하고 훤한 대낮에도 산짐승들의 울음소리가 그치질 않는 곳이었다.

  입 벌린 조개의 속살처럼 마을은 골미창 깊숙이 잠겨 있었지만 지절대는 개울을 따라 눈을 들어 멀리 내려다보면 가사 자락 섶 같은 강줄기가 보이고 겨울철이면 아스라이 언 강바닥을 깨는 메 소리가 들려오는 곳이기도 하였다. 샛골 개울을 따라 초입에 들어서면 잿방석만한 바위에 천궁(天宮)골이라는 글자가 시커멓게 새겨져 있는데 그것이 바로 골미창의 이름이었다. 이 마을이 왜 천궁골이라는 이름이 붙여졌는지는 확실치 않지만 도수장을 천궁이라고 부르는 것을 생각하면 유래를 짐작할 만하였다. 천대와 멸시를 서슴지 않는 양반네들의 눈을 피해 백정의 무리들이 이곳으로 와 정착하면서 붙여진 이름이었다.

개울을 사이 하고 초가집이 삼십여 채. 이곳 사람들은 대부분이 온정리(溫井里)나 해진읍(海進邑), 다구포(多丘浦)……주위의 우시장에서 거간과 도살을 업으로 하고 먹고 살았는데 산우의 고조부는 이곳의 칼잡이 중 하나였다. 그는 본시부터 흰고무래 집안의 둘째로 태어나 흰고무래 집안의 대를 지은 사람이었다. 안동 김씨의 세력이 풍미하던 때여서 정치의 기강은 문란하고 괴질이 만연하던 어려운 시기였지만 그의 소 잡는 실력은 인근 마을까지도 소문이 자자할 정도였다.

어느 날 아침, 천궁골에서 온정읍의 반대 방향으로 나 있는 샛골을 따라 문골리에서 백정 하나가 넘어 들어왔다. 그가 바로 산우에게는 외고조 되는 청운(靑雲) 영감이었다.

그에게는 등이 굽은 꼽추 딸이 하나 있었다. 곱사등이 딸을 둔 관계로 아침이면 담벼락에 침 자국이 얼룩져야 하는 수모를 더 이상은 차마 볼 수가 없었으므로 천궁골을 찾은 것이었다.

시집이나마 보내면 모르지 달라질지도. 과년해 갈수록 살쾡이처럼 변해가는 딸년. 이러지도 저러지도 못하는 딸년을 천궁골 정리의 눈먼 아들놈에게라도 줘버려야겠다는 생각을 그때 그는 하고 있었다. 그 길이 몽달귀신 만들어 버리는 것보다야 백 번이나 낫겠고 정리 놈도 아들놈 눈이 멀었으니 속깨나 썩을 대로 썩어 분명 거절치는 않으리라 그는 생각하고 있었다.

그의 예감은 적중했다. 처음엔 손을 훼훼 내저었으나 몽달귀신을 만들 수만은 없지 않느냐는 말에 정리 쪽도 어쩔 수 없이 수락하고 말았다.

청운 영감은 술이 거나하게 췬 걸음으로 천궁골 고개를 넘어갔다. 그는 고갯마루를 넘으며 노래를 흥얼거리면서도 한 가닥 설움의 찌꺼기 같은 것이 치밀어 오르는 걸 몇 번이고 되삭여야 했다.

망할 놈의 세상. 왜 이리 공평치 못하누. 정리 그놈의 그 얼굴, 그 목소리.

"야 이놈아. 눈먼 것 하나 둔 것도 서러운데 뭐라구 네놈 딸내미 데려가라구. 이놈아 과부 사정 과부가 알고 홀애비 사정 홀애비가 안다구, 그래, 이놈아 니나 나나 병신 자식 둔 주제에 그 심정 알련만은 이제 네 꼽추 딸년마저 데려다 놓으라니, 못 해! 그 감당을 누가 다해. 이젠 침을 뱉다 못해 똥마저 퍼부을 거여."

"이보게나 정리, 그렇다면 어떡허누. 누가 데려갈라든가. 눈먼 봉사, 허리 굽은 꼽추, 누가 데려갈라든가. 몽달귀신 만드는 것보다야 낫지 않은가. 누가 아남. 병신끼리 어울리면 남이 뭐라든 저들끼리

서로 의지하고 살련지. 이보게나 정리, 내 짐 덜라고 하는 소리가
아닐세."

고갯마루를 넘어갈 때까지 그는 하늘을 보며 눈물을 삭이고 또
삭였다.

딸년의 병을 고치기 위해 용하다는 의원이란 의원은 다 찾아다
녔다. 굿하고 불공드리고 별 지랄을 다 떨어도 해결할 수 없던 딸년
의 살덩어리. 태어날 때부터 왜 그런 것이 태어났는지 모를 일이었
다. 얼굴이야 달덩이처럼 흰하지. 그 조그만 것이 주위의 눈을 의식
하기 시작하면서 점차 비뚤어지기 시작하더니 이젠 영 정상이 아
니었다. 어떠한 놀림에도 어떠한 차별과 격차에도 이제는 만성이
될 대로 됐으련만 딸년의 광적인 피해의식은 억누를 길이 없었다.
상대방의 눈길이 조금만 이상해도 닥치는 대로 부수고 날고 뛰며
입에 거품을 물고 늘어졌다.

꼽추라고 어디 사람 아니라던가. 사람 아니기로 말할 것 같으면
백정을 두고 더 무엇이 있을까. 핍박받는 사회구조 속에서 울울이
맺힌 피멍울을 가슴에 안은 채 그 흔한 두루마기조차도 입지 못하
는 이놈의 세월, 옷감은 기껏해야 무명베, 거기에다 고름도 없는 검
은 동정을 달아야만 하고, 조끼도 없다. 토시도 없고 갓이 어디 있
는가. 빡빡 깎거나 앞머리만 조금 남겨 놓은 삼팔식 머리, 거기에다
패랭이를 써야 하고 무덤에 떼마저도 입히지 못하는 세월.

그뿐일까. 혼인마저도 백정끼리만 해야 하는 세상.

한 사회가 빚어 낸 좌절의 피멍울도 견디기 어려운데 이들 계급

에게마저 질시와 핍박의 대상일 수밖에 없는 등 굽은 것이 태어났
으니. 얼굴이야 달덩이처럼 훤하지만 그게 무슨 소용일까.

눈먼 놈과 곱사등이 곁에는 가지도 말라는 옛말은 그래서 나온
것이고 그것이 바로 핍박받는 이 울타리 속에서도 괄시의 대상일
수밖에 없는 소경과 꼽추를 두고 한 말이 아니고 무엇인가.

아침에 소경을 보았으니 오늘 일이 밝을 리가 있나, 답답하고 막
막하지. 아침에 꼽추를 보았으니 일이 시원하게 풀릴 리가 있나, 떼
려던 혹 오히려 하나 더 붙이지 않으면 다행이지. 욕지전생사(欲知
前生事)면 금생수자시(今生受者是)하고, 욕지래생사(欲知來生事)하면
금생작자시(今生作者是)라, 그 사람의 전생을 알려면 현생을 보면 알
수가 있고, 내생을 알려면 지금의 그를 보면 알 수 있다는 말이 있
질 않은가. 전생에 지은 죄 현세에 받는 게 불쌍하고 가련은 하지
만은, 그 죄 냄새를 어떡허누. 에이 재수 없어, 오늘도 김샜구먼. 퉤
퉤……죄의 냄새, 전생에 지은 죄의 냄새, 그래서 침을 뱉어 예방을
하고 그래야 직성이 풀리는 사람들. 그래서 그들은 정상적인 사람
들에겐 언제나 두려운 존재였고 꺼리고 싫어하는 근본적인 요인이
담긴 존재였고, 그래서 불행의 상징처럼 사악한 존재로 취급되고
그렇기에 모든 사람들은 그들을 피해 가는 것이었다.

불쌍하다면서도 전생에 지은 죄악의 냄새가 두려워 피하고 그
꼴이 흉측하여 침을 뱉으며 멀리하고 있다는 건, 당사자가 아니라
도 그 아픔을 얼마든지 뼈저리게 느껴볼 수 있는 일이었다. 그래서
소경 죽이고 살인빚 갚는다는 말이 나왔고 안팎곱사등이라는 속

담 또한 나온 것이었다.

어쨌거나 고귀한 인간성이라는 것이 경시되는 사회구조 속에서 그들은 참으로 별 볼일 없는 최 하류의 천민이요 불행의 근원일 뿐이었다. 정리 놈에게 짐 덜라는 소리가 아니라고 했지만 앞일이 어떻게 될는지. 제발 잘들 살아 주어야 할 텐데.

그는 그렇게 빌며 고개를 넘어갔다. 딸년의 광기가 이제 사위의 창을 통해서 봄눈 녹듯이 녹아내리기를 빌고 또 빌면서.

그의 그러한 염원은 염원에 지나지 않았다. 어설프게 던진 주사위는 그만큼 어설프게 빗나가고 있었다. 병신은 병신끼리 통한다고, 서로가 위로하며 가장 잘 어울려야 할 그들은 어울리기는커녕 그 반대였다. 어쩌다 한 번씩 천궁골에 들러 정리를 만나 보면 그는 저절로 한숨이 나왔다. 본시 병신답지 않게 무던했던 사위 풍정(風情)은 아내가 될 도화가 꼽추라는 걸 알고 있었고 꼽추치고는 기대 이상이었던지 별다른 면을 발견할 수 없었으나 문제는 딸년 쪽에 있었다.

정리의 말을 들어보니 도화는 눈먼 남편의 존재를 인정하려거나 이해하려 들지를 않는다고 하였다. 물을 떠다 달라면 선반 위에 물그릇을 올려놓고 바로 앞에 떠다 놓았다고 시치미를 떼는가 하면, 남편이 팔을 벌리고 더듬거리다가 무엇엔가 부딪혀 넘어지면 손뼉을 치며 깔깔거린다는 것이다. 그러다가 갑자기 웃음을 뚝 멈추고는 한 서린 요귀의 얼굴로 되돌아 간단다.

그런데 더욱 기가 막힐 것은 시집간 지 서너 달이 넘어가면서 딸년의 배가 서서히 불러지고 있다는 사실이었다. 청운은 시집간 딸년의 배가 불러 오는 것이야 뭐 이상할까 싶었지만 그런 와중에 둘이 어떻게 합궁을 할 수 있었을까 하는 생각에 가슴이 서늘하게 내려앉았다.

허기사 남녀 사이라는 게 또한 그런 것만도 아니지.

딸년의 성미로 보아 도저히 한 이불 속에서 다정하게 웃음 지을 것 같지 않았지만 그나마 다행이라는 생각이 들었다. 그리고 그때까지 씁쓸하게 입꼬리만 씹던 정리도 의외로 딸년의 배가 불러 오는 것에 희망을 거는 모양이었다.

애 낳고 살다 보면 점차 괜찮아질지도 모르지. 이제야 같은 콩깍지 만들 손자놈이라도 보게 되었으니…….

칼잡이 집안의 대물림이 뭐 그리 대수일까만 처음에는 곱사등이 며느리를 못마땅해 하던 정리도 눈먼 아들놈 대신 대를 이을 손자 녀석이라도 볼지 몰라 입꼬리에 웃음을 담곤 하였다.

그러나 그들의 바람대로 모든 게 그렇게 되어 가던 것은 아니었다. 배가 불러 올수록 고분고분해질 줄 알았던 며느리는 언젠가부터 아들놈의 면전에서 꼭 미친 여자처럼 이를 드러내고 으르렁대다가 입에 담지도 못할 욕설을 뱉어 내기 시작했다. 아들놈의 길잡이 역할을 하는 검둥이를 굶기고 두들겨 패기를 일삼았다. 자신을 꼽추라 놀리는 사람들의 심보를 흉내나 내듯이 그녀는 거꾸로 그렇게 아들을 놀리며 심통 사납게 즐기고 있었다.

밤이 되면 그녀는 요부처럼 눈먼 남편에게 다가들어 뱀처럼 몸을 뒤틀다가도 갑자기 자신의 등허리를 받쳐야 할 요 뙈기가 두텁지 않음에 고래고래 악을 써댔고 급기야는 푹신한 놈으로 된 두터운 요 하나 장만치 못하는 가난을 저주했으며 좌우로나 엎드려 잘 수밖에 없는 자신의 일상에 진저리를 쳐댔다.

참다못한 그녀가 호미를 쳐들고 방바닥을 파던 날, 정리는 차라리 눈을 감아 버리고 말았다. 쪼그리고 앉아 서슬이 시퍼런 눈을 번쩍이며 마구 방바닥을 파헤치는 것을 보았을 때 정리는 그만 울컥 불덩어리 같은 게 치밀어 올랐다.

방바닥에 홈을 파 그 속에다 등허리의 밥사발만한 혹을 맞추어 누우려는 꼽추 며느리에게서 그는 어떤 증오나 환멸보다는 두터운 요 뙈기 하나 장만해 주지 못하는 지독한 가난과 불러 오는 배 때문에 이제는 엎드려 잘 수밖에 없는 꼽추 며느리의 불행이 손에 닿을 듯이 다가와 눈이 시렸다.

앞뒤로 곱추며느리의 배는 불러 오고 그녀가 시계 바늘을 맞추 듯이 방바닥에 패인 홈에다 자신이 가진 불행을 맞추는 날이면 어느 날들보다도 더 진한 비린내가 풍겨 나곤 했는데 다음 날 아침 아들은 대낮이 되어서야 허리를 세우곤 하였다.

아무튼 아들은 눈이 먼 사람답게 그렇게 허약하고 무능해 보였으며 며느리는 꼽추답게 작고 메말랐지만 자신의 가슴에 울울이 맺힌 생채기를 남을 통해 풀어 보려는 무서운 독기로 가득 찬 근성을 보였다.

물론 맹인의 곁에 살려면 답답하고 화나는 일이 한두 가지가 아니었다. 보지 못하기 때문에 무엇이든 직접 설명해야 하고 데려다 만져 보게 해야 했다. 그래야만 모든 것을 믿게 하고 인식시킬 수가 있기 때문이었다.

그러나 풍정은 맹인의 습성대로 보이지 않기에 무엇이든 믿으려 하지 않는 놈은 아니었다. 눈만 멀었을 뿐이지 그는 정상인의 사고와 다름없었다. 보지는 못하나 이해되거나 납득하기만 하면 믿으려 들 만큼 못난 놈이 아니었다. 또 그의 얼굴은 그렇게 흉측한 몰골을 하고 있지도 않았다. 눈알이 움푹 들어갔거나 툭 튀어나오지도 않았다. 물론 전맹이었으나 청맹이었고 정상인과 그 모습은 다를 바 없었다.

그런데도 며늘아기는 눈먼 아들을 못 볼 것처럼 굴었다. 눈먼 놈은 그런 며느리를 향해 언제나 그답게 입술만을 꾹꾹 씹어 물뿐 말이 없었다. 보이지 않는 세계에서 모든 것을 안으로만 다스리고 있었기 때문이었을지 모르지만 그렇게 조그만 일에도 미묘한 반응을 일으키는 병신과 달리 그는 어떤 반응도 나타내지 않았다. 그는 자신의 한에 체념할 줄을 알고 있었고 자신의 내부에 끓고 있는 울분과 분노를 절제하고 삭일 줄 아는 놈이었다.

아무튼 그런 그들을 놓고 집 안에서나 집 밖에서나 언제나 말들이 많았다. 그렇게 처음부터가 엉망진창이었다.

정리 영감이 걱정하던 그대로 변해 가던 꼽추 며느리는 어느 날 기어이 풍정의 길잡이였던 검둥이를 패 죽였다. 그러고는 그것으로도 분이 풀리지 않았는지 불러 오는 배를 안고 야화처럼 울울이 맺힌 한을 자신에게 침을 뱉는 사내들을 향해 몸을 던져 풀기 시작했다.

그때의 상황으로는 참으로 엄청나고 이해하기 힘든 일을 며느리는 은밀히 은밀히 해치우기 시작했다. 그때 며늘아기는 자신을 향해 손가락질하는 사람들을 저주하면서도 언제나 하나의 가능성을 가지고 싸우고 있는 사람 같았다. 내가 당한 만큼 너희들도 당해 보라는 심보에서랄까. 너희들이 더럽다고 피하던 이 살덩어리에 이젠 깝죽 미쳐서 엎어져 보라는 듯이.

정리는 그때 그런 며느리를 지켜보며 주책없이 자주 미묘한 환영에 사로잡히곤 하였다. 내놓고 외간 남자를 끌어내는 며느리를 향해 동리 사람들에게 멍석말이를 당하기 전에 따끔하게 나무라야 한다고 생각하면서도 정작은 곰방대로 놋재떨이나 탁탁 두들기며 돌아앉았다. 그러고는 외간 남자를 그 부른 배 위에 얹고 깔깔거리며 그들을 비웃고 있을 며늘아기의 환영을 떠올리며 헛기침을 쿵쿵 허공에다 토해 놓았다. 참으로 끔찍한 일이 아닐 수 없었다.

며늘아기 도화는 계속해서 그 짓을 멈추지 않았다. 타인에 의해 파괴되고 침해받는 그 생의 울타리 속에서 도화는 그렇게 붉디붉은 반기를 은밀히 은밀히 흔들고 있었다. 그를 지탱하던 선은 이미 증오와 저주로 인해 탈진된 상태였고 오직 악한 기운만이 그녀의 체내에 남아 그 범위를 넓혀 가고 있을 뿐이었다.

그녀가 밤마실에서 돌아오는 날이면 그녀의 방에서는 언제나 다듬이질 소리가 들려왔다.

자신의 한을 외간 사내에게서 짓이기다 못해 이제는 다듬이질하 듯이 그렇게 가슴에 쌓인 한의 생채기를 다듬이질하고 있었다.

물은 차면 넘치는 법이었다. 자연히 동리엔 그녀의 불륜에 대한 소문이 살에 살이 붙어 꼬리를 물기 시작했고 그 소문을 바탕으로 눈치를 챈 풍정은 순하디 순하고 약하디 약하기만 했던 자신의 모든 것을 일으켜 세워 개 패듯이 제 여편네를 패 족치기 시작했다. 허약한 몸 어디서 그런 힘과 증오가 솟아나는 것인지 모를 일이었다. 그것은 분명 자신의 내면과 양립할 수 없는 허약함이 가져다주는 육신의 분노일지도 몰랐다.

더욱이 그와 맞서는 꼽추의 표독스러움. 풍정의 허약함이 돌변하자 그녀는 처음엔 놀라는 표정을 숨기지 못하는 눈치였지만 그때 도화는 생각하고 있었다.

홍, 해 보라지, 얼마든지 해 보라지.

그녀는 달팽이처럼 전신을 오므리고 입 한 번 벙긋하지 않았다. 그 흔한 변명 한 번 하지 않았다. 그 흔한 신음 한 번 터트리지 않았다. 작은 몸을 활처럼 구부리고 동전처럼 이리저리 구르며 풍정의 매질을 감당해 내고 있었다.

도화는 그 후로도 바람기를 늦추지 않았다. 눈이 멀어 뒤를 밟을 수조차 없는 풍정은 늘 먼눈을 회번뜩이며 미친 승냥이처럼 날뛰었고 정리 영감은 그런 그들을 보며 놋재떨이만 탕탕 두들겨 대었다.

이 일을 어찌하믄 좋아 그래.

생각하면 할수록 청운이 야속했다. 당장에라도 친정으로 내쫓아 버리고 싶었지만 그럼 뱃속에 든 핏덩이는 어쩌누. 눈먼 것에게 대를 물릴 수 없는 일이고 보면 그것이나마 희망인데.

사태는 자꾸만 악화되어 갔다. 이제 아들놈은 며느리의 뱃속에 든 생명까지도 제 새끼가 아닐지도 모른다는 불신을 쌓아 가기 시작했다.

배가 완전히 불러 오자 며늘아기의 밤마실은 없어졌지만 불러 오는 배만큼이나 아들놈은 변해 가고 있었다. 몸이 무거워 터트리는 여편네의 신음 소리에 노골적인 불쾌를 얼굴에 나타내었다. 막걸리 사발이라도 들이켜고 돌아오는 날이면 땅이 꺼지게 한숨을 몰며 여편네를 개 패듯 패 족쳤다.

어린 생명은 지독한 매질 속에서도 악착같이 제 어미의 탯줄을 놓지 않고 있었다.

생명이 태어나던 날 유난스레 안개가 짙었다. 아침부터 심한 안개가 끼면 대낮에 불볕이 날 징조여서 정리는 아침 일찍 서늘한 기운을 타고 천궁을 다녀왔다. 기온이 높으면 잡은 쇠고기가 쉬 상하므로 여름철엔 언제나 새벽녘에 소를 잡았는데 그날도 예외는 아니었다.

아들놈이야 제 여편네 뱃속에 든 것이 제 것이 아니라고 날뛰지만 정리 영감의 손에는 오늘내일 하는 며느리의 출산을 위해 숯이나 고추 대신 소 꼬리털이 무명초만큼이나 들려 있었다. 양반네들이 숯이나 고추를 대문 앞에 다는 대신에 백정의 집안에선 언제나 소 꼬리털을 다는 풍속이 있었다. 그래야 잡귀 귀신이 물러간다는 믿음이 있었으므로 그는 잊지 않고 준비해 왔던 것이다.

밤이 되자 며느리의 진통이 시작되었다. 풍정은 마루에 청대처럼 뻣뻣하게 섰는데 정리는 허둥거리며 옆집 붕당 할미를 데리고 왔다. 어린애 받는 일엔 경험이 많은 할미였다.

붕당 할미가 방으로 들어가고 나서도 방안에선 여전히 신음 소리가 계속되었다. 신음 소리는 목이 턱턱 막히도록 내뿜어지고 살을 찢어 내듯 날카롭게 울부짖다간 갑자기 벼랑 아래로 떨어져 내리듯 뚝 끊어지곤 하였다. 신음 소리가 뚝 끊어졌을 때 뒤이어 달려드는 한순간의 정적이 어찌나 섬뜩했던지 정리 영감은 부르르 진저리를 치곤하였다. 그리곤 엉뚱하게도 지금쯤 며늘아기의 등에 붙은 혹은 어떤 방향으로 있을까 하는 생각을 문득문득 하며 스스로 민망스러워하곤 하였다.

신음 소리는 계속되었다. 신음이 계속되다 한 번씩 끊어질 때마다 사위는 형용할 수 없는 적막 속에 싸여 들었다.

그런 어느 한순간이었다. 안방 문이 벌컥 열리면서 붕당 할미의 고함 소리가 터져 나왔다.

"이보게 정 서방, 정 서방 어디 있는가?"

정리 영감이 소 꼬리털을 들고 마루 위로 뛰어올랐다. 풍정은 그때까지도 뻣뻣하게 서서 먼눈을 껌벅이고 있었다.

붕당 할미가 그런 풍정을 향해 다시 고함을 내질렀다.

"이보게 정 서방, 무얼 하고 있나? 까무러쳤어. 또 까무러쳤다고!"

정리가 풍정을 쳐다보았다.

풍정은 그대로 꼿꼿하게 선채 미동도 하질 않았다.

붕당 할미가 뛰쳐나오더니 정리의 손에 든 소 꼬리털을 빼앗아 눈먼 풍정을 향해 다가들었다.

"아니 이 사람 이거 왜 이래? 사람이 까무러쳤다는데……. 이리 오게, 이리 오란 말일세."

붕당 할미가 다가들기 무섭게 뒤로 주춤주춤 물러나던 풍정이 휙 몸을 돌렸다.

붕당 할미가 또 질겁을 하고 돌아선 풍정의 앞으로 달려들었다.

"왜 그러나 이 사람아?"

그때 보다 못한 정리가 끼어들었다. 그는 풍정의 멱살을 덥석 잡아 쥐고는 방을 향해 끌고 가기 시작했다.

풍정은 미친 듯이 몸부림을 쳤다.

"놔요! 놔!"

풍정의 고함에 정리가 돌아섰다. 이내 그의 손이 풍정의 뺨 위에서 철썩하고 소리를 내었다.

"이놈아, 이 죽일 놈아, 네 여편네가 죽어 가는 마당에 뭔 지랄이여 지랄이."

눈먼 풍정은 막무가내로 몸을 비틀었다. 정리는 풍정을 방으로 끌고 가려하고 풍정은 끌려가지 않으려는 실랑이가 한동안 계속되었다. 나중엔 지친 정리가 악이 받칠 대로 받쳐 풍정의 눈앞에다 소 꼬리털을 흔들며 눈을 뒤집고 고함을 쳐댔다.

"이놈아, 이 불쌍한 놈아, 아무리 눈이 멀었기로서니 사람 죽어가는 꼴도 안 보이는 기여, 들어가서 이거(소 꼬리털) 휘둘러 주면 될 거 아니여. 으멍으멍 쇠울음 몇 번 울어 주믄 될 거 아니여. 내라도 해야 될 것이면 내라도 하것다만 니 여편네 니가 해야 되는 걸 번연히 알면서 왜 마다는 거여. 그래 니 새끼가 아니믄 어떻다는 거여. 다른 놈 새끼라믄 또 어떻다는 거여. 눈이 먼데 소가지는 살아서 뭘 할 것이냔 말여. 어이구 여편네 간수 하나 제대로 못한 것이 이제 와 뭔 지랄이여 지랄……."

"……."

"……이게 다 무엇 때문인지 아는 기여, 네놈이 비록 눈이 멀었어도 칼질을 배우겠다고 나서 봐, 이런 일이 닥쳐오나. 예로부터 다른 것에 잿물 들면 이런 일이 닥쳐오고 마느니, 벼락 맞아 죽고 마느니……."

백정이라고 소가지도 없는 줄 아쇼 하고 산 아래 사람들에게 눈을 치뜨던 어느 날의 그답지 않게 그날따라 정리는 그렇게 외치며 홱 돌아섰다. 그리곤 자신이 저지른 업보를 자신이 거두어들이겠다는 듯이 그대로 산모의 방으로 후닥닥 뛰어들었다. 붕당 할미가 기겁을 하고 막았지만 허사였다.

"그래 하기 싫다믄 그만둬! 그만두면 되는 기여. 자식새끼 잘못 둔 죄 내가 씻으믄 되는 기여, 그 애비의 그 자식이지……."

정리는 며느리가 흘린 피를 밟고 서서 그렇게 고함을 지른 다음 며느리의 몸 위로 소 꼬리털을 흔들며 주문을 웅얼거리기 시작했다.

  ……

  영모님요 영모님요

  노기를 푸시옵고

  잡귀 잡신

  모두 모두

  물러나게 하옵소서

  자식새끼 잘못 두어

  이내 몸이 비옵나니

  굽어 살펴 주옵소서

  목을 눌린 울대 귀신

  사지 눌린 사지 귀신

  오장 눌린 오장 귀신

  파리를 내쫓듯이

  이 꼬리로 쳐내어서

  어린 생명 고이고이

  점지하여 주옵소서

  …….


주문을 마치기가 무섭게 정리는 몇 번이고 소 울음소리를 내며 며느리의 주위를 빙빙 돌아다녔다. 이마엔 어느새 땀방울이 송글송글 맺혔고 넋이 나간 붕당 할미 곁에서 며느리는 여전히 주검처럼 누워 있었다.

도화가 일어난 것은 정리가 방을 나와 이젠 할 짓 다했으니 될 대로 되라는 듯이 섬돌 끝에 퍼질러 앉아 곰방대에 연초를 재워 물 무렵이었다. 소 꼬리털을 흔들며 주문을 외워 준 효험이 있었는지 도화는 깨어나 신음을 질러 대기 시작했고 뒤이어 새 생명의 울음소리가 들려왔다. 천행으로 낳은 어린것의 몸뚱이는 붉기보다는 풍정의 발길질 때문인지 온통 푸르게 멍이 들어 있었다.

그래서였을까. 아니 그래서라면 더 가슴 아파하며 어린것을 끌어안아야 할 산모는 핏덩이를 품에 안기가 무섭게 시퍼런 눈길로 등허리를 후딱 들춰보았다. 아무렇지도 않자 이내 칼날 같은 웃음을 실실 물다가 한쪽으로 후딱 밀어 버렸다. 어린것이 미친 듯이 울어 대기 시작했다. 영문을 몰라 바라보고만 있던 정리가 어린애를 안아 들었다.

그 후로 도화는 어린것에게 젖 한 번 물리지 않았다. 여전히 알 수 없는 것은 그녀의 마음이었다.

자리를 털고 일어나기가 무섭게 그녀는 다시 야화처럼 외간 남자를 찾아 나서기 시작했다. 그녀는 상상하기조차 끔찍한 여자로 변해 가고 있었다.

풍정이 언성을 조금만 높여도 그녀는 절대로 지려 하지 않았다. 발길질이라도 날아오면 살쾡이처럼 손톱을 세우고 달려들었다.

정리의 한 서린 한숨은 더 짙어져 갔다. 자연히 어린 생명은 그의 차지가 되었다. 손수 미음을 끓여 먹이며 장차 칼잡이 집안을 이끌어 갈 멍든 어린것을 정성스레 키울 수밖에 없었다.

계속해서 동리엔 도화에 대한 별의별 소문이 다 나돌았다. 꼽추란 본시 열이 많아서 한두 사내로는 그 욕정을 채울 수 없다는 둥 비록 등허리는 굽었지만 그녀의 속살 맛에 누구는 넋이 나가 버렸다는 둥 그렇게 바람처럼 소문은 나돌았다. 어떻게 보면 한(恨)이란 바람인지도 몰랐다. 불타난 가슴 가슴에서 일어나 이는 바람.

어린것에게 젖 한 번 물리지 않고 돌아다니던 도화가 돌아오면 눈먼 풍정은 이를 갈았다.

그녀의 입에서도 한 서린 독기가 그칠 날이 없었다.

"흥, 해 보라지, 멍석말이를 당해 이 동리를 개처럼 쫓겨나도 서러울 건 없어. 할 테면 해 보라지. 니 팔자 내 팔자에 무서울 게 뭐 있니. 니나 내나 재수 없다고 침 맞는 한 세상, 얼굴만 마주쳐도 재수 옴 붙을까 돌아서 버리는 이놈의 사악한 신세⋯⋯. 부모마저 부끄러워 버려 버린 이 판국에 그래 뭐가 무서울 게 있니. 니나 내나 전생에 무신 죄를 지었는지 내 모르겠다만 죄 냄새 나는 이놈의 몸뚱어리, 그래도 잘만 핥아 대더구나, 이놈의 죄 냄새가 그놈들의 살에 배이고 배여 후생에 가면 그놈들도 나처럼 보복 받을 것이여."

그렇기에 더 감내해야 하고 더 정숙하고 후덕한 여인이 되어야 하는 것이라고 누군가 도화에게 한마디라도 했다면 그녀는 분명 이렇게 말했을 것이었다.

"야, 이년아 그럼 니가 내 신세가 한 번 되어 봐!"

그렇게 도화는 세상을 칼질하며 희롱하고 있었다. 그녀가 세상을 그렇게 희롱하고 있는 사이 그를 보다 못한 눈먼 정풍정은 이제 지쳐 버린 모습으로 방구석에 처박혀 무슨 생각엔가 깊이 잠겨 있기 시작했다.

하루와 이틀, 그리고 몇 달…….

어느 날 그는 문득 일어나 아버지 정리의 방문을 열었다. 그리곤 이런 말을 불쑥하였다.

"아버지, 제게 칼질을 좀 배워 주셔유."

"뭬라구?"

무심히 곰방대를 빨고 있던 정리는 깜짝 놀랐다. 자신의 귀를 의심하였다.

"내게 칼질을 좀 배와 도라 말이오."

"칼질을?"

"그러요."

정리는 들고 있던 곰방대를 자신도 모르게 떨어뜨리고 말았다.

지 놈이 무엇 때문에 갑자기 그런 생각을 했는지는 모르지만 하기야 한때는 그래도 눈먼 것에게나마 막연히 같은 콩깍지를 만들 수는 없을까 안달하던 때도 있었지 않는가. 그런데 눈먼 것이 제 입으로 칼질을 배워 달라고 나서다니.

무엇을 칼날 끝에 걸려는 것인지 그것은 알 수 없었지만 정리는 눈앞이 캄캄해 왔다.

정말 저놈이 제정신으로 하는 소릴까.

너무도 엉뚱하고 엄청나기만 해서 정리는 눈을 감았다 뜨고 또 감았다 떴다.

정리는 그날로 눈먼 아들을 위해 나무로 만든 소의 두상을 깎아 나가기 시작했다.

무슨 이유, 무슨 생각에 칼질을 배우겠다고 나서는지는 모르겠지만, 여편네의 한 많은 삶을 칼끝에 걸려 해도 좋았고, 자신의 한 많은 인생을 칼끝에 걸어 보려 해도 좋았다. 그저 아들 하나 있는 거 같은 족보자루에 넣을 수 있다는 생각에 가슴이 떨릴 뿐이었다.

그려 해낼 수 있을 거여, 암 해낼 수 있구말구.

며칠 후 외양간 한 귀퉁이에는 모가지까지밖에 없는 나무로 된 소의 두상 하나가 걸렸다. 소의 두상처럼 둥글둥글하지도 않았지만 그렇다고 모가 난 것도 아니었다. 소의 두상 정수리에는 손마디만한 쇠동전 하나가 박혀 있었다. 촛대로 내려치면 소리가 나게끔 되어 있는 것이었다.

다음 날 그는 눈먼 아들을 이끌고 두상이 걸려 있는 외양간 안으로 들어갔다.

그는 아들의 왼손에 촛대를 쥐어 주었다.

"자, 오른손으로 정수리를 더듬어 보아. 그렇지, 거기 쇠동전이 잡히지. 그래 그게 바로 어사 나리의 정수리인기여. 촛대를 높이 쳐 들고 그것을 곧바로 내리쳐 봐!"

눈먼 풍정은 다가들었고 촛대를 들어올렸다.

결과는 뻔했다. 얼토당토않게 두상의 코뚜레를 내려치고 있었다.

정리는 실망하지 않았다. 다시 촛대를 들어 올리게 하였고 바른 손으로 소의 두 눈을 막듯이 하고 내려치게 하였다.

하루와 이틀 그리고 사흘.

결과는 여전한데 눈먼 풍정은 변명이나 하듯 투덜거렸다.

"아니 눈먼 것도 서러운데 왜 오른손을 놔두고 왼손으로 촛대를 내려치게 한대요?"

"이런 육시랄 놈 봤나, 이놈아 아무리 눈이 멀었기로서니 무어라구? 왼손보다는 오른손이 낫겠다구, 이런 환장할 놈 봤나, 야 이놈아 본시 촛대란 왼손에 들게 되어 있는 뱁이여. 이 바닥에서 오른손에 촛대 들고 어사 나리 극락 보내는 놈 본 일이 있나. 죄짓던 오른손으로 어사 나리 극락 보내지 못하는 기여. 본시 극락이란 게 왼쪽에 있지 오른쪽에 있질 않거든. 나중에 네놈이 죽어 저승에 가더라도 극락세계의 문은 항상 왼편에 있어서 왼손잡이가 아니면 그 문을 열 수가 없게끔 되어 있는 것이여. 그래서 왼손을 올리라고 하는 것이여. 어사 나리의 혼을 바르게 올려 준다는 뜻인 기여. 이놈아 네 촛대질이 서툰 것은 눈은 둘째치고라도 왼손이어서가 아니라 니 정신머리가 온전치 못해서 그런 기여. 흰고무래가 되려면 네놈의 하는 짓이 얼마나 소중하고 신성하다는 것을 먼저 깨달아야 하는 것이여. 뭐 땜에 네놈 왼손에 쥐어진 그 도끼 같은 걸 촛대라고 하는지 아는 기여. 나리님의 혼을 밝은 곳으로 인도하는 것이기 때문에 그런 이름이 붙은 것이여. 촛대를 쥔 왼손을 더 높이 들어. 그려. 숨을 가다듬고 기다려 봐. 마음이 천천히 가라앉거든 그때 아찔광하는 것이여. 안 그러면 소가 아니여. 쓰러지면 뭘 해, 그건 소가 아니고 네놈이 쓰러지는 것일 뿐인 기여."

그들의 촛대질은 밤이나 낮이나 계속되었다. 나무로 만든 소의 두상도 박박 얽은 곰보딱지의 얼굴처럼 촛대에 의해 흠집투성이었다. 풍정은 손에 피가 맺히도록 정수리를 내리쳤다.

그가 열 번을 쳐 열 번 모두 두상의 동전에서 촛대 소리가 날 때쯤엔 골피의 나이 어느덧 여섯 살이 되어 있었다.

어린놈은 외양간 앞에 쪼그리고 앉아 눈먼 제 애비의 촛대질을 보며 철없이 께르륵거리기도 하고 할아비의 고함 소리가 느닷없이 터져 나오기라도 할라치면 앙 하고 울음을 물기도 하였다.

그러던 어느 날 정리는 눈먼 풍정 앞에 누렁이 한 마리를 끌어다 놓았다. 백정이 되려면 우선 누구보다도 소를 잘 알아야 할 것이므로 정리는 소의 전반에 관한 것을 아들에게 가르칠 심산이었다. 정리는 소의 전신을 짚어 가며 그 명칭을 가르쳐 주었다. 참으로 상세한 가르침이었다.

……뿔·귀·이마·눈·입·뺨·비경·콧구멍·턱·샘·항·목·견봉· 흉우·어깨·견란·견후·귀갑·가슴·가슴앞·가슴밑·갈비뼈·정강이 ·하겹부·삼각부·등·허리·코각·십자부·방뎅이·천골·전·좌골란 ·퇴·관미장·미방·비절·후관·모피·불알·위방·젖꼭지·상막·전 박·무릎·구절·후슬·경무·부제·발톱…….

외우기조차 힘든 명칭들을 하나하나 가르쳐 주었다.

그러고는 우체측정법(牛體測定法)을 가르쳤는데 우체측정법은 눈 뜬 백정도 꼭 배워 둬야 할 것이지만 눈이 먼 풍정에게는 절대적으로 알아 두어야 할 것이었다. 눈뜬 사람은 자신이 죽여야 할 소를 한눈에 간파할 수 있겠지만 눈이 먼 사람은 소의 생김새를 더듬어 보아야 했으므로 백정이 되려면 촛대 다음으로 익혀두어야 할 기본적인 것이었다.

그는 우선 열한 부위의 측정법과 체중의 산출법에 대하여 가르쳤다.

기갑최고부 발굽 밑 지면까지의 거리를 재는 체고법(體高法)과 지면에서 십자부까지의 거리를 재는 십자부고법(十字部高法), 견압골 뒤쪽에서 겨드랑이를 통하는 가슴둘레를 재는 흉위법(胸圍法), 흉위를 측정하는 흉폭법(胸幅法), 흉위에서 흉골 하부까지의 거리를 재는 흉심법(胸深法), 요각 바깥쪽의 부간을 재는 요각폭법(腰角幅法), 좌우골 관절의 부간(部間)을 재는 곤폭법(臗幅法), 좌골절 바깥쪽의 부간을 재는 좌골폭법(坐骨幅法), 견단(肩端)에서 좌골 결절 후단부까지의 사선 거리를 재는 체장법(體長法), 요각 바깥쪽에서 좌골 결절 후단부까지의 거리를 재는 고장법(尻長法), 오른쪽 전지(前肢), 발목에 가장 가는 부분을 재는 전관도법(前管圖法) 등을 철저하게 가르쳤다.

오랜 시간이 걸려 그걸 모두 가르치고 나자 체중산출법(體重算出法)을 가르쳤는데 흉위와 체장을 재 그 무게를 아는 법이었다. 그런데 풍정은 곧장 그 산출법을 잊어버리곤 정리에게 꾸지람을 듣곤 하였다.

다시 오랜 시간이 흘렀고 골피의 나이도 어느덧 여덟 살이 넘어가고 있었다.

그때쯤 정리는 소의 연령감정법을 가르쳤다.

먼저 그는 각륜법(角輪法)을 가르쳤는데 소가 새끼를 분만할 때 영양 부족으로 뿔에 凹형으로 흠이 생기므로 그것을 세어 소의 나이를 아는 한 방법이었다.

또 하나는 이(齒)의 발생과 마멸, 환생의 상태에 따라 감정하는 방법이었는데 정리는 이의 명칭부터 예를 들었다.

뒤어금니·앞어금니·송곳니·앞니·짝니·바깥중간니·안중간니·자갈니…….

연령 감정은 앞니로 하게 되는데 생시에는 이 사이가 떠 있어 흔들리므로 9개월이 넘기 시작해야 그 사이가 없어진다. 두 살이 되어야 영구치 두 개가 환치되고, 세 살이면 네 개가 환치되며, 네 살이면 여섯 개가 환치되고, 다섯 살이면 전부가 환치되므로 만 다섯 살이 넘으면 앞니의 마멸면으로 감정을 해야만 된다. 여섯 살이 되면 마멸면이 횡타원형으로, 여덟 살이 되면 마멸면이 부정형으로, 아홉 살이 되면 마멸면이 장타원형으로, 열한 살이 되면 마멸면이 원형으로 그리고 열세 살이 되면 마멸면이 종타원형이 된다고 가르쳤다.

그들의 싸움은 그렇게 끝이 없었다. 한 단계가 끝나면 또 한 단계가 되풀이되고 되풀이되는가 하면 다시 앞으로 넘어가 반복되고 그렇게 오랜 세월을 둘은 소와 어울려 싸우고 있었다.

그러는 사이 십 년이라는 세월이 흘렀다. 그때까지도 눈먼 풍정은 정식으로 천궁에 나아가 칼을 들 수는 없었고, 도화의 서슬은 집 이 구석 저 구석을 흉행한 바람처럼 들쑤시고 있었다. 그런 와중에서도 그들 사이에 태어난 어린 골피는 어느덧 열여섯 살의 제법 사려 깊은 소년으로 자라나 있었다. 비록 칼잡이의 가문에 태어났다고는 하나 칼잡이도 사람이었다. 사람 구실을 하기 위해서는 배워야겠기에 외양간 앞에서 칼질을 익히는 아버지 곁에서 《천자문》을 외웠고 《동몽선습》을 익혔다. 머릿속에 하나 둘 지식이 쌓여 나가자 자연히 사색하는 시간도 많아져 갔다. 끝도 없이 계속되는 눈먼 아버지와 할아버지의 싸움, 자라 오면서 늘 보아 왔지만 이제 저 작업이 끝나면 무엇을 또 배울 것인가 싶었다. 백정이 되기 위해 저러한 고난을 이겨 나가야 한다면 차라리 살 용기마저도 나지 않을 것 같았다. 그때 골피는 어렸지만 그런 그들을 지켜보며 갖은 상념에 몸을 떨곤 하였다.

아버지는 소의 모든 것을 알아 가며 무엇을 생각하고 있을까. 자신의 생이 어디서 왔으며 자신의 생은 어떠한 모습으로 이루어지고 있는가를 생각하고 있을까.

골피는 어렸지만 왜 하나의 생명을 죽이기 위해서 저렇게 철저하고 벅찬 과정을 익혀야 하는가에 대하여 의문을 가지지 않을 수 없었다. 어떤 생이든 자기 모양대로 살 권리가 있다는 사고가 갖추어진 나이는 아니었다. 하지만 단 한 번 부여받은 생명이 왜 다른 생명에 죽고 죽이지 않으면 안 될까 하는 그런 의혹에 사로잡혔던 것이다. 상대에 의해 타살되는 생명일 밖에야, 그 생명은 차라리 부여받지 않은 것만도 못한 생명임에 틀림없고, 부여받았다면 하나하나의 개체로서 완전한 삶을 누릴 권리가 있을 터였다. 그런데도 부당하게 살아남지 못한다는 사실이 이해되지 않았다.

나중에야 안 사실이었지만 골피는 그때 자신이 생존경쟁의 틈바구니 속에 서 있다는 필연적 사실을 모르고 있었다. 그랬기에 할아버지와 아버지의 행위를 이해할 수 있는 기반을 그때 닦을 수 있었던 것인지도 몰랐다. 생존 경쟁의 틈바구니 속에서 오직 소만이 아니라 우리들 인간마저도 부당하고 억울하게 인간적인 자기 모양대로 살아남지 못한다는 사실을 그제야 알아갔던 것이다. 이미 규정지어진 결정적인 평등 앞에서 소와 인간과의 차이, 아니 나아가 양반과 상놈과의 차이, 아니 더 나아가 평민과 백정과의 차이, 먼 옛날부터의 조상들의 괄시와 핍박을 생각해 보지 않더라도 그들의 발길질에, 그들의 독사 같은 혀끝에 좀처럼 살아남지 못했던 역사를 골피는 그제야 이해할 수 있었다.

비로소 그 흔한 두루마기조차도 입지 못하던 세월을 이해할 수 있을 것 같았다. 어머니를 이해할 수 있을 것 같았다. 타인에 의해 파괴되고 침해받는 그 생의 울타리 속에서 꼽추인 어머니가 은밀히 눈먼 남편을 향해 붉은 반기를 흔들고 있었을 때 골피가 본 것이 바로 그것이었다. 바람 같은 것. 파탄과 좌절, 파국과 갈등으로 응어리지지 않을 수 없는 생채기 같은 것, 그것이 바로 한이란 것이었다. 잘 조화된 음률로 들려오는 다듬이질 소리, 그것은 다듬이질감을 두드리고 있는 게 아니었다. 가슴에 맺힌 한 뭉텅이의 생채기를, 구겨질 대로 구겨진 한의 옹이를 그렇게 펴고 있었던 것이다.

확실히 한이란 바람과 같은 것이었다. 때로는 토담가에서, 때로는 우물가에서, 때로는 개울가에서, 때로는 그늘진 정자나무 아래서 한은 바람처럼 떠돌다 젖은 가슴으로 숨어들어 그 가슴에 생채기를 내고 피멍울을 들여 생명력을 얻어 가고 있는 것이 바로 한이란 것이었다.

어머니의 한과 자신의 한을 칼끝에 걸려는 아버지가 그렇고, 같은 병신끼리 돌팔매질을 해야 하는 어머니가 그렇게 바람맞은 사람들이었다.

골피는 이를 앙다물었다.

골피의 마음을 아는지 모르는지 정리는 어느 날 아들 풍정을 천궁으로 끌어가기 전 마지막으로 소의 전반에 걸친 상우법(相牛法)을 가르쳤다. 사람으로 말하면 얼굴의 관상법 같은 것이었다.

우선 정리는 각부(各部)를 두경(頭頸), 전구(前軀), 중구(中軀), 후구(後軀), 사지(四肢) 및 보양(步樣)으로 나누어 가르쳤다.

두경에 있어선 이마는 넓어야 하고 뿔은 견고하고 치밀하여야 하며 비량(鼻梁)은 짧아도 안 되지만 너무 길어도 안 된다. 비경(鼻鏡)은 넓어야 하고 비공(鼻孔)은 커야 하며 흉수(胸垂)는 적당하게 늘어져 있어야 한다.

전구부(前軀部)에 있어서는 앞가슴은 만져 보아 단단하고 넓어야 하고 기갑(鬐甲)은 충실해야 하며 어깨는 강한 근육에 덮여 잘 미끄러지되 견단(肩端)은 벌어지지 말아야 한다.

중구부(中軀部)에 있어선 갈비와 갈비의 사이에 대하여, 등과 허리의 적합에 대하여, 늑간(肋間)의 적당한 길이와 넓이에 대하여, 풍성하게 원을 그리며 단단하게 이어져야 할 복부(腹部)에 대하여 가르쳤다.

후구부(後軀部)로 넘어와서는 엉덩이는 경사가 완만해야 하며 근육이 많아야 하고 천골(薦骨)과 요각(腰角)은 튀어나오지 않아야 하며, 다리는 강한 근육으로 발달하되 길어야 좋으며, 꼬리는 너무 길거나 짧지도 않게 알맞게 늘어져 있어야 한다.

사지(四肢)는 관절 마디마디가 강하고 견고해야 하며 그 각도는 분명해야 하고 발목은 짧아야 할 것이며 뒤꿈치는 넓을수록 좋고 발굽은 견고하되 말라야 한다고 가르쳤다.

끝으로 정리는 이 모든 것을 종합하였는데 한마디로 얼굴은 몽침처럼 몽탁해야지 늑골처럼 길어서는 안 된다. 목은 잘 뻗어야 하고 입은 커야 하며, 혓바닥은 까칠까칠할수록 좋고, 눈은 짧고 동글어야 좋은 소라고 가르쳤다.

자질과 육질의 상태에 있어서도 가르쳤는데 첫째 피모(被毛)는 발생하되 부드러울수록 좋다. 겨울에 피모를 만져 보아 비단을 만지는 것 같은 촉감이 와야지 여름에 나무꼬챙이를 만지는 것 같은 느낌이 와서는 좋은 소가 아니다.

뿔은 만져 보아 꺼칠꺼칠하지 않고 찐득찐득한 촉감이 오면 수청각(水靑角)이나, 능각(綾角)을 가릴 건 없다고 했다.

육질(肉質)에 있어선 소를 만져 보아 단단한 지방이 물었으면 곡류를 많이 먹고 자란 소이며, 흐물흐물하면 풀과 수분을 많이 먹고 자란 소임을 알아야 한다고 가르쳤다.

대략 이런 가르침을 끝내고서야 정리는 눈먼 아들을 천궁으로 데리고 갔다. 원래 천궁은 잡인(雜人)이 드나들지 못하게 되어 있었으나 아버지는 예외였다.

정리는 그곳에서 먼저 도살에 필요한 절차를 정식으로 가르쳤다.

젯상은 넓게 마련해야 하며, 스님을 데려와 염불을 시킨 다음 어사 나리의 마지막 먹이인 감김치를 주는 법 정화수와 팥을 뿌리는 법 등을 차례로 일일이 익혀 주고 있었다.

정리는 참으로 자상하게 눈먼 아들을 가르쳤다. 가르치는 것도 전통적인 것보다는 좀 색다르게 그 나름대로 가르쳤다.

소가 도수장으로 출도하면 다른 칼잡이들은 소의 발을 묶고 눈을 가린 다음 잡귀 잡신을 쫓는 홍포를 등에 덮어씌우고 왼손으로 촛대를 들어 내려치는 법인데 정리는 정반대였다. 그 방법이 오히려 전통적인 것에서 위배된다는 것이었다.

그는 소의 눈을 가리지도 않았고 발도 묶지 않았으며, 홍포도 잡귀 잡신을 쫓는 의미는 있으나 공포를 조성하므로 될 수 있으면 소가 살아 있을 때는 씌우지 못하게 했다. 그는 소가 죽음을 의식하지 못하게 하고는 일순간에 소를 쓰러뜨렸다. 마지막 가는 길을 그렇게 편안하게 모셔야 한다는 뜻에서였다.

정리는 언제나 소가 쓰러지고 나서야 그 위에다 홍포를 씌웠다. 그리곤 목을 잘라 피를 빼곤 발목을 잘랐는데 앞다리는 무릎 관절에서, 뒷다리는 비절 바로 밑을 도려낸 다음 가죽을 벗겨 내었다.

눈먼 풍정은 처음이었으므로 오른손으로 더듬어 나가면서 신팽이 끝을 놀렸는데 모포같이 벗겨져야 할 가죽이 허연 기름 덩어리와 붉은 살덩어리가 너덜너덜 달린 상태의 것이었고 자주 신팽이에 오른손이 베어선 그 피로 인해 소의 가죽은 더욱 붉어 보였다.

배와 가슴을 갈라 내장을 꺼내는 작업에 있어서도 대장(大腸)과 소장(小腸)을 훑어 내리는 법, 간(肝)을 골라내는 법, 쓸개를 도려내는 법, 염통을 자르는 법……어느 것 하나 소홀히 다루는 게 없었다.

시늠질이 시작되어 뼈와 살을 발기기 시작했을 때 눈먼 풍정은 역시 오른손으로 살과 뼈를 더듬어 왼손으로 발겼는데 정리는 그의 신팽이 끝을 쳐다보며 고함을 내질렀다.

"이눔아, 코각을 그렇게 발기는 놈이 어딨어. 이눔아, 칼끝에다 힘을 주어야지 손끝에만 힘을 주니 그놈의 것이 발겨져. 칼끝을 더 돌려. 그려! 칼끝을 뼈끝에다 대고 그 결을 따라 밀어!"

눈먼 풍정의 얼굴엔 어느새 땀이 송글송글 맺혔고 칼끝은 여지없이 뼈와 살을 발기다가 미끄러지듯 그의 오른쪽 손가락을 찢어놓았으며 그러면 정리는 또 혀를 끌끌 찼다.

정리는 나중 손을 닦는 법과 촛대와 신팽이를 간수하는 법까지

빠짐없이 아들에게 가르쳤다.

작업을 마치고 돌아오는 날 밤이면 그들이 풍기는 비린내로 인해 동리의 파리가 온통 집으로만 몰려드는 것 같았다. 입가에 시커멓게 파리 떼를 보리밥 풀처럼 붙이고 코를 골며 그들은 세상을 잊어 갔다.

날이 밝기가 무섭게 그들은 목욕을 한 다음 신팽이를 갈았다. 칼 갈리는 소리는 어린 골피의 가슴을 쥐어뜯으며 낡은 초가의 추녀 끝을 물고 늘어졌다. 그들이 토담가에 탁한 침을 뱉으며 천궁으로 떠나고 나면 그제야 골피는 잠이 들곤 하였다.

하루와 이틀…… 그들의 작업은 쉴 사이 없이 계속되었다. 그 속에서 풍정은 점차 인정받는 백정이 되어 가고 있었다. 정리의 자상한 보살핌 속에서 그의 소 잡는 실력은 날로 향상되어 노련한 백정들도 점차 익숙해져 가는 눈먼 풍정의 신팽이 끝을 보면서 머리를 홰홰 내두를 정도였다.

"앞으로 지 애비보다는 낫겠어. 이젠 소를 맡겨도 괜찮겠는걸……."

그런 말이 나돌던 어느 날 드디어 눈먼 백정 정풍정의 첫 도살이 결정되었다.

바로 정리가 할 일을 다한 듯 목으로 피를 내뱉으며 외양간 앞에 쓰러지던 날이었다. 어쩌면 그때쯤 정리는 밭은기침을 내뱉으면서도 눈먼 아들의 그날이 있기까지를 조금도 내색하지 않고 기적적으로 버텨오고 있었던 것인지도 몰랐다. 그 죽음 같은 잠. 간간이 이어지던 메마른 기침 소리. 아침마다 내뱉던 그 탁한 가래침.

마지막 숨을 몰아쉬며 정리는 희미한 호롱불을 의지하고 누운 채 아들에게 촛대와 신팽이를 가져오게 했다.

풍정이 더듬거리며 그것을 가져오자 정리는 떨리는 손으로 그것을 받아 든 다음 가슴에 가만히 한 번 품었다가 아들을 향해 내어 밀었다.

풍정이 그것을 받자 정리는 길게 한숨을 내쉰 다음 마지막으로 입을 열었다.

"됐다. 다 이루었어. 이젠 조상을 볼 낯이 있어. 부디 그것을 깊이 간직하도록 해. 그리고 어사 나리와 한번 마주서면 물러나지 말 것이며 그리하여 우리 모두가 저 천궁에서 독사지옥(毒蛇地獄)으로 떨어지는 비운을 맞지 않도록 각별히 유념하도록 혀. 또한 아녀자에게 그것을 보여 태아를 유산시키거나 낳지 못하게 하지 말 것이며 어사 나리를 잡다 자루가 부러지면 붉은 황토에다 그것을 묻고 한동안은 잡인을 만나지 말며 일정 기간을 자숙한 다음 다시 그것을 파내 자루를 끼워 쓰도록 해."

자신의 모든 것을 물려주고 떠나는 정리의 유언은 참으로 신중하고 진지한 것이었다. 눈먼 아들을 눈뜬 백정 못지않게 만들어 놓은 그의 집념어린 유언은 끈질기고 절박한 것이었다.

정리가 눈을 감았을 때 눈먼 풍정의 두 눈에 이슬 같은 눈물방울이 맺혔다. 뒤이어 쇠울음을 으멍으멍 몇 번이고 울기 시작했다. 소 울음소리를 들으며 천궁으로 고이 가라는 것인지 아니면 정리의 유언을, 그 모든 것을 이의 없이 받아들였다는 대답인 것인지, 풍정은 그렇게 울고 또 울었다.

골피는 집안을 가득 채우는 울음소리를 들으며 고개를 들었다. 눈썹 같은 초승달이 불출산 봉우리에 걸렸는데 그렇게 적막해 보일 수가 없었다.

풍정은 그렇게 울며 쇠털로 시신의 콧구멍과 귀, 입, 항문 등을 막고는 흰 보를 덮어씌우고 병풍을 쳤다. 그러고는 젯상을 장만하고 그때부터 진짜 사람의 울음소리로 곡을 하기 시작했다.

곡소리에 놀란 동리 사람들이 하나 둘 모여들고 마당가에는 화톳불이 피워졌다.

이틀째 되는 날 정리가 들어갈 관이 집안으로 들어왔다. 검고 딱딱하고 육중해 보이는 나무관이었다.

염을 마친 풍정은 관 밑바닥에 쇠털을 깔고 정리를 그 위에다 뉜 다음 관 뚜껑을 닫았다.

상여가 나가자 풍정은 더듬거리며 상여의 단강(短杠)에다 새끼줄로 묶은 쇠발톱을 매달았다.

골피는 상여 뒤를 아버지와 함께 따르면서 흔들리는 명정(銘旌)과 공포(功布), 펄럭이는 상여 머리의 앙장(仰帳)을 바라보면서 구슬프게 이어지는 앞머리꾼의 소리를 들었다.


어허릉 어허릉 어허 넘자 어허릉
이제 이제 가는구나

천궁으로 가는구나

쓸풀(백정들의 은어로서 그들을 업신여기는 자들을 일컬음)이 못가는
곳

천궁으로 가는구나

만산은 손뼉치고

천왕도 손짓하니

어사 나리 혼귀들이

환호하며 일어나네

어허룽 어허룽 어허 넘자 어허룽

…….


상여가 산으로 오르고 술이 돌아가고 무상타 무상타 한숨 소리
가 허공을 휘저었다.

관이 흙에 묻히자 선소리꾼이 북을 메고 나섰다.

선소리꾼의 노랫소리를 들으면서 골피는 먼 하늘을 올려다보았다.

……

억만 년 살자 하던

날풀 하나 가는구나

어허라 달구어라

천궁에 들어가면

금빛 못이 눈부시다

어허라 달구어라

천왕님이 일어나서

반겨하며 하는 말이

잘 왔도다 잘 왔도다

이곳의 모든 것이

그대의 것이로다

어허라 달구어라

어허라 달구어라

…….


산을 내려오면서 골피는 자주 뒤를 돌아보았다.

떼도 입히지 않은 할아버지의 묘. 떼를 입히지 않아야 혼백이 방해를 받지 않고 천궁으로 올라갈 수 있다지만 그것은 뼈아픈 자위에 지나지 않는 것. 어쩌면 저렇게 무덤 모양까지도 다를 수 있을까. 그 흔한 상석(床石) 하나, 그 흔한 혼유석(魂遊石) 하나, 그 흔한 향로석(香爐石) 하나도 없다니, 아니 그뿐이라면 좋다. 무덤 주위를 싸는 곡장(曲墻)은 어디 있고, 농대(壟臺)로 단단히 받쳐진 묘갈(墓碣)은 어디 있고, 장명등(長明燈)은 어디 있는가.

집으로 돌아오면서 골피는 아버지의 불행이 어머니의 불행이 그리고 우리 모두의 불행이 좀은 짚이는 것 같아 코가 찡하고 눈물이 어룽거렸다.

더욱이 쇠꼬리가 달린 삽짝을 지나 마당으로 들어서자 예전에 자신이 느끼지 못하던 썰렁함이 뼛속까지 휘몰아쳐 골피는 기어이 울음을 터트리고 말았다.

메마른 기침 소리가 나던 할아버지의 방. 아침마다 칼 가는 소리가 들려오던 방. 초저녁 어둠살 속에 앉아 멀리 불출산을 말없이 쳐다보던 할아버지. 그 할아버지를 다시는 볼 수 없다는 사실이 골피는 서러웠다. 그래도 아버지와 어머니 사이에서 할아버지만은 나의 편이었는데 이제 그마저 가버렸으니.

그날 밤 골피는 당신의 방에서 시퍼렇게 들려오는 칼 가는 소리를 들었다. 소리는 여느 때보다도 힘차고 강했으며 날이 서 있어서 이제 홀로 서서 소를 잡을 수밖에 없는 한 눈먼 백정의 비장함을 골피는 뼈아프게 느낄 수 있었다.

골피는 기다렸다. 당신의 첫 도살을……

그러나, 그러나였다.

제3장

# 소를
# 만나다
[見牛]

그림설명

제3견우(見牛 : 소를 발견하다)

산우는 눈을 떴다. 간밤에 피웠던 불은 이미 꺼졌고 모듬이 시원찮아서인지 전신은 이슬로 축축하게 젖어 있었다.

계곡에서 피어 오른 운무가 갈래봉 봉우리를 휘어감아 운해를 이루었다.

간밤에 무슨 꿈을 꾸었던 것일까. 분명히 무슨 꿈인가 꾼 것 같은데…….

산우는 일어나 앉았다. 전신을 받쳐 주던 땅 밑의 온기가 어느새 신선봉에서 흘러온 새벽 공기만큼이나 급격히 차가워져서 도저히 더 누워 있을 수가 없었다. 냉기로 인해 잠은 더 일찍 깬 것인지도 몰랐다.

새빨간 바탕에 검은 점이 있는 무당벌레가 마디진 촉각을 움직이면서 풀잎 뒤로 몸을 숨기는 걸 쳐다보다가 산우는 우악스럽게 기지개를 켜고 주르먹과 촛대를 챙겼다.

단애를 가르고 쏟아져 내리는 폭포로 내려가자 이제 막 떠오르는 아침 햇살이 은비늘처럼 물위를 수놓고 있었다.

산우는 발을 벌려 허리를 구부리고 세수를 했다.

차디찬 물살들이 얼굴에 닿을 때마다 찰랑찰랑 일어나는 마찰음이 서늘한 겨울바람처럼 시원스럽게 새벽 공기를 타고 흘렀다.

세수를 끝내고 산우는 옆구리에 찬 수건으로 얼굴을 닦았다.

모듬이 있는 곳으로 돌아와 풀 위에 앉았을 땐 아주 가까운 곳에서 아침 새들이 하르르하르르 울다가 날아올랐다.

주르먹에서 말린 곱창을 산우는 꺼내 씹으며 날아오르는 새들을 멀거니 바라보았다. 날아오른 새들은 날개를 퍼덕이며 서로가 쫓고 쫓다가 멀리 떨어진 잡목 숲 속으로 곤두박질쳐 갔다.

그들이 시야에서 사라져 버리자 곶[岬]처럼 돌출한 산릉 위에 검(劍)과 같은 모습으로 고사목 하나가 아침 안개에 싸여 싸늘하고 고독하게 서 있는 모습이 보였다. 아침 안개와 고사목이 어울려 내는 납빛 색채는 갑자기 진한 감동으로 다가와 이 우주 속에 자신은 어떤 모습으로 서 있을까 하는 생각을 자아내게 하였다.

엷게 한숨을 물며 안개발에 모습을 감춘 신선봉의 정상을 산우는 바라보았다.

갑자기 잡다가 놓친 소의 모습이 생각났다. 여리고 앙상한 몸뚱이에서 불기둥처럼 솟아오르던 정기, 몸뚱이가 미쳐 날뛸 때마다 튀어 오르던 적토. 궁형처럼 쳐들어진 꼬리. 슬픔이 안개처럼 가슴을 헤집고 지나갔다.

산우는 촛대를 빼어 하늘을 향해 높이 쳐들어 보았다. 송곳처럼 날카로운 촛대 끝에서 번쩍 햇살이 부서졌다. 햇살은 사나이의 강렬한 눈빛 속에 녹아들어 어떤 하나의 표적, 그 표적의 중심을 향해 일체의 소란을 뚫고 있었다.

잠시 후 산우는 일어나 걷기 시작했다. 산등성이를 넘어서자 아침 햇살에 초원을 덮은 안개의 무리가 희끄무레하게 떠돌며 태양빛 속에 녹아들었다.

그는 때때로 하늘을 쳐다보며 걸었다. 짐승을 쫓는 수렵사처럼 햇빛이 내려앉은 잡목 숲을 부지런히 헤쳤다. 어디선가 폭포 쏟아지는 소리가 들려오고 이름 모를 새들의 울음소리가 그 소리에 반주하듯 들려왔다.

해는 서서히 머리 위로 올라와 있었다. 칙칙한 풀숲과 나뭇잎에 맺힌 이슬을 말라 가듯 목이 깔깔하게 말라 오기 시작했다. 발목까지 시리게 하던 맑고 찬 계곡물을 산우는 몇 번이고 떠올렸지만 한 모금의 수통물로 갈증을 대신했다.

한낮이 지나고 해가 지기 시작하자 땀으로 흠뻑 젖은 몸은 허옇게 소금기가 묻어나고 잠시 그늘에 앉아 숨을 돌릴라치면 겨울도 아닌데 한기가 들었다.

발 들여놓기가 힘든 숲을 헤쳐서 능선을 따라 한참을 나아가자 굴참나무로 온통 뒤덮인 산사면이 나타났다. 산사면을 돌아 나가자 뜻밖에도 맞은편 산봉우리의 중턱 부근에 동굴 같은 것이 보였다. 땅거미가 지고 있었으므로 잘 보이지 않았지만 흉터 자국처럼 시커멓게 패인 형상이 동굴이라는 것을 단번에 짐작할 수가 있었다. 우뚝 서 있는 육중한 바위 이쪽으로 사람 키만큼이나 자라 하늘을 덮은 산죽과, 석화 같은 암석의 단애, 그루터기만 남아 있는 고사목, 그런 것들을 들추지 않더라도 그것이 동굴이란 것쯤은 쉽게 판별할 수가 있었다. 문득 전번에 올랐던 동굴이 떠올랐다. 그 동굴은 여기서 두어 마장 떨어진 곳에 있는 것이었다. 산우는 자신이 쫓고 있는 소의 족적을 새삼스러이 내려다보았다. 전번의 소처럼 동굴로 나아간 것이 아닐까 하는 생각에서였다. 아니나 다를까 소의 족적은 동굴로 이어진 것 같았다. 짐승이라도 산에 오르면 어느덧 그들만이 다닐 수 있는 길을 간파해 낸다더니 그래서일까. 분명히 그놈에게도 자신을 은폐하려는 보호 본능이 있을 것이고 전번에 소처럼 동굴을 향해 나아간 것일지도 몰랐다.

소의 족적을 따라 산우는 앞으로 나아갔다. 족적은 계속 동굴을 향해 나 있었다. 아마도 소는 동굴 속에 몸을 은폐시키고, 쉬고 있는 것이 분명했다.

산우는 곧장 동굴을 향해 나아갔다. 전번에도 헛된 추측으로 곤욕을 치르긴 했지만 만약에 그놈이 동굴 속에 쉬고 있기만 한다면 분명히 오늘 안으로 그를 잡을 수 있을 것이다.

동굴을 향하여 곧장 나아가기 시작하자 동굴은 생각보다 멀고 험했다. 전번에 오수리봉의 동굴을 오를 땐 이렇게 험하진 않았다. 눈앞에 손을 가져다 대고 거리를 가늠해 본다면 한 뼘도 안 되는 거리였지만 그게 아니었다. 단숨에 산사면을 내려가 신선봉을 올라

채면 바로 거기 있을 것 같았지만 깎아지른 듯한 갈래봉을 내려갈
수록 동굴은 이상스럽게 높고 멀어져만 갔다.

이쪽 봉우리와 저쪽 봉우리의 면이 암석의 단애처럼 깎아지른 듯
이 경사졌으므로 그렇다고 생각할 수 있겠지만 바로 눈앞에 있었던
목적이 자꾸만 멀어지고 아득한 데는 안타깝지 않을 수 없었다.

더욱이 깎아지른 듯한 벼랑을 타고 맞은편 봉우리의 기슭까지
다다랐을 때는 동굴의 모습은 산죽과 암석의 단애에 가려 그것이
어디쯤이었다는 추측마저도 불가능하게 되었다. 산의 경사는 너무
도 급격해서 집채만한 바윗덩어리들이 바로 머리 위에서 떨어져 내
릴 것 같았다. 산우는 점차 기묘한 생각에 사로잡혔다. 그것은 일종
의 공포 같은 것이었다.

한순간 산우는 걸음을 멈추었다. 접목 지점이 가까워지자 그때
까지 수풀 속에 가려 보이지 않던 습지가 나타나면서 얼마 가지
않아 진구렁이 가로놓여 있었다.

습지는 아마도 동굴로부터 용출하는 지하 유수가 협곡을 타고
흘러내려와 접목 지점을 돌아 계곡으로 이어진 모양이었다. 그렇다
면 동굴은 멀리서 보기와는 달리 적수가 많고 곳곳에 거대한 수굴
을 형성하고 있을 것이었다.

산우는 습지를 돌아 나갔다. 동굴은 생각했던 것보다 멀고 험했
다.

오랜 시간이 흘렀다. 몸 전체의 흐름은 호흡의 리듬을 따라 허덕
이기 시작했다. 피부는 차가워지는 밤공기와는 달리 뜨거워지고

부드럽던 심장의 박동은 온몸의 피를 차며 뛰어 놀았다. 원반의 달은 동굴을 향하여 올라갈수록 멀어졌다. 그것은 하늘 한가운데 소리 없이 존재하는 하나의 거대한 심연이었다. 모든 것이 그 빛 속에 녹아들고 그 눈부신 심연 속에 어쩔 수 없이 삼켜져서 아무도 대항해서 싸울 수 없음을 그는 시위하고 있는 듯했다.

산중턱을 거의 오르자 말라 죽어 가고 있는 거대한 고사목이 나타났다. 동굴의 입구는 아랫입술을 수풀에 숨긴 채 입천장을 드러낸 모습이었다.

입구가 동북향으로 놓인 굴의 입구는 폭이 열댓 자나 될까. 높이 역시 그 정도이고 내부는 호로병처럼 쑥 들어가 평평한 동방을 형성하고 있었다.

산우는 허리에 꽂은 촛대를 빼들었다. 그는 동굴과의 거리를 좁혀 갔다. 동굴 입구가 완전히 보이는 곳에서 발을 멈추고 잠시 동굴 속의 기척을 살폈다. 소가 동굴 속에 있다면 무슨 소리인가 나리라는 생각에서였다.

동굴 속에서는 소의 숨소리조차도 들려오지 않았다. 산우는 좀 더 다가가 동굴의 입구에 몸을 붙이고 안을 들여다보았다. 그 무엇도 보이지 않았다. 터널처럼 뚫린 동굴의 자태에서 산우는 넓은 통구로 입굴하면 동방이 나타나고 그 동방을 지나면 지하 유출로 인해 형성된 수굴이 절벽을 이루며 함정처럼 누워 있었다. 천장에서 떨어지는 낙숫물 소리가 서늘했다. 낙수가 떨어지는 간격이나 떨어져 일어나는 타격음으로 간파해 보면 동방으로부터 기어들어간 수굴 위로 떨어지고 있는 게 틀림없었다. 몸을 반쯤 동굴 속으로 들이밀었다. 소의 기척 같은 것은 들리지 않았다.

동굴 벽에 더욱 몸을 밀착시키고 산우는 발을 움직였다. 불현듯 전번에 오수리봉의 동굴에서 만났던 한 사나이의 얼굴이 떠올랐다.


"누구야?"

동굴 속으로 발을 들여놓던 산우는 그때 너무도 놀란 나머지 몸을 우뚝 세우고 멈추어 섰다. 손이 부들부들 떨렸다. 순간적인 직감이었지만 목소리는 낯익은 목소리가 아니었다. 동리 사람들이 소를 찾아 떼를 지어 산으로 올랐다는 것을 알고 있었지만 이렇게 이런 장소에서 불쑥 사람의 목소리가 들려올 줄이야. 그것도 낯선 사람의 목소리가.

산우가 상대를 분별해 내려고 머뭇거리고 있는 사이 맞은편에서 잠시 후 탁탁 하고 성냥 긋는 소리가 났다. 성냥은 습기로 인해 눅어서인지 한참만에야 불이 일어났다. 동굴 속이 희미하게 밝아 왔다.

산우는 불빛 속에 드러난 상대를 쳐다보았다. 피투성이가 된 사내가 한 손에 성냥불을 들고 한 손에 엽총을 든 자세로 이쪽을 노려보고 있었다. 얼른 보아도 소를 찾아 산에 오른 동리 사람 같지는 않아 보였다. 사냥꾼인가 하고 생각하며 산우는 그를 마주 쳐다보았다. 가물거리는 성냥불에 비친 그의 얼굴은 한 번도 본 적이 없는 자였다. 그의 허리 아래 엉치 부근엔 살이 갈라져 뼈가 보이는 심한 상처가 헐뜯어진 옷 밖으로 보였다.

잠시 망설이다가 산우는 사내를 향해 다가갔다. 그때 성냥불이 꺼졌다. 그러자 사내가 어둠 속에서 엽총을 흔들며 소리쳤다.

"거기 서!"

산우는 걸음을 멈추었다.

"사냥꾼이오?"

"아니오."

"그럼?"

"당신은 누구요?"

"난 이 산에 소를 잡으러 온 사람이오."

"소?"

되받는 사내의 음성이 튀었다.

"그렇소. 며칠 전에 소를 잡다 놓쳐 버렸기에……."

"그렇다면 그 검은 소?"

사나이의 입에서 의외의 말이 흘러 나왔다. 산우는 흠칫했다.

검은 소라니…….

"아니 그 소를 어떻게 알고 있소? 보아하니 천궁골 사람은 아닌 것 같은데……."

"흥, 장본인은 바로 당신이었군!"

"무슨 소리요?"

사내는 대답이 없었다.

"무슨 소리냐고 묻고 있지 않소?"

사내는 여전히 대답이 없었다.

"말을 하시오. 그 소를 알고 있는 걸 보니 그 소와 무관한 것 같 진 않은데……."

"소를 잡다 놓친 주제에 꽤 말이 많군. 그러니까 하찮은 소 새끼 하나 잡지 못할 수밖에. 그래, 그 소에게 누군가 당했다면 어떡할 꺼야?"

사내의 저주스런 음성에 산우는 또다시 흠칫했다.

"아니 그럼 그 소에게 누가 당하기라도 했단 말이오?"

"이런, 소식 깡통이군. 당한 게 어디 한둘인가?"

"당신은 누구요?"

"내가 누구든! 당신이 그 소를 잡지 못한 장본인이라고 해서 책 임이라도 지겠다는 건가?"

산우는 순간 눈을 질끈 감았다. 심한 자책감이 뼛속까지 파고들 었다. 갑자기 사내의 입에서 킬킬거리는 웃음소리가 흘러 나왔다.

산우는 사내를 노려보았다. 단 한 번의 실수가 엄청난 결과를 몰 고 왔다고는 하지만 어쩐지 불쾌했던 것이다.

"왜 웃소?"

"흥!"

침묵이 흘렀다. 점차 날이 밝아 왔다. 사내의 모습이 희미하게 드 러나기 시작했다.

산우는 사내에게로 다가들었다.

"보아하니 무엇에겐가 당한 것 같은데 역시 그 소에게?"

"그보다……."

"무엇이오?"

"원인에 대한 책임."

"원인에 대한 책임?"

무슨 소린가 하고 되뇌는데 사내가 씹어 뱉듯이 다음 말을 밀어 내었다.

"책임지라는 말이야! 당신이 그 소를 잡다 놓친 장본인이 틀림없 다면. 모두가 그 소에게 당했어. 내 아버지도……동리는 쑥밭이 되 어 버렸거든."

"그게 언제요?"

"삼일 전에……."

"어디요?"

"인수리."

인수리라면 천궁골에서 삼십여 리 떨어진 곳이다. 그럼 소는 천 궁골을 빠져 나가 인수리를 쑥밭으로 만들고 산으로 오른 게 틀림 없었다.

"그래 무얼 책임지라는 거요?"

산우가 물었다.

"그 소가 있는 데까지 날 데려다 줘!"

"무슨 소리요? 나도 지금 그 소를 찾고 있는 중이라고 했잖소."

"그래서 하는 소리 아니야."

"그런 몸으로?"

"나 역시 그 소를 꼭 잡아야 할 이유가 있기 때문이야."

"그 이유가 뭐요? 막연한 복수?"

"아무튼 당신은 책임을 지면 되는 거야!"


　산우는 동굴 속이 좀더 밝아지기를 기다렸다. 사방벽이 흘러드
는 달빛에 희미하게 보였다. 소는 여전히 보이지 않았다. 산우는 동
방 속으로 좀더 깊숙이 들어갔다.

　그런 어느 한순간이었다. 푸드득거리는 소리와 함께 무엇인가 눈
앞을 스치고 지나가는 것이 있었다. 박쥐 떼였다. 자신도 모르게
산우는 휙 옆으로 물러났다. 갑자기 몸이 휘청했다. 돌아서는 발이
디딜 곳을 잃고 있었다. 산우는 몸을 가누지 못하고 깊이도 알 수
없는 수굴 밑으로 떨어져 내렸다. 좀 전의 예상보다도 수굴은 더 가
까이에 입을 벌리고 있었던 모양이었다. 눈 깜빡할 사이에 몸이 물
속으로 처박혔다. 물이 감당할 수 없을 정도로 차가웠다. 산우는
허우적거리며 물 위로 떠올랐다.

　사방을 휘둘러보았다. 보이는 것이라곤 없었다. 한 치 앞도 보이
지 않는 완전한 어둠의 수렁이었다. 물이 어찌나 찬지 전신이 저려
오는 것 같았다.

　'제기랄…….'

　동굴 속에 소가 있을 것이라고 막연한 기대감에 차 있었던 좀 전
까지의 자신의 우둔함이 그렇게 혐오스러울 수가 없었다. 어쩌면
소는 그러한 추측을 비웃으며 더 깊은 산속으로 들어갔을지도 모
를 일이었다.

왜 그 생각을 하지 못했을까.

물가를 향해 산우는 헤엄치기 시작했다. 이러한 곳에 이런 거대한 수굴이 형성되어 있으리라는 건 늪을 봤을 때부터 예상은 했던 것이지만 자신이 이런 굴에 빠질 줄은 생각지도 못한 일이었다.

수굴은 천류용출하여 암수가 동굴 밑바닥으로 모여 커다란 호를 형성하고 그래서 냉풍이 자생하는 모양이었다.

수 미터를 헤엄쳐 가자 벽에 부딪쳤다. 손을 뻗쳐 벽면을 더듬어 보았다. 주위 암석이 종유석으로 뻗어 올랐다면 분명히 굴곡이 심할 것이고, 그렇다면 기어오르기에 안성맞춤일 것이었다.

벽면을 더듬어 보자 생각했던 것과는 달리 점토질과 사양토가 감촉되었다. 손끝에 힘을 주어 보았다. 딱딱했지만 죽은 암석이라는 생각이 들었다. 죽은 동굴이었다.

산우는 요철 현상을 찾아 손을 짚어 가며 기어오르기 시작했다.


동굴을 떠나 향미봉으로 들어선 지도 벌써 이틀째. 동굴 바닥에 엎드려 잠이 들었는데 깨어난 것이 꼭 하루만이었다. 남은 식량으로 허물어진 육신을 일으켜 세우고 소의 족적을 따라 신선봉 근원을 가로지르는 유역을 몇 개 지나고 길 없는 산야를 어떻게 헤매었는지 몰랐다. 산은 헤칠수록 험했고 신선봉과 연한 향미봉에 다다르자 장엄한 계곡과 그 주변의 풍치가 가관을 이루었다. 뼈가 시리도록 찬 옥류를 지나면 떡갈나무와 신갈나무숲이 나타나고 이내 누운잣나무숲과 구상나무숲이 엇갈리면서 숲을 이루고 있었다. 협곡이 배를 보이면 깊이도 알 수 없는 벼랑과 석벽이 덜미를 내어 놓고 발길 닿는 곳마다 이름 모를 나무와 꽃들이 피륙처럼 짜여 특이한 색채와 형태를 이루며 배어져서 더욱더 무연함을 느끼게 했다.

산우는 저 인간들이 사는 저잣거리와는 너무도 딴판인 절경을 바라보면서 전혀 다른 느낌, 다른 냄새, 다른 소리에 목이 깔깔하게 말라 옴을 몇 번이고 의식해야 했다. 짐승들만이 다닐 수 있는 길을 몇 개나 타 내렸는지 몰랐다.

보랏빛으로 물들어 있는 향미봉이 맞바로 쳐다보이는 지점에 이르자 바로 눈 아래 사슴들의 발자국이 무수히 엇갈리며 나타났다.

산우는 그 발자국을 따라 잠시 나아가다가 주위를 살폈다. 족적의 형태로 보아 방금 지나간 자국이었다.

아니나 다를까. 누운잣나무가 꽉 들어찬 언덕바지 밑으로 눈을 주는 순간 맑고 아름다운 눈들이 이쪽을 쳐다보고 있었다. 바로 발자국의 임자들이었다. 쫑긋거리는 귀가 호기심과 두려움으로 떨리고 있다.

산우가 홀린 듯이 멍청히 쳐다보고 있기만 하자 그들은 서서히 돌아서더니 언덕 너머로 자취를 감추었다.

산우는 재빨리 언덕을 올라섰다. 그들은 금세 그런 산우를 잊어버린 듯이 연약한 발굽으로 지면을 차며 초원을 뛰고 있었다. 그들의 도약은 덧없이 가볍고 놀랄 만큼 드높았다. 끝없이 활을 세워 이어 놓은 것처럼 허공에 그려지는 그들의 우미한 호선은 참으로 아름다운 모습이었다.

그 자태를 보고 있노라니 갑자기 목이 깔깔하게 말라 왔다. 한낮이 되고 배가 고파지기 시작하자 잔인한 본능이 서서히 머리를 들기 시작했다.

좀 전의 그놈들을 잡을 수 있었다면 지금쯤 배를 불릴 수 있을 것을.

언젠가 할아버지는 새끼들을 데리고 풀을 뜯고 있는 산짐승을 발견하고는 머리를 흔들었다.

"보아라. 사람이나 산짐승이나 새끼에게 한 입이라도 더 먹이려는 저 어미의 모습을."

왜 잡지 않느냐는 산우의 말에 할아버지는 그렇게 말한 다음 동물적인 감각만을 지닌 사람이라면 몰라도. 배를 채우는 것만이 인간의 전부였다면 잔인한 욕망에 사로잡혀 저 사슴들을 잡겠지만 그럴 수가 없는 게 또 인간이라고 했다.

향미봉 근원을 가로질러 한참을 나아가자 일월봉이 엇갈리며 눈앞에 나타났다. 울창한 산림과 푸른 초원이 눈부셨다.

산우는 계속 향미봉의 척추를 뚫고 나아갔다. 멧비둘기가 가끔씩 날아올랐고 멧토끼와 오소리 등이 낮잠을 자다가 달아나곤 하였다.

일월봉을 얼마 남겨 놓지 않은 지점에서 잠시 걸음을 멈추었다. 마른목을 축이기 위해서였다. 옆구리에 낀 수통으로 손을 가져갔다. 수통을 빼어 들자 가슴이 섬뜩했다. 수통은 의외로 가벼웠고, 뒤이어 동굴을 떠난 후 수통에 물을 한 번도 담지 않았다는 데 생각이 미쳤다. 옥류가 흐르는 계곡을 지나오면서도 수통에 물을 담아야 한다는 생각은 까마득히 잊고 있었다. 물이 어찌나 맑은지 발조차 담글 엄두도 못 내고 그냥 지나치고 말았던 것이다.

잡목 숲이 일렁거리는 봉우리 근방에 물이 있을 리 없고 보면 큰 낭패였다. 지금까지 이런 실수가 없었는데 어쩌다 이런 실수를 저질렀는지 모를 일이었다.

산우는 다시 걸음을 옮겨 놓았다. 가다 보면 물이 나서겠지 하는 생각에서였다.

몇 마장을 걸어도 물은 나타나지 않았다. 목이 바삭바삭 말라왔다. 이제 와서 물을 찾기 위해 다음 목을 버리고 마냥 물을 찾아 헤맬 수도 없는 노릇이었다.

참을 수 없는 갈증에 산우는 입을 쩝쩝 다시며 사방을 연신 휘둘러보다가 주르먹을 열어 보았다. 먹다 남은 칡뿌리가 있을까 찾아보았으나 그것마저 없었다. 주위를 살펴보자 저만큼 숲 사이에 칡넝쿨이 보였다. 산우는 그리로 갔다. 주르먹에서 낫호미를 꺼내어 풀숲을 헤쳐 팔뚝만한 칡을 캐내었다. 껍질을 이빨로 까내고 속을 물어뜯자 빳빳한 나무칡이었다. 씹으면 씹을수록 단맛이 쪼르르 흐르는 물칡이나 가루칡이어야 할 텐데 씹어도 단맛은커녕 감칠맛조차도 없어서 두어 번 씹다 내던져 버렸다. 칡을 씹다 보면 우선은 갈증을 면할 수는 있으나 단맛이 입에 배면 나중엔 더 갈증이 생겨나는 법이었다.

산우는 어쨌든 물을 찾아야겠다는 생각으로 언덕바지 하나를 또 휘엄휘엄 넘었다. 바위틈에 고인 물이라도 어디 있을까 했으나 두어 마장을 더 가서도 물이 있을 만한 곳이 나타나질 않았다. 한순간의 방심이 다시 가슴 아프게 재우쳐 왔다. 침 찌꺼기가 남아 있는 입 안이 더욱 바삭바삭 말라 왔다. 설상가상으로 생리적인 피로까지 겹쳐 오자 발은 의식적으로 나아가는 게 아니었다. 거의 관성적으로 나아가고 있었다. 이러다간 큰일 나겠다는 생각이 자꾸 들었다. 한순간의 방심도 용서하지 않는 자연이 원망스러웠다.

잡목들로 꽉 찬 능선을 지나면서 산우는 따먹을 수 있는 나무열매가 어디 있을까 하고 주위를 살폈다. 나중엔 나무껍질을 벗겨 씹었다. 갈증은 채워지지 않았다. 햇볕은 더 쨍쨍 내리쪼이고 도저히 더는 못 갈 것 같았다.

견디다 못한 산우는 어느 한순간 목을 안고 나무 그늘에 쓰러졌다. 눈이 시리도록 초록으로 물든 가파른 산벽이 보였다. 하늘의 햇빛이 나뭇잎 사이로 눈부셨다. 눈을 감았다 떴다. 햇빛이 부서지는 저쪽으로 검은 구슬을 무더기로 꿰어 나뭇가지에다 걸어 놓은 것처럼 보이는 것이 있었다. 삼베에다 머루를 싸서 즙을 내어 마시던 할아버지의 얼굴이 퍼뜩 눈앞을 스치고 지나갔다. 산우는 벌떡 일어섰다. 분명히 머루나무임에 틀림없었다. 곧장 머루나무 있는 곳으로 달려갔다.

시퍼렇게 얽힌 머루나무 가지마다 머루가 시커멓게 익어 주렁주렁 달려 있었다. 산이면 어디에나 흩어져 있고 그래서 수월하게 따먹을 수 있는 것이 왜 지금까지 눈에 띄지 않았는지 모를 일이었다.

그리고 이 생각을 왜 진작 하지 않았는지 모를 일이었다.

산우는 우선 닥치는 대로 머루를 따 입으로 가져갔다. 씹을 때마다 머루는 달디달게 입 속에서 녹아 났다.

어느 정도 갈증이 가시자 수통과 새용을 꺼내 놓았다. 삼베 조각이 있을 리 없었으므로 웃옷을 벗어 새용 위에다 보자기처럼 펼쳐 놓은 뒤 머루를 따 그 위에다 놓았다. 때와 땀에 절은 옷은 더러웠지만 그런 걸 따질 계제가 아니었다.

어느 정도 머루가 쌓이자 나뭇가지 두 개를 분질러 와 약을 짜듯이 머루를 새용에다 짜기 시작했다. 시퍼런 머루즙이 한두 방울씩 새용 밑바닥에 고이기 시작했다.

어느 정도 고이면 산우는 찌꺼기를 버리고 다시 보자기처럼 옷을 새용 위에 펼쳐서는 머루를 따 모았다.

몇 번인가를 반복하자 새용이 거의 찼다. 그것을 수통에 옮겨 담았다. 시퍼렇게 머룻물이 든 웃옷을 털어 입고는 수통을 옆구리에 찼다. 하늘을 올려다보자 한순간의 방심으로 인해 꽤 시간을 허비한 것 같았다. 산우는 다시는 이런 실수를 해서는 안 되겠다고 생각하며 걷기 시작했다. 그는 목이 마르면 수통의 머루즙으로 갈증을 달래며 나아갔다.

물은 여느 날과는 달리 그런 그를 비웃듯 선뜻 나타나지 않았다. 그가 물을 발견한 것은 그 능선을 완전히 지나 다음 능선이 시작되는 골짜기에서였다. 그때쯤은 머루즙도 이미 바닥이 난 상태였다.

물을 발견한 산우는 한달음에 달려 내려갔다. 갈증을 채우고 수통에다 물을 담아 들고 일어나자 어느덧 머루즙의 고마움 같은 건 사라지고 입가에 남은 식어 버린 단맛이 역겨웠다. 갑자기 속이 울렁울렁해 왔다.

머루즙에 취한 것일까.

그렇게 생각해서인지 갑자기 전신이 노곤해지고 힘이 빠졌다.

비틀거리며 몇 걸음 걷다가 산우는 털버덕 주저앉았다. 한시라도 빨리 소를 쫓아야 할 판에 몸이 말을 듣지 않았다. 눈이 스르르 감겼다. 술을 많이 마셨을 때처럼 얼굴이 화끈거리고 숨이 가빴다. 머루즙으로 꽉 차 있는 위장에 갑자기 찬물이 들어가서일까. 찬물이 들어가면 오히려 정신이 들 터인데 자꾸만 눈이 감겼다. 이러다 잠이 들어 산짐승들의 밥이나 되지 않을까 하는 생각이 들자 정신이 번쩍 들었다. 그러나 일어나려고 몸을 일으키자 두어 발짝도 못 가 도로 쓰러지고 말았다. 눈알이 핑핑 돌고 정신이 아득했다.

할아버지가 흰 머리카락을 날리며 달려오는 소를 향해 촛대를 쳐들고 있었다. 자신만만하게 웃고 서 있는 그의 촛대 끝에서 햇빛이 부서졌다.

산짐승들이 눈에 불을 켜고 몰려들었다. 자신은 송장처럼 풀숲에 내던져졌는데 붉은 해는 혀를 날름거리며 머리 위에서 빛나고 있었다.

할아버지가 고함쳤다.

이눔아! 이눔아! 뭘 하고 있는 거여!

날아갈 듯한 명주옷에 흰 대님, 흰 구두를 신고 뒤허리 밑에 촛대를 찬 아버지의 모습이 희미하게 보였다.

산우는 눈을 감았다. 감은 눈 사이로 그 옛날 소 앞으로 다가들던 아버지의 모습이 선명하게 보였다.

아아 저 모습. 흰 명주옷에 흰 대님. 흰 구두를 신고 뒤허리에 촛대를 찬 아버지의 저 모습.

그랬다. 그날 난 믿고 있었다. 아버지는 해낼 것이라고. 할아버지처럼 소의 코뚜레를 부드럽게 잡고 침착하게 소의 눈을 가리고는 왼손으로 빠르고도 가벼운 동작으로 뿔과 뿔 사이를 내려칠 것이라고. 그대로 소는 둔탁한 지향을 내며 쓰러질 것이고 바른쪽 허리춤에서 끄집어낸 소도는 능란한 솜씨를 타고 소의 목을 딸 것이라고. 동맥을 통해 쏟아지는 그 붉은 피는 허실 없는 동작 속에서 깨끗하게, 실로 한 방울의 피의 비말도 없이 차가운 소리를 내며 흰 그릇 속으로 남겨질 것이고, 한 장의 모포 같은 껍질이 벗겨지고 나면은 골과 골 사이를 누비는 그 작은 소도에 의해 뼈는 뼈대로 살은 살대로 소담스럽게 처리될 것이라고. 긴긴 날 할아버지의 가르침과 긴긴 밤 할아버지의 얘기를 생각해서라도 그렇게 해내야 하리라고.

생각해 보면 얼마나 긴 세월이었던가. 그 옛날 아버지가 멀쩡하게 뜬 눈을 검은 헝겊으로 막고 오른손도 아닌 왼손으로 촛대를 들어올리며…… 밤이고 낮이고 들려오던 그 촛대질 소리, 하기야 할아버지가 그렇게 끈질기게 가르치던 우체측정법은 무엇이고, 상우법은 무엇이고, 체고법은 무엇이고. 각료법이 무슨 소용이던가.

일본인 마무리의 소가 아버지의 첫 도살로 결정되던 날 아버지를 향한 할아버지의 그 목소리.

'네놈도 이젠 칼잡이로서의 길이 열렸으니께 각오를 단단히 해야 할 게야. 이건 내가 쓰던 촛대와 신팽이니라. 이제는 네가 받아쓰도록 혀. 그것으로 이제 넌 해내야 하는 기여. 니놈은 니 할애비처럼 눈이 멀지 않았으니께 어련헐려구. 더욱이 그놈은 일본놈 소인 기여. 해내지 못하면 그 수모도 수모려니와 그 우사를 어찌할 거라고……가서 마음 단단히 먹고 신팽이와 촛대를 갈고 일찍 자도록 혀. 내일은 새벽에 나가야 할 텐께…….'

그러나 무엇이 남았던가. 그 무엇이.

현숙과 나란히 장다리꽃을 꺾어 들고 숨죽여 천궁을 바라보고 있었을 때 재가 끝난 뒤의 아버지는 결코 할아버지는 아니었다. 아버지의 흔들리던 손이 허겁스럽게 내려친 곳은 뿔과 뿔 사이가 아닌 소의 눈이었고 소의 몸이 한 길이나 뛰어올랐다가 앞으로 내달았을 때 아버지의 몸은 둔탁한 지향을 남기며 그 발밑으로 볏섬처럼 쓰러졌다.

참 너무도 어처구니없는 일이었다. 너무도 어이없는 일에 현숙은 앙 울음을 물었다. 산우는 두 눈을 동그랗게 뜨고 밭이랑을 질주하는 소와 쓰러진 아버지를 번갈아보았다. 생각지도 않았던 그림자 하나가 눈앞을 가렸다. 산우는 그 그림자가 무엇일까 하고 눈을 뗑그라니 떴는데 그것은 이외에도 현숙의 사타구니에서 흘러나오던 피였다.

피!

피라는 생각이 들자 그러고 보니 현숙의 사타구니에서 흘러나오던 검붉은 피와 아버지가 흘리고 있는 피 그리고 소의 피가 똑같다는 생각이 들었다. 산우는 어느 한순간 어처구니없다는 생각이 들었다.

어처구니없다는 생각을 하며 집으로 돌아온 산우는 자리에 누운 아버지를 향해 이렇게 물었다.

"아버지, 왜 소의 피가 사람의 피처럼 붉어야 하지요?"

"왜 소의 피가 사람의 피처럼 붉어야 하느냐고?"

"그래요."

"……허지만 모두가 붉은 거야! 모두가……."

"모두가?"

"그럼. 모두가 붉은 거란다."

알 수 없다는 생각에 산우는 몇 번이고 고개를 갸우뚱거리며 아버지를 보았다. 산우가 알고 싶었던 것은 허지만 이라고 일축하는 아버지의 저의에 있었던 것이다.

그런 산우를 향하여 아버지는 더 입을 열지 않았다. 아버지의 서툰 촛대질에 도수장을 빠져 나간 일본인의 소를 할아버지가 뒤쫓는 동안 아버지는 집에서 키우던 누렁이(黃牛)의 울음소리라도 들려오면 야윈 몸 어디서 그런 힘이 솟는 것인지 벌떡 몸을 세웠다가는 몹시도 분해 하는 눈빛을 번뜩이며 힘없이 도로 쓰러지곤 할 뿐이었다.

소를 뒤쫓아 간 할아버지는 밤이 이슥하도록 돌아오지 않았다. 새벽이 되면서 추적추적 비가 오고 있어서인지 누렁이의 울음소리가 몹시도 을씨년스러웠다.

누렁이의 울음 속에 아버지의 신음 소리는 이상스럽게 숨을 죽였다. 숨을 죽인 것만큼 산우는 잠을 이룰 수가 없었다. 어쩌면 이 밤 안으로 아버지가 죽을 것이라는 어처구니없는 불길한 예감이 의식을 물고 버둥거렸다.

새벽녘이 되었을까.

여전히 할아버지는 돌아오지 않는데 그 예감답게 아버지의 몸은 소리 없이 일어났다. 옆에서 자고 있던 어머니가 모를 정도로 너무도 조용하고 무섭도록 침착한 몸짓이었다.

몸을 떨며 산우는 방문을 사붓이 열고나서는 아버지의 부릅뜬 눈을 훔쳐보았다. 좀이 쑤시고 훔쳐보는 눈가에 눈물이 어룽졌다. 부릅뜬 아버지의 눈가에 어린 광기. 눈부셨다. 햇살 같았다. 햇살이 부챗살 모양처럼 펼쳐져 보였다. 무서웠다.

아버지가 신을 찾아 신고 문을 조용히 닫았을 때 산우는 이불을 뒤집어쓰고 울음을 터트리고 말았다.

울음소리에 놀란 식구들이 부산히 일어나고 아버지를 찾느라 등경 위의 호롱불로 열린 문밖을 비추었다. 낡은 차양 밑의 그늘 같은 식구들의 그림자 너머로 좁은 마당에 신발 끄는 소리와 빗소리, 부름 소리가 한데 어울려 어두운 새벽 공기를 찢어가고 애태우는 어머니의 몸짓은 신들린 무녀처럼 바삐 돌아갔다.

"이 양반이……이 양반이…….."

"엄마!"

헛간 문이 열렸을 때 어린 산우는 언뜻 아버지의 눈길을 기억하며 비에 젖은 어머니의 엉근 베치마 자락을 잡았다.

"왜 그러는 게여?"

"거기 갔을 거야! 거기……."

"거기라니?"

어머니의 눈이 의문으로 둥그레지자 산우는 지지 않겠다는 듯이 다음 말을 내뱉었다.

"외양간!"

"외양간?"

말이 떨어지기가 무섭게 어머니의 표정은 새로운 의문으로 굳어졌고 곧이어 행여나 하는 표정을 지으며 외양간을 향해 달려갔다.

그런 어머니의 뒷모습을 보며 산우는 한순간 멍했다. 왜 내가 그런 말을 해야 했을까, 소를 잡을 때 보았던 광기 어린 아버지의 눈빛 때문이었을까.

그것은 산우 자신도 확실히는 모를 일이었다. 어쩌면 그곳에 가지 않았겠느냐는 막연한 추측보다는 분명히 그곳에 가야 한다는 생각을 산우는 하고 있었다.

예감은 맞았다. 어머니의 손이 외양간의 문을 열었을 때 자신의 손으로 죽여 쓰러뜨린 누렁이의 몸을 칼질하면서 꺼이꺼이 죽어가고 있었던 것은 분명히 아버지였다.

아버지가 그렇게 죽고 나자 소를 찾아 돌아온 할아버지는 먼 하늘만 바라보았다. 집안 망칠 놈인 줄 알았다는 푸념 한마디라도 내뱉을 만한데 그는 말없이 하늘만 올려다보고 있었다. 그는 알고 있는 것 같았다. 그 일로 인해 앞으로 일어날 불행한 일들을.

아니나 다를까. 놓친 소를 잡아왔다는 소식을 들은 일본인 마무리의 하인들이 집으로 들이닥쳤다. 그들은 들어서기가 무섭게 할아버지를 개 끌듯이 끌어내었다. 나는 새도 떨어뜨린다는 위세 당당한 일본인의 소를 잡지 못했으니 그럴 만도 했다. 한국에 기어들어와 노략질하고 살면서 한국인을 종이나 짐승으로밖에 취급하지 않았던 그때, 그들의 주인 행세는 너무도 당연한 것이어서 사람 몇 죽이고 살리는 것은 닭 모가지 틀었다 놓아 주는 것만큼이나 쉬울 때였다. 백주에 몇 사람을 죽이고도 주재소에 전화 한 통이면 제국 시민이란 그것만으로 그만이었고 심심하면 젊은이들을 골라 징용이나 보내며 늘어지게 하품하며 살던 세상이었다. 자기네들 마음대로 들어와 자기들 마음대로 놀아나던 세상에 백정의 신분으로 그런 일을 저질러 놓았으니 끝장은 날 대로 난 셈이었다.

야누끼(失扱)라는 산우 또래의 딸 하나를 데리고 살고 있는 마무리(馬無理)라는 일본인은 그러한 일인 중에서도 포악하기로 이름난 놈이었다. 더욱이 그에겐 그들의 습속대로 밤에 남의 여편네를 요바이하는 나쁜 버릇이 있어서 모두가 경계하는 사람 중의 하나였다. 밤에 도둑처럼 숨어들어 간음을 서슴지 않는 그를 발견한다 하더라도 후일을 생각해 벙어리 냉가슴 앓듯이 그대로 보고 넘길 수밖에 없는 노릇이었다. 아버지가 백정이 되기 위해 칼질을 배우기 시작한 것도 언젠가 어머니 혼자 자는 밤에 그가 숨어들어 요바이 하는 것을 할아버지가 발견하고 쫓은 일이 있고 난 그 다음부터가 아닐지 몰랐다. 그날 저녁 할아버지는 송림(松林)이 자욱한 산정을 말없이 바라보고만 계셨다.

어쩌면 그때 할아버지는 생각하고 있었는지 몰랐다. 아사한 송림 밭에 아무리 죽림(竹林)이 창창해도 그것은 이내 쇠퇴해지리라는 걸. 잎이 지고 숲속이 밝아지면 소나무의 싹모가 나기 시작하고 그렇기에 죽림은 언젠가 송림에 지고 말 운명에 있다는 걸. 천이(遷移)의 길에서 보면 죽림은 옆길이지 본도(本道)가 아니기에 언젠가는 그 자리에 송림이 들어서서 본도의 기상이 넘칠 날이 있을 것이라는 걸.

아무튼 할아버지는 미리 예견한 듯 그들의 손에 순순히 끌려갔다.

할아버지가 잡아온 소가 그의 뒤를 따랐다. 그 소는 다시 일본인의 외양간에 매어지고 할아버지는 마당 한가운데 널브러졌다.

육간대청에 턱 버티고 앉아 허벅지까지 다 내다보이는 옷을 걸친 중늙은이 일본인이 그런 할아버지를 향해 조센징이노 쿠에니(조선놈 주제에)……운운하며 으름장을 떵떵 놓고 있었다.

산우는 현숙과 나란히 몰려든 동리 사람들 속에 서서 대청 앞에 널부룩이 엎어진 할아버지를 향해 고개를 돌렸다. 왜 할아버지가 저기 저렇게 죽은 개구리처럼 엎어져 있어야 하는지 그리고 왜 죄도 될 수 없는 일을 할아버지가 용서받아야 하는 것인지 알 수가 없었다.

어느 한순간 산우는 이상한 예감에 육간대청 저쪽 안방 쪽으로 시선을 돌렸는데 구멍 뚫린 창호지 사이로 야누끼의 눈이 이쪽을 보고 있는 것을 보았다. 두 눈이 딱 마주쳤다. 그 순간 산우는 뜨거운 그 무엇이 가슴 밑에서 치밀어 올랐다.

일본 사람의 딸이면서도 포악한 그 애비의 성품을 조금도 닮지 않은 야누끼. 그 조용한 야누끼의 눈이 그날처럼 그렇게 번쩍거리는 것을 본 적은 일찍이 없었다.

이윽고 마무리가 입맛을 몇 번 쩝쩝 다시고 말을 내뱉었다.

"그래 조선놈인 주제에 어찌하려고 그런 일을 저질렀노미?"

산우는 참으로 서툰 말을 들으며 할아버지를 쳐다보았다. 사색이 된 할아버지가 고개를 들었다.

"한번만 살려 줍쇼!"

일본 사람의 서툰 불호령과 할아버지의 애간장 끓는 한마디가 어쩌면 그렇게도 어색하게 들렸는지 몰랐다. 산우는 퍼뜩 눈을 감았다. 산에서나 집에서나 그렇게 인자하고 꼿꼿하던 할아버지가 어째서 저래야 하는 건지 이해가 되지 않았다.

일본 사람의 불호령이 다시 떨어졌다.

"어젯밤 나도 생각했소다. 허지만 살려 달라면 살려 줄 수가 있소까?"

"나으리!"

"물론 당신이노 아들이 저지른 일이지만 당신이노 아들이 죽었으니께, 이제 당신이노 책임이 있다 이 말이오다. 길은 한 가지밖에 없소다. 우리 집 소와 똑같은 소를 마련하든가 아니면 소 값을 내어 놓든가……."

"어이구!"

산우는 할아버지의 절망적인 신음 소리를 들으며 눈을 번쩍 뜨고 일본 사람을 노려보았다. 어린 마음에서나마 이 무슨 생떼라니……. 갑자기 주먹이 불끈 쥐어졌다. 죽이려고 칼잡이에게 내맡긴 소를 죽이지 못했다고 해서, 아니 한쪽 눈을 멀게 했다고 해서 그와 똑같은 소나 그 소 값을 물어내라니 그만한 능력이나 돈이 있을 리 만무하다는 걸 아는 그가 그것을 요구하는 것이라면 모가지를 달라는 것이나 다름없는 말이 아니고 무엇인가.

어린 산우는 한 발짝 앞으로 나섰다. 자신이 나서서 어떤 결과가 나오리라는 것은 생각할 겨를도 여유도 없었다. 백정의 집안에 태어나 자라면서 자신도 모르게 몸에 배어 버린 반골 기질만이 주먹을 쥔 그를 일으킬 뿐이었다.

산우는 언뜻 야누끼의 번쩍이는 눈을 보았는데 뒤이어 일본 사람의 불호령이 또 떨어졌다.

"내가 소를 죽여 달라고 했지 소의 눈에다가 도끼를 꽂아 달라고는 하지 않았소까? 그러니께……."

어린 산우는 더 못 참겠다는 얼굴을 하고 또 한 발짝 앞으로 나섰다. 그러고는 목청껏 외치기 시작했다.

"죽여 주믄, 죽여 주믄 되질 않아요!"

"무에라고?"

너무도 갑작스럽고 당돌한 어린아이의 부르짖음은 주위를 놀라게 하고 장지문에 붙어 선 야누끼의 눈을 더욱 커지게 했다. 일본인들의 만행이 정당한 것으로 받아들여지던 시기에 어린애로서는 감히 상상도 못할 용기로 고함치고 있음에랴. 모두가 놀라지 않을 수 없고 엄청난 일이 아닐 수 없었다. 더욱이 정골피의 손자 녀석이라면.

산우는 지지 않겠다는 듯 다시 앞으로 나섰다.

"우리 할아버지보고 다시 죽여 보라고 그래요. 왜 못 죽이나, 울 아버지가 어쩌다 실수한 것을……."

"좋다!"

좋다니?

산우는 눈을 동그랗게 떴다. 놀란 표정으로 불시에 나타난 어린 놈의 말을 멍청히 듣고 있던 일본 사람이 갑자기 벌떡 일어나며 시원스럽게 응낙을 하고 나섰던 것이다.

할아버지를 퍼뜩 산우는 쳐다보았다.

할아버지의 얼굴이 백지장처럼 굳어지면서 동리 사람들을 향해 돌아갔다.

산우는 어리둥절한 눈으로 할아버지의 그 눈길을 따라 동리 사람들을 돌아보았다. 동리 사람들 역시 얼굴이 백지장처럼 굳어지고 있었다. 사시나무 떨듯 술렁거리는 그들이 얼굴에는 무엇으로 인해서인지 하얀 걱정이 서리처럼 돋아나고 있었다.

어쩌다 한번 내어본 용기가 그들의 속을 시원하게 해 주지는 못할망정 오히려 더 놀라고 있는 모습에 산우는 일본 사람의 얼굴로 고개를 돌렸다.

일본 사람은 무슨 생각을 한 것인지 산우를 향해 한 발짝 앞으로 나서며 입을 열었다.

"역시 좋다! 네놈의 말이 건방져서 좋다!"

건방져서 좋다니, 언제는 조센징 쿠에니라더니…….

산우는 일본 사람의 얼굴에서 눈을 떼지 않았다.

일본 사람도 그런 산우의 얼굴에서 눈을 떼지 않았다.

"정 영감이노 저 아이놈의 말을 들었겠다?"

동리 사람들을 둘러보던 할아버지가 일본 사람을 향해 머리를 조아렸다.

"그래 들었으면 생각이 어떻소까?"

할아버지는 그 어떤 대답도 못한 채 그대로 있었다. 할아버지의 눈빛이 몹시 떨리고 있었다.

감당못할 의문스러움에 산우는 주먹을 쥐고 할아버지를 지켜보았다. 왜 얼른 '하겠소' 하고 나서지 못하는 것인지 어린 마음으로서는 이해할 수가 없었다.

일본 사람이 할아버지의 반응을 기다리다가 다시 입을 열었다.

"어떡하겠소까? 아니면 목이라도 내어 놓아야 하는기요!"

한참 침묵이 흐른 후에야 할아버지는 천천히 고개를 들었다. 천둥 같은 한숨이 입에서 흐르고 있었다.

"결심했소까?"

일본 사람이 기다렸다는 듯이 물었다.

"해내리다!"

"안 되오."

연신 침을 꼴깍꼴깍 목으로 넘기며 귀추를 주목하고 있던 동리 사람 하나가 바락 악을 썼다. 그러자 이곳저곳에서 안 된다는 고함 소리가 연이어 터져 나왔다.

산우는 의심스런 눈으로 동리 사람들을 둘러보았다.

일본 사람이 빙긋이 웃으며 동리 사람들의 아우성을 막고 나섰다.

"시끄럽소! 이미 일은 결정된 것, 정 영감이노, 다시 한 번 묻잤소. 정말 결심했소까?"

"그렇소이다!"

할아버지가 이빨을 사려 물고 동리 사람들의 눈치를 살피며 근근이 대답을 했다.

"그래 백정이 소 하나를 대(代)를 이어노 잡는 건 이 동리에서 금하고 있다는 걸 알고도 결심했다는 말이외까?"

할아버지는 머리를 끄덕였다.

"실패이노 하면 당신들이 믿는 신(神)에게 이 동리가 깡그리 망한다는 것을 알고도 결심했다는 말이지 않소까?"

할아버지는 다시 고개를 끄덕였다.

"그럼 좋소다! 이것으로 모두 끝났소다. 내일 아침 소를 내어 주겠소다."

일본 사람은 말을 마치고 마지막으로 동리 사람들을 둘러보았다. '안 되오, 안 되오' 부르짖는 동리 사람들의 눈들을 뚫어지게 노려보았다.

어린 산우는 자신의 용기가 어쩐지 개운치만은 않은 것 같아 땡감을 씹었을 때처럼 얼굴을 찌푸리고 눈을 내리깐 채 고개를 숙였다. 할아버지가 왜 재빨리 하겠다는 말을 못 하였는지, 왜 동리 사람들이 해서는 안 된다고 부르짖었는지 산우는 마무리의 말에서 그제야 좀 알 것 같았다. 어린아이의 울분으로 인해 그들이 믿는 서낭당 신이 어쩌면 이 동리를 망쳐 놓을지 모른다고 생각하고 있다는 생각이 그제야 들었던 것이다.

집으로 돌아오면서 산우는 야누끼가 있는 곳으로 눈을 돌려 힐 끗 눈길을 주었다. 어쩌면 오늘의 이 울분은 야누끼를 향한 수치를 조금이나마 만회해 보려는 의도는 아니었을까.

그날 밤, 집으로 돌아온 산우는 할아버지의 칼 가는 소리를 들으며 몸져누워 있던 어머니에게 얼마나 쥐어 박혔는지 몰랐다. 그럴 수는 없는 일이라고, 할아버지로 하여금 다시 소를 잡게 할 수는 없는 일이라고, 자고로 아무리 칼 잘 쓰는 백정이라도 아들이 잡다 놓쳐 버린 소를 그 애비가 죽이지는 못하더라고, 그런 위험한 장난을 왜 사서 하느냐고, 그래서 정말 이 동리가 깡그리 망하는 꼴을 봐야 속이 시원하겠느냐고, 어린 아들놈의 머리를 쥐어박으며 통곡하고 또 통곡했던 것이다.

산우는 그런 어머니 곁에서, 오히려 결과를 즐기는 듯한 표정으로 뒤돌아서던 일본 사람의 얼굴을 생각하며 몸을 떨었다. 그때 일본 사람의 눈은 동리 사람들의 의견을 묻는 게 아니라 쓸데없는 미신의 덫에 걸리어 몸을 떠는 우매한 인간들을 비웃으며 조롱하고 있었던 것이다. 하기야 그로서는 할아버지가 소를 잡다 실패하는 한이 있더라도 동리가 망하지 않으리라는 확고한 신념이 있었을 테고, 설사 그 신념이 흔들린다 하더라도 동리 사람들을 겁낼 위인은 아니었다.

백정의 집안에서 자란 관계로 세상에 대한 반골 기질이 스스로 몸에 배어 버린 손자 녀석 덕에 할아버지는 다시 소 앞에 설 수 있게 되었지만 정말 그가 그것을 원했던 것인지는 모를 일이었다.

칼 가는 할아버지 곁에서 산우는 불안한 감정을 누르지 못하고 할아버지를 바라보았다. 소 잡는 일이 없는 날이면 언제나 사냥터엘 데려가 백정이 갖추어야 할 모든 것을 가르쳐 주시던 할아버지. 옛 조상들이 걸어온 길을 들려주며 백정이 가야 할 길을 얘기해 주시던 할아버지.

산우는 자신도 모르게 흐르는 눈물을 감추지 못하고 훌쩍거렸다. 그러자 할아버지의 눈길이 그 여느 때처럼 번쩍거리며 산우의 얼굴을 감쌌다.

"너무 걱정 말아라! 이 핼애비가 언제 실패하는 걸 네놈이 보았었냐. 산에서나 여기서나 난 모든 걸 해낼 수 있어. 암 있구 말구.

네놈은 이 핼애비의 솜씨를 보아 두도록 해. 똑똑히······."

그 말을 뒤로 하고 할아버지는 가만히 산우의 손을 잡았다가 놓았다. 그러고는 허리춤에서 곰방대를 빼내 입에 물면서 밖으로 나갔다. 사나운 새벽바람에 옷깃이 돛폭처럼 휘날렸다.

할아버지는 천천히 사립을 빠져 나갔다.

할아버지의 뒷모습을 바라보고 있던 산우는 고개를 갸우뚱거리다가 살며시 일어나 그의 뒤를 따랐다.

이 이른 새벽 할아버지는 어디를 가는 것일까.

할아버지는 개울을 건너더니 고갯마루를 향해 걸음을 옮겨 놓았다. 붓둑 모양 둘러쳐진 산기슭 저쪽에서 선잠을 깬 새들이 가끔씩 날아올랐다.

어느새 고갯마루로 올라간 할아버지는 숨이 가뿐지 걸음을 멈추었다.

그는 잠시 서 있는 것 같더니 아름드리 소나무 둥치에 한 손을 짚고 무심히 담배 연기를 피워 올리며 멀리 용태 나루 쪽을 바라보았다.

이슬이 풀잎을 건어찰 때마다 비처럼 쏟아져 내리는 풀숲에 서서 할아버지의 거동을 살피고 있던 산우는 한참이 지나도 할아버지가 돌아서지 않았으므로 주춤주춤 곁으로 다가갔다.

발자국 소리 때문인지 할아버지가 고개를 돌리더니 산우를 쳐다보았다. 그는 산우를 보더니 말없이 고개를 돌려 나루터를 바라보았다.

산우는 멈칫거리며 할아버지의 곁에 가 섰다. 먼 곳을 바라보고 있던 할아버지가 산우의 어깨를 말없이 끌어안았다.

할아버지는 여전히 나루터 쪽으로 눈을 둔 채 말이 없었다.

멀리 내려다보이는 용태 나루의 모습은 새벽빛에 시커멓게 웅크리고 있었다. 나루터를 밝히는 초막의 불빛만이 어슴푸레 호박불처럼 빛나고 있을 뿐이었다.

할아버지는 여전히 말이 없었다. 무심히 피워 올리는 담배 연기가 눈앞을 가릴 때마다 먼 나루터의 모습은 안개에 싸인 것처럼 희미하게 사라졌다가 다시 나타나곤 하였다.

산우는 가끔씩 말없는 할아버지의 얼굴을 올려다보곤 하였다. 그의 입에서 못 다한 설움의 찌꺼기 같은 말들이 흘러나옴직 한데 그는 여전히 나루터 쪽에만 눈을 붙박고 있었다.

그가 입을 연 것은 계명성이 얼굴을 내밀고도 한참이 지나서였다.

할아버지는 말하기 전 조용히 입에 물었던 곰방대를 들어 올리는 것 같더니 나루터 너머 어느 한 부분을 가리켰는데 산우의 눈에는 어둠으로 인해 그 무엇도 보이지 않는 곳이었다.

"산우야, 저기 저 끝없이 뻗어 나간 곳에 무엇이 보이는 것 같지 않느냐? 저 강줄기 너머 섬처럼 일어나 우뚝 얼굴을 내민 곳 말이다."

좀 멍한 얼굴로 산우는 할아버지를 올려다보았다. 어둠으로 인해 할아버지가 가리키는 곳은 분명 보이지 않고 있었다. 그러나 어쩐 일인지 보이지 않는다는 말을 할 수가 없었다.

참으로 이상한 느낌이었다.

할아버지가 대답 없는 산우의 어깨를 더욱더 꽉 끌어안았다.

"그래 보이는 모양이구나 네 눈에도……."

"?"

"그래 그곳 말이다. 그곳이 어딘지 아느냐? 그곳이 바로 우리들의 고향인 천궁골이 있는 곳이야."

천궁골? 하다가 산우는 그만 고개를 숙였다.

할아버지는 왜 또 천궁골 이야기를 하려는 것일까. 아버지가 잡지 못한 소를 이제 할아버지가 잡아야 하기에 그런 것이라면…….

한 가닥 불안이 슬금슬금 가슴속으로 스며들었다.

어쩌면 할아버지는 정말 동리 사람이나 어머니의 말처럼 아버지가 잡다 놓친 소를 잡을 자신이 없는 게 아닐까.

산우는 머리를 내저었다.

그럴 리는 없었다. 아직 한 번도 할아버지의 촛대질에 쓰러지지 않는 소를 본 적이 없었다.

산우는 고개를 내젓고 있자 할아버지는 다시 무슨 생각을 했는지 담배 연기를 내뿜으며 입을 열었다.

"생각이 나는구나. 그 천궁골에서 마지막으로 소를 찾던 네 눈먼 증조부의 모습이……."

산우는 입술을 지그시 물었다. 이제 단 한 번 남겨 놓은 도살에 앞서 자신도 모르게 선조들의 생각에 잠기는 할아버지가 너무 애처로워서가 아니라 끊으려야 끊을 수 없는 어떤 끈 같은 것이 온몸을 묶어 오는 것 같았다.

"그때 난 꼭 너만한 나이였느니라. 너의 눈먼 증조부는 개울가에서 새벽을 마주하고 신팽이를 갈고 있었고 나는 그의 곁에서 등불을 들고 서 있었지."

"……."

"칼을 간 눈먼 양반이 내게 손을 내밀었을 때 난 말없이 당신을 이끌고 천궁으로 향했다. 그게 바로 눈먼 당신의 첫 도살이었고……."

할아버지는 여기서 말을 끊으며 또 곰방대를 빨았다.

그런 할아버지를 돌아보며 산우는 눈을 껌뻑였다. 말을 더 못 맺고 곰방대를 뻑뻑 빨아 대는 할아버지의 모습이 쓸쓸해 보였다. 코가 찡해 오는가 했더니 눈가가 후끈 더워 왔다. 끊으려야 끊을 수 없는 끈 같은 것이 이제는 올가미가 되어 전신을 꽁꽁 묶어 오는 것 같았다.

금방 입을 열 것 같던 할아버지는 한참 동안 말이 없었다. 말이 없는 할아버지의 심중을 알 것도 같고 모를 것도 같았다.

지금에 와 생각해 보면 할아버지의 그때 심중이 오죽했으랴. 그때 그의 가슴속에는 결코 말로서는 표현할 수 없는 한 세월의 피멍울이 흐르고 있었을 것이었다.


그날 정골피가 눈먼 아버지 정풍정을 이끌고 천궁으로 들어섰을 때 눈먼 백정의 첫 도살을 보려는 사람들이 앞 다투어 모여 있었다. 어사 나리는 이미 감김치를 끝내고 천궁 깊숙이 매어져 있었고 스님들이 염불을 끝내가고 있었다.

      ……

      속세의 멍울 벗어

      천궁으로 가옵나니

      천왕님이 친히 나와

      그대를 반겨 하리

      인간 위해 흘린 피는

      풀잎으로 돋아나서

      곡장 속에 가득하고

      멍울 없는 백만 년은

      그대만의 것이로다.

      부디 받잡아 비옵나니

      극락왕생 하옵시고

      사악한 이 세상을

      굽어 살펴 주옵소서

      나무관세음보살

      나무관세음보살

      …….

정화수가 뿌려지고 스님들이 밖으로 나오자 정풍정은 촛대를 들고 소 앞에 마주섰다.

골피는 짙은 안개 속에서 아버지가 오늘을 무사히 넘겨 흉흉한 존재가 되지 말기를 빌고 또 빌었다.

드디어 정풍정이 소의 코뚜레를 더듬기 시작했다. 코뚜레가 눈먼 그의 손에 잡혔다. 그는 고삐를 잡은 채 한참을 가만히 서 있었다. 침묵이 흘렀다. 숨 막히는 침묵이었다. 지켜보는 사람들의 입에선 침 넘어가는 소리가 딸꾹질 소리처럼 들리고 백정이 되어야 할 이유를 확인하는 정풍정의 얼굴은 돌처럼 굳어만 갔다.

골피는 눈을 들어 하늘을 보았다. 할아버지도 이순간만은 저승으로 가던 발걸음을 멈추고 이 광경을 지켜 볼 것이었다.

이윽고 숨소리도 들리지 않는 한순간이 왔다. 정풍정의 오른손이 소의 눈을 가리는가 했더니 왼손에 쥐어진 촛대가 소의 정수리를 향해 내리꽂혔다.

골피는 그 순간 외양간 깊숙이에서 들려오던 동전 소리를 기억하였다.

소가 쓰러지고 있었다. 앞발을 허망하게 꿇고 있었다. 골피는 자신도 모르게 손뼉을 탁탁 쳤다. 아버지는 분명히 해내고 있었다. 그에게 간단없이 밀려오던 저주받은 삶을 깨어 버리고 있었다.

이곳저곳에서 환성이 일었다.

정풍정은 이마에 맺힌 땀방울을 닦을 사이도 없이 쓰러진 소 위에 홍포를 덮어씌우려 토벽을 향해 손을 뻗쳤다.

그때였다. 어찌된 일이었을까. 쓰러지리라고 믿었던 소가 버둥거리다가 무릎을 꿇고 잠시 기운을 차리는 것 같더니 벌떡 일어났다. 정풍정의 몸이 순식간에 소의 청동 같은 뿔에 받히어 뒤로 벌렁 나가떨어졌다. 소는 그대로 정풍정을 타넘었다.

자신의 광기와는 양립할 수 없는 정풍정의 눈먼 허약함, 거기에서 오는 숙명에 대한 분노, 그는 역시 눈먼 사람일 뿐이었고 그것을 깨뜨릴 수는 없었으며 그 상태 그대로를 받아들이지 않으면 안 되는 숙명을 골피는 그때 보았다. 아버지나 어머니나 할아버지나 주어진 삶에 각자 순리대로 순응했더라면 그 같은 패배, 그 같은 엄청난 시련은 없어도 좋았을 것이라고 그때 골피는 생각했다. 그에게는 그때까지도 남들이 소의 네 발을 묶고 코뚜레를 매어 소를 잡는 반면 그러지 않는 행위가 무모한 만용으로 보였으니.

아들의 그러한 심중을 아는지 모르는지 정풍정은 허우적거리며 일어나 미친 듯이 천궁을 뛰쳐나갔다. 그리곤 얼마 가지 못해 돌부리에 걸려 넘어지면서 절망적인 울음을 터뜨렸다. 그 울음 속에는 생명과 생명과의 대결, 그 엄청난 단 한 번의 시위에 패배한 분노가 짙게 배어 있었다.

골피는 아버지 정풍정의 그런 선연한 몸짓 속에서 인간이라면 누구나 한 번은 거쳐야 할 선택의 의지를 다시 한 번 실감해야 했다. 인습의 굴레 속에서 언젠가 한 번은 부딪쳐야 할 숙명적인 대결.


집으로 업히어 돌아온 정풍정은 상처가 낫기 무섭게 일어났다. 천궁을 빠져 나간 소가 사냥꾼의 손에 죽어 오던 날이었다.

일어난 그는 온다 간다는 말 한마디 없이 집을 나섰다. 자욱한 새벽안개를 헤치고 홀연히 먼눈을 하고 집을 등져 버린 것이었다.

눈먼 정풍정이 이틀이 지나고 사흘이 지나고 몇 달이 지나도 돌아오지 않자 동리에서는 기다렸다는 듯 무수한 소문이 떠돌았다.

"참 이상하네. 그래 눈먼 사람이 도대체 어딜 갔단 말이고?"

"아메도 여우같은 꼽추 여편네 등쌀에 배겨 나질 못했는 기라."

"허지만 그 먼눈을 하고 어딜 갈 곳이나 있다고……."

정풍정은 영영 돌아오지 않고, 그가 돌아오지 않는 세월 동안 골피는 어머니 도화의 손에서 자랐다. 도화의 꼬챙이같이 메마르고 날카로운 음성, 야기(夜氣) 같은 비린내, 어쩌다 깊은 밤 눈을 떠보면 옆방에서 들려오는 낯선 남정네의 키들거리는 소리. 그때마다 골피는 어머니를 짓누르고 있는 사람이 어쩌면 아버지가 아닐까 하고 눈을 멀뚱거렸지만 그 사람이 주위를 살피며 방을 나와 더듬지 않고 홀연히 사립을 나가는 걸 문틈으로 보고는 어머니가 그렇게 저주스럽고 먼 사람일 수가 없었다. 그런 날 아침이면 흠이 패인 어머니의 구석 자리는 반들반들 윤이 났고 어머니의 몸에선 젖비린내 같은 비린내가 풍겨 나왔다.

그렇게 되자 자연히 집안은 더 말이 아니었다. 집안 소식을 뒤늦게야 들은 외할아버지 청운 영감이 찾아와 딸과 손자를 반 강제로 끌어갔다. 손바닥만한 퇴전 밭뙈기 한 쪽 없이 칼질에 의존하여 살던 그들의 궁핍을 더는 두고 볼 수가 없었던 것이다.

그러나 그곳에서도 어머니의 야기 같은 한은 비린내를 풍기며 계속 떠돌았다.

그녀는 어느 날 눈먼 양반처럼 홀연히 집을 비우고 말았다. 사내를 따라간 것이었다.

등 굽은 것이 어디를 헤매는지 모르겠다고 청운 영감은 그녀를 찾아 나섰지만 그녀를 찾을 길은 없었다.

골피가 칼질을 배운 것은 그때쯤이었다. 청운 영감은 손자에게 칼질을 가르치면서도 종종 동리 어귀를 바라보곤 하였다. 결코 등 굽은 딸은 돌아오지 않았다.

어느새 골피의 나이 스물.

어느 날 골피는 한 짐의 나무를 해 지고 산을 내려오다 뜻밖의 일을 당했다. 그때 골피는 그 일이 자신의 인생에 또 하나의 전환점이 될 줄은 모르고 있었다.

나무를 지고 인적이 뜸한 고갯마루를 막 넘어서는데 낯선 취객들이 지나는 아녀자를 희롱하는 걸 무심결에 본 게 탈이라면 탈이었다. 그 노는 모양새가 어찌나 방자한지 눈꼴이 시어 그냥 도저히 지나칠 수가 없었다. 여자를 숲속으로 끌고 가려고 버둥거리는 것들을 한달음에 달려가 소갈비를 발겨 내듯 해치워 버렸다. 불알에 요령 소리 나도록 꽁무닐 빼는 놈들을 바라보며 웃고 섰다가 골피는 뒤를 돌아보았다. 차림새로 봐 하나는 사대부 집안의 고명딸이 분명하고 하나는 그의 몸종임에 분명하였다. 재 너머 문골에 있는 친척 집에 다녀오다가 봉변을 당했노라고 몸종이 주인을 대신하여 말해 주었다. 그것이 그들의 만남의 시작이었다.

골피는 그 후 읍내 우시장을 갔다 오다가 장터 어귀를 지나는 그녀를 다시 만났다. 그 후로 남의 이목을 피해 서로 만나는 사이가 되고 말았다.

만나는 횟수가 늘어갈수록 결국 돌이킬 수 없는 사태를 빚고 말았다. 그녀의 몸속에 골피의 씨가 자라기 시작했던 것이다.

그렇게 되자 딸의 몸속에 백정의 씨앗이 자라고 있다는 걸 안 그녀의 아버지는 늦은 밤 몽둥이를 들고 하인들과 함께 들이닥쳤다. 시뻘겋게 뒤집어진 눈과 눈. 마구 욕설을 내뱉는 입과 입.

"이 드런 백정놈의 새끼가 어딜 감히……."

그럴 만도 했다. 하찮은 백정의 자식이 사대부 집 귀한 딸의 몸을 망가뜨려 놓았으니.

청운 영감의 기지로 그가 평소 드나들던 내솔암으로 골피는 몸을 피할 수 있었지만 그 대신 청운 영감이 그들의 몽둥이질에 초주검이 되었다.

이틀이 지난 후 결국 그녀는 목을 매 죽었다. 그 충격으로 그녀의 어미마저 죽었다는 소문이 나돌았다. 그때쯤엔 청운 영감마저 일어나지 못하고 저 세상 사람이 되어 있었다.

골피는 그곳을 뜨지 않을 수 없었다. 내솔암 월문 스님의 서찰 하나를 품속에 차고 그가 가르쳐 주는 대로 강원도 청무암으로 갔다. 그는 거기서 나무나 해 나르고 이것저것 허드레 심부름이나 하며 몸을 숨기고 있었는데 저녁이면 무암 스님이 그를 불렀다. 그가 불법에 그래도 인연을 좀 맺었던 건 그 때문이었다. 무암 스님은 그를 어떻게 생각했던지 그에게 경줄이나 가르쳤다. 어깨 너머식 공부였지만 세월이 흐르면서 점차 불법이 뭐란 것을 알아가기 시작했다.

그 세월은 길지 않았다. 좀더 불법에 가까이 다가가보기 위해 머리를 깎고 법복을 입은 그는 채 삼 년을 넘기지 못하고 하산해 버리고 말았다. 가까이 다가가려 하면 할수록 그를 먹어 들어오는 권태스러움에 더 이상 견딜 수가 없었던 것이다. 불법이란 것이 그가 생각했던 것처럼 그렇게 만만한 것이 아니었다. 거기엔 피가 끓는 본능마저도 죽여야 하는 서슬 퍼런 함정이 입을 벌리고 있었다.

산을 내려온 그는 이곳저곳을 떠돌았다. 떠돌다 보니 바람결엔 듯 그녀의 아버지마저 화병으로 몸져누웠다가 죽었다는 소문이 들려왔다. 그럴 만하다는 생각이 들었다. 그래도 사대부 집안이 아닌가.

송충이는 솔잎을 떠나서는 못 산다고 법복도 벗어 던져 버리고 다시 신팽이를 들고 이곳저곳을 떠돌며 소를 잡다 보니 자연히 도수장이 집이 되었다. 비린내 나는 도수장 한 귀퉁이에 자리를 깔고 누우면 눈시울이 저절로 젖어 왔다. 밤의 혈과 같은 별무리, 중천에 걸린 달, 저절로 한숨이 물렸다. 나는 누구인가, 어디서 와 어디로 갈 것인가, 그럴 때면 모든 이의 얼굴이 떠올랐다. 눈먼 아버지, 꼽추인 어머니, 그리고 그녀…….

한여름 밤 소나기라도 쏟아져 내리면 젖어 오는 처마 밑 속으로 언제나 그녀가 걸어 들어오고 있었다. 자욱한 밤안개를 헤치고 그녀가 웃으며 걸어 들어오고 있었다.

그렇게 세월이 흘렀다.

그런 어느 날이었다.

도수장을 찾아 거리를 헤매다 골피는 자신의 몰골과 별로 다를 바 없는 사람 하나를 만났다. 그에게서는 가장 가까운, 그러면서도 가장 멀리 있었던 사람.

인간의 인연이란 그런 것일까. 흐르다 보면 다시 만나고 만나면 다시 헤어지는 게. 그는 다름 아닌 골피의 어머니 꼽추 도화였다. 우연하게도 그들은 어느 낯선 거리에서 정말 상상할 수도 없는 모습으로 만나고 있었다.

골피가 처음 그녀를 발견했을 때 그녀는 주막집 처마 밑에서 어린애들에게 둘러싸여 이를 잡고 있었다. 그때 골피는 길 건너에서 그 모습을 얼핏 보며 나같이 갈 곳 없는 것이 저기 또 하나 있구나 하는 생각만 했다. 그런데 그게 아니었다. 다시 발길을 옮기려는 순간 그녀를 둘러싼 어린애들의 노랫소리가 들려왔던 것이다.


꼽추야 꼽추야
어쩌다가 혹났니
낙타가 보면
할배하고
에헴하고…….


꼽추라는 말에 골피는 의식적으로 그녀를 향해 고개를 돌렸다. 어머니의 모습이 퍼뜩 떠올랐던 것이다. 골피는 어린애들의 틈 사이로 그녀를 유심히 살펴보았다. 꼽추였다. 등허리는 그 옛날 어머니의 등처럼 툭 불거졌고 배가 산처럼 불러 앞가슴이 거의 그 배에 파묻힌 걸 보니 어린애까지 밴 모양이었다.

골피는 길을 건너갔다. 그녀의 몰골이 좀더 자세하게 드러났다. 몸에 맞지 않은 때에 찌든 두루마기로 불룩하게 솟아오른 배를 덮은 그녀의 몰골은 추악하기 이를 데 없었다.

골피는 어린애들을 헤치고 그녀 앞에 섰다. 어린애들이 흩어지며 그를 향해 킬킬거렸다.

히야 꼽추 남편 왔다!

야 거지들도 신랑 각시 한다.

꼽추야 꼽추야 니 서방 왔다.

그 소리 때문인지 꼽추가 열심히 이를 잡던 손길을 멈추고 고개를 들었다. 골피는 그 순간 억 하는 신음을 물고 말았다. 눈이 화등잔처럼 커지고 금세 눈앞이 어룽거렸다. 전신이 부들부들 떨렸다. 코끝이 찡해 견딜 수가 없었다. 자신이 낯설었다. 자신의 눈을 믿기가 어려웠다. 어머니였다. 꼽추였다. 골피는 한참이나 얼빠진 얼굴로 그녀를 내려다보았다.

이게 무슨 꼴인가 이게…….

멍청히 내려다보고 섰는데 그녀가 퉁퉁 부은 얼굴로 골피를 향해 히물히물 웃기 시작했다. 그녀가 미쳐 있다는 것을 골피는 그제야 알았다.

"히따 잘생겼네. 꼭 우리 서방님 같네. 나하고 오늘 오입 한 번 할래? 개새끼!"

갑자기 눈물이 주르르 쏟아졌다. 골피는 눈물을 숨기기라도 하듯 고개를 번쩍 들고 하늘을 보았다. 눈먼 아버지를 향해 독 오른 뱀처럼 머리를 빳빳이 들고 욕설을 퍼붓던 어느 날의 어머니 모습이 스치고 지나갔다. 그러나 어쩐 일일까. 말끝에 토를 달듯 내뱉는 개새끼라는 어투 속에는 그 옛날의 독기라곤 티끌만큼도 느낄 수 없고 정다운 벗을 만났을 때 반갑게 터트리는 욕설만 같았으니.

예전에 내가 보아 왔던 그 한은 다 어디로 가버린 것일까. 저주와 분노로 치를 떨며 설쳐 대던 어머니의 그 한 서린 방황.

골피는 지그시 눈을 감았다. 자신이 어머니에게 가졌던 저주감이나 증오, 한스러움보다는 그런 어머니에게 자신이 내린 관념상의 형벌이 실제로 이런 모습이기를 기원하지 않았을까 하는 생각에 자신의 저주감이 갖는 순간적인 승리욕이 괴로웠다.

골피는 천천히 눈을 떴다. 어두운 공간 속으로 무엇인가 조금씩 벗겨지기 시작했다. 우리들의 줄다리기는 이제야 끝이 났다는 그런 확신감이었다.

골피는 그녀를 똑바로 내려다보았다. 혈육이라는 그것 하나만으로도 자신이 안아야 할 몫이 거기 있었다. 그것은 자신의 것이었다.

그길로 골피는 그녀를 데리고 어느 다리 밑으로 들어갔다. 볏짚 몇 단을 구해 사방을 둘러쳤다. 그녀의 옷을 모두 벗겨 내고 맑은 물을 떠다가 몸을 씻어 주었다. 그녀의 몸은 참으로 희한한 형태를 이루고 있었다. 숙명이란 것이 최종적인 형태를 갖는다면 아마 이런 모습이 아닐까 하는 생각이 들었다.

몸을 다 씻고 옷을 입혀 주자 그녀는 히물히물 웃으며 이쪽을 돌아보더니 눈을 게슴츠레하게 떴다. 여전히 미친 얼굴이었다.

"아따 잘생겼네. 꼭 우리 눈먼 서방님 같네. 일루 와! 일루 와! 일루 와서 같이 자! 응? 싫어? 왜? 꼽추라서?"

그녀가 눈을 말똥하게 떴다. 골피는 눈물을 참으며 웃기만 했다. 그러자 갑자기 그녀의 눈이 표독스럽게 변해 갔다. 눈에서 한 서린 독기가 되살아나고 있었다.

"꼽추라서 그렇지? 그렇지?"

"어머니!"

"에익 드런 놈! 이 죽일 놈!"

그녀가 벌떡 몸을 세우더니 손톱을 세우고 달려들었다. 골피는 눈물을 참으며 그녀를 부둥켜안았다.

그녀의 두 손이 여지없이 골피의 등을 할퀴었다. 골피는 그녀를 안고 울었다.

'말 안 해도 압니다. 어머니의 한을. 그러나 이제는 끝났습니다.'

사실 모든 것은 끝나 있었다. 미친 그녀가 말하지 않아도 골피는 알 수 있었다. 자신과 헤어진 후의 모든 것을 짐작할 수 있었다. 이쪽의 등을 닥치는 대로 할퀴던 어머니는 한참만에야 제풀에 지친 듯 아들의 품속에 축 늘어지며 섧디 섧게 울기 시작했다.

"이놈아, 이 더런 놈아, 니가 뭔데 날 괄시하는 기여. 난 이래봬도 호강하며 살던 여편네여, 비록 눈먼 백정이긴 하였지만, 그런데 니는 뭐여? 니가 뭔데 날 요렇게 괄시하는 기여! 그래도 내 남편은 날 괄시하지 않았어. 비록 눈은 멀었어도 날 요렇게는 괄시하질 않았단 말이여. 모두가 날 버리고 떠나 버리긴 했지만 요렇게는 괄시하질 않았단 말이여."

괄시받던 그 한의 세월 때문이었을까. 그녀는 말끝마다 괄시라는 말을 잊지 않았다.

그날 밤 골피는 자신의 옷으로 그녀의 배를 따뜻하게 감싸며 고향의 집을 떠올렸다. 먼지로 가득 채워졌을 방바닥의 흠을 기억해 내었다. 이제 그녀를 데리고 고향으로 돌아가 흠 속에 쌓인 먼지를 파내고 하나의 새로운 생명을 받아야 할 것 같았다. 자신은 그의 피해자일 수 없었다. 새로이 태어나는 이 생명이 남녀가 결합한 막연한 증식일 수만은 없듯이. 소나 인간이나 하나의 개체로서 살아남을 권리가 있는 것이고 보면 어머니는 분명 하나의 축복받은 생명을 잉태하고 있는 것임에 틀림없었다. 그러므로 동기야 어떻든 이제 새로운 생명은 태어나 지나온 길을 슬기롭게 이해해야 할 것이고 우리들이 구하지 못한 것을 지혜롭게 해결해 나가야 할 것이었다. 불행하게 태어나 숙명적인 것을 사랑하지 못하고 운명적인 것을 붙잡아 자신마저도 구하지 못하고 차별과 핍박과 괄시와 질시에 전신으로 항거하다 이 저잣거리의 미친 여자가 되어 버린 어머니의 한을 이해해야 할 것이었다. 그것은 이 세상의 이치요, 순리이며 생존경쟁의 틈바구니에서 생존하는 인간의 유일한 교접이며 화합이며 축복임을 그는 알아가야 할 것이었다.

어머니는 다리 밑으로 온 지 채 일주일도 못 넘기어 어린애를 밴채 극도의 영양실조로 눈을 감고 말았다.

어머니는 죽어 가면서 처음으로 눈을 똑바로 뜨고 아들을 처다보았다. 아주 메마르고 껄끄러운 음성이 들려온 것은 잠시 후였다.

"누구냐?"

골피는 어머니의 손을 잡았다.

"접니다. 골피예요."

말없는 어머니의 눈에 한 줄기 눈물이 주르르 흘러내렸다. 이내 눈을 감고 어머니는 숨을 쉬지 않았다. 골피는 냉랭하게 식어 가는 한 많은 여인의 손을 자신의 볼에 갖다 대었다. 어쩌면 어머니는 미치지 않았을지도 모른다는 생각이 들었다. 미치지 않으면 살 수 없는 세상이었기에 미친 체하였을 뿐.

골피는 어머니의 시체를 다리 밑에다 묻고 일어섰다.

'어머니 가십시다. 고향으로 모든 것 다아 버리고 그렇게 가십시다……'

비가 오면 어머니의 시신은 멀리 바다로 떠내려가겠지만 골피는 어머니의 영혼을 안고 그렇게 일어서고 있었다. 그의 영혼만은 고향으로 데려가고 싶었다. 먼지 낀 흠을 닦아 내고 그녀를 거기에다 눕히고 한도, 핍박도, 괄시도, 질시도 없는 한 세월을 살게 하고 싶었다. 지금은 피붙이 하나 없는 그 땅덩어리지만 그녀를 그곳으로 데려가 그렇게 안주시키고 싶었다.

골피는 걸었다. 천궁골을 향해. 그는 그때 모르고 있었다. 그 천궁골에서 눈먼 사내가 이제는 그를 기다리고 있다는 것을.

몇 날 며칠을 걸어 동리 어귀의 주막에 닿았을 때 가까스로 그를 알아본 주모의 호들갑은 차라리 거짓말같이만 여겨졌다.

"어이구 무정타 무정타 혀도 이렇게 무정헐 수가……이렇게 장성해서 이곳으로 다시 찾아들다니, 그려 돌아왔어, 자네 눈먼 애비도 재작년 이맘때였지 아마……중이 되어 돌아왔더구먼."

"중이 되어서요?"

"그려 그려. 중이 되어 돌아온 기여. 그때도 이렇게 이 주막에 앉아 내가 자네 집안 얘기를 해 주었지. 다 듣고 나더니 집으로 올라가더구먼. 그 뒷모습이 어떻게나 측은했던지……어찌 살까 걱정이 되드니만 그러나 곧잘 살아, 중질도 계속하며……."

"그럼 절에서?"

"아녀 아녀, 자네 살던 집에다 부처님 모시고 그렇게 사는 기여."

"그럼 먹고 사는 건?"

"희한도 하지. 중놈이 중질만 하다가 굶어죽을까 겁이 나선지 오던 날부터 소를 잡기 시작하는데……사람들이 처음엔 모두 다 욕을 해댔지. 중놈이 웬 살생이냐고 백정질을 하려면 중옷 벗고 백정질하라고. 중질을 하면서 백정질하는 것도 처음 보는 일이지만 백정질하며 중질하는 것도 처음 보는 일이라, 말리던 사람들이 나중에 물었지, 도대체 그 이유가 뭐냐고……."

골피의 얼굴이 의문으로 일그러지는데 주모는 휴 하고 한숨을 내쉬었다.

"한마디로 복장을 칠 일이지. 아무리 그 이유를 물어도 어떻게 된 일인지 입을 열지 않아. 처음 주막에 왔을 때부터 아무 말이 없기에 이상은 하다 했지. 나중 보니까 진짜 벙어리가 되어 돌아온 기야. 눈멀고 벙어리고 정말 기가 찰 일이었지. 아마 집을 나가 중질을 하다가 큰 병이라도 앓았던 모양이야. 어이구! 그놈의 팔자 눈멀고 입멀고 그래도 소 잡을 땐 예전과는 달리 귀신 같아서 한 번 칼을 들면 장정 두 목은 거뜬히 해치우니 참으로 희한도 하지."

골피는 일어났다.

"왜 가려고? 그래 어여 어여 가봐 반가워할 거여, 혹시나 알아, 자네를 만나면 심 봉사 청이 만났을 때처럼 눈이 확 열릴지, 그 닫힌 입이 시원하게 뚫릴지……."

골피는 황급히 주막을 나섰다. 얼마 남지 않은 집까지의 거리가 그렇게 멀어 보일 수가 없었다.

어째서 아버지는 이제 입까지 닫아 버린 것일까. 아니 그동안 어디에 있었고 왜 중이 되어 칼질을 계속하는 것일까.

텃밭을 가로질러 단숨에 개울을 건너뛰자 이끼 낀 사립은 토담에 걸쳐졌고 은빛 날개를 퍼덕이며 내려앉은 달빛은 봉당을 넘어 마루를 지나 불 꺼진 방문을 반쯤이나 비추고 있었다. 골피는 설레는 마음을 다잡으며 마당 안으로 뚜벅뚜벅 걸어 들어갔다. 방안에서는 아무런 기척도 나지 않았다. 눈먼 아버지가 불을 밝힐 리 없고 보면 집은 사람 사는 집 같지 않았다. 냉랭하고 을씨년스러울 뿐이었다. 골피는 방을 향해 걸었다. 짚신 한 켤레가 신방돌 위에 놓인 것이 보였다.

골피는 마루로 올라서려다 말고 기둥에 걸린 현판 하나가 달빛에 빛나고 있는 것을 보았다.

'入此門內 莫存知解'

무슨 소린가. 산사 입구에서 흔히 보던 이 글은…….

이 문 안에 들어오면 알음알이를 갖지 마라.

아버지가 중이 되었다는 주모의 말이 생각났다.

그렇다면 이 글은 내가 그 옛날에 몸담았던 세간집이 아니라 그러한 모든 것이 무용할 뿐인 절간이라는 말이 아닌가.

골피는 이 집이 구도자의 온상인 절간으로 변해 버렸다는 것을 징표처럼 내뱉고 있는 현판에서 눈을 떼고 마루 위로 올랐다. 그리고 두어 번 아버지를 불렀다.

"아버지!"

"아버지!"

안에서 아무런 기척도 들려오지 않았다. 메마른 부름 소리만이 적막하게 추녀 끝을 물고 흩어졌다.

골피는 멈칫거리며 방문을 열었다. 그 순간 그는 섬뜩해서 문고리를 잡은 채 굳었다. 달빛으로 인해 희미하게 드러난 방안의 풍경은 자신이 생각했던 것과는 너무도 딴판이었다. 좁은 방 한 중앙에 아버지는 결가부좌한 자세로 돌처럼 앉아 선정(禪定)에 들었는데 숨소리조차 들리지 않았다. 어둠 속에 드러나는 모습이 어찌나 섬뜩한지 꼭 죽은 사람을 대하는 느낌이었다.

한참을 망설인 끝에야 골피는 조심스럽게 방안으로 들어갔다. 방은 옛날과 다를 바 없었으나 뒤꼍으로 통하는 봉창이 부처를 모신 단상 때문에 가렸고, 단상 위엔 불상이 하나 모셔졌는데 달빛 속에 부처의 모습은 아버지만큼이나 무겁게 앉아 있었다. 토벽 냄새가 가득하던 방안의 공기는 향냄새로 바뀌었고, 천장에 주렁주렁 매달려 있던 메줏덩이들은 이제 기억 속의 환영일 뿐이었다.

단상에서 성냥을 찾아 골피는 촛대에 불을 밝혔다. 방안이 점점 밝아졌다. 골피는 아버지 앞으로 가 무릎을 꿇고 절을 올린 다음 미동도 하지 않는 등신불 같은 아버지를 쳐다보았다. 잠긴 두 눈두덩은 옛날보다 더 패인 것 같고 꽉 다문 입술은 일말의 표정도 없었다. 눈 밑 주름과 밤송이 가시처럼 자라 오른 희끗희끗한 머리가 한데 어울려 내는 분위기는 가슴 아플 정도로 어두운 것이었다. 눈이 멀고 입마저 닫혔어도 귀마저 멀지는 않았을 터인데 사람의 기척을 느끼면서도 그것도 아들이 돌아왔다는 걸 알면서도 어쩌면 이럴 수가 있을까 싶었다.

"아버지 접니다. 골피가 돌아왔어요."

그제야 풍정의 눈자위가 푸르르 떨렸다. 그 떨림은 골피에게 기묘한 느낌을 주었다. 역시 숨은 쉬고 있었구나 하는 일종의 안도감 같은 느낌이었다.

아버지는 더 이상 어떤 반응도 나타내지 않았다. 그뿐이었다. 입은 여전히 꽉 다문 채로였다.

골피는 가슴이 찡하게 아파 왔다. 왜 이젠 입까지 닫아 버린 것인지 모를 일이었다. 자신의 심정과 양립할 수 없는 육신의 서러움이 가져다주는 저 체념 어린 얼굴, 그 체념이 이렇게까지 표정 없는 인간으로 만들어 버린 것일까. 아니면 무엇인가. 세속의 인연을 끊은 사람이기에 자식과의 인연마저 끊으려는 것인가. 그래서 너는 우리들의 씨가 아니다. 너를 낳은 어미가 너의 어미가 될 수 없듯이, 나도 너의 진정한 애비일 수는 없다. 이 폐쇄된 사회에서 그것도 눈먼 장님으로, 허리 굽은 꼽추로, 증오와 저주의 화신이 되어 버린 사람의 자식이 아니라 하나의 개체로서 부처의 자식임을 알아라. 그렇게 애와 증을 차고 단지 무로 살아가는 중이 되어 속세의 인연을 끊었다는 말인가. 그도 아니면 또 무엇인가. 견성을 위한 육체적인 자학인가. 나는 보아 왔다. 견성을 향한 정진의 방법들을, 익은 음식을 놔두고 생식을 하거나, 하루에 한 끼만을 먹거나 손가락을 매일매일 향불로 지져 나가거나, 절대로 누워 잠자지 않거나, 절대로 남과 말하지 않거나…….

골피는 그만 머리를 내저으며 일어났다. 문을 열고 밖으로 나오려다가 다시 아버지를 돌아보았다. 행여나 하는 생각이 들었던 것이다.

"아버지!"

좀 격한 어조로 골피는 아버지를 불렀다. 대답 없는 아버지의 눈두덩이 또 한 번 푸르르 떨렸다. 그러나 그뿐이었다. 골피는 그 표정 없는 얼굴을 한참이나 노려보다가 고개를 숙이고 방을 나왔다. 골피는 고샅 끝에 서서 하늘을 보았다. 저절로 한숨이 나왔다.

무엇일까. 정말 아버진 벙어리가 되어 버린 것일까. 아무리 그렇기로서니 그토록 오랜 세월 끝에 만난 장성한 자식의 손 한 번 잡아 주지 못할 건 뭔가.

예나 지금이나 추녀 끝을 물고 퍼덕이는 한숨 소리가 한스러워 허청허청 사립을 향해 걸어 나갔다.

멀리 달빛 속에 묻힌 동리를 개울가에서 내려다보다가 목욕을 하고 돌아왔을 때 아버지는 고개를 숙이고 기침을 하고 있었다. 이쪽의 인기척이 들리자 그는 기침을 멈추고 본래의 자세로 돌아갔는데 여전히 입은 열지 않았고 아들을 향한 일말의 표정도 짓지 않았다. 울컥 가슴 밑바닥에서 치밀어 오르는 덩어리를 삭여 눌리며 골피는 천천히 어머니의 죽음을 말하기 시작했다.

말이 끝날 때까지도 아버지는 아무런 반응도 나타내지 않았다.

아버지의 얼굴을 쳐다보며 골피는 흰 거품을 물고 비상하던 물줄기를 생각했다. 목욕을 하며 폭포가에서 보았던 물줄기들, 맺힌 데 없이 늠연하게 흐르던 그 자태, 허연 포말들, 산산이 부서져 흩어졌다가 다시 뜨겁게 화합하던 회귀성(回歸性).

밤은 깊어 갔다. 골피는 방을 나왔다. 등불을 곁에 하고 마루 위에 누웠다.

아버지는 언제나 저렇게 밤을 보내는 것일까.

불너울이 채 미치지 못하는 추녀 너머로 탱자꽃처럼 피어난 하늘가의 별들이 눈으로 쏟아져 들어왔다.

새삼스레 이곳에 누워 어린 날 별을 세던 기억이 떠올랐다.

갑자기 아버지의 방에서 메마른 기침 소리가 들려왔다. 기침은 일정한 간격을 두고 들려오고 있었다.

골피는 일어나 앉았다. 무릎을 세우려는데 계속해서 이어지던 기침이 한순간 뚝 멎었다. 골피는 엉거주춤 이어질 기침을 기다렸다.

한참이 지나서야 기침이 계속되었다. 예사 기침이 아니었다. 쿨걱 쿨걱 피까지 뱉고 있는 것 같았다.

골피는 벌떡 일어났다. 곧장 방으로 들어가려다가 방문 앞에서 서성거렸다. 은연중에 아버지가 부를지도 모른다는 생각이 들었기 때문이었다. 아버지가 진짜 벙어리가 된 것이 아니라면 고통이 극에 달하면 자신도 모르게 부를지도 모른다는 생각이었다. 구도의 수단으로 무엇인가를 붙잡기 위해 일부러 말을 하지 않는 것이라면 어떠한 의사표시라도 할 것이기 때문이었다.

아버지는 그대로 기침만 계속할 뿐 부르지 않았다. 계속 기다렸지만 괴롭게 기침만 해대었다.

문득 한 생각이 뇌리를 섬광처럼 스치고 지나갔다. 그것은 어쩌면 아버지가 도를 깨치려고 고행하는 것이 아니라 도를 이미 깨쳤을지도 모른다는 엄청난 비약이었다. 살생을 금기로 하는 불가의 승이 스스럼없이 살생에 임할 수 있다는 사실만 하더라도 그걸 증명하는 것이 아니고 무엇인가. 그렇다면 참으로 치사도 하지.

생각이 거기까지 미치자 속에서 뜨거운 것이 불끈 치솟아 올랐다.

그럼 그가 입을 열지 않고 이 아들을 알은체하지도 않는 것은 언어의 통로를 막았다는 시위요 마음의 통로를 끊었다는 증표란 말인가. 불립문자(不立文字), 언어도단(言語道斷), 심행처멸(心行處滅)……?

그러나 그것이 도의 궁극적 모습이라고 할지라도 고기를 잡기 위해서는 그물을 던져야 할 것이 아닌가. 그물을 던지지 않고 고기를 어떻게 잡을 수 있을 것인가. 소를 잡는 그의 행위가 바로 그물이라면 그렇다면 또 무엇인가. 그는 깨달았다기보다는 깨달음을 얻기 위해 구도의 수단으로 일부러 말을 하지 않거나 눕지 않거나 하루에 일종식만을 하고 있다는 말이 아닌가.

골피는 더 참지 못하고 방안으로 뛰어들었다. 아버지는 걸레쪽으로 입을 막고 기침을 하고 있었다.

"아버지 많이 아프세요?"

아버지는 여전히 말이 없었다.

"아버지, 말을 하십시오. 왜 입을 다물고만 있는 겁니까?"

아버지는 상관 말라는 듯이 머릴 내저었다. 역시 좀 전의 느낌 중 하나가 맞았다는 생각이 들었다. 그게 전자이든 후자이든 골피는 그만 자신도 모르게 소릴 내질렀다.

"아버지 왜 말을 하지 않으세요? 말을 하지 않는 이유가 도대체 뭡니까?"

여전히 아버지는 말이 없었다.

골피는 이를 악물었다.

"끝까지 말을 안 하시는 걸 보니 뭔가 알겠군요. 정말로 벙어리가 되신 게 아니라면 아버진 지금 고행을 하시고 계신 것이겠지요? 그렇지요!"

아버지는 여전히 반응이 없었다.

"감상입니다. 무모한 고행이 아버질 죽이고 있어요. 감상이 아니라면 그 어떤 말이라도 내뱉어야 하니까요. 침묵이 행위를 떠나서 고양될 수 없다는 그 궁지를 깨기 위한 역설 말입니다."

피 같은 울부짖음에도 불구하고 아버진 여전히 말이 없었다. 굳어 버린 그의 미간엔 그 어떤 변화도 없었다. 반쯤 열린 아버지의 보이지 않는 눈은 이쪽을 보고 있는 것이 분명했지만 너무 먼눈이었다.

골피는 방을 나왔다. 잠이 올 리 없었다.

무엇인가 저 돌처럼 굳게 아버지를 변형시키고 있는 것은.

날이 밝는 대로 의원을 데려왔으나 의원은 아버지의 손목 한 번 잡아 보지 못하고 물러났다. 다가들던 의원은 돌처럼 굳은 아버지의 시퍼런 눈빛을 보고는 더 다가들지 못하고 질려 버린 얼굴로 고개를 내저으며 물러나고 말았다.

세월이 흘렀다. 골피는 귀향할 때와는 달리 참으로 무력하게 살아가고 있었다. 아버지와 자신과의 사이의 담은 자꾸 높아져만 갔다.

아버지의 기침 소리가 참혹하면 할수록 점차 편안히 잠들 수 있는 것은 무엇 때문인지 몰랐다. 자신이 참담하고 낯설었다. 막막했다. 자신의 삶이 막막했다. 살아 있다는 것이 어쩐지 부담스럽고 그 근원이 생소했다. 앙금처럼 가라앉으면 한 줌 소금이 되었다가도 아침이면 그것은 거짓이었다. 무엇인가를 잃었다고 생각했고 무엇인가를 잃을 수밖에 없는 자신의 일상이 저주스럽고 미웠다.

그런 어느 날이었다. 이윽고 아버지의 마지막이 오고 있었다. 골피는 고통스럽게 몸부림치는 아버지를 안았다. 고통으로 인해서인지 아버지의 눈에 눈물이 내비치고 있었다. 밖에서 천둥이 울고 비바람이 몰아치고 있었다.

골피는 불을 밝히고 죽어 가는 아버지를 내려다보았다. 비바람이 칠 때마다 어둡게 뚫린 아버지의 동공에 물살과도 같은 파문이 스치고 지나갔다. 골피는 아버지의 손을 가만히 잡았다. 뼈만 앙상하게 남은 손의 촉감이 서늘하게 감지되었다. 소 앞에 버티어 서서 촛대를 높이 쳐들었을 때 그의 눈가에 피어 있던 실핏줄을 봤을 때처럼 그것은 마음을 아프게 꿰뚫으며 몸서리나게 했다. 몸이 떨렸다.

밤이 깊어 갔다. 비바람이 칠 때마다 문풍지가 소리를 내며 울었다. 그것은 대나무 잎새들이 살을 섞는 소리와도 흡사한 것이었다. 그래서인지 천장에 그림자를 드리우고 방을 밝히고 있는 호롱불은 밤의 적막을 베고 누워 더욱더 거친 생을 떨고 있었다.

자정이 넘었을까. 갑자기 아버지가 몸을 한 번 부르르 떠는 것 같더니 보이지 않는 눈을 번쩍 떴다. 뒤이어 지친 한숨이 입가에 물리고 먼눈이 아들을 향해 돌아왔다. 골피는 놀란 새처럼 날개를 퍼득이며 아버지를 내려다보았다.

아버지의 두 눈이 어딘가에 고정되고 있었다. 그것은 그의 곁에서 타고 있는 호롱불이었다. 골피는 몸을 돌려 호롱불을 아버지의 눈 가까이 가져갔다. 분명히 보이지 않을 텐데도 그의 눈이 불빛 속에 한동안 정지되었다. 그 모습을 내려다보는 골피의 뇌리에 하나의 확신이 스쳐 가고 있었다. 어쩌면 아버지는 이 순간을 넘기지 못하고 입을 열지도 모른다는, 아니 꼭 열고 말 것이라는.

골피는 마음속으로 소리쳤다.

'입을 여세요! 당신의 가슴에 감추어진 그 모든 것을 이 빛 속에 뱉어 놓아 보세요!'

골피의 바람만큼이나 그 예감은 헛되지 않았다. 아버지의 눈이 스르르 감기면서 입술이 움직이기 시작했던 것이다.

"골피야!"

아버지는 근근이 이쪽을 부르더니 가까스로 혀를 내밀어 입술에 침을 궁글여 발랐다. 그러고는 숨이 경각에 달려 있는 사람답지 않게 목소리에 힘을 주고 말을 내뱉었다.

천천히 호롱불을 내려놓고 골피는 아버지의 말을 좀 더 자세히 들으려고 귀를 입으로 가져다 대었다.

"나의 인생, 눈먼 나의 생애, 그 생애는 온통 의혹의 세월이었다. 나는 언제나 물으며 살아왔었다. 피를 토하듯 언제나 물으며 살아왔었다. 백정의 집안에 태어나 그것도 눈뜬장님으로 한 많은 일생을 보내면서 어둠 속에서 뼈저리게 절망하면서 묻고 또 물었다. 맹목적인 것은 아니었다. 그것이 아니더라도 나의 인생 자체가 물음이었고 나는 그 해답을 얻으려 했었기에. 내가 첫 도살에 실패했을 때 물음은 절정에 달했었고 나는 방황했었다. 끝없이 방황했었다. 방황하지 않을 수 없었다. 나는 그때쯤 모든 것을 이루었다고 생각하고 있었고 자신만만했던 것이다. 그러나 그것은 헛된 것이었다. 도살에 실패했을 때 나는 눈먼 내 생애의 의미를 모두 상실했기 때문이다. 그래서 나는 떠났던 것이다. 그 소를 찾으러, 그 소는 이미 누군가의 손에 잡혀 죽었겠지만 나는 내 마음속에서 살아 방황하는 소를 찾아 나선 것이다. 더듬거리며 거리를 헤매고 들을 헤매고 산야를 헤맨 지가 며칠, 허기와 추위에 견디다 못해 쓰러졌는데 나중 먼눈을 떠보니 어느 산사 승방이었다. 나를 구해 준 스님이 물었다. 어쩌다 먼눈을 하고 산 속에 쓰러졌느냐고. 나는 대답했다. 소를 잡으러 왔노라고. 스님이 껄껄 웃으며 말했다. 먼눈을 하고 소를 찾으러 다니다니 참 고생이 많수다 하고. 그는 내 마음을 깨우쳐 주려 그렇게 비꼬았지만 나는 그때 그 뜻을 알지 못했다. 아무튼 나는 그길로 그 소를 잡기 위해 중이 되었다. 중이 되어 계를 받던 날 스님은 내게 하나의 공안(公案)을 주었는데 그것은 바로 '심우개안(尋牛開眼)'이라는 공안이었다. 소를 잡으러 이까지 왔으니 소를 잡아오라는 것이었다. 나는 그때 또 절망했다. 한 치의 앞도 바라볼 수 없는 내가 어떻게 소를 잡아야 할지 그렇게 막막할 수가 없었으니 말이다. 더욱이나 잡으면 상(相)에 집착했으므로 그 본체를 보지 못할 것이요, 그렇다고 잡지 않으면 위배되는 것이니 말해 무엇하겠느냐. 그러나 나는 찾아 헤매었다. 법당에서, 부엌에서 선방에서. 나는 볼 수 없었다. 그의 흔적마저도, 언제나 원위치로 돌아오면 나는 다시 출발했고 돌아왔다. 내가 진실로 조상들을 이해한 것도 그때쯤이었다. 소를 잡으면서 내 조상들이 무엇을 하고 있

었다는 것을 그제야 알 것 같았다. 말이 필요 없었다. 무엇도 필요
치 않았다. 나는 육근(六根 : 眼·耳·鼻·舌·身·意)과 육진(六塵 : 六根에
상응하는 色·聲·香·味·觸·法)으로 볼 수 없는 육불수(六不收)의 세계
를 향해 말과 마음의 맥마저 끊고 공안을 붙잡았다. 그러다보니 이
렇게 몸은 병들었고 죽기 전에 이곳으로 돌아왔지만 회의하진 않
는다. 인연이 있어 내세에 다시 눈먼 백정으로 태어날지도 모르니
까. 회의하거나 좌절하지 말아라. 누구에게나 방황은 필연적인 것,
회의를 걷어차고 이 애비가 놓친 저 한 마리의 소를 찾아 나서 보
도록 해라. 그것이 너를 찾는 길일 터이니. 나는 그 소를 놓쳤지만
네가 소를 찾는 날 어찌 알겠느냐. 저승에서나마 이 애비의 눈마저
떠질 날이 있을지. 완성된다는 것은 언제나 대결의 자세에 있다는
것을 알고 그 소를 찾도록 해.”

　대략 그와 같은 말이 끝났을 때 골피는 눈을 감았다. 너무 진한
감동 때문이었을까. 아니면 너무도 어처구니없어서였을까. 타인 속
에 있으면서 철저하게 혼자였던 아버지. 그것은 바로 벙어리가 아
니었다는 사실. 언제나 소와 마주 대결하고 있었다는 사실. 거기엔
말이 필요치 않았을 것이었다. 오직 침묵만이 필요했을 뿐. 그것은
곧 그의 역설이었으며 그것만이 행위의 불완전성을 극복하고, 그것
으로부터 그는 진정한 자유를 얻고 있었다는 말이었다. 그것은 본
질을 찾아가는 구도자의 당연한 시위였고 행위를 떠나 침묵이 고
양될 수 없다는 그 궁지를 깨기 위한 그의 역설이었다는 말이었다.
비로소 알 것 같았다. 아버지의 경지를. 그는 말하고 있었던 것이

다. 그는 보고 있었던 것이다. 본질이 무엇이냐고 묻는 아들에게 그는 언제나 소와 정면으로 대결하면서 무언의 행위로써 그것을 보여 주고 있었던 것이다.

어째서 나는 그의 침묵 속에서 진정한 자유와 독립을 보지 못했을까.

한 가닥 오달진 힘이 가슴 밑바닥에서 일어났다.

그렇다. 다시 새로운 각오를 가지고 일어나야 한다. 더 이상의 방일이나 무기력은 용서할 수 없는 것, 더 이상의 도피는 있을 수 없는 것, 그것은 내가 이루고 내가 성취해야 할 나의 것이 아닌가. 그리고 모든 이의 몫이 아닌가.

아버지를 묻고 골피는 다시 칼을 들고 일어났다. 아버지가 잡지 못한 한 마리의 소를 찾아 백정의 길을 다시 걷기 시작한 것이다. 골피는 소의 배를 가르면서 아버지가 자신에게 남긴 공안을 한 번도 잊어 본 적이 없었다. 소를 죽이면서 그는 언제나 소의 본체를 찾아 헤매었다. 그것은 바로 자신의 존재 이유였으며 바로 아버지의 세계였다.

그러나 세월은 그러한 그를 그대로 놔두지 않았다. 눈먼 정풍정이 죽고 십 수 년이 지난 어느 날 본의 아니게 그 천궁골을 떠야 하는 비운을 맞고 말았던 것이다. 그때쯤 그와 함께 칼질을 하던 칼잡이 하나가 그를 시기한 게 발단이었다. 어느 날 동리에서 소를 한 마리 잃어버렸는데 하필이면 그날 밤 그 외양간 앞에 그의 헌 짚신 한 짝이 떨어져 있었다. 물론 누가 그를 모함하기 위해 그의 짚신을 그곳에다 가져다 놓은 것이었다. 그것도 모르고 그는 아침에 일어나 신방돌 위에 벗어 놓은 신발 한 짝이 없기에 새 짚신으로 꺼내 신고 도수장으로 나갔다.

그런데 도중에서 짚신 한 짝을 들고는 소를 도둑맞았다고 울부짖는 소 주인과 동리 사람들을 만났다. 그가 소 주인의 손에 들린 짚신을 보니 간밤에 잃어버린 것이었다. 고지식하게 아니 왜 내 신발이 당신 손에 들렸느냐고 물었다. 그러자 그렇지 않아도 네놈 신발 같다기에 네놈 집에 가는 길이라며 소 주인은 그의 멱살을 불끈 잡아 쥐었다. 그는 그길로 불문곡직하고 소도둑으로 몰려 관아에 끌려가선 죽을 고생을 하고 나와 동리에서도 쫓겨나고 말았다. 나중 알고 보니 죄를 덮어씌운 건 바로 귀신같은 그의 칼질을 시기한 칼잡이의 짓이었다. 신들린 것 같은 칼 솜씨 때문에 자기 차례를 자주 빼앗기던 칼잡이 하나가 시기하여 그런 음모를 꾸민 것이었다. 그러나 그때는 이렇다 할 증거가 없었으니 어쩔 수 없었다.

그는 그길로 그곳을 떠나 수백 리 떨어진 은둔리란 곳에 자리 잡았다. 그런 하찮은 일로 조상들의 뼈가 묻힌 그곳을 지키지 못하고 떠나올 수밖에 없었던 게 한스러울 뿐이었지만 또 그것이 흰고무래의 숙명이었다.

나중 소문을 들으니 누명 씌운 사람이 소를 처분하려다 잡혔다고 하였다. 이미 그때는 새로이 정착한 곳에서 아내를 얻고 자식까지 두고 난 후였다. 아내는 역시 무자리 출신의 집안 딸이었지만 오갈 데 없이 만신창이가 되어 도수장을 찾아들어온 떠돌이 칼잡이에게는 천하를 주고도 바꿀 수 없는 따뜻하고 어진 여자였다. 바로 은둔리의 하나밖에 없는 도수장 주인 흰고무래 윤명도의 외동딸이 었다.

얼마나 잔 것일까.

산우는 벌떡 일어났다.

여기가 어딜까.

몸을 돌려 보았다. 다시 몸을 돌려 보았다. 정신이 번쩍 들었다. 울창한 수목 사이로 어둑어둑한 하늘이 보였다.

머리가 무겁고 속이 좋지 않았다.

촛대와 신팽이를 점검하고 산우는 주르먹을 끌어당겨 어깨에 걸쳐 메었다. 잠든 동안에 소와의 거리가 그만큼 멀어졌을 것이라고 생각하자 기가 막혔다. 갑자기 자신이 그렇게 혐오스러울 수가 없었다. 헛된 추측으로 수굴 속에 떨어져 죽을 고비를 넘기질 않나, 수통에 물을 비축하지 않아 머루즙에 나가떨어지질 않나, 그런 썩어빠진 정신 상태로 소를 찾겠다고 이 산을 올랐다니. 이러다간 쥐도 새도 모르게 짐승의 밥이 되거나 어느 벼랑 밑으로 별수 없이 나가떨어지고 말지. 좀더 정신을 바싹 차려야 할 것 같았다.

채 반 마장도 못 가서 주위는 완전히 어두워졌다.

산우는 우선 모듬을 치고 모닥불을 피운 뒤 그대로 쓰러졌다. 내일을 위해서라도 사냥을 해야 했지만 몸이 말을 듣지 않을 것 같았다. 가까이에선 산짐승들의 울음소리가 들려왔다. 노란 반딧불들이 숲속에서 이리저리 날고 있는 게 보였다.

무엇을 위해 저놈들은 불을 밝히고 이 어두운 밤하늘을 방황하는 것일까.

눈을 감자 현숙과 나란히 반딧불을 따라 뛰던 기억이 주마등처럼 눈앞을 스쳐 갔다. 노란 호박꽃을 따 그 속에다 반딧불을 집어넣고는 산으로 들로 강가로 뛰어다니던 생각이 났다.


갓띄벌기 뚱——뚱
갯띄벌기 뚱——뚱
우리 집에 불 없다.
날아와서 밝혀라
갓띄벌기 뚱——뚱
갯띄벌기 뚱——뚱


스르르 미끄러지는 잠결 사이로 문득 무슨 소리인가 들려왔다. 산우는 눈을 떴다. 달이 어느 새 일월봉 등성이로 한 뼘이나 떠올라 사위를 온통 은회색으로 물들이고 있었다.

산우는 주위를 휘둘러보았다. 분명히 가까운 곳에서 무슨 소리인가 들린 것 같아서였다. 잠결에서나마 그것은 짐승의 울음소리는 아니었다. 그렇다고 거센 바람 소리도 아니었다.

산우는 어린 날 어두운 밤 혼자 일어나 앉아 엄마를 찾을 때의 끝없는 절망감과 공포를 동시에 떠올리며 사방을 휘둘러보았다. 잠이 덜 깨어서인지 눈앞이 어룽져서 무엇인가 잘 보이지 않았다.

어느 한순간 그의 눈이 틀어박히듯 똑바로 정지되었다. 뒤이어 아 하는 신음 소리가 짧게 흘러 나왔다. 활활 거리며 타고 있는 불꽃 너머로 분명히 무엇인가 보였다. 요괴의 얼굴 같은 것이 턱 버티고 서서 꼼짝하지 않고 이쪽을 노려보고 있었다. 눈에서 피를 흘리며 달려 나가던 그 얼굴.

산우는 벌떡 일어났다. 그것은 분명히 소였다. 자신이 지금까지 찾아 방황했던 소가 바로 거기 있었다.

재빠르게 산우는 촛대를 빼들었다. 어떻게 된 것인지 몰랐다. 그렇게 잡힐 듯 잡힐 듯 잡히지 않던 소가 이렇게 갑자기 나타나다니. 그보다 어디다 몸을 숨겼다가 이제야 나타난 것일까. 그리고 왜 돌아온 것인지. 역시 집짐승이기에 밤을 이용해 저 능선을 타 넘을 수는 없었던 것일까.

내심으로 산우는 머리를 저었다. 그렇지가 않을 것이었다. 이 불빛, 이 모닥불 때문일지도 모를 일이었다. 타오르는 잡목의 냄새를 숲속에서 맡고 있다가 저 산 아래의 풍경을 그리워한 것일지도 모를 일이었다. 밤마다 외양간 앞에 피워지던 모깃불, 김이 피어오르던 여물통, 주인장의 메마른 기침소리, 홰를 치는 첫닭의 외침, 한 폭의 풍경이 갑작스레 그리워진 것일지도 모를 일이었다.

그렇지 않다면……그렇지 않다면 무엇인가. 자신을 쫓는 인간이 이 불빛 속에 있다는 것을 알고는 도둑고양이처럼 다가와 해칠 기회를 엿보고 있었던 것일까.

산우는 숨도 제대로 쉴 수 없었다. 피 범벅이 된 소의 눈 가장자리는 보기에도 흉측할 정도로 으깨어져 있었다. 이미 응고된 것 같았다. 가끔씩 발견했던 핏자국은 목 밑 부분의 상처에서 흘러내린 피일 것이었다. 아마도 산속을 헤매다가 다친 모양이었다.

소를 향해 산우는 가까이 다가들었다. 촛대를 들고 다가들자 소는 잠시 산우를 쳐다보는 것 같더니 갑자기 머리를 몇 번 흔들었다. 뒤이어 빙글 몸을 돌렸다. 숲속을 향해 뛰기 시작한 것은 순식간이었다.

멍청한 표정으로 달려가는 소를 산우는 바라보았다. 소는 이내 숲속으로 몸을 감추어 버렸다.

재빨리 나뭇가지를 분질러 모닥불을 두드려 끈 다음 산우는 소의 뒤를 따라 숲속으로 뛰어들었다. 가슴 밑바닥에서 알 수 없는 분노가 치밀었다.

은회색으로 젖어 있는 산야를 산우는 소를 따라 뛰었다.

얼마 가지 않아 눈앞에 소가 보였다. 그러나 또 얼마 가지 않아 소의 모습은 산우의 시야에서 사라져 버렸다. 어쩌다 한 번씩 바위 너머로 펀듯, 울창한 잡목 숲 너머로 펀듯, 그렇게 보일 뿐이었다.

그것도 은회색 달빛이 있었기 망정이지 불쑥불쑥 어쩌다 한 번씩 나타나는 소의 등판을 가려내기란 참으로 용이한 일이 아니었다.

산우는 그럴 때마다 지향을 울리는 소의 발굽 소리로 방향을 잡으며 나아갔다.

산등성이를 거의 올라서자 산 아래를 훑고 올라온 바람이 몰아

쳤다. 그는 사방을 두리번거렸다. 맨숭맨숭한 산등성이엔 앞서간 소의 그림자조차도 보이지 않았다. 간헐적으로 들리던 소의 발굽 소리마저도 들리지 않았다.

이놈이 또 어디다 몸을 숨겼기에…….

달빛 속에 서서 산우는 유영하듯 주위를 두리번거리며 신경을 곤두세웠다. 여전히 소는 보이지 않았고 어떤 기척도 들려오지 않았다.

잠시 후 산우는 등성이 이곳저곳을 뒤지기 시작했다. 소의 모습은 그 어디에도 없었다. 산우는 어두운 허공을 쳐다보았다. 여전히 소의 기척은 들려오지 않았다. 방향 모를 곳에서 바람이 불어왔다.

안타까움과 함께 일어나는 허망함에 산우는 입술을 씹으며 자리에 쪼그리고 앉았다. 여전히 소의 기척은 들려오지 않았다.

하늘의 별들이 오늘따라 총총하다. 산우는 그 자리에 벌렁 누워 버렸다. 소를 보고도 잡지 못한 아쉬움이 아프게 가슴을 할퀴고 지나갔다. 그는 눈을 감았다. 소를 잡지 못한 응어리진 마음의 티를 쓸어버리듯 계속 눈을 감고 있었다. 점차 마음의 동요가 가라앉기 시작했다. 그러자 전번에 검둥소를 찾아 산을 올랐을 때 만났던 사내의 모습이 기억의 골방 속에서 불쑥 뛰쳐나왔다.


소를 찾아 부상자를 끌고 등정을 각오한 것부터가 잘못이었다. 땀으로 뒤범벅이 된 사내의 전신은 피로와 허기로 인해 보기에도 민망할 지경이었다. 산우는 사내 가까이 다가가 그의 앞에 쪼그리고 앉았다. 산등성이를 넘어온 바람에 싱그러운 풀 냄새와 함께 땀 냄새가 물씬 콧속으로 스며들었다. 그리고 그것은 이내 지독한 악취로 변하였다.

사내의 엉치 상처가 난 곳으로 산우는 손을 뻗쳤다.

사내가 잠깐 눈을 감았다가 떴다. 환부에 약초를 갈아붙일 때마다 언제나 습관처럼 하는 행동이었다. 그는 의식적으로 무표정을 가장하고 있었다.

사내의 그런 행동에 산우는 개의하지 않았다. 환부를 중심으로 동여매 두었던 매듭을 풀어내고 푸른 약초에 뒤덮인 환부를 닦아내었다.

"어떻소?"

사내가 무표정한 얼굴로 산우를 향해 물었다.

산우는 아무 대답도 하지 않았다. 이미 살은 썩을 대로 썩어나고 있었다.

기계적인 움직임으로 산우는 약초를 갖다 붙였다. 약초를 갈아붙이는 사이 사내는 두 손으로 풀숲을 짚고 머리를 든 자세로 하늘을 올려다보았다.

치료를 마치고 산우가 일어서자 그는 그제야 고개를 돌리고 이번에는 이상스런 웃음을 입가에 물었다.

"왜 그러오?"

시선을 거두려다 말고 산우는 사내를 향해 심드렁하게 물었다.

"당신은 알고 있지 않소? 살점이 썩어 가고 있다는 걸, 이러한 치료가 얼마나 무모하고 소용없는 짓이라는 걸……."

"그렇지 않소!"

산우는 무뚝뚝하게 대답했다.

"느낄 수가 있소. 통증은 아주 깊숙이에서니까. 약초로는 재생이 불가능하게 이미 썩을 대로 썩어 버렸다는 걸, 냄새나 눈이 아니더라도 기분으로 분명히 느낄 수 있다는 말이지."

"그래서 어쨌다는 거요?"

산우의 짜증 섞인 물음에 사내는 또 끼들 끼들 자조적인 웃음을 물었다.

상대도 되지 않을 것 같아 산우는 맞은편 산정으로 눈길을 옮겼다. 그의 자조 따위에 신경을 쓰고 싶지 않았다. 스스로 자기 비하에 빠질 필요가 없었다. 사내의 존재는 자신의 실수의 원인에 대한 책임, 그 양심의 다함에 지나지 않았다. 그가 설사 막연한 복수심에 의해 흑망이를 찾아 이 산을 올랐다 한들 그것은 자신과는 상관없는 일이었다. 사내 또한 그 정도의 수준은 되어 보였다. 그래서인지 비굴하게 값싼 동정이나 인간적인 어떤 것을 바라는 눈치는 아니었다. 죽음을 목전에 둔 사람답지 않게 자신에 대한 어떤 연민도 동정도 가져 주기를 바라는 눈치가 아니었다. 상처의 치료는 오히려 보다 못한 산우가 자청해서 한 것이었지 사내가 바라서 한 것은 아니었다. 그렇기에 사내는 언제나 그의 다리께로 손을 뻗치면 눈을 감았다가 뜨며 의식적인 무표정을 가장했다.

"그런 것 같았소."

주르먹을 챙기고 자리를 잡고 앉는데 사내가 생각난 듯이 불쑥 물었다.

"그래 좀 전에 당신이 뒤쫓았던 건 소가 틀림없었소?"

"그런 것 같았다니오?"

"너무 멀리 떨어져 있어서……."

"날 팽개치고 냅다 뛰더니 결국은 놓쳤다는 말씀이군."

산우는 사내를 향해 사납게 고개를 돌렸다.

"그래서 또 당신의 상처를 치료했다고 생각하시오."

사내가 말없이 몸을 뒤척였다. 그는 이내 조소랄까 이상스런 웃음을 물었다.

"실력이 원 그래서야. 그러니 소를 잡다 놓칠 수밖에……."

산우는 사내를 노려보았다.

"흥, 병신 주제에……. 그래서 내가 놓친 소에게 당신마저 당했군 그래."

하하하 하고 웃으며 사내가 허공을 향하여 고개를 들었다.


어젯밤 소를 놓친 것이 못내 안타까워 산우는 일찍 서둘렀다. 어젯밤 소를 쫓다 보니 모듬을 치지 못하고 그대로 잠이 들었던 모양이었다. 전신이 이슬에 축축하게 젖었다. 칡뿌리나 나무껍질로 허기진 배를 채울 수 없다는 생각에 촛대를 빼들었다. 우거진 숲속에서 보이지 않는 먹이를 찾아낸다는 것은 칡뿌리를 캐듯이 쉬운 일이 아니었다. 곤충의 더듬이처럼 주변의 기척에 신경을 곤두세우고 잘 사육된 사냥개처럼 몸을 움직였다. 나는 짐승이 아니더라도 바위틈이나 썩은 통나무 속에다 굴을 파고 사는 너구리, 오소리 같은 것이라도 걸릴지 몰라 끈질기게 산사면을 뒤져 나갔다. 노루나 산돼지, 아니 그런 것을 바란다는 것은 너무 욕심스럽고 오소리나 너구리라도 있으면 마다 않고 잡을 심산이었다.

우거진 잡목 숲 사이를 빠져 나가 이끼 긴 바위들이 총집한 곳으로 가보았다. 바위를 아무리 뒤져도 너구리나 오소리가 살고 있음직한 굴은 발견할 수 없었다.

한참을 걸어 올라가자 우거진 송림이 나타났다. 햇살도 들지 않은 송림 속을 기웃거리며 잠시 망설였다. 송림은 끝이 보이지 않게 누워 있었다.

어떻게 할까 하고 망설이고 있는데 좀 떨어진 송림 쪽의 백단나무 숲속에서 무슨 소리인가 들렸다. 몸을 돌려 백단나무 숲속을 노려보았다.

한참을 이리저리 훑어보고 있노라니까 어느 한순간 요란스런 울음소리와 함께 멧비둘기 한 마리가 하늘 높이 날아올랐다.

멧비둘기가 날아오른 하늘을 산우는 멍하니 바라보았다.

그때였다. 탕 하고 한 발의 총성이 산을 뒤흔들었다.

산우는 퍼뜩 돌아섰다.

무슨 소린가. 분명히 총소리임에는 틀림이 없는데, 그것도 사내가 있는 곳에서.

잠시 망설이다가 그대로 언덕바지를 향해 뛰기 시작했다.

생각지도 않은 뜻밖의 총소리. 무엇인가. 이 깊은 산속, 총소리가 나야 할 이유는 없다. 짐승을 만나지 않았다면……않았다면 무엇인가. 소를?

산우는 언덕을 지나 송림을 빠져 나왔다. 물참나무 숲을 헤치며 산사면을 돌아서자 사내의 모습이 퍼뜩 눈에 들어왔다.

그는 총을 한 손에 꼬나 쥔 채 한 손으로 땅을 짚은 자세로 누워 있었다. 주위엔 인기척이라곤 없고 그렇다고 짐승의 모습도 보이지 않았으며 총질할 대상도 없었다.

산우는 숲을 나와 사내에게로 다가갔다.

"무슨 일이오?"

사내의 얼굴이 산우를 향해 돌아왔다.

"잡았나요?"

사내의 음성은 퉁명스러웠다.

"못 잡았소, 그런데?"

"흥!"

사내의 입에서 코웃음이 흘렀다.

"차라리 나무를 해 오실 걸 그랬나 보오."

"무슨 소리요?"

"인간이란 언제나 우연이란 기회가 있기 마련. 잡으려고 뛰면 잡히지 않고 가만히 있으면 행운이 저절로 굴러오는……."

"?"

"말장난을 하고 있는 게 아니외다. 곧장 걸어가 보시구려. 수풀 뒤에 한 놈 꺼꾸러져 있을 테니……."

놀란 얼굴로 산우는 수풀 속을 넘겨다보았다.

아니나 다를까. 사내의 말대로 송아지 같은 것이 피를 흘리며 쓰러져 있었다. 노루였다. 총알은 머리를 지나 목을 관통하고 있었다. 산을 올라오다가 사내를 발견하고는 도망가려다 일격에 당한 모양이었다.

문득 쫓다가 만 족적이 생각났다. 그 족적의 임자가 바로 이놈이 아니었을까.

옆구리에서 칼을 뽑았다. 족적의 임자가 이놈의 것이든 아니든 간에 그런 것을 구차하게 생각하고 싶지 않았다. 자신에게 있어서의 사냥이란 유희가 아니라 허기진 배를 불릴 수 있을 정도면 족한 것이었다.

노루 앞에 무릎을 꺾고 산우는 앉았다. 이마로부터 흘러내린 피에 젖은 노루의 얼굴은 처참하기 이를 데 없었다.

입술을 씹으며 산우는 단도의 끝을 바라보았다. 시퍼런 단도의 끝이 넘어가는 석양에 날을 번쩍였다.

산우는 그것을 서슴없이 노루의 목에다 박았다. 아직도 체온이 남아 있는 배를 지그시 누르자 붉은 피가 벌컥벌컥 풀숲 위로 쏟아졌다. 피는 풀숲 밑 땅속으로 스며들었다.

피를 빼버리고 산우는 배를 가른 다음 네 발목을 분질러 잘라내고 모포 같은 껍질을 홀랑 벗겨 내었다. 그리곤 내장을 모두 들어

낸 뒤 간을 골라 자르고 사내 가까이에 껍질을 깔고 고깃덩이를 옮겨다 놓았다.

일어나면서 사내를 향해 간을 내밀자 사내가 그것을 멀거니 쳐다보더니 목으로 군침을 꿀꺽 삼켰다.

"임시 이것으로 요기라도 하시오."

산우의 말을 들으며 사내가 간을 향해 손을 뻗쳤다. 그는 먹기가 좀 뭐한지 산우의 얼굴로 힐끔 눈길을 한 번 주었다가 덥석 간나불을 씹어 물었다. 잘려 나간 간나불에서 스멀스멀 피가 솟아올랐다.

산우는 돌아섰다. 이젠 나무를 할 차례였다. 어설픈 망상에 쫓기다가 잠시 후엔 해가 질 것이고 뒤이어 밤이 올 것이며 그 밤을 지내기 위해서 해야 할 나무를 못할 것이 뻔한 것이었다.

산우는 우선 땔감이 될 만한 마른 나뭇가지와 북데기 몇 줌을 마련한 다음 고사목의 가지를 꺾어 한아름 장만했다.

자리로 돌아와 그것을 내려놓고 돌덩어리 몇 개를 주워 와 아궁이처럼 만든 다음 북데기에다 불을 지폈다.

해는 서서히 기울기 시작했다. 평지와는 달리 공기가 급격히 차가워졌다.

불길이 일어나자 산우는 칼로 노루의 두 다리를 떼어 내 칼질을 했다.

유지에 싸 비축해 두었던 소금을 주르먹에서 꺼내 뿌리고 산적처럼 하나씩 나무 꼬챙이에 꿰어 불 위에서 돌려 가며 굽기 시작했다. 잘게 칼질을 했으므로 고기는 얼마 가지 않아 겉과 속이 핏빛을 거두며 알맞게 익어 갔다. 기름이 떨어지는 곳에선 시퍼런 불꽃이 소리를 내며 일어나고 그 불꽃은 제 살을 태우다가 허망하게 쓰러지곤 하였다.

사위는 조용히 어두워 왔다. 나무를 얹을 때마다 노름노름하게 익어 가는 노루 고기 냄새는 초저녁 바람과 풀벌레 소리와 함께 주위를 맴돌다 산등성이를 넘어갔다.

산우는 노루 고기가 익는 대로 사내를 향해 넘겨주며 자신도 주린 뱃속을 채웠다. 누린내와 불티가 입에 거슬렸으나 그것을 탓할 만큼 속이 여유가 있는 것이 아니었다.

게걸스럽게 허벅지 하나를 뜯고 나자 주는 대로 널름널름 받아먹던 사내가 입을 닦으며 물러나 앉았다.

포식한 후에도 산우는 계속 나무 꼬챙이에 고기를 꿰어 구웠다. 좀 전과는 달리 기름이 거의 없어질 때까지 바싹바싹 구워서 주르먹 속에다 나뭇잎을 깔고 차곡차곡 쌓았다. 아직도 먼 길을 가야 할 것이므로 식량은 될 수 있다면 양껏 비축할 필요가 있었다.

산우가 일을 끝마칠 때까지 사내는 포식한 포유동물처럼 비스듬히 누운 채 불꽃을 바라보고 있었다.

모든 걸 정리하고 모닥불 곁에 자리를 잡고 산우가 눕자 그제야 사내는 불길에 눈을 붙박은 채 입술을 달싹였다.

"솜씨가 보통이 아니군……. 생각했던 것보다 맛이 꽤 괜찮은 것 같고……."

산우는 사내를 향해 돌아누우며 빙그레 웃었다. 사내의 눈이 불꽃 속에 있었다.

눈을 내리깔고 산우는 풀을 뜯어 입에 물었다. 상기한 풀 냄새가 입안에 가득 찼다.

사내는 하늘을 향해 돌아누웠다.

"산에서 먹어 보는 고기 맛, 확실히 인간의 복수심은 밖에서보다는 안에서 더 가증스럽다는 건 틀림이 없어."

혼잣말처럼 중얼거리는 사내를 향해 산우는 시선을 옮겼다. 사내가 말을 계속했다.

"생명을 죽인 대가로 내 배를 채웠지만 기아에 대한 복수를 시원스럽게 하고 나니 갑자기 부러운 게 없어졌으니…… 그런데?"

"?"

"당신과 나는 아직도 이름을 모르고 있질 않소?"

산우는 고개를 돌려 하늘을 보았다. 어째서 이 사내는 이제야 주위에 귀를 기울이려 하는 것일까. 산인(山人)처럼 입을 다물고 가슴 깊숙이 모든 것을 감춘 채 무엇을 알려고도 받아들이려고도 하지 않던 그가 왜 굳게 닫힌 문을 열려 하는 것일까. 자신도 모르는 사이에 내 울타리를 넘겨다보려는 그 의도는 어디서 오는 것일까. 인간의 상정에서라면 그 얼마나 순수하고, 우연히 잡힌 한 마리의 노루 고기가 그의 굳게 닫힌 입을 열게 한 것이라면 이 얼마나 엄청난 과보인가.

산우가 말없이 어두운 하늘만 보고 있자 정말 사내는 지금까지의 그답지 않게 또 입을 열었다.

"내 이름은 서문(徐門)이라 하오."

"서문?"

"그렇소."

"거 이름 한번 더럽구려."

"그래, 당신 이름은 무엇이오?"

"내 이름은 정산우(丁山牛)라 하오."

"산우?"

"그렇소."

사내가 실실 웃었다.

"왜 웃소?"

"산의 소라, 당신에게 딱 어울리는 이름인 것 같아서 그러오."

"무슨 소리요?"

"아마 당신 부모들은 너무 관념적이었던가 보오, 아니면 선견지명이 있었거나……."

"선견지명?"

"당신 이름이 바로 그걸 말해 주고 있질 않소."

"무얼 말이오?"

"산의 소니까 찾아야 할 건 바로 당신 자신이다 그 말 아니오."

"그럼 내가 소란 말이오?"

사내가 또 실실 웃었다.

"당신 이름을 두고 말했을 뿐이오. 이름 그대로 산에서 소를 찾아 헤매는 꼴이 되었으니…… 그런데 말이오."

사내가 고개를 잠깐 숙였다가 들었다.

"당신은 그 도끼 같은 걸로 소를 죽일 수 있다고 생각하오?"

"물론이오."

"그래요? 총과 도끼라……. 그 도끼로 소를 죽이기는 좀 뭐한 것 같은데……."

"이건 본시 소를 잡는 데 쓰는 용구요. 그리고 어림없다는 건 결과 뒤에 오는 것이 아니겠소?"

"흥, 그러니까 생각이 나는구려. 마라가여, 독 묻은 화살을 몸에 맞고도 의사를 부르기보다는 그것을 쏜 사람이 누구인지, 화살은 어떤 모양인지, 독은 어떤 종류의 것인지, 그런 것을 알기 전에는 치료하지 않는다면 어떻게 되겠느냐는 말이. 그러나 나는 물어 보고 싶소. 마라가여, 당신이 맞은 독화살의 정체도 모르면서 그 치료는 가능한 것이었는지 하고……."

사내의 말을 들으며 산우는 흥 하고 코웃음을 쳤다.

이 사내는 도대체 저 저잣거리에서 무얼 하던 사람이었을까. 첫눈에 그가 보기보다는 유식하다는 걸 알고는 있었지만 불경에서나 읽을 수 있는 말들을 거침없이 내뱉고 있으니…….

빈정대는 어투로 산우는 입을 열었다.

"흥, 의문스러운 건 바로 나요. 그래 촛대면 어떻고 총이면 어떻다는 거요. 당신이 표적을 향해 총을 선택했다면 나는 촛대를 선택했다는 것의 차이일 뿐. 본도의 입장에서 본다면 이 촛대이지 그 총은 아닐게요."

"흥, 참으로 백정에게는 어울리지 않는 유식한 말이구려. 그러니까 뭔가 좀 이해가 되는 기분이기도 하고, 그동안 사실 난 이 총을 당신에게 빼앗기지나 않을까 전전긍긍했었으니까."

"?"

"잘 때도 머리맡에 베고 잘 정도였다면, 무슨 말인지 알겠소?"

"?"

"허기사…… 사실 나는 점차 당신이 이 총 따위에는 한 가닥 관심도 없다는 걸 알게는 됐지만 그러나 오히려 당신도 그 촛대 같은 것을 내가 건드리지나 않을까 전전긍긍하는 자세였으니 그래서……."

"……?"

"나는 그동안 쭉 생각했었소. 당신이 가진 그 촛대라는 것과 이 총과의 차이, 생명을 죽이는 데 총과 촛대의 구별이 꼭이나 필요할까 하고…… 그래서 내가 이렇게 말이 많아진 거요."

"그래 결론을 얻었소?"

"한 가지 사실을 유추해낼 수 있었소. 그것은 당신에게 있어서의 촛대는 그리고 내게 있어서의 총은 수도승이 견성하기 위해 붙잡는 화두와 같은 것일지도 모른다는 가정 하에서 생각해 낸 결론이오만……."

"?"

"옛날에 깊은 산속에 어떤 노인이 하나 살고 있었다 하오……."

입술을 지그시 물고 산우는 사내를 똑바로 쳐다보았다.

정말 이 사내는 저 저잣거리에서 무얼 하던 사람이었을까. 견성이니 화두니 꼴에 어울리지 않게 유식한 말만 흘려 놓고 있으니, 그리고 여느 때와는 달리 오늘따라 웬 말이 이렇게도 많은 것일까.

산우의 그런 심정을 아는지 모르는지, 사내는 말을 이어나갔다.

"……물론 나도 어디서 들은 소리요만 아마 노인은 자신의 도를 이루기 위해 뜻한 바 있어 속세를 등지고 산에 올라 혼자 살았던가 보오. 생계를 이을 도구로는 오직 활 한 자루만을 가진 채. 어느 추운 겨울 날 노인은 활을 메고 사냥을 나갔소. 그런데 하루 종일 헤매어도 어떻게 된 것인지 짐승의 그림자는 보이지 않았소. 실망하여 돌아온 노인은 다음 날 또 사냥을 나갔소. 역시 그날도 전날과 마찬가지, 굶주림에 지친 노인은 미친 사람처럼 산을 헤매었소. 하루와 이틀, 그리고 사흘…… 칡뿌리를 캐먹으며 연명하던 어느 날이었소. 막 산등성이를 돌아서려는데 호랑이 한 마리가 어느 동굴 앞에 버티어 서 있는 걸 보지 않았겠소. 노인은 너무도 반가워서 무서운 줄도 모르고 화살을 시위에 걸고 정신을 집중시킨 다음 혼신의 힘을 다해 활을 당겼소. 화살은 날았고 화살은 호랑이의 심장에 정확하게 가 꽂혔소. 노인은 달려갔지요. 그런데 막상 달려가 보니 희한하게도 자신이 쏘았던 호랑이는 보이지 않고 호랑이의 형상을 한 커다란 동굴의 입구만이 화살을 꽂고 서 있는 게 아니겠소. 노인은 이게 무슨 조화인가 싶어 어리둥절해 했지만 나중에는 무릎을 쳤소. 선연한 깨달음이 그의 가슴을 적시며 지나가고 있었던 것이오. 노인은 다시 본래의 자리로 돌아왔소. 그는 화살을 다시 시위에 걸고 호랑이의 형상을 하고 있는 동굴을 향해 활을 당겼소. 날아간 화살은 처음과는 달리 동굴 입구에 부딪치더니 두 동강이가 났소. 노인은 또 쏘았소. 일 시, 이 시, …… 화살은 계속 꽂히지 않고 모두 두 동강이 났소. 노인은 그제야 모든 것을 깨달았던 게요. 집중된 하나의 화살만이 모든 사물의 본질을 꿰뚫을 수 있다는 사실을 말이오. 그리고 그 집중된 하나의 화살을 잃었을 때의 자신의 긴 방황과 그 방황 속에서 자신이 찾아 헤매었던 것은 호랑이가 아니라 자기 자신의 껍질이었음을 동시에 알게 되었던 게요. 화살이 꿰뚫었던 것은 바로 자기 자신 속의 허상이었다는 걸 말이오. 당신을 며칠 동안 관찰해 오면서 내가 느낀 것은 바로 이것이었소. 당신의 가슴을 싸고 있는 껍질, 그 껍질을 깨려 하는 것이 아니냔 말이지요. 당신의 목표는 소의 죽음, 그 자체에 있는 게 아니라 집중된 단 한 번의 행위로 당신의 가슴에 불가사의하게 떠도는 그 무엇인가를 깨고 그것을 인정하는……아니오?"

하하하 하고 산우는 갑자기 하늘을 향하여 웃음을 터뜨렸다.

"역시 당신의 유식에는 정신을 못 차리겠구려. 도대체 당신은 무얼 하던 사람이었소. 아니 그보다 지금의 당신에겐 상대를 향해 방아쇠를 당기는 행위가 관념의 사치밖에는 되지 않는다는 말이오?"

"적어도 그 상태에서는……."

산우는 머리를 내저었다.

"그럴까요?"

"어떤 상태에서건 어찌 표적을 맞힌다는 게 관념의 사치란 말이오. 관념을 사치하기 위해 소의 정수리를 노리는 자를 당신은 보았소?"

사내가 고개를 숙였다. 그의 두 눈이 스르르 감겼다.

그 모습을 쳐다보며 산우는 하늘을 보았다. 말은 그렇게 하면서도 마음 한쪽은 수초처럼 흔들리고 있었다. 생각하고도 싶지 않은 조상들의 마지막 모습들, 그때 정수리를 향해 촛대를 내려치는 행위는 관념의 유희가 아니었더란 말인가.

산우는 머리를 내저었다.

관념의 유희라니…….


맷비둘기가 날아오른 허공을 쳐다보며 잠시 생각에 잠겨 있던 산우는 다시 백단나무 숲속에서 무슨 소리인가 들리는 것 같아 고개를 숙이고 숲속을 들여다보았다.

저쪽 백단나무 숲이 막 끝나고 억새풀이 무성하게 어우러진 곳에서 무엇인가 꿈틀거렸다.

살금살금 백단나무 숲을 지나 억새풀을 눈앞에 두고 산우는 촛대를 앞으로 내어 밀고 몇 발짝 옆으로 비켜섰다. 산짐승이 틀림없다면 그리고 이쪽을 노리고 있는 게 틀림없다면 자연히 움직이는 방향으로 몸을 이동시킬 것이었다.

몸을 움직이자 역시 억새풀이 심하게 흔들리기 시작했다.

산우는 퍼뜩 전신을 고정시켰다. 그 순간 그때를 기다리기라도 했다는 듯이 억새풀 속에서 무엇인가 쏜살같이 달려 나갔다.

산우는 멈칫했다. 분명하게 상대를 가려내기 위해서였다. 억새풀 속에 몸을 숨기듯이 하고 달려 나가는 것을 살펴보고 있노라니 그 것은 한 마리의 멧토끼였다. 사나운 멧돝(산돼지)이나 넙대가 자신을 노리고 있는 게 아닐까 하고 생각했던 산우로서는 맥이 탁 풀렸지만 그대로 덮치듯이 앞으로 뛰쳐나갔다. 무성한 억새풀을 걷어차며 등성이 쪽으로 놈의 뒤를 따르자 잠시 후 가시넝쿨 숲이 나타났다. 놈은 넝쿨 숲속으로 쏜살같이 뛰어들었다. 산우도 주저하지 않고 놈의 뒤를 따랐다. 그러나 숲으로 뛰어들기가 무섭게 가시넝쿨에 발목이 걸려 앞으로 고꾸라지고 말았다. 벌떡 일어나 앞을 쳐다보자 놈은 벌써 가시넝쿨 숲을 빠져 메억새풀 속으로 몸을 숨기고 있었다. 벌떡 일어나려 했으나 손이 쓰라린 것 같아 고개를 돌려 보니 가시넝쿨에 긁힌 손에서 송알송알 피가 솟아나고 있었다.

피식 웃음이 나왔다. 이미 사냥은 글렀다는 생각보다는 멧토끼 하나 제대로 잡을 수 없는 놈이 산을 올랐다니 하는 생각에 웃음 이 나왔다.

제4장

# 소를
# 잡다
# [得牛]

그림설명

제4득우(得牛 : 소를 얻는다)

어쩔 수 없이 칡뿌리나 씹으며 소를 따르자 소의 족적은 예상했던 대로 일월봉의 정상을 향해 나 있었다. 전나무가 읍성한 구릉을 지나 분비나무와 가문비나무가 울창한 능선을 올라챘다. 일월봉을 올려다보자 불출산의 주봉답게 비 온 후의 죽순처럼 솟아오른 암봉이 거대하기만 하다. 암벽 틈에 기생하는 관목들이나 암벽을 수놓은 덩굴들이 일월봉의 위용을 더해 주고 있었다. 오랜 풍상에서 오는 고귀함은 기이하고 신령스러워, 얄궂고 한쪽으로 휘어져 나간 듯한 암익(岩翼)은 물 위에 떠 있는 수각을 보는 듯하였다. 거기에다 울묵줄묵하게 논두렁처럼 보이는 바윗결은 낙조에 부서지는 물결을 보는 듯하고 암석은 바다 빛으로 특이하고 요상스러워서 활엽림의 무리가 스멀스멀 숨어든 것 같았다.

노그레한 햇빛 속을 뚫고 불어오는 천풍을 맞으며 단애 위의 죽순처럼 솟아오른 정아하고 해맑은 두봉을 바라보고 섰던 산우는 주위를 맴돌아보았다. 깎아지른 듯이 솟아오른 단애 위로 소가 올 랐을 리 만무하다면 소는 분명히 다른 곳으로 나아갔을 것이기 때 문이었다.

한참을 맴돌다보니 화산 자갈 서쪽 살갗이 벗겨져 붉은 홍토가 드러난 언덕바지에 소의 족적이 보였다. 생각대로 소는 단애 밑을 돌아 나가고 있었다.

산우는 족적을 따라 나가면서 고개를 끄덕였다. 고개를 들어 보 면 언뜻 보기에는 그대로 단애의 연속일 뿐인데 그게 아니었다. 단 애를 끼고 돌던 족적은 갑자기 일월봉의 정상을 향해 꺾어졌다. 물 론 소가 암벽을 타고 오를 수는 없을 것이고 보면 병풍처럼 둘러쳐 진 암벽 중앙으로 대님을 던져 늘어뜨려 놓은 것처럼 단애를 가르 는 길이 나 있는 모양이었다.

직감은 확실했다. 분명히 한 줄기 길이 일월봉의 정상을 향해 가 파르게 나 있는 게 보였다. 그렇게 폭이 넓은 건 아니었으나 소 하 나 정도는 충분하게 다닐 수 있는 길이었다. 한 번도 이곳에 와보지 않았던 소가 어떻게 이런 길을 찾아낼 수 있는지 산우는 놀라움 을 금치 못했다. 아마도 산삼을 캐러 다니는 심메마니들이나 산짐 승들이 내놓은 길이리라. 물론 소는 산을 헤매다가 우연히 이 길을 발견하고 들어섰을지 모르나 역시 놈에게는 본능적으로 나아갈 길 을 찾아낼 수 있는 예지가 준비되어 있는 모양이었다.

소의 족적을 따라 한참을 올라가던 산우는 잠시 소나무에 기대 앉아 땀을 닦았다. 땀을 식힌 후 단숨에 소의 뒤를 따르리라는 생각에서였다. 칡뿌리를 몇 조각 씹은 다음 수통의 물을 마시고 허리에 차는데 바로 눈앞에 시커먼 개미 떼가 줄을 잇고 있는 게 보였다.

가만히 보고 있자니 어느 놈 하나 가만히 있는 놈이 없다. 끊임 없이 먹이를 나르고 있는데 어떻게 저 작은 머리에서 저러한 조직력이 나올 수 있는지 신기롭기만 하다.

잠시 후 송충이 한 마리가 나무 위에서 떨어졌다.

떨어진 송충이는 몸을 뒤채더니 꾸물꾸물 기기 시작했다. 개미들이 자신들의 길을 막은 상대를 향해 멈칫거리다가 달려들었다.

송충이는 몸을 뒤채며 개미들을 뿌리쳤다. 몸집에 비해선 의외로 허약하였다. 몸에 부숭부숭하게 난 긴 솜털은 위압적이었지만 그것은 개미들에겐 하등 어떤 영향을 주지 못했다.

수십 마리의 개미들에 의해 송충이가 죽어 가는 모습을 끝까지 보고 있기에는 상당한 인내심이 필요했지만 산우는 끝까지 보고 일어났다. 개미 떼들을 보고 있느라 좀 시간을 지체한 것 같았지만 바른 판단과 바른 자세만 갖추고 있으면 얼마 가지 않아 쉽게 소를 잡을 수 있을 것이었다.

길은 갈수록 험했다. 길이 험하면 험할수록 산우는 될 수 있으면 마음을 가볍게 가지려고 노력하였다.

때때로 산봉에서 바람이 불어왔다. 옷이 땀에 젖어 있다. 산우는 쉬지 않았다. 두메오리나무와 백단나무로 숲을 이룬 일월봉의 정상에 오르자 소의 족적은 거대한 암봉을 돌아 나가고 있었다.

숨을 헐떡이며 쉬지 않고 암봉을 향하여 직진했다.

도대체 이놈은 얼마만큼 앞선 것일까.

사내가 손등으로 얼굴에 맺힌 땀을 훔쳤다. 중천을 벗어난 핏기 잃은 해가 지친 그의 눈에서 부서졌다. 참으로 그 빛은 사내의 얼굴만큼이나 다가오는 어둠에 절박하고 지친 빛이었다.

한참을 말없이 앉아 있자니까 사내가 무슨 생각에서인지 고개를 돌렸다.

"이 보오!"

"?"

"먹을 게 좀 남아 있소?"

산우는 주르먹을 끌어당겨 속을 뒤졌다. 노루 고기가 아직도 두어 덩어리 남아 있었다. 산우는 그중의 한 덩어리를 꺼내 냄새를 맡아 본 뒤 사내를 향해 던져 주었다. 그러고는 나머지 한 덩어리를 마저 집어 들었다.

한입 듬뿍 물어뜯자 고기는 누린내가 났지만 질기다는 생각은 들지 않았다. 질화로 끝에서 어머니가 쏘삭거려 끄집어낸 밤톨의 맛이 이러했을까.

"이게 마지막이오?"

한창 맛을 들이고 있는데 사내가 불쑥 산우를 향해 물었다.

"그렇소."

산우는 퉁명스럽게 대답했다.

사내의 얼굴에 일순 알지도 못할 그늘이 스치고 지나갔다.

"다시 사냥을 해야 된단 말이군."

노루의 죽음을 산우는 얼핏 기억해 내었다.

"그야 또 기다리면 될 것 아니오. 짝이 하나 남았을 테니까……."

산우의 비아냥거리는 말투에 사내는 이상스럽게도 기분 나쁜 표정을 짓지 않았다. 그는 오히려 숙연한 표정을 지었다.

"그런 우연이 다시 있을 리 있겠소?"

"허지만 누가 아오. 혹시 또 걸릴는지……."

"그렇진 않을 거요!"

산우는 내심으로 쿨쿨 웃었다. 역시 그럴 리 없다는 사내의 표정은 영 그답지 않았다.

그는 한참만에야 고개를 들었다.

"당신은 우연을 믿소?"

갑작스런 사내의 질문에 산우는 그만 웃음을 터뜨렸다.

사내의 눈이 웃고 있던 산우를 날카롭게 쏘아보았다.

"세상에 우연이 어디 있소. 기막힌 우연의 뒷면에는 필연적인 근거가 존재하기 마련인데……."

날카롭게 쏘아보던 사내의 시선이 꺾이듯이 수그러졌다.

"그럴 테지요. 그러나 한 가지 물어 봅시다. 우리들 사이에 매우 어색한 물음이 될지 모르지만 그 노루 말이오. 그 노루를 보는 순간 나는 왜 쏘았겠소? 그것은 우연이었을지라도 동기는 아니었소. 그 한 발의 탄환이 노루의 심장을 멈추어 버린 것은 원인은 아니었다는 말이오. 나는 겨누지 않았소. 나약한 말이오만 무조건 쏘았다는 말이오, 무조건……."

이 무슨 소리인가 싶어 산우는 사내를 쏘아보았다. 참으로 사내
는 지금까지의 그답지 않았다. 언젠가 사내의 행동에서 그런 면을
얼핏 느끼긴 했지만 지금까지 그에게 가지고 있던 느낌을 송두리
째 뺏어 가는 말들을 노골적으로 내뱉고 있었다.

좀 연민 어린 눈으로 산우는 사내를 쳐다보았다. 광대처럼 감정
을 잡고 느닷없이 지껄여 대는 사내의 저러한 행동은 어쩌면 가면
적인 것이 아닐까 하는 생각에서였다. 물론 그럴 만한 이유가 있을
수도 있겠고 없을 수도 있겠지만 그렇지 않다면 저렇게 나약한 인
간이 어찌 소를 찾아 목숨을 걸 수 있겠느냐는 생각에서였다. 상식
을 초월한 용기가 그에게 있다는 것이 통 실감나지가 않았다.

그런 산우의 심정을 아는지 모르는지 사내는 말이 없었다.

산우는 일어나 사내를 껴안았다.

둘은 몸을 의지한 채로 다시 걷기 시작했다.

산등성이를 넘으면서부터는 낙엽 더미가 미끄러워 자주 미끄러
졌다.

그렇게 되자 몸이 성치 않은 사내는 생살을 도려내는 듯한 비명
을 쓰러질 때마다 질러 댔다.

"아아, 이 망할 놈의 상처가!"

쓰러져 이를 무는 사내를 산우는 내려다보며 잔인하게 비아냥거
렸다.

"이제야 후회를 하시는 모양이군!"

산우의 비아냥거림에 사내는 그 와중에도 입꼬리를 찢었다. 지지 않겠다는 듯이.

"흥!"

"일어나시오!"

사내가 일어나려고 안간힘을 쓰다가 도로 쓰러졌다. 그는 산우를 날카로운 시선으로 올려다보았다.

"비겁하게!"

"비겁? 이제 당신은 끝장이야!"

"끝장?"

"몰라서 묻소?"

사내의 눈가에 끈끈한 광기가 세워졌다. 입술을 꽉 물고 그는 다시 일어나려고 안간힘을 썼다.

산우는 사내를 향해 마지못한 손을 내밀었다. 사내가 잠시 망설이다가 그 손을 잡았다. 산우는 사내를 껴안았다. 둘은 비틀거리며 걷기 시작했다. 한참을 걷다가 사내가 먼저 입을 열었다.

"당신은 지금 내가 포기한다면 그냥 갈 수 있겠소?"

"흥, 무슨 뜻이오?"

"보아하니 어느 정도 책임을 졌다고 생각하는 모양이신데……."

"난 인간일 뿐이오. 원인에 대한 책임에서가 아니라 인간이기에 인간을 버리지 못하고 있을 뿐이오."

"이제 보니 당신은 지독한 인도주의자였군. 호호호……."

사내가 기분 나쁘게 입을 벌리고 누런 이를 보이며 이죽거렸다.

사내를 휙 내팽개쳐 버리고 싶었으나 산우는 꾹 참았다. 어쩌다 정말 이런 사내를 만나 고생을 해야 하는지……. 일어나는 화를 되삭이고 있는데 사내가 입을 비쭉였다.

"상황이 상황인 만큼 당신을 비웃을 염치도 없지만…… 요즘 세상은 언제나 상황이 본질에 우선하니까……."

"또 유식하게 나오시는군."

"흥, 그것은 내가 할 소리. 정작 유식한 체하는 게 누구신데……."

"관둡시다. 꼴들에 어울리잖게 지금 우리가 이런 소리나 하고 있을 땐가."

"흥, 그 또한 내가 할 소리……."

"무슨 소리오?"

"무슨 소리라니 몰라서 묻는 건가 원……."

"?"

"문자를 또 좀 쓰자면 가치 기준에 있어서 상황이 본질에 우선한다. 이 말이오. 한 송이의 백합이 꽃병에 있을 때와 쓰레기통에 던져졌을 때와는 그 가치 기준이 달라진다 이 말이외다."

"그야 당연한 거 아니오?"

"그럼 내가 당신의 입장이 되지 못하고 당신의 눈치나 살피는 비굴한 처지가 되어 버린 것은 나 자신의 본질보다도 상황을 먼저 의식하고 있다는 소치가 아니겠소?"

"무슨 소릴 하려는 게요?"

"흥, 나보고 유식하게 논다더니 유식이 무식이었군. 허긴 소나 잡던 백정 주제였으니……."

"이런……."

"그런다고 화내실 것까지야 없지 않소. 말하자면 상황으로만 한 인간을 평가하고 인정하는 것이 척도의 기준이 되어서는 위험하다 그 말이오."

"당신이 저 저잣거리에서 무얼 하던 사람이었기에 그렇게 유식하게 노는지는 내 모르겠소만 허지만 당신을 근본적으로 평가해 본 적은 없소."

"……."

"나는 당신을 모르니까. 그러나 지금의 상황이 서로를 설명하는 최소한도의 척도, 그 조건이 되고 있지 않소?"

"내 말은 당신의 인간적임을 자처하는 그 유세성에 있다 이 말이오."

"나는 사실을 말했을 뿐, 유세한 적 없소."

"인간성의 본질이 양질의 것으로 우선하지 않는 한 가변적인 상황을 아무리 두들겨도 필요 없단 말이오. 그것은 꼭 주위환경에 눈독을 들이고 사랑하지도 않는 여자를 사랑하는 것 같은 느낌을 줄 뿐이니까……."

"하하하……."

고개를 쳐들고 산우는 하늘을 향하여 웃음을 터트렸다.

기가 막힐 일이군 정말…….

웃다 말고 산우는 사내를 쳐다보았다.

"이 보시오. 그러나 나는 당신을 사랑하고 있지 않소. 퍽 유치한 얘기긴 하지만 사랑이란 존재의 본질에서 일어나는 정열로 시작되는 것이니까……."

이번에 사내가 낄낄낄 웃음을 물었다.

"하지만 댁은 알고 있소. 인간성의 본질보다 우선하는 상황 현상이 얼마나 위험하다는 걸, 그걸 몰랐다면 당신은 날 이곳까지 데려오지 않았을 테니까."

"하하하…… 그러나 내 마음속은 말하고 있소. 대상의 의미성이 이루어지는 최초의 관념 인자마저 없애 버리라고, 그래야 본질에 더 짙게 배어들 수 있을 테니까."

"정말 당신은 유식하구려, 인간이란 때로 가꾸어 온 느낌을 되돌아보는 동물이란 걸 당신은 모르시는군. 그것은 분명 더욱 본질에 짙게 배어들기 위한 첫 단계의 소각 작업, 내가 소를 막연한 복수심에서 따르고 있지 않는다는 걸 아신다면 추리는 자명한 사실……."

"결국 나와 너, 즉 객관과 주관의 두 세계를 하나로 합한다?"

"이젠 무식이 유식이었군. 당신을 통해서 나의 본성을 보고 있다 이 말이오."

"이런……."

"하하하……."

웃고 있는 사내를 산우는 노려보았다. 또 한 번 그에게 무참히 패배해 버린 기분이 들었던 것이다.

암봉을 계속 돌아 나가도 소의 모습은 여전히 보이지 않는다. 어디에 앉아서 한숨 돌리고 싶었으나 소가 바로 눈앞에 있다고 생각하자 걸음을 멈출 수가 없었다.

고채목이 우거진 곳을 벗어나자 거대한 암봉이 약간 옆으로 비켜섰다.

산우는 잠깐 걸음을 멈추었다. 구름꽃다지가 피어 있는 이쪽, 수십 마리도 넘을 산지니(매)들이 산짐승 하나를 사이에 두고 전신을 쪼아 먹고 있었다. 흩어진 내장이 그들의 입에서 입으로 옮겨지고 뽑히어 나간 두 눈이 먹물을 뿌리며 뒹굴고 있었다.

산우는 눈을 내리깔았다. 산지니들을 피해 산사면을 우회해서 암봉을 돌 참이었다.

막 발을 떼놓으려는데 끼룩거리며 산지니 두 마리가 날아올랐다. 무의식중에 산우는 그리로 눈을 돌렸다. 날아오른 두 마리의 산지니가 피 묻은 뼈 한 조각을 동시에 물고 서로 빼앗기지 않으려고 싸우고 있었다.

풀숲을 걷어차며 산우는 걸어 나갔다.

암봉이 훤히 들여다보이는 자리에서 걸음을 멈추었다. 암봉을 계속 돌아갔으리라고 생각했던 소의 족적이 아래쪽으로 꺾어지고 있어서가 아니었다. 고채목이 즐비한 저쪽으로 돌 무더기가 보이고 그곳에서 갑자기 짐승의 포효가 들려왔기 때문이었다.

산우는 몸을 엎드렸다. 퍼뜩 눈에 보인 것은 생각지도 않았던 넙대였다. 너무도 갑작스레 나타난 것이어서 몸을 엎드리긴 했지만 눈앞에 나타난 것인 넙대일까 싶어 한동안 메억새풀 사이로 상대를 뚫어져라 살펴보았다.

넙대는 입으로 제 몸을 핥고 있다가 이미 이쪽을 발견하고 고개를 돌리고 있었다.

전번에 사내와 소를 찾아 산을 헤매다 몇 번 만나 보기는 했었던 것이지만 몸이 부들부들 떨렸다. 깊은 산속에 넙대나 코쨀맹이가 있다는 소리를 들어는 보았지만 실지로 보기는 처음이어서 그때도 무척이나 당황했었다.

사실 그 옛날 할아버지가 코쨀맹이나 넙대의 얘기를 해 줄 때, 산우는 상상의 자유로운 가능성만을 보았었다. 자유로운 정신의 화신 같은 존재.

그렇기에 무엇이나 해낼 수 있다는 능동과 창조의 용맹스러움으로 마음속에 남아 있었다. 가상적 상황을 사실인 것처럼 위장하는 할아버지의 이야기 속에만 존재하는.

그런데 이렇게 경험의 세계에 떠오를 줄이야.

부정과 긍정의 협곡을 뛰어넘지 않고는 현실의 본질을 인식할 수 없듯이, 상상력이란 경험할 수 있는 현실에 근거를 두고 있는 것이다. 그것은 소를 찾아 나설 때부터 이미 정해진 것.

용기를 내 산우는 몸을 세웠다. 이미 자신을 발견한 이상 피할 수 없는 노릇이었다. 공격을 해온다는 건 당연한 것이고 보면 마주 싸울 태세를 갖추어야 할 것이었다. 이 산에 올라 치러야 하는, 피할 수 없는 자신의 몫이라면 어쩔 수 없는 일이었다.

촛대를 빼어들고 허리를 좀 구부린 자세로 넙대가 공격해 오기를 기다렸다.

공격해 오리라던 넙대 쪽에서 이상한 반응이 일어났다. 산우를 발견하곤 슬금슬금 꽁무니를 뺐다. 분명히 뒤를 힐끔힐끔 돌아보며 달아나고 있었다.

넙대가 수풀 속에 가리어 보이지 않자 한 가닥 예감이 번개처럼 스치고 지나갔다. 혹시 무엇엔가 당했을지도 모른다는.

넙대가 있던 곳으로 산우는 다가가 보았다. 다가가 보니 생각대로 누워 있던 자리엔 시뻘건 선혈이 풀 위로 붉게 물들었다.

산우는 넙대가 꽁무니를 뺀 숲속을 바라보았다. 그가 스쳐 간 풀 위에도 역시 선혈이 방울방울 떨어져 있는 것이 보였다. 분명히 무엇에겐가 당한 것이 틀림없다는 생각이 들었다. 꽁무니를 뺀 것은 그런 까닭에서인 모양이었다.

저렇게 만든 것이 무엇일까 하고 생각하며 산우는 앞으로 나아갔다. 누운잣나무 숲을 헤치면서 잠시 걸어 나가자 펑퍼짐한 언덕바지가 나오고 무수한 넙대의 족적과 또 다른 짐승들의 족적이 무질서하게 뒤엉켜 있는 게 보였다.

산우는 단번에 좀 전의 넙대와 다른 산짐승이 싸운 것임을 간파해 내고 그것이 어떤 짐승의 족적일까 하고 한참을 들여다보았다.

정확히 감이 잡히지 않았다. 좀 전의 넙대와 싸운 다른 짐승이 또 있는 것일까.

갑자기 다리가 후들거렸다.

한참을 걸어 나가자 얼마 멀지 않은 곳에 동굴처럼 움푹 들어간 바위가 있었다. 소의 족적은 그리로 연결되어 있었다.

솔송나무 숲을 헤쳐 누운잣나무 숲이 앞을 가로막은 지점까지 가자 산금낭화가 이곳저곳에 피었는데 그 옆에서 무슨 소리인가 들려왔다.

산우는 무슨 소리인가 하고 그쪽으로 고개를 돌렸다.

그 순간이었다. 시선을 드는 순간 커다란 돌덩어리 같은 게 무엇인가를 향해 굴러가고 있었다.

자세히 보니 그것은 또 하나의 넙대였다. 그의 앞에는 무엇인가 턱 버티고 있었는데 자세히 보니 그것은 엄청나게 큰 코짤맹이었다. 코짤맹이 역시 말로만 듣던 동물이라 산우는 자신도 모르게 숲속에 엎드렸다. 일월봉이 불출산의 주봉이긴 하나 이렇게 사나운 짐승들이 우글거릴 줄이야. 동굴처럼 뚫어진 암혈이 모두 짐승들의 소굴인 모양이었다.

좀 전에 숲속으로 피하던 넙대의 행동이 그제야 이해가 되었다. 그놈은 저 코짤맹이와 싸우다 나가떨어진 것이 분명하고 그러자 사냥에서 돌아온 수놈이 코짤맹이를 상대하고 있는 것이 분명했다.

그렇다면 저들이 싸우는 이유는 무엇일까. 혹시 먹이 하나를 두고 다투고 있는 것이라면 그것은 소?

생각이 거기까지 미치자 산우는 자신도 모르게 주위를 한 번 휘둘러보았다. 소의 모습은 보이지 않았다.

싸움은 오래전부터였는지 주위의 수목은 뽑히었거나 분질러져

백금남 장편소설 • 십우도

넘어졌고 풀뿌리와 흙이 뒤범벅이 되어 흩어져 있었다.

드디어 버틴 자세로 으르렁거리며 공격의 기회를 노리고 있던 코짤맹이가 달려온 넙대를 향해 앞발로 땅을 차며 공격을 시작했다. 넙대는 이빨을 드러내고 포효하며 앞발을 쳐들었다. 그러고는 재빨리 물러나면서 상대를 잃고 곁을 지나치는 코짤맹이의 목을 앞발로 내리쳤다. 돌아서는 코짤맹이의 목에서 피가 배어 흐르기 시작했다. 넙대는 다시 달려드는 코짤맹이의 머리를 앞발로 내리쳤다. 그땐 이미 코짤맹이의 두 발이 넙대의 왼쪽 겨드랑이를 찢으며 나아가고 있었다. 넙대가 그답지 않게 힘없이 나가떨어지더니 구르기 시작했다. 코짤맹이가 돌아섰다. 그는 기회를 주지 않고 곧장 넙대를 향해 달려들었다. 달려오는 코짤맹이의 턱을 향해 넙대가 앞발로 걸어 올리듯 쳐올렸다. 코짤맹이의 턱이 찢어졌다. 동시에 코짤맹이의 앞발이 넙대의 목을 쳤다. 넙대의 동체가 수 미터 전방으로 나가떨어졌다. 코짤맹이가 머리를 쳐들고 나가떨어진 상대를 향해 그대로 달려들었다. 이미 상대는 일어나 있었다. 전광석화처럼 몸을 피하는가 했더니 코짤맹이의 목덜미를 향해 달려들었다. 막상 목덜미를 물고 늘어진 것은 넙대가 아니라 코짤맹이 쪽이었다. 목덜미를 물고 늘어지자 넙대는 진저리를 치며 날고뛰었다. 코짤맹이는 떨어지질 않았다. 넙대는 안 되겠는지 상대를 몰아붙이듯 바위 있는 곳으로 밀고 나가 바위에다 상대의 몸을 패대기치기 시작했다. 목이 한 번씩 이쪽으로 돌아와 바위를 향해 돌아갈 때마다 목을 물고 늘어진 코짤맹이의 등허리가 바위에 파도처럼 부딪쳤다.

한 번과 두 번, 횟수를 거듭할수록 넙대의 목에서 흘러내리는 피가 붉은 꽃잎처럼 사방으로 뿌려졌다. 드디어 안 되겠는지 코짤맹이가 넙대의 목을 놓았다. 그러고는 디굴디굴 몇 번 굴러 그대로 뛰기 시작했다. 넙대가 뒤를 따랐다. 그들은 본래의 자리로 돌아왔다. 코짤맹이의 등에서도 넙대의 목에서도 움직일 때마다 피가 솟아나 풀숲에 뿌려졌다. 그들은 본래의 자리에서 할퀴고 치고받으며 싸우기 시작했다. 싸우면 싸울수록 코짤맹이의 포악성은 극에 달했고 넙대의 입김은 더욱더 거칠어만 갔다.

얼마나 그렇게 싸웠는지 몰랐다. 코짤맹이가 안 되겠는지 슬금슬금 꽁무니를 빼더니 달아나기 시작했다.

산우는 숨도 제대로 쉬지 못하고 몸을 웅크렸다. 코짤맹이는 일직선으로 달려오고 있었던 것이다.

웅크린 자세로 산우는 촛대를 빼들었다.

코짤맹이가 자작나무 숲을 헤쳐 오더니 우뚝 멈추어 섰다. 갑작스레 만난 의외의 상대에 잠시 어리둥절한 표정이었다. 한 두어 번 으르렁거리더니 뒤를 한 번 힐끔 돌아보고는 슬며시 방향을 돌려 달려 나갔다.

산우는 코짤맹이의 꽁무니를 보다 말고 머리를 내저었다. 코짤맹이와 넙대의 싸움에 대한 말은 많이 들었지만 백수의 왕이 넙대를 당하지 못해 꽁무니를 빼다니…….

넙대 있는 쪽으로 고개를 돌리자 넙대는 코짤맹이가 사라진 쪽을 향해 아쉬운 듯이 서 있었다. 넙대는 한참을 바라보고 섰다가 갑자기 허공을 향하여 머리를 치켜들고 으엉으엉 피를 토하듯 울어 젖혔다. 백수의 왕을 꺾었다는 기쁨의 울음일까. 그는 그렇게 몇 번 울고는 몸을 돌려 산모퉁이 쪽으로 사라졌다.

산우는 그제야 소를 생각했다. 그들이 소를 놓고 싸우고 있었던 것이라면 분명히 넙대는 소가 있는 곳으로 가는 게 분명했다.

결정적인 때가 이제 온 것 같다고 생각하며 산우는 넙대의 뒤를 따랐다. 숲이 우거져서인지 넙대의 모습은 잘 보이지 않았다.

한참을 나아가자 집채만 한 바위가 툭 불거져 거대한 암봉과 떨어져 서 있는 게 눈에 띄었다. 암봉과 바위 사이에 앞서간 넙대가 무엇인가를 노려보고 있었다.

산우는 직감적으로 그것이 소라는 것을 알았다. 단숨에 언덕을 올라채자 역시 언덕바지 아래 찾던 소가 넙대를 올려다보고 있었다.

정신없이 촛대를 꼬나들고 산우는 넙대를 향해 뛰었다.

소를 공격하려던 넙대가 난데없이 달려오는 산우를 뒤돌아보곤 멈칫거리며 돌아섰다.

촛대를 꼬나들고 산우가 소를 막아서려 하자 넙대는 가소롭다는 듯이 날카로운 이빨을 드러내며 벌떡 서더니 으엉 하고 울어 젖혔다.

산우가 옆걸음질과 뒷걸음질로 소에게 가까이 다가가자 넙대는 자신의 먹이를 가로채려는 상대를 향하여 더 주저하지 않고 앞발을 날렸다.

산우는 그대로 뒤로 벌렁 나가떨어졌다. 그 바람에 소가 돌아서더니 뛰기 시작했다.

넙대가 심장을 가리고 어기적어기적 걸어왔다.

넙대를 향해 산우는 벌떡 일어났다.

일어나는 가슴 밑바닥에서 서늘한 절망감이 소리 없이 일어났다. 산우는 또 보았던 것이다. 그가 올라왔던 언덕바지 숲속에서 얼굴만 내어 놓은 채 이쪽을 향해 눈을 빛내고 있는, 좀 전에 넙대와 싸우던 코짤맹이의 눈빛을. 넙대를 쏘아보면서 주위에 뭔가 도움이 될 만한 것이 없을까 하고 곁눈질해 보았다. 마침 옆쪽으로 사람이 웅크려 앉아 있는 것 같은 바위 하나가 수풀 속에 서 있는 게 보였다.

산우는 휙 몸을 돌려 그곳을 향해 달려갔다. 퍼뜩 생각해도 그 상태로 넙대를 상대한다는 것은 죽음을 자초하는 것이나 다름없었다. 엎드려서 공격을 해올 때와는 달리 사람처럼 서서 심장을 가린 상태이고 보면 머리를 친다 하더라도 꺼꾸러뜨리기가 그리 용이하질 않을 것이었다. 그렇다면 넙대보다는 좀 높은 위치에 서서 달려드는 상대의 힘을 역이용해 일격에 꺼꾸러뜨릴 수밖에 없었다.

넙대는 산우가 뛰기 시작하자 도망이라도 가는 줄 알았는지 눈에 광기를 번뜩이며 포효를 해댔다.

산우가 바위를 앞에 하고 버티어 서자 넙대는 먹이를 놓칠세라 뒤뚱거리며 다가왔다.

돌 위로 훌쩍 뛰어오르면서 공격할 것을 산우는 계산하고 있었으므로 그 간격을 유지할 수 있을 때까지 기다렸다. 아버지의 눈을 검은 헝겊으로 가리고 나무로 만든 소의 두상을 촛대로 내려치게 하던 할아버지의 모습이 생각났다. 움직이는 표적을 꺼꾸러뜨리지 못하면 정지된 표적을 꺼꾸러뜨릴 수 없다던 할아버지의 역설은 이를 두고 한 말일까.

산우는 헝겊으로 눈을 막은 아버지처럼 눈을 감아 보았다. 아무것도 보이지 않았다. 할아버지는 이 어둠 속에서 하나의 표적을 보게 했던 것이다. 산우는 아주 짧은 순간이었지만 정신을 똑바로 차리고 한 곳으로 집중시켜 보았다. 마음이 천천히 가라앉았다. 눈앞이 점차 하얗게 밝아 왔다.

눈을 번쩍 뜨자 어느새 다가온 넙대가 달려들고 있었다.

산우는 몸을 앞으로 돌진시키면서 훌쩍 바위 위로 뛰어올랐다. 넙대의 앞발이 가슴을 향해 날아오고 있었다. 산우는 때를 놓치지 않고 넙대의 머리를 향해 촛대를 내리꽂았다. 골이 바수어지는 둔탁한 음향이 그 순간 일어났다. 그 소리를 들으며 산우는 뒤로 나가떨어졌다.

눈을 뜨자 넙대는 촛대가 내리꽂힌 정수리와 눈, 입, 코에서 피를 흘리며 포효하고 있었다.

넙대는 산우가 일어나려는 기색이 보이자 한 발 더 다가들어 덮쳤다.

둘의 사이엔 산우가 뛰어올랐던 바위가 있었으므로 넙대는 바위에다 배를 부딪치면서 산우의 오른쪽 허리를 앞발로 내리쳤다. 산우는 재빨리 옆으로 몸을 굴리면서 넙대의 심장을 향해 촛대를 올려쳤다.

넙대는 급소를 맞은 것인지 잠깐 멈칫하다가 뒤로 넘어지지 않고 산우 앞으로 무너졌다. 그 바람에 둘은 한 덩어리가 되어 경사진 산 아래로 굴렀다. 구를 때마다 넙대의 이곳저곳에서 흘러나온 피가 풀 위를 물들이고 마지막 힘을 다한 넙대의 몸부림에 잡목 부서지는 소리가 어지러웠다.

산우는 정신을 차리고 넙대로부터 떨어져 어떻게 나뭇가지를 잡았다.

눈을 돌려 아래를 내려다보자 넙대는 마지막 포효를 남기며 큰 바위에 부딪치는 것 같더니 벌떡 몸을 세웠다가는 그대로 볏섬처럼 앞으로 꼬꾸라졌다. 재빨리 좀 전에 코쨀맹이가 머리를 내어 밀고 있던 숲속을 바라보았다. 어느새 사라졌는지 코쨀맹이의 모습은 보이지 않았다.

자기가 처치하지 못한 넙대를 인간이 처치하자 아예 먹이를 포기하고 물러난 것일까.

산우는 일어났다. 다행히 별로 다친 데는 없는 것 같았다. 소가 있는 곳으로 뛰었다. 넙대와 싸우느라 소와의 거리는 꽤나 멀리 떨어져 있는 것 같았다.

얼마 가지 않아 태평스럽게 풀을 뜯고 있는 소가 보였다.

소가 언제 어느 때 또 도망을 갈지 몰라 산우는 조심스럽게 다가갔다.

소는 전번과는 달리 멍청히 이쪽을 쳐다보고 있다가 슬그머니 몸을 돌려 걸어 나갔다.

산우는 재빨리 고삐를 잡아 쥐었다.

고삐를 잡아당기자 소는 온순하게 이끌려 왔다.

이렇게 온순한 소를 놓고 그렇게 속을 썩이다니, 잡힐 듯 잡힐 듯 하다가 결국은 이곳까지 들어서게 되다니. 짐승이래도 자기가 안겨야 할 자리가 있다는 걸 알고 있기 때문일까. 설사 소가 안기지 않을 자리이기에 그랬다 할지라도 과장된 말로 사실을 왜곡하려 하는 동리 사람들은 또 무엇인가.

이 소 역시 여느 소와 다름없는 집짐승일 뿐이었다. 헛된 미신과 근거 없는 억측에 사로잡힌 동리 사람이나 그런 그들을 경멸하면서도 때로는 자신도 모르게 미묘한 공포에 사로잡히던 자신이 한없이 한심스럽게 생각되었다.

도수장에서 놓친 소를 이곳까지 와 잡았다는 사실이 꿈만 같았다. 그동안의 여정이 너무 험해서인지 몰랐지만 쇠고삐를 잡고 있으면서도 점차로 이것이 진짜 내가 잡으려 했던 소일까 하는 생각이 들었다. 대상에 집착했으므로 일어난 가시 현상은 아닐까 하는 생각까지 들었다. 그렇다면 유의해야 할 것은 대상을 거부함으로써만이 오히려 그것을 내면화할 수 있다는 사실일 것이었다.

소를 잡았다는 다행스러움과 그로 인한 희열보다는 이상스럽게 켜를 이루며 지나가는 허망함 때문에 산우는 자꾸 허공을 향하여 머리를 내저었다.

이게 사실이라면 우선은 소에게 배불리 풀을 먹이고 천궁골로 돌아가야 할 것이었다. 다시 그 어떤 고난이 닥친다 하더라도.

발을 떼어 놓자 그 무엇인가를 잡기 위해 몸부림치던 한 세월이 눈앞에서 어롱거렸다. 왜 갑자기 일본인 마무리의 소를 잡던 할아버지가 문득 떠올랐는지 모를 일이었다.

어슴푸레한 새벽빛 속에 서서 용태 나루 저쪽을 바라보고 섰던 할아버지는 그날 집으로 돌아오기가 무섭게 목욕을 하였다. 그러고는 아버지처럼 흰 명주옷에 흰 대님 흰 구두를 신고 촛대와 신팽이를 허리춤에 찬 다음 사람들의 웅성거림을 헤치고 한쪽 눈이 채 아물지도 않은 얼룩이 앞에 버티어 섰다.

장다리밭 어디쯤에서 불어오는 미풍에 무성한 흰 수염이 가볍게 흔들리는 걸 바라보면서 어린 산우는 손에 땀을 쥐었다. 안개를 걷어 가버린 아침 햇살이 머리 위에서 강렬하게 빛나고 있었다. 할아버지의 두 눈은 그 햇살만큼이나 그 어떤 광기로 인해 집요하게 번들거렸다.

산우는 믿었다. 할아버지가 지배해 온 왕국 속에서 그가 지닌 재질과 능력을 평소부터 확신해 온 그로서는 믿을 수밖에 없었다. 할아버지는 해낼 것이다. 어느 때처럼, 한 방울의 피의 비말도 없이 볏섬처럼 땅 위로 쓰러뜨릴 것이다. 그 작은 소도를 뽑아 배를 가르고 내장과 사태, 양지와 전각, 갈비와 은둔, 설도와 채끝, 안심과 등심, 소를 이루고 있던 모든 것들을 단숨에 분리해 버릴 것이다. 말하지 않았던가, 작은 소도를 숫돌에 싹싹 갈면서 분명히 말하지 않았던가. 똑똑히 봐두거라! 똑똑히……하고. 그때 할아버지의 눈빛은 스스로 믿지 않으면 안될 만큼 서릿발 같았던 것이다.

그러나 산우는 다시 보아야 했다. 아버지의 모습을, 할아버지의 높이 올려진 손이 허공을 한 바퀴 그어 소의 머리 위로 떨어졌을 때 할아버지는 그 옛날의 자신만만하고 능숙하기만 하던 할아버지는 아니었다. 촛대의 시퍼런 날이 허공을 가르며 뿔과 뿔 사이가 아닌 그 어디쯤을 꿰뚫었을 때의 질퍽하고 음울한 음향을 들었던 순간, 가슴에 와 꽂히는 순간적인 절망에 산우는 몸을 떨지 않을 수 없었다.

확실히 할아버지는 언제나 자신만만하고 능숙하던 할아버지는 아니었다. 피 한 방울 묻지 않던 흰 적삼은 한 길이나 뛰어오르며 달려드는 얼룩이의 검고 단단한 뿔에 무너져 피 범벅이 되었고, 피 번진 머리를 들어 앞발을 내차는 얼룩이의 광분은 차라리 의기양양하기만 한 것이었다.

가까스로 정신을 가다듬고 산우가 다가갔을 때 할아버지는 가슴을 두 손으로 움켜쥐고 있었다.

"할아버지!"

겁먹은 얼굴로 산우는 할아버지를 불렀다. 할아버지가 손을 들어 어린 손자의 손을 꽉 잡았다. 할아버지는 이내 집으로 옮겨졌다. 읍내에서 한의원이 왔다. 의원은 나가면서 머리를 설레설레 내저었다. 이 밤을 넘기기가 어렵겠다는 것이었다.

의원을 따라 어머니와 현숙이 바람처럼 삽짝을 빠져 나갔다. 죽을 때 죽더라도 약이라도 지어 와야 되겠다는 말을 남기고.

할아버지는 조용히 눈을 감은 채 말이 없었다. 할아버지는 가슴의 상처가 고통스럽지 않은 모양이었다. 아니 그의 표정은 고통으로도 치유할 수 없는 그 무엇을 찾아가고 있는 것 같았다.

너울대는 호롱불에 드러난 맷방석 같은 그림자를 쳐다보며 산우는 눈을 흘끔거렸다. 등잔의 불 봉오리에서 그을음이 피어올랐다. 토담가에서 때 이른 쓰르라미 울음소리가 들려왔다. 어디서 날아왔는지 하루살이들이 호롱불 주위를 맴돌았다. 멀리서 개 짖는 소리가 추억처럼 들려왔다.

얼마나 시간이 지났을까.

어머니와 현숙은 돌아오지 않는데 할아버지가 눈을 뜨더니 고개를 돌렸다. 그의 눈가에 축축한 물기가 어리었다. 그는 손을 내밀어 어린 손자의 손을 잡아끌었다.

"산우야, 어떡허누, 이 핼애비가 약속을 지키지 못했으니……."

어린 산우는 괜찮다는 듯이 고개를 내저었다. 뒷산에서 벙 하고 부엉이의 울음소리가 들려왔다. 호롱불의 그림자가 할아버지의 얼굴 위에서 출렁거렸다.

할아버지가 손에 꼬옥 힘을 주었다.

"생각이 나는구나. 그 옛날 눈먼 너의 증조부 모습이……."

산우는 고개를 숙였다.

할아버지가 잠시 몸을 뒤척이는 것 같더니 말을 하느라 숨이 가쁜지 휴 하고 한숨을 내쉬었다. 할아버지는 한숨을 내쉬다 말고 관격 들린 사람처럼 기침을 해대기 시작했다.

백금남 장편소설 • 십우도

할아버지의 약을 지으러 간 어머니와 현숙은 여전히 돌아오지 않고 있었다.

할아버지는 계속 기침을 하며 가슴이 아픈지 몸을 뒤채였다. 뒤채는 입가에 어느새 한 줄기 피가 흘러내리고 있었다.

산우는 할아버지를 향하여 달려들었다.

"할아버지 괜찮아요?"

할아버지가 손을 내저었다.

"괜찮아! 괜찮아! 그보다……."

할아버지가 나오려는 기침을 억지로 삼키는 것 같더니 산우를 형형한 눈빛으로 쳐다보았다. 그러고는 무슨 말인가를 하려고 입술을 몇 번 달싹이다가 그대로 눈을 감았다. 그의 손은 그때까지도 어린 손자의 손을 놓지 않고 있었다.

할아버지는 다음 날도 눈을 뜨지 않았다.

첫 도살에 실패한 아버지와 할아버지가 그렇게 죽고 나자 사흘째 되는 날부터 비가 오기 시작했다.

억수로 쏟아지는 비를 맞으며 할아버지를 묻고 돌아오는 길목에서 어린 현숙은 불안한 얼굴로 산우를 향해 물었다.

"오빠, 왜 동리 사람들이 저런 눈으로 우릴 쳐다보지?"

그때 대답보다는 또렷또렷 눈을 뜨고 산우는 하늘을 보았다. 어린 가슴에 엉켜 가는 모순, 할아버지의 죽음을 애통해 하는 평범한 울음이 아닌 순수를 잃어버린 어머니의 울음, 할아버지가 들려주던 이해할 수 없는 말들. 그것을 어떻게 받아들이고 어떻게 여과

시킨 다음 어떻게 그 이유를 어린 동생에게 설명해 주어야 할지 산우로서는 난감했던 것이다.

비가 점점 더 거칠어지고 대답하지 못하는 사이 이틀이 지났다.

어디까지가 하늘이고 어디까지가 대지인지조차 구별할 수 없을 만큼 쏟아지는 비를 맞으며 산우는 떨었다. 은밀히 은밀히 떨었다. 감당할 수 없는 모순들이 혈관을 퍼져 나가면서 자국마다에 시퍼렇게 상처를 내고 있었다.

내리쏟아지는 비에 동리는 서서히 물바다가 되어 흐르기 시작했다. 방죽이 포죽처럼 터져 나갔다.

드디어 꽹과리 소리와 함께 동리 사람들의 아우성이 들려오기 시작했다. 그 소리는 점차 가까워지더니 내를 건너고 좁은 골목을 돌아 사립께에서 멎었다.

"송장을 파내라!"

누구의 입에서 그런 고함이 먼저 터졌는지 모른다. 고함 소리는 점차 한두 사람의 입으로 옮겨지고 그 폭은 넓어져 갔다.

"송장을 파내라! 동리가 망한다!"

머리를 풀어헤친 어머니가 흡사 귀신같은 모습으로 방문을 박차고 뛰어나갔을 때 그들은 일제히 공동묘지를 향해 돌아섰다.

그들의 뒤를 미친 듯이 따라가며 터트리는 어머니의 울음소리를 들으며 현숙의 앙칼진 목소리가 터졌다.

"왜, 왜 동리 사람들이 송장을 파내라고 하지?"

"그건⋯⋯."

"그건?"

"……비가 오기 때문이겠지!"

"비? 비가 오면 오는 거지, 송장은 왜?"

"죄인이기 때문이야!"

"죄인?"

현숙의 눈이 의문으로 더욱 동그래지자 산우는 더 못 참겠다는 얼굴로 어머니에게 들은 대로의 말을 내뱉기 시작했다.

"그래, 백정이 대대로 소를 잡다 죽으면 동리는 깡그리 망하는 법이래!"

"뭐 땜에?"

글쎄 무엇 때문일까.

머리를 흔들며 산우는 일어섰다. 문을 열고 밖으로 나왔다. 공동묘지를 바라보자 기어오르고 있는 동리 사람들이 눈에 들어왔다.

그들을 노려보다가 산우는 뛰기 시작했다. 뛰는 귓가에 무엇 때문이냐고 묻는 현숙의 음성이 첫닭의 울음소리처럼 홰를 치고 있었다.

밀 익는 향기가 저리도록 밀려오던 화전밭을 지나 억새풀을 헤치며 나아가자 공동묘지가 눈앞으로 다가왔다.

산우는 걸음을 멈추었다. 갑자기 입이 벌어지고 목이 꽉 메어왔다. 나란히 묻혔던 아버지와 할아버지의 시체는 이미 부서진 관속에서 비어져 나와 붉게 흘러내리는 황톳물 속에 개구리처럼 나자빠졌고 어머니는 그 시체들 위에 엎어져 몸부림치며 통곡하고 있었다.

그때 어린 산우는 보아야 했다. 현숙이 알고 싶었던 대답을. 황소처럼 핏발 선 눈에 입가엔 허연 거품을 물고 버티어 선 동리 사람들의 눈빛 속에서 선친들이 꺾지 못한 얼룩이의 날 선 눈빛을.

동리 사람에 의해 선친들의 무덤이 그렇게 파헤쳐지고 화장을 끝낸 다음 날 어린 산우는 밤이 되기를 기다렸다. 묘 밖으로 죽은 개구리처럼 나뒹굴던 할아버지와 아버지.

가슴 속에서 그들을 향한 저항감이 부득부득 갈렸다. 두 주먹은 굳게 쥐어져 있었고 눈은 광기로 인해 시퍼렇게 번쩍였다.

할아버지가 여벌로 장롱 깊숙이 넣어 두었던 촛대와 신팽이를 어머니 몰래 훔쳐내었다. 헛간에서 날을 갈고 품에 품었다.

그길로 일본인의 집 뒤꼍 대밭 속으로 숨어들었다.

어둠이 오기를 기다리면서 산우는 두 무릎을 안고 소 앞에서 죽어 가던 할아버지와 아버지를 줄곧 생각했다. 돌과 같은 인생, 결코 꽃처럼 살다 죽어 갈 수 없었던 인생, 이리 차면 이리 굴리고 저리 차면 저리 굴리던, 꽃처럼 아름답게 피어 존경과 외경, 흠모와 사랑을 받을 수는 없었던 인생, 어린 가슴속에서나마 선친들을 향한 말할 수 없는 정한이 고사리 같은 손을 더욱 주먹 쥐게 했다.

어디선가 부엉이가 울고 반딧불이 날고, 마실 나갔던 새들이 둥지로 찾아들 즈음 산우는 일어났다. 방마다 불은 꺼졌고 마당을 어슬렁거리던 머슴들도 모두 잠을 청하는 시핵이었다.

어린 산우는 도둑고양이처럼 조심스럽게 대밭을 기어 키만큼이나 높은 담을 기를 쓰고 올라갔다. 발이 미끄러질 때마다 낙엽 위로 떨어지는 흙부스러기들이 묘한 소리를 내었지만 황소만한 개가 언젠가 도둑의 손에 감쪽같이 죽어 버렸다는 걸 알고 있었으므로 그만한 소리쯤은 괜찮을 것이라고 생각하고 있었다.

담을 넘자 올려다보이는 을씨년스런 한옥의 추녀 끝이 짐승의 아가리처럼 검게 나타났다.

산우는 잠시 서서 소가 있을 외양간이 어딜까 하고 사방을 살펴보았다. 한옥을 싸고 있는 담장가에는 무화과나무가 무성하게 자라고 있었다. 산우는 그곳에서 흘러나오는 열매 냄새를 맡으며 야누끼가 잠들었을 방과 마무리의 방, 그리고 하인들의 방, 곳간과 광, 하나하나 훑어 나가다가 이윽고 한 곳에 시선을 모았다. 별채 맨 아래쪽으로 거름 무더기와 소에게 먹일 풀들이 수북이 쌓인 것이 눈에 띄었다.

산우는 사방을 한 번 휘둘러본 후 재빠른 동작으로 발소리를 죽이며 그리로 다가갔다.

멀리서 보던 때와는 달리 가까이에 다가가 보니 여름이어서인지 문은 열려 있고 눈을 다친 얼룩이가 고통스럽게 숨을 몰아쉬고 있는 게 보였다.

마른침을 삼키며 산우는 외양간 안으로 살금살금 기어들어가 얼룩이 앞에 버티어 섰다.

외양간 안이 어떻게 생겨 먹은 것인지 어두워 잘 분간되지 않았다. 여느 외양간보다는 엄청나게 크다는 것을 어림으로 짐작할 수 있었다.

촛대와 신팽이를 할아버지처럼 머리 뒤허리결에 꽂고 산우는 눈을 감았다. 할아버지의 얼굴과 눈을 부릅뜬 일본인 마무리의 얼굴이 엇갈리며 떠올랐다가 사라졌다.

잠시 후 눈을 뜨고 산우는 한 손을 들어 소 가까이 다가들었다. 좀 전부터 낯선 사람을 의식한 소가 콧김을 내뿜으며 머리를 흔들었다.

고삐를 잡으려 산우가 손을 뻗치자 소가 세차게 머리를 흔들며 뒤로 물러섰다. 그 바람에 고삐가 쉽게 잡히지 않았다.

좀더 소를 향해 산우는 다가들었다. 드디어 소고삐가 손에 잡혔다. 산우는 고삐를 바싹 당겨 아버지가 내려친 눈의 부위와 할아버지가 내려친 곳을 살펴본 뒤 한 발짝 물러났다.

어둠에 익숙해진 눈에 사위는 좀 전보다 밝아져 있었다.

산우는 촛대를 빼들었다.

어디선가 개 짖는 소리가 컹컹 들려왔다. 한 마리가 짖자 이내 여러 마리가 약속이나 한 듯 어두운 밤공기를 찢어 놓았다.

정신을 집중하고 산우는 촛대를 높이 쳐들어 소의 정수리를 겨누어 내리쳤다. 순간 소의 비명 소리와 함께 그 큰 몸이 번쩍 솟아오르는가 했더니 그 바람에 손에 쥔 촛대가 허공으로 휙 날아올랐다.

급소를 설맞은 소의 비명 소리가 어디선가 들려오는 개 짖는 소리와 어울리어 밤공기를 찢으며 어둠을 베어 물었다.

산우는 당황했다. 어쩔 바를 모르고 허둥대다가 그대로 주저앉고 말았다. 순간적으로 도망쳐야 한다고 생각했지만 어찌된 셈인지 몸은 뜻대로 움직여 주지 않았다. 촛대를 내리쳤을 때의 탄력감, 그 질퍽했던 음향, 그런 것들만이 한데 어우러져 머릿속에서 와글거렸다.

방마다 불이 켜졌다. 외양간이 밝아져왔다.

소의 얼굴을 산우는 저주스럽게 노려보았다.

비명은 그쳤지만 무수한 상흔으로 얼룩진 소의 얼굴은 얼굴이라기보다는 차라리 핏덩어리였다. 황갈색 털빛 위에서 번쩍거리면서 흐르는 피의 움직임이 차라리 관능적이기조차 하였다.

산우는 천천히 일어났다.

사람들이 문을 열고 밖으로 뛰어나오는 소리가 들려왔다.

그제야 다시 도망쳐야 한다고 산우는 생각했지만 이미 때는 늦어 있었다.

머슴들이 우르르 외양간으로 몰려왔다.

일본인 마무리의 방에도 불이 켜졌다.

어린 산우는 본능적으로 외양간을 뛰쳐나왔다. 머슴들이 우악스럽게 달려들었다.

뒤이어 문 열리는 소리가 들리더니 마무리가 대청에 나타났다.

"무슨 일이노?"

그는 의외의 광경에 눈을 동그랗게 뜨고 있었다.

외양간 안을 들여다보고 되돌아온 머슴 하나가 기가 찬다는 표정으로 전신을 떨었다.

"소를! 소를!"

"소가 어쨌단 말이노?"

"저놈이 소를 죽이려고……."

"소를 죽이려고?"

마무리의 놀라는 소리를 들으며 산우는 몸부림치던 행동을 멈추고 넋이 나가 버린 것 같은 마무리를 노려보았다. 잠이 싹 가신 모습으로 얼른 입을 열지도 대청을 내려서지도 못하는 마무리를 조소라도 하듯 노려보았다.

마무리는 이 맹랑한 아이놈을 어떻게 생각해야 할지 모르겠다는 표정으로 마주 노려보았다. 머슴들의 손아귀에서 벗어나려고도 하지 않고, 조금도 당황하는 빛 없이 그리고 미안하다거나 죄를 지었다는 속죄의 표정도 흘리지 않고 노려보고 있는 아이놈.

어둠을 공간으로 하고 넋 나간 사람처럼 멍하니 산우를 향해 서 있던 마무리가 잠시 후 봉당에서 신을 찾아 신고 외양간으로 걸어갔다. 하인들이 그 뒤를 따랐다.

어린 산우는 벌떡 일어났다. 그때까지도 마무리의 등에 가려 보이지 않던 야누끼의 얼굴이 빠끔히 열린 장지문 사이로 보였다. 산우는 그 얼굴을 쳐다보며 고개를 숙이지도 시선을 거두지도 않았다. 어린 마음에서나마 죄책감 같은 건 느껴지지 않았다. 그 어떤 통쾌함이 등을 타고 흘러내렸다.

이윽고 외양간에서 돌아온 마무리가 야누끼의 모습을 가리며 우악스럽게 손을 뻗었다. 그는 어린 산우의 멱살을 쥐어 잡고 몇 번 비틀고는 눈을 부라렸다.

"이 도둑놈이노 새끼 간도 크다!"

"봐요!"

머리를 뻣뻣이 세우고 산우는 앙탈을 했다.

마무리의 손이 어린 산우의 뺨에서 철썩 소리를 냈다. 코에서 시뻘건 선혈이 쏟아졌다. 산우는 그 피를 손등으로 닦으며 악을 썼다.

"놔요! 놔!"

"이 새끼 어찌 요런 놈이노 있소까? 죽일 놈이노!"

마무리의 손에 질질 끌려 봉당 앞에 억지로 꿇어앉혀졌을 때 산우는 그 상황에서도 야누끼의 얼굴이 보이는 장지문을 저주스런 눈으로 쏘아보았다.

그런 산우를 향해 마무리는 또 뺨을 후려쳤다.

"아니 요놈이노, 요 생쥐 같은 놈이노, 이놈을 어떻게 하면 좋소까?"

입에서 피가 터지기 시작했다.

그러자 마무리는 멱살을 던지듯 놓고 마루에 엉덩이를 붙이고 악을 써댔다.

"안 되겠다. 안 되겠어! 당장 가서 저 아이놈의 에미를 데려오도록 해!"

머슴들이 우르르 대문 밖으로 달려 나갔다.

무슨 생각에선지 어머니를 데려오라고 한 마무리는 여전히 치를 떨며 앉았다 섰다 어쩔 줄 몰랐다.

마무리의 눈에서 산우는 시선을 떼지 않았다.

무엇으로 갚아 줄거나 요놈의 빚을…….

산우는 이를 부득부득 갈았다. 웅성거리는 사람들의 목소리가 들리고 어머니가 붙들려서 마당으로 들어섰다.

마루에 엉덩이를 붙이고 앉아 있던 마무리가 벌떡 일어났다.

어머니가 머슴들의 손을 뿌리치고 확인하듯이 가까이 다가오더니 그대로 꼬꾸라져 통곡하기 시작했다.

"아이고 정말이구나! 이게 무슨 짓이고…… 집안이 망할래니 어린놈마저 사람 잡네! 아이고 이 일을 어찌나!"

통곡하는 어머니의 얼굴을 주시하던 마무리의 얼굴이 더욱 일그러졌다. 고함 소리가 좀 전보다 더 퉁명스러웠다.

"이것 봐! 이놈이노 댁에노 아들놈이노 틀림이노 없지?"

"아이고 나리……."

"이 아이노 살려 두면은 내 머리 도끼로 찍을 놈이노 이놈이, 내 이놈이노 당장……."

정말 죽이려는지 마무리가 두 손을 벌리고 달려들자 어머니가 재빨리 앞을 가로막고 나섰다.

"에이구, 나리님 한 번만 살려 줍쇼. 이 어린놈이 소견이 모자라서……."

"소견이노 모자란 놈이 남의 집이노 들어와 소를 죽이려 했소까?"

"에이구 한 번만 살려 줍시오!"

"아니 되오!"

"에이구, 나리님 한 번만 살려 줍시오, 나리님 시키는 대로 무엇이나 할 테니……."

순간 마무리의 눈이 번쩍 빛났다. 재빠른 계산이 그의 뇌리를 스쳤다.

그 눈길을 쳐다보며 산우는 입술을 꼭 썹었다. 그가 무슨 생각을 하는지 불안했다. 언젠가 어머니가 자는 방으로 기어들어와 할아버지에게 혼이 났던 그때 일을 기억해 낼 수 없는 그로서는 그럴 수밖에 없었다. 또 그랬기에 그때의 못 다한 욕심을 이 사건을 계기로 채워 보겠다는 생각을 그가 하고 있다는 것을 어린 그로서는 알 수 없었다. 어머니의 말을 들은 마무리의 음성이 갑자기 부드러워졌다는 생각을 했을 뿐이었다.

"좋소! 부인이 정 그렇다면 내 부인에게만 할 말이 있소이다!"

무슨 소리냐는 듯 어머니의 얼굴이 마무리를 올려다보았다.

"일어나 이리 가까이 오소다!"

어머니가 엉거주춤 일어섰다.

"빨리 오우다. 이리 가까이……."

어머니가 주춤거리며 가까이 다가갔다.

다가오는 어머니를 향해 마무리가 바싹 다가들더니 어머니의 귀에다 얼굴을 갖다 대고는 무슨 말인가를 소곤거렸다.

머슴들이 얼굴을 마주 쳐다보았다. 흡사 도깨비에 홀린 것처럼 그들의 얼굴은 통 영문을 모르겠다는 표정들이었다. 난데없이 어린 아이 하나가 선잠을 깨우는가 했더니 그 어미가 붙들려오고 이제 죽이는구나 싶었는데 이 무슨 수작이라니, 주인의 음흉스러움을 일찍이 아는 터이지만 영문을 모르겠다는 표정을 짓고 있었다.

어머니는 소곤거리는 마무리 곁에서 아무런 대꾸도 없이 얼굴을 옆으로 돌리고 자꾸 머리를 쓸어 올렸다. 그녀는 마무리의 소곤거림이 끝나기가 무섭게 쫓기는 듯 봉당을 내려섰다.

어머니가 봉당을 내려가고 나자 마무리가 하인들을 향해 우렁우렁 큰 소리로 고함을 질렀다.

"저놈이노 잡아다가 광에다 가두우다!"

머슴들이 산우를 향해 우르르 달려들었다.

어머니는 더 이상 울지 않았다. 머슴들의 손에 산우가 무자비하게 이끌리어 어두운 광 속에 처박혔을 때야 뒤를 돌아다보았다.

"니가 뭣 때문에 그런 짓을 했는지는 내 모르겠다만서도 나도 모르겠다. 죽든지 살든지 니 마음대로 하거라, 에이……."

몸을 홱 돌려 대문을 나가는 어머니를 바라보며 산우는 얼굴을 모로 꼬았다. 정말 알다가도 모를 일이었다. 어머니는 말을 그렇게 하고 있었지만 그 눈빛 속에는 자식을 향한 어쩔 수 없는 희생의 정한이 묻어나고 있었다.

그것은 모성애에 못 이긴 체념의 빛과도 같은 것이라고나 할까. 기다리고 있으면 무슨 짓이든 해서 구해 주겠노라는.

그 무슨 짓이 어떤 것인지도 모르면서 산우는 어두운 광 속에 앉아 살창 너머로 밤하늘을 올려다보았다. 어머니가 약속을 이행할 때까지 담보물처럼 마무리의 손에 맡겨졌다는 것도 모른 채.

얼마나 시간이 흘렀을까. 산우는 얼핏 무슨 소리인가 들었다. 대문 쪽으로 산우는 고개를 돌렸다. 흰옷을 입고 머리를 푼 한 여인이 대문을 들어서서 사뿐사뿐 마당을 가로지르고 있었다.

산우는 일어났다. 귀신이 아니었다. 어머니였다.

어머니는 마당을 가로질러 마무리의 방으로 걸어가다 말고 잠시 광 쪽으로 고개를 돌렸다가 그대로 발길을 돌려 버렸다.

이내 문 열리는 소리가 들리고 어머니를 맞아들이는 마무리의 낮은 음성과 끼들거리는 웃음소리가 들려왔다.

두 손으로 산우는 머리를 감싸 안았다. 알다가도 모를 울분이 가슴 밑바닥에서 치솟아 올랐다.

어린 산우는 앙앙거리고 울고 싶은 마음에 머리를 마구 흔들었다. 그렇게 울면서 고함을 내지르고 싶어도 아버지의 손 같은 것이 입을 막고 있는 것 같아 소리칠 수가 없었다.

계명성이 뜨고 인시가 지나서야 어머니는 마무리의 방에서 나왔다. 그는 총총히 쫓기듯이 대문 밖으로 사라지다가 힐끔 아들이 있는 광 쪽으로 고개를 돌렸다.

대문 밖으로 사라지는 어머니의 뒷모습을 바라보며 어린 산우는 입술을 씹었다. 못난 아들의 행위가 어머니의 그러한 보상으로 끝났다는 사실이 믿어지지 않았다.

어머니가 완전히 시야에서 사라져 버리자 산우는 마무리의 방을 증오 어린 눈으로 노려보았다. 이제 가슴속에 끓고 있는 저주는 마무리 그 한 사람을 향해 겨누어지고 있었다.

'네놈을 죽일 수만 있다면⋯⋯.'

메마른 바람이 대숲을 흔들며 지나갔다. 어디선가 뱀들이 울고 있었다. 끼리끼리 또아리를 틀고 머리를 상대방의 가슴에 틀어박은 채 웅웅거리며 울고 있었다. 언젠가 아버지는 어머니의 젖가슴을 물고 저렇게 울었었다. 어머니는 연신 가쁜 숨을 흑흑 토해 내며 아버지의 머리카락을 바락바락 모질었고.

산우는 눈을 감았다. 어디선가 사뿐거리는 발자국 소리가 들려왔다. 그 소리는 흡사 마른 나뭇가지가 창을 건드리는 소리 같았다.

산우는 눈을 떴다. 반쯤 타다 남은 초에 불을 댕기고 조심조심 광을 향해 다가오는 사람이 있었다.

눈을 동그랗게 뜨고 산우는 촛불 속에 드러난 사람의 얼굴을 살펴보았다. 촛불 저쪽의 얼굴. 바로 마무리의 딸 야누끼였다.

의문스러운 눈길로 산우는 그녀를 쳐다보았다. 모두가 잠든 이 밤, 왜 그녀만이 잠들지 못하고 도둑고양이처럼 이 어두운 광 속을 찾아오는 것인지 모를 일이었다.

산우는 가까이 다가온 야누끼의 초롱한 눈매와 오뚝한 코, 작은 입술을 노려보았다. 심한 모멸감이 느껴졌다. 똥개 한 마리가 어쩌면 자기 집 광 속에서 죽을지 모른다는 염려가 그녀를 이곳까지 오게 했을 것이라는 생각이 들자 어금니가 물렸다.

그런 산우를 향해 다가온 야누끼는 통나무를 쪼개어 엉금엉금 짜인 살창을 사이하고 섰다.

"무섭지 않니?"

산우는 그녀를 무섭게 건너다보았다. 너무도 조용하고 정다운 음성에 가슴이 뜨끔하게 내려앉았다.

"그건 왜 물어?"

산우의 도전하는 듯한 말투에 야누끼의 눈이 둥그레졌다. 나에게까지 그렇게 적개심을 가질 건 없지 않느냐는 그런 표정이었다.

그 얼굴을 향해 산우는 다시 소리쳤다.

"야, 내가 그게 무서우면 이곳에 오지도 않았어!"

"하기야! 하지만 그만둬!"

산우는 뜨끔했다. 네까짓 것쯤이야 하던 자신의 교만이 매정스럽도록 차갑게 내뱉는 그녀의 음성에 일시에 무너져 버리는 것 같았다. 산우는 물러서지 않았다.

"야, 넌 내가 도둑놈쯤으로 생각될지 모르지만……."

"난 널 도둑이라고 말하진 않았어. 허지만 이제 보니 넌 진짜 도둑이 틀림없어?"

"뭐?"

"그렇지 않아? 왜 남의 집 소를 허락도 없이 네 마음대로 죽이려 하니?"

"그야……."

"그야가 뭐니? 그래도 할 말이 있다는 거니?"

야누끼의 서슬에 위축된 표정을 지으며 산우는 그녀의 얼굴에서 눈을 떼었다. 자신의 당당하던 행위에 비해 그것도 말이라고 하느냐는 어거지 용기가 퍼뜩 고개를 들지 않는 것은 아니었다. 어린 마음에서나마 이쪽이 당당하다는 걸 분명히 알고 있으면서도 상대방이 더 당당하게 나올 때 느껴지는 끝없는 당혹감으로 인해 산우는 자신도 모르게 위축되고 있었다. 정말이지 산우는 뭐라 할 말이 없었다. 아버지를 위해 할아버지를 위해 앞뒤를 짚어 볼 수 없었던 울분은 채 상도 벗지 못한 어머니의 정조를 무참히 유린해 버리는 결과를 초래했으니.

날이 밝기가 무섭게 집으로 돌아온 산우는 어머니의 하염없는 눈물을 똑바로 쳐다볼 수가 없었다. 어두운 방구석에 처박혀 눈치만 흘끔흘끔 살폈다.

밤이 이슥하도록 꼼짝않던 어머니는 무슨 생각에서인지 다음 날 느닷없이 무녀 한 사람을 불러들였다. 집안 어디엔가 흉액이 숨어들지 않았다면 이런 재앙이 있을 리 없다는 것이었다.

그러나 사실 그게 아니었다.

아니었다면 무엇 때문이었을까.

정든 땅, 그 땅 위에서 한 발자국도 쫓겨 갈 수 없다는 데에 이유가 있었다면 있었다.

그랬기에 눈가에 가득한 독기를 담고 몰려든 동리 사람들 속에서 어머니는 정신 나간 사람처럼 버둥거렸다.

그런 어머니를 향해 무녀는 길길이 뛰며 신들린 푸념을 내뱉기 시작했다.


놀아 보자
놀아 보자
한바탕 놀아 보자
……

어린 산우는 외양간 옆으로 가 검게 그을린 굴뚝에 몸을 기대었다. 젯상 너머 쳐진 병풍 주위로 색색이 꽂힌 모화들, 영산홍, 작약, 살잽이, 옥잠화, 패랭이, 오랑캐, 펄럭이는 촛불 아래로 푸짐한 재유들. 신기하고 먹음직스럽고 갖고 싶은 것이었지만 티끌만큼도 욕심도 나지 않는 것은 무엇 때문인지 몰랐다. 따가운 햇살 아래 쏟아지는 동리 사람들의 눈, 광녀 같은 무녀의 몸놀림, 죄를 지은 사람처럼 몸 둘 바를 모르는 어머니의 비루함, 오히려 어린 마음에서나마 콧등으로 느껴지는 싸아한 아픔만이 가슴속으로 메워들 뿐이었다.

　　　물어 보자
　　　물어 보자
　　　지성으로 물어 보자
　　　잡귀 잡신 몰아내고
　　　십관 대왕 모셔 놓고
　　　지성으로 물어 보자
　　　십관 대왕 명을 빌어
　　　두루두루 돌아가며
　　　설움 답답 이내 속을
　　　속 시원히 물어 보자
　　　어허 어허 어허이이
　　　오는구나 오는구나
　　　보내시어 오는구나

홍모시에

청보선에

짚신 신고

죽창 메고

너울너울 춤을 추며

오는구나 오는구나

어허 어허 오는구나

이는 다름이 아니오라

중생이 미덕하와

하늘이 명하심을

우매한 중생이 모르오매

오날 소복 단장하여

온갖 재수 마련하와

온갖 지성 드리오니

울고사리

참고사리

을미나리

참미나리

돈닢나물

호박나물

문어 방어 탕수육에

돼지 머리 선짓국을

입에 척척 걸치시고

이내 정성 들어주오

…….


어린 산우는 눈을 감았다. 일말의 흥미도 느껴지지 않았다. 이 거리감을 휘몰아 아주 멀리 저 푸념 소리와 풍물 소리가 들리지 않는 곳으로 도망가고 싶었다.

잠시 후 산우는 자리를 뜨기 위해 몸을 세웠다.

어떻게 된 일인지 그런 그의 심중을 무녀는 알고 있기라도 한 것처럼 그냥 놔두지 않았다. 눈을 뜨고 허리를 세우던 순간 영원히라도 계속될 것 같던 신들린 푸념 소리가 뚝 끊어졌다. 형용할 수 없는 정적이 전신을 휘어감았다.

무녀는 앞서가던 원귀가 되돌아볼 때처럼 소리가 날 정도로 무겁게 아주 무겁게 고개를 뒤틀어 싸늘한 눈빛으로 산우를 쏘아보았다.

그녀의 행동과 눈빛이 얼마나 섬뜩한 것이었던지 산우는 콧등으로 느껴지는 싸아한 아픔 같은 것이 흐느낌처럼 목 줄기를 타고 흘러내림을 느껴야 했다.

산우는 눈을 질끈 감았다. 눈을 감지 않는다면 무녀의 차가운 눈빛이 그대로 커다란 하나의 올가미가 되어 깊이도 알 수 없는 수렁 속에 자신을 매달아 버릴 것만 같았다.

무엇 때문일까. 무엇 때문에 저런 눈빛으로 나를 쏘아보는 것일까.

그녀의 눈빛을 따라 일제히 자신의 얼굴로 쏟아지는 동리 사람들의 눈빛을 의식하며 산우는 눈을 감은 채 몸을 떨었다. 저주에 찬 무녀의 눈길을 감당해 낼 자신이 없는 그로서는 당연한 떨림이었다. 할아버지의 눈빛을 이기지 못하겠다는 듯 서글피 죽음 앞에서 체념하던 소들.

지금의 자신이 그런 것 같았다. 그들의 눈빛을 감당할 힘이 없었다.

산우가 눈을 감고 있자 무녀는 재빨리 정지된 행동을 무너뜨려 팥 한 줌을 움켜쥐고 춤추듯이 쾌차를 쳤다.

팥알들이 산우의 얼굴 위로 떨어지고 신들린 무녀의 푸념 소리가 다시 이어졌다.

네로구나 네로구나
바로 바로 네로구나
말하신다 말하신다
혼령들이 말하신다
변했단다 변했단다
피 빛깔이 변했단다
억울하게 죽은 소들
그 원귀가 모여 모여
이 아이놈 혈관 속에
도둑처럼 숨어들어
이를 갈고 칼을 갈아

변했단다 변했단다

그토록 성튼 피가

검게 검게 변했단다

어허

이 일을 어이 헐꼬

…….


　무녀의 푸념 소리가 끝나자 잡이들의 풍물 소리가 때를 만난 듯이 오묘한 선율을 이루며 넘어갔다.

　산우는 앞을 바라보지 않았다. 이해할 수 없는 무녀의 푸념 소리와 함께 얼굴 위로 떨어지는 섬뜩섬뜩한 팥알의 감촉 뒤로 기억되어 오는, 할아버지 앞에 버티어 선 얼룩이의 눈빛, 산우는 도저히 눈을 뜰 수가 없었다. 눈을 뜨기가 힘들었다. 마지막 한순간 무슨 말인가를 하려다 하지 못하고 돌아가신 할아버지의 눈빛이 생각났다.

　그 위로 쏟아지는 무녀의 푸념 소리.


물어 보자

물어 보자

십관 대왕 보는 앞에

세존님의 명을 빌어

혼령들께 물어 보자

어쩌다 이 가문에

이 어린 놈 태어나서
억울하게 죽은 소들
그 혼령이 숨어들어
이를 갈고
칼을 갈아
패가망신 십상인즉
굽어 살피시어
받잡아 주옵소서
말하신다
말하신다
어허 어허
말하신다
명당수에 목욕하고
오대산에 들어가서
세존님을 떠받들어
지성으로 목청 뽑아
경을 읽고 수도하여
혈관 속에 돌고 있는
혼백들의 그 원한을
풀랍신다 풀랍신다
그 아니면 망하리라
그 아니면 망하리라

동리 물바다 불바다 되고
천지가 개벽하여
세상이 뒤바뀌고
죽으니 사람이오
빼앗기니 땅덩이다
어허
가엾다 저놈 신세
무섭다 저놈 신세
동리 사람 마음 모아
저놈 손목 잡아끌어
산을 넘고 물을 건너
오세암에 데려가서
검게검게 변한 피를
붉게붉게 씻어 주소
…….

숨 돌릴 사이 없이 내뱉는 무녀의 엄청난 예언. 실로 어이없는 일이었다.

다음 날 아침 산우는 시비도 가릴 사이 없이 어머니의 손에 이끌리어 오세암으로 올랐다.

내를 건너고 구릉을 넘고 산사로 가는 길목에서 산우는 세상으로부터 밀려난 듯한 서러움을 털어 버리려는 듯이 입을 열었다.

"엄마, 왜 나는 중이 되어야 하지?"

"니가 왜 중이 되어야 하느냐고?"

"그래요?"

산우는 어머니를 똑바로 쳐다보았다. 그들의 통념에 조화하기 위해선 굴종해야 한다는 미덕을 이해할 수 없는 그로서는 당연한 물음이었다.

그런 산우를 향하여 어머니가 입을 열었다.

"허지만 넌 중이 되어야 하는 게야. 당골네 말을 못 들었냐? 중이 되질 않으면 동리가 깡그리 망한다는 걸……. 이놈아, 네놈의 피가 부정을 타 검게 검게 변했다고 하잖냐."

"?"

어처구니가 없어 산우는 입을 다물고 말았다. 어떤 불가사의한 힘이 혈관에 침입해 휘젓고 다니며 부정의 근원을 만들어 내고 있다는 것이 너무도 당연하다는 어머니의 말.

얼룩이를 꺾지 못한 할아버지의 눈빛이 눈앞을 가렸다.

가늠할 수 없는 의문을 안고 오세암의 입구에 도착했을 때 산사는 조용하였다. 송림 사이로 이름 모를 새들의 노랫소리가 어우러지고 쪽박 뜨는 찰랑한 샘가엔 물방개 한 마리가 한가로이 놀고 있었다.

한 두어 평이나 될까말까 한 낡은 대청을 중심으로 법당이 있고 정면 양옆으로 방이 두 개, 그 속에서 아련한 향 내음이 흘러나왔다.

육십이 막 넘었을 노승을 따라 법당 안으로 사라지는 어머니의 뒷모습에서 시선을 돌린 산우는 망연히 산등성이를 바라보았다. 푸른 하늘엔 구름 몇 조각 둥실 떠 있고 새들이 날개를 퍼덕이며 저쪽 산등성이로 곤두박질쳐 갔다. 가냘픈 죽지나마 펴고 구릉 위를 나는 새들의 자유.

지금쯤 현숙은 무얼 하고 있을까. 검은 세라복에 검은 모자를 쓰고 뽐내며 돌아다니는 상현의 뒤를 따라다니고 있을까.

문 열리는 소리가 들리더니 어머니가 법당을 나왔다.

뒤따라 나온 노승이 대청 끝에 서서 빙그레 웃으며 이쪽을 보고 서 있고, 가까이 다가온 어머니는 옷깃을 여며 주며 재빠른 어조로 입을 열었다.

"이제 넌 중이 될 수가 있어. 스님이 승낙하셨으니까. 스님 말씀 잘 듣고 불경 열심히 읽어야 헌다. 알겠냐?"

산우는 고개를 숙였다. 어머니를 향한 순간적인 반발이 불끈 솟아올랐다. 하지만 역시 자신은 너무나 무력하다는 생각이 들었다.

어머니가 멀어져 가자 노승은 어머니를 향해 합장했던 손을 내리고 산우를 잠시 쳐다보고 섰다가 빙그레 웃으며 말했다.

"우선 머리부터 깎아야 하겠구나."

노승은 산우를 시험이라도 해 보려는 듯이 그렇게 말했다.

조그마한 면경이 샘물가에 놓이고 작은 칼이 번쩍이는 날을 숨기고 숫돌 위를 몇 번이고 오락가락했다.

저 칼을 갈아서 어쩌려는 것일까.

칼 갈리는 소리는 흡사 문풍지를 울리는 겨울밤의 황량한 바람

소리 같았다.

두려운 눈길로 산우는 노승을 지켜보았다.

잠시 후 노승은 점차 커지는 산우의 눈을 마주 응시하며 생각난 듯한 어조로 입을 열었다.

"어머니가 가는데도 눈을 감고만 있었겠다?"

"……."

산우는 대답 없이 입술을 잘근잘근 씹었다.

"대답을 않는 걸 보니까 중이 되기 싫은가 보구나?"

"……."

"허지만 머리는 깎아야 하는 게야."

"머리를 깎아요?"

산우는 순간 뒤로 주춤 물러났다. '그럼' 하고 대답하는 노승의 음성이 어쩌면 그렇게 크게 들렸는지 몰랐다. 노승은 분명 산우의 심중을 떠보려는 수작이었지만 그것을 모르는 산우로서는 그의 부드럽게 끄덕이는 고갯짓이 그렇게 무서울 수가 없었다. 그의 미소조차 어린 그로서는 피할 수 없는 바위처럼 굴러와 덮치는 것 같았다.

황량한 벌판에서 불어오는 바람 소리를 내며 칼날을 세우던 노승의 행위는 결국 머리를 자르기 위한 준비 과정이라는 생각이 들자 어떡하든 도망가야 되겠다는 생각이 들었다. 어떻게 중이 되어야 하고 어떻게 해서 중이 되어 가는지를 모를 수밖에 없는 산우로서는 그럴 수밖에 없었다.

산우의 뇌리 속으로 문득 일엽(一葉)이라는 사내아이가 떠올랐다. 불쌍하고 보잘것없었기에 조롱하고 업신여겨 온 사내아이. 빡빡 깎은 머리에 승복을 걸치고 돌멩이가 날아갈 때마다 서슬이 찬 눈빛으로 동리 아이들을 쏘아보던 사내아이. 이 산사를 도망가던 날 동리 아이들을 하나하나 쓰러뜨리고 피투성이가 된 몸으로 유유히 동리를 빠져 나가던 사내아이. 그의 모든 것이 이 의식을 통해 이루어졌고 자신도 이제 그런 모습으로 변해야 한다는 생각에 산우는 몸을 떨었다. 중이 되기 위해 하나하나 벗겨져 가는 과정 앞에 머리를 깎여야 한다는 사실이 산우로서는 정말 새삼스럽도록 망연한 것일 수밖에 없었다.

다급한 시선으로 산우는 노승을 올려다보았다.

"정말 머리를 깎아야 하나요?"

"그럼?"

"왜 머리를 깎아야 하지요?"

"몸과 마음이 깨끗해야 하는 법이니까!"

너무도 상식적이고 절실한 대답 앞에 어린 산우는 몸을 떨며 머리를 흔들었다. 머리를 빡빡 깎고 일엽이처럼 승복을 걸치고 목탁을 두드리며 이 집 저 집을 돌아다닐 수는 없었다. 그것은 상상하기조차 무서운 변화였다. 검은 세라복에 책보를 메고 당당하게 읍내 학교로 향하는 상현이 만약 그런 꼴을 본다면 뭐라고 할까. 다른 애들처럼 손뼉이라도 치며 놀릴는지 모른다. 아니 놀릴 것이다.

엉거주춤 일어서며 산우는 부르짖듯이 말했다.

"싫어요! 갈래요! 집으로 돌아갈래요!"

"아니?"

노승이 놀란 표정으로 산우를 보았다. 엉겁결에 들린 칼끝에서 숫돌물이 방울방울 땅으로 떨어져 햇빛에 번쩍번쩍 빛났다.

산우는 돌아서 뛰기 시작했다. 억새풀을 걷어차며 능선을 넘고 개울을 건너뛰었다.

산우에게는 다만 한 가지 생각밖에 없었다. 집으로 돌아가야 한다는.

집으로 들어서자 부엌에서 자싯물을 들고 나오던 어머니가 멈칫했다.

산우는 봉당을 뛰어올랐다.

"왜 왔냐?"

"중이 되기 싫어!"

"뭐!"

어머니가 부엌으로 들어가더니 부지깽이를 들고 질풍처럼 달려왔다. 부지깽이가 사정없이 머리 위로 떨어졌다.

아픔이 채 가시기도 전에 남은 한 손이 산우의 모가지를 틀어쥐었다.

"이 우라질 놈의 자식!"

"엄마!"

어머니의 손아귀에서 산우는 몸부림쳤다. 매몰찬 매질에 견딜 수가 없었다. 산우는 자신의 어린 힘이 너무 무력하다는 걸 또 한 번 깨달으며 울부짖기 시작했다.

"엄마, 갈게요! 갈게요, 엄마! 중이 되어 줄게요!"

"정말이냐?"

"그래요!"

대답이 끝나기가 무섭게 산우는 어머니의 손에 이끌려 개울을 건너고 동구 밖을 돌아 숲을 헤치며 산사로 끌려갔다.

헐떡거리며 절 마당에 들어서자 불을 밝히고 경을 읽고 있던 노승은 무엇이 우스운지 껄껄 웃음을 터뜨렸다.

어머니의 눈이 감당할 수 없는 의문과 불안으로 둥그레졌다.

"어려운 걸음을 또 하셨소이다. 부인."

"스님!"

"중이 되는 복도 보통 복으론 안 되는 법!"

"제발 부탁입니다!"

어머니의 목소리가 떨렸다. 혹시 거절을 당할지도 모른다는 불안감 때문인지 거의 애원에 가까운 음성이었다.

노승이 다시 한 번 껄껄 웃더니 방문을 열고 들어오라는 시늉을 했다.

"잠시 들어오시지요."

"고맙습니다!"

어머니가 새색시 같은 걸음걸이로 방으로 들어가 자리를 잡고 앉자 노승은 부드러운 표정으로 담담하게 입을 열었다.

"부인, 이 애를 맡기기 전에 먼저 부처는 어디에나 있다는 것을 알아야 합니다."

"?"

어머니의 두 눈이 의문으로 둥그레졌다.

"머리를 깎고 승복을 걸쳤다고 해서 중이 될 수는 없다는 말이지요."

"무슨 말씀이신지?"

"저애의 선친들이 소를 잡는 백정이었지만 그들도 훌륭한 승이란 말입니다."

"?"

"저애를 보니까 생각이 납니다만 저놈만한 아이놈이 얼마 전만해도 같이 있었습니다. 부인도 아시겠지만 일엽이라고⋯⋯언젠가시주를 얻으러 어느 마을엘 들렀더니 상좌로 데려가면 어떻겠느냐고 하기에 데려왔지요. 생긴 것이 영리하고 영특해서 중을 만들어 보려고 무던히 애를 썼지만 그러나 되질 않아요. 데리고 있다 보면 어느새 저놈처럼 제 어미 곁으로 가 있어요. 하는 수 없이 못 이기는 척하고 내버려뒀더니 작년 이맘때쯤 제 발로 찾아와 하룻밤을 묵고 가더니만 그 후론 통 소식이 없구만요. 중이 되는 복도 보통복으로 안 된다는 말이지요."

"그렇다면 스님⋯⋯."

"내가 저애를 다시 받아들이는 것은 저애로 인해 동리 사람들이 구제받으리라는 생각에서가 아닙니다."

"그럼?"

"흔한 이야기입니다만 불경을 보면 천칭(天秤)의 법칙(法則)이란 게 있습니다."

"?"

"어느 날 출가한 실달다(悉達多)가 가부좌를 틀고 인간의 숙명에 대해 깊은 명상에 잠겨 있었습니다. 산과 들 그 주위의 모든 것은 그를 위해 침묵하고 그런 어느 한순간 돌연히 비둘기 한 마리가 허공을 가로질러 그의 품속으로 날아들었습니다. 이게 어찌된 일일까 하고 놀라는데 일진광풍이 휘몰아치면서 마귀의 모습이 눈앞에 불쑥 나타났어요. 마귀는 말을 했지요. 이쪽으로 비둘기 한 마리가 날아왔을 텐데 보지 못했느냐고. 내 품속에 그놈이 날아들었는데 어쩔 셈이냐고 실달다는 사실대로 대답을 하며 물었습니다. 그러자 마귀가 말했습니다. 배가 고프니 잡아먹을 생각이라고. 실달다는 그렇게 말하는 마귀에게 구명해 줄 것을 요청했습니다. 이 작은 짐승을 잡아먹은들 당신의 그 큰 배에 얼마만한 만족이 있겠느냐고. 그러니까 마귀가 눈을 부라렸습니다. 네가 비둘기가 가여운 모양인데 그걸 살리고 싶으면 그 비둘기만큼의 네 살이라도 내놓으라고 호통을 쳤습니다. 실달다는 그렇게 하자고 응낙을 했지요. 그리곤 자기 살을 떼어 내어 비둘기와 함께 천칭에 올려놓았어요. 그런데 어떻게 된 셈인지 비둘기 쪽으로 기울어진 천칭은 꼼짝도 하질 않는 겁니다. 실달다는 다시 자신의 살 한 덩어리를 베어 천칭 위에다 올려놓았습니다. 그러나 천칭은 그대로였어요. 실달다는 다시 또 한 덩어리의 살을 떼어 놓았지요. 뼈가 보이고 전신은 피범벅이 되어도 천칭은 비둘기 쪽으로 기울어진 채 꼼짝도 하질 않아요.

하는 수 없이 실달다는 일어나 자신의 전신을 천칭 위에다 올려놓았습니다. 그러자 천칭은 서서히 수평이 되기 시작했어요. 한 마리의 비둘기와 한 사람의 수도승의 무게가 꼭 같았다는 말이지요."

"?"

"내 말을 이해하실지 모르겠습니다만 그들이나 저놈이나 평등하다는 말입니다."

"?"

"어쨌거나 맡기고 가도록 하십시오. 앞으로 무엇이 되든지 간에 그 과정의 길이 구도를 향한 자세가 틀림없는 것이라면 그의 정신세계를 지배할 신앙의 원상이나 원형을 심어 주어야 할 테니까요. 인간을 만들어 보자는 말이지요."

"고맙습니다. 스님!"

노승의 말이 무엇을 뜻하는지도 모르면서 어머니는 그저 아들을 맡아 주는 것만이 고마워 머리를 몇 번이고 조아렸다.

그들의 말을 들으며 산우는 담벼락에 몸을 기대고 하늘을 보았다. 어린 식견으로 그들의 말을 정확하게는 이해하지 못한다 하더라도 어쨌든 결론은 중이 되어야 한다는 말이었다.

석양이 물든 담홍색 하늘가에 잠자리 떼들이 무리지어 날고 있는 걸 바라보며 산우는 마른침을 삼켰다. 생각으로 그치기에는 너무도 가혹한 전경, 언젠가 동리 어귀 하늘가에도 저 잠자리 떼가 날고 있었다. 꼬리 노란 놈, 꼬리 붉은 놈. 귓전에 와 닿는 저물녘의 만남과 잎새의 살랑거리는 속삭임 소리, 집 마당 한복판에 멍석이

깔리고 모깃불이 피워지면 누런 된장과 꽁보리밥이 상위에 오르곤 했다. 헐떨어진 창호지 문 사이로 등경 위의 불빛이 보이고, 밥상이 치워지고 멍석 위에 누워 하늘을 보면 모깃불이 물안개처럼 피어 올랐다가 사라져 갔다.

암자 구석구석을 산우는 천천히 휘둘러보았다. 이 어디에 그런 정겨움이 숨 쉬고 있을까. 장례식 전날처럼 처절한 엄숙함만이 깃든 저 노승의 얼굴. 저물어 가는 햇살마저 흩어 놓고야 말 것 같은 암자의 을씨년스러움, 그 주위를 맴도는 삭막한 바람 소리.

산우는 머리를 내저었다. 중이 될 수 없다는 생각이 머릿속을 휘젓고 지나갔다. 어머니가 뭐라고 해도 그래서 동리가 깡그리 망한다 해도 그 정겨운 모든 것을 버리고 이 생소한 절간에 묻혀 머리를 깎고 중이 되어 살 수는 없는 일이었다.

산우는 돌아섰다. 그는 뛰기 시작했다. 문을 열고 밖으로 나오던 어머니의 고함 소리가 몇 번 귓가에서 맴돌았지만 뒤도 돌아보지 않고 뛰었다. 정들어 살던 땅 위에서 옛날처럼 살아가고 싶은 강렬한 염원만이 고집스럽게 가슴을 데우고 있었다.

그날 밤 산사에서 돌아온 어머니는 몽둥이 하나를 주워 들고 숨을 시큰거리며 방안으로 뛰어들었다.

"정말 중이 되기 싫으냐?"

"그래요!"

몸 둘 바를 모르면서도 산우는 똑똑히 대답을 했다.

산우의 야무진 대답에 어머니는 이를 갈았다.

"그래 너로 인해 모든 게 망한다 해도?"

산우는 대답하지 않았다. 대답보다는 체념한 듯 두 눈을 먼저 감아 버렸다.

이내 몽둥이가 전신으로 날아왔다. 옷이 찢어지고 살이 헤어졌다. 산우는 이를 악물고 어머니의 얼굴만은 보지 않았다. 죽는 한이 있더라도 중이 될 수는 없는 일이었다.

제풀에 지친 어머니가 몽둥이를 놓고 실신하듯 퍼져 앉았을 때 산우는 눈을 뜨고 어머니의 눈을 보았다.

어머니는 마지막으로 방바닥을 치며 안간힘을 썼다.

"그래, 중이 되기 싫으면 뭐가 되겠다는 게냐? 뭐가?"

산우는 그제야 옳구나 했다.

"엄마, 이대로가 좋아요, 이대로가!"

"이대로가 좋다고? 이대로가……."

"그래요 엄마!"

"망했구나! 망했어! 이 집안이 망했어! 에이……."

집안이 망했다는 것이 그제야 실감이 되는 듯이 어머니는 두 손으로 머리를 쥐어뜯으며 벌떡 일어났다. 어느새 입에는 게거품이 물렸고 헤어진 버선코가 때에 절은 치맛자락 끝에서 찬바람을 일으켰다.

이끼와 잦은 비바람으로 썩어 가는 나무 울타리 너머로 신들린 사람처럼 사라지는 어머니의 뒷모습을 바라보며 산우는 자리에 누웠다. 들쑤시는 등허리로 바닥의 냉기가 서늘하게 감지되었다. 그것은 꼭 여름날 냇가에 뛰어들었을 때의 그러한 쾌감이었다. 어쩌면 희열일지 몰랐다. 속박으로부터의 해방감이 가져다주는 아픔보다 진한 희열, 이제는 떠나지 않아도 되리라. 중이 되지 않아도 되리라. 산우는 끓어오르는 희열의 분류가 조금이라도 새어 나가지 못하도록 가슴을 끌어안았다.

그것은 몇 순이었다. 은회빛 달빛을 밟으며 현숙이 상현의 집에서 돌아올 무렵 어머니의 죽음을 알리는 사람들의 외침 소리로 인해 그 희열은 일시에 공포로 탈바꿈되고 말았다.

누구인가 켜든 횃불을 따라 달려갔을 때 어머니는 후미진 벼랑 아래로 몸을 던져 마지막 숨을 토해 내고 있었다. 때기름 번들거리는 흰 모시 적삼은 피로 물들어 비늘처럼 달빛에 번쩍였다. 횃불에 비친 어머니의 피 번진 얼굴은 차라리 이글이글 타오르는 횃불보다 더 붉어 보였다. 더욱이 그 피 번진 얼굴을 가까스로 들어 목젖이 터져 버린 실없는 음성이 검붉은 피와 함께 입술 사이로 흘러나왔을 때 은회색 달빛은 너무도 대조적인 배경이었다.

"너는, 너는 중이 되어야 한다! 중이 되어야 해!"

"엄마!"

"부탁이다! 이 에미의 마지막 부탁이야!"

"!"

"산우야!"

"엄마!"

어린 산우는 기어이 울음을 터뜨리고 말았다.

"엄마! 되어 줄게요! 중이 되어 줄게요!"

"가거라 어서!"

어머니의 고개가 소리 없이 모로 젖혀졌을 때 산우는 일어났다. 횃불에 번뜩이는 동리 사람들의 눈과 눈. 조그만 몸뚱이를 향하여 일시에 쏟아지는 저주에 찬 눈과 눈.

그 눈들은 말하고 있었다.

"저주받은 놈이 기어이 제 에미마저 죽여 놓았어! 안 되겠어! 이러다간 정말 모두가 망하고 말게야! 모두가 죽고 말게야!"

산우는 뛰었다. 동리 사람들의 눈길을 뒤로 하고 산우는 뛰었다.

'되어 주리라. 중이 되어 주리라.'

헐레벌떡 절간의 문을 밀고 들어서는 산우를 향해 노승은 경을 읽다 말고 고개를 돌렸다.

"어쩐 일이냐? 네가 여기를 스스로 오다니?"

"엄마가 죽었어요! 엄마가……."

"엄마가 죽어?"

"중이 되지 않는다고, 중이 되지 않는다고……!"

말끝을 못 맺고 울음을 터트리는 산우를 향하여 노승은 경을 덮고 일어났다.

"그 말이 정말이냐?"

"그래요!"

"나무관세음보살……."

노승은 돌아서더니 잠시 무엇을 생각하다가 이내 입을 열었다.

"그렇다면 가봐야 하겠구나, 내려가 보자."

산우는 순간 본능적으로 두어 발짝 뒤로 물러났다.

"왜 그러느냐?"

"싫어요! 무서워요, 동리 사람들이 무서워요!"

"무서운 건 네 자신이야! 앞서거라!"

노승의 지엄한 얼굴에서 산우는 시선을 돌렸다. 어머니의 모습이 불화살처럼 달려왔다. 후미진 벼랑이 보였다. 희읍한 달빛, 이글이글 타오르던 횃불, 어머니의 피 번진 얼굴, 마지막 음성, 작은 몸뚱이 위로 쏟아지던 저주에 찬 동리 사람들의 눈과 눈.

산우는 진저리를 쳤다.

"싫어요. 가지 않을래요. 죽어두 내려가지 않을래요."

"?"

"동리 사람들이 날 죽일지도 몰라요."

안 되겠다는 표정을 지으며 노승은 천천히 돌아섰다.

승복 자락을 펄럭이며 사라진 노승은 그날 밤 돌아오지 않았다.

마루에 홀로 앉아 산우는 무릎을 안고 무서움에 떨며 밤을 새웠다. 풀벌레의 울음소리와 송림 사이로 불어오는 바람 소리, 간간이 이어지는 맹수들의 울음소리, 그 속에서 산우는 모든 것을 기억했다. 어머니의 피 번진 얼굴과 가슴이 무너져 버린 할아버지의 얼굴, 목젖이 터져 실없이 흘러나오던 어머니의 마지막 유언과 할아버지의 마지막 눈빛, 꺼이꺼이 피를 뱉으며 누렁이의 몸뚱이 위에서 죽어 가던 아버지, 현숙의 사타구니 사이에서 흘러나오던 검붉은 선혈, 꽹과리 소리 속에 뒹굴던 시신, 신들린 무녀의 춤, 그 저주에 찬 눈초리…….

다음 날 저녁 노승은 돌아왔다. 그의 손에는 그릇을 싼 듯한 보자기 하나가 들려 있었다.

구릉과 구릉 사이에서 노승은 조용히 산우를 향해 그것을 내밀었다.

"네 어머니의 유골이다. 정성껏 이 땅 위에 뿌려 드려라!"

산우는 멍한 표정으로 노승을 보았다.

한 사발의 재. 이것이 어제까지 중이 되어야 한다고 외치던 어머니의 전부란 말인가.

재를 뿌리는 동안 산우는 앞이 캄캄해 옴을 의식하며 터지려는 눈물을 몇 번이고 목 안으로 삼켰는지 몰랐다. 강 위에 뿌려지던 할아버지와 아버지의 유골, 그것도 단 한 사발의 재였다. 강바람을 거슬러 올라가는 나룻배의 끝머리에서 시퍼런 강바닥으로 뿌려지던 그것 또한 분명한 재였다. 어머니가 유골함을 내밀며 '이게 니 핼애비와 애비의 유골이다. 저 강 위에 원 없이 뿌려 드리거라!' 했을 때 이렇게까지 무게가 느껴지지 않았다. 유언과 유언의 차이라고나 할까. 그 강요의 무게 때문이라고나 할까.

돌아오면서 노승은 말하였다.

"네 동생을 데리고 오려 했으나 읍내에 있는 신자 집에 맡기기로 했다. 잘 있을 테니 그리 알아라!"

현숙의 말을 듣자 갑자기 참았던 눈물이 솟구쳤다. 현숙을 잊고 있었다는 생각보다는 별안간 현숙이 그리웠던 것이다.

노승이 정성스레 어머니의 위패를 접을 때에도 한 번 번진 눈물은 좀처럼 마르지 않았다. 고인 봇물이 일시에 터져 감당할 수 없이 흘러내릴 때처럼 위패를 모시고 기도를 끝낸 노승이 가까이 다가올 때까지도 산우는 울음을 멈추지 못하고 있었다.

노승은 그런 산우를 조용히 일으켜 쪽빛 하늘이 내려앉은 샘가로 데리고 갔다.

조그마한 면경이 샘가에 다시 놓이고 푸른 칼날이 노승의 손에서 번쩍거렸다.

산우는 체념한 듯 눈을 지그시 감고 노승 앞으로 머리를 내밀었다. 노승의 손이 산우의 머리 위로 와 닿고 그전에는 느낄 수 없었던 사려 깊고 부드러운 음성이 귓가에 스쳤다.

"어린 마음에 그 모든 것이 섭섭하고 한스럽겠지만 마음 아파 할 것은 없느니라."

"……."

"지금이라도 중이 되기 싫으면 머리를 깎기 전에 산을 내려가도 좋으니까……."

산우는 의식적으로 머리를 흔들었다.

"아니에요. 될 거예요, 중이 되어 줄 거예요."

"되어 주는 게 아니라 되어야 한다."

승의 생활이 시작되었다. 중이 되기 싫어 몸부림칠 때와는 달리되어야 한다는 것과 되어 준다는 차이를 잃은 채 산우는 봄을 보내고 여름을 보내었다. 그 세월 속에서 산우는 별 탈 없이 모든 것을 비질해 갔다.

　물론 강요당한 순종에 거역하고 자라는 회의의 뿌리에 매달리지 않은 것은 아니었다. 끝없이 일어나는 혐오감을 짓이기듯 가슴 밑바닥에 감추고 자주 산에 오르기도 했다. 갈퀴로 북데기 한 짐을 해놓고는 구름 한 점 없는 하늘을 보다가 지치면 나무 위를 쪼르락거리는 다람쥐를 잡아 산사로 돌아오기도 했다. 조그만 쳇바퀴를 만들어 다람쥐를 넣고 오래도록 다람쥐의 재주를 지켜보곤 하였다. 쳇바퀴를 돌리는 꼴이 귀엽기도 했지만은 다람쥐의 몸부림을 보고 있노라면 자신의 제한된 공간을 확인하는 것 같았다.

　은혜 속에서 희생이 이루어지고 희생 속에서 은혜가 이루어지는 것이라면 다람쥐의 몸부림은 회의의 뿌리를 자라게 하는 근본적인 요인이 되고도 남았다. 그의 몸부림은 인간의 눈을 즐겁게 하는 희생이 아니라 탈출이었다. 뛰어 한없이 탈출해 가고 있을 뿐이었다. 몸은 항상 쳇바퀴 속에 남아 있어도 무한을 향한 그의 의지는 바로 자신의 몸짓이었다. 그 무엇으로부터 빠져나려 하면서도 빠져나지 못한 채 항시 그 자리에서 몸부림쳐야 하는 바로 자신의 몸짓이었다.

　그러나 산우는 별 탈 없이 낙엽을 쓸 때처럼 비질을 계속해 나갔다. 회의가 일어나면 일어날수록 산우는 자신의 생활에 더욱더 젖어 들려 노력했다.

……

아석소조제악업

개유무시탐진치

종신구의지소생

일체아금개참회

…….


노승의 염불 소리에 맞추어 비질을 계속하며 산우는 속세에 얼룩진 마음을 쓸어 내고 불가의 참뜻을 쌓아 나갔다.

그런 산우를 향해 노승은 언젠가 이런 말을 하였다.

"내 말을 똑똑히 들어라. 불교란 완성된 하나의 인간을 만들기 위해 존재하는 것이다. 화살이 올바로 나아갈 수 있는 방법을 가르쳐 주는 게 곧 불교인 것이다. 네놈이 지주의 아들로 태어나지 못한 것은 숙명적 소산이지만 백정의 아들로 태어나 견성하여 부처가 되는 것은 운명의 소치인 것이다. 숙명의 실체는 부재에 있고 운명의 실재는 현재에 있다. 현재에서 숙명은 떠나 버린 스님과 같고 운명은 앞날을 개조할 수 있는 주인과 같다. 마음이 아파도 숙명적인 것을 괴로워 말며 그것을 토대로 운명적인 것을 붙잡아 견성해야 하는 것이다."

노승의 지엄한 가르침은 나이를 먹어 갈수록 산우의 마음을 열어 놓고 있었다.

다시 봄이 가고 겨울이 갔다.

불가의 당당하고도 심오한 진리의 테두리를 어렴풋이나마 느껴 가던 어느 날 노승은 산우를 불렀다. 그때까지 산우의 행동을 주시하며 미루어 오던 계를 내리기 위해서였다.

그 자리에서 산우는 사미십계(沙彌十戒)를 받았다.

노승은 팔뚝에 심지를 박아 불을 붙이고 승이 지켜야 할 계율을 다짐받았다.

의식이 끝나자 그는 가사와 장삼을 내주었다. 어쩐 일인지 불명(佛名)은 따로 지어 주지 않았다. 그는 손수 가사와 장삼을 입혀 준 뒤 다음과 같은 말을 하였다.

"불타는 말했었느니라. 본질을 파헤쳐 본성을 보면 누구나 자신과 똑같은 경지에 오를 수 있음을. 너는 이제 불가의 참뜻을 받아 들여 진정한 승이 되었다. 언제나 정(情)의 자리에 머물러 있어야 할 범부가 아니라 성(性)의 자리를 타파할 구도자가 된 것이야. 나는 오늘부터 너에게 지금까지 네가 해왔던 간경이나 주력, 염불 외에 또 하나 해탈의 길인 선(禪)에 관한 길을 가르쳐 주겠다. 너는 그 선 속에서 화두(話頭), 즉 이것은 무엇인가 하는 시심마(是甚麼)를 가질 수 있을 것이다. 이것이 무엇인가를 깨우쳤을 때 일천 수백 가지의 화두공안이 깨어질 것이며 너는 그때야 너의 본성을 볼 수 있을 것이다. 그날까지 자성의 오득을 위해 피나는 역경을 무서워해서는 안 될 것이다."

산우는 계속해 나갔다. 어느 날 노승은 산우를 다시 불렀다. 산우가 그가 있는 곳으로 갔을 때 노승은 가부좌를 틀고 있다가 방

석 밑에서 화선지 하나를 꺼내 그에게 내밀었다. 무엇인가 하고 그
것을 펼쳐 보았더니 그 화선지 위엔 〈尋牛開眼〉이란 글자가 씌어
져 있었다.

심우개안?

이게 무슨 글이냐는 얼굴로 시선을 들자 노승이 지그시 눈을 감
으며 입을 열었다.

"하루는 탁발을 나갔다가 네 할애비를 만난 적이 있느니라. 그때
네 할애비가 그러더구나. 소를 잡다 그놈을 잃어버렸는데 도대체
그놈을 찾을 길이 없다고 도대체 어디로 가버린 것인지 찾을 길이
없으니 어쩌면 좋겠느냐고……."

"?"

"소를 네 핼애비가 찾았는지 아닌지는 내 모르겠다만 그 소가 아
직도 저 어딘가를 떠돌고 있다면 그놈을 이제 니가 찾아야겠기에
말이다."

산우는 지금 무슨 소릴 하고 있느냐는 얼굴로 무심코 되물었다.

"제가요?"

"그래."

고개를 끄덕이고 있는 노승을 산우는 멀거니 쳐다보았다. 그를
쳐다보는 눈가에 그 옛날 눈먼 증조부의 얘기를 해 주던 할아버지
의 얼굴이 떠오르고 있었다. 뒤이어 무언가 짚여 오는 게 있고 불
같은 회의가 전신을 칭칭 감아 왔다.

산우는 입술을 꽉 씹으며 눈을 감고 말았다.

제5장

# 소를
# 풀 먹이다
## [牧牛]

그림설명

제5목우(牧牛 : 소를 길들인다)

완만한 구릉 멀리로 자욱한 안개가 적막하게 깔렸다. 냄새조차도 삭막한 샛바람이 어둠을 동반하는 시핵.

소에게 풀을 뜯게 한 다음 산우는 메줏덩이만한 돌 두 개를 달구었다.

낫호미를 꺼내 구덩이를 파 달군 돌 하나를 놓고 그 위에다 마를 꺼내 놓았다. 마 위에다 달군 돌을 얹고 구덩이를 흙으로 덮었다. 어저께 마 몇 뿌리 캐어서 주르먹 속에 비축을 했었는데 마침 들죽을 만났으므로 그것들로 잠시 요기를 할 참이었다.

산우는 새용에다 들죽을 붓고 주먹만한 돌 하나를 깨끗이 씻어 들죽을 으깨었다. 들죽은 다래나 머루와 비슷하지만 좀처럼 발견할 수 없는 귀한 것이었다. 씹어 보면 새큼한 맛이 나고 으깨어서 차를 끓여 놓으면 죽 같아서 새큼한 맛이 일품이었다. 어릴 때 할아버지와 산을 탈 때 이 들죽을 자주 끓여 먹던 기억이 있는데 그때도 구덩이를 파 마를 구워먹곤 했었다.

으깨어 놓은 들죽에다 물을 알맞춤하게 붓고 끓이기 시작하자 냄새가 기가 막혔다.

들죽이 어느 정도 끓자 묻어 놓은 마를 파냈다. 마는 먹기 좋게 익었다.

손을 불며 산우는 껍질을 벗겼다. 계집의 깊은 속살처럼 곱게 벗겨지지는 않았으나 먹기 좋게 벗겨 낸 다음 나뭇잎을 뜯어 손이 데지 않게 뜨거운 새용 냄비에다 갖다 대고는 들어올렸다. 찻잔이 없으면 어떠랴. 따뜻한 마의 맛도 그럴 듯했거니와 새큼한 들죽의 향기는 천상의 음악을 듣는 것처럼 감미롭고 황홀한 것이었다.

소는 한갓지게 풀을 뜯고 불어오는 미풍에 몸을 맡기고 드는 한 잔의 차가 그만이다. 그동안에 쌓이고 쌓인 피로를 말끔히 씻어 주는 것 같다.

먹다 남은 마를 주르먹 속에 다시 비축하고 산우는 그대로 뒤로 벌렁 드러누웠다. 팔베개를 하고 하늘을 보자 구름 몇 점 떠 있고 석양에 물든 서쪽 산봉우리가 자줏빛 두견화처럼 붉고 아름답다. 산새가 여기저기서 날아올랐다. 가까운 곳에 이름 모를 꽃들이 무더기무더기 피어 있는 것인지 이상스런 향기로움이 가슴 깊이 스며들었다.

앞 언덕을 가리키면 그게 바로 내 집 아닌 곳이 없다고 했지.

한순간 소를 잡았다는 느긋함이 전신을 휘감았다. 산우는 풀잎 하날 꺾어 입에 물고 지그시 눈을 감았다.

새들은 나뭇가지에서 울고 바람은 호화롭다. 내가 어찌 네 마음을 모르겠는가. 행여 발길 돌릴지 몰라 방심하지 말아야 하리라.

산우는 일어났다. 어느 사이에 해가 뉘엿거리고 있었다. 소를 몰고 왔던 길로 다시 되돌아갈까 했으나 생각을 접었다. 갈래봉에서 곧장 신선봉을 거쳐 일월봉까지 휘둘러 왔기에 곧바로 시녀봉을 지나 옥류봉과 선녀봉을 타는 것이 나을 것 같았다. 산세 험한 거야 어느 길로 가나 마찬가지겠지만 지리상으로 보면 곧장 소를 몰고 천궁골로 직진하는 것이 나을 것이었다.

예상은 했었지만 산세는 나아갈수록 험하고 그래서인지 만나는 짐승의 무리도 다양해졌다. 담비를 만나면 코짤맹이의 족적이 보이고 어둠이 지기 무섭게 이리의 울음소리가 들려오곤 했다.

산우는 그때마다 자신의 지친 모습과 소의 모습에서 촌락의 방파제를 떠나는 갈색 돛배를 생각하곤 하였다. 흰 물발을 일으키며 가볍고 조용하게 미끄러지던 그 의연한 자태, 쉬는 시간이 많아지고 걸음이 느려질수록 한참이면 오를 수 있는 거리가 예상 밖의 시간을 소요할 때 산우는 자신도 모르게 그 갈색 돛배의 유연한 자태가 생각났다.

시녀봉의 능선을 돌아 산우는 커다란 바위틈에서 잠시 쉬었다. 소에게 풀을 먹이며 눈부시게 아름다운 옥류봉의 능선을 바라보았다. 옥류봉 정상이 어찌나 붉어 보이는지 흡사 치마폭 위에 꽃잎을 흩뜨려 놓은 것 같았다.

땀을 식히고 일어나자 풀을 뜯고 있던 소가 갑자기 뒷발질을 하며 후닥닥 옆으로 뛰었다. 산우는 얼떨결에 소의 고삐를 잡아채고는 왜 놀라는가 하고 숲속을 들여다보았다.

멧토끼 한 마리가 덤불 속에서 머리를 내밀고 이쪽을 쳐다보고 있었다. 그 순간 길고 시커먼 그림자가 휙 눈앞을 스쳤다. 멧토끼의 목에 띠처럼 둘러지는 게 있었다. 꼭 누군가 곁에 있다가 멧토끼의 목에 검은 올가미를 던지는 것 같았다.

멈칫거리다가 산우는 가까이 다가갔다. 토끼를 감고 있는 것은 흑절구였다. 소가 놀란 것은 말할 것도 없이 멧토끼 때문이 아니라 흑절구 때문이었다. 흑절구에게 목을 칭칭 감기고 목을 물린 멧토끼는 괴로운 듯 파닥거렸지만 흑절구는 꽁지를 소리 나게 떨며 번쩍이는 눈으로 상관 말라는 듯 산우를 노려보았다.

전나무 가지를 하나 분질러 날쌔게 흑절구의 머리를 내리쳤다. 흑절구가 캑 소리를 내며 멧토끼의 목을 놓고 몸을 뒤틀었다.

멧토끼가 때를 놓치지 않고 날카로운 며느리(뒤) 발톱으로 흑절구의 몸뚱이를 할퀴면서 빠져 나갔다. 머리를 얻어맞은 흑절구가 머리를 꼿꼿하게 쳐들고 산우를 향해 쉭쉭 소리를 내며 혀를 날름거렸다.

언젠가 할아버지는 사냥을 나갔다 뱀을 만나자 옆으로 돌아섰다. 뱀이 머리를 쳐들고 달려들 땐 정면으로 마주서서는 안 된다고 했다. 뱀은 얼굴 생김새만 봐도 독이 있는지 없는지를 알 수 있는데 얼굴이 세모꼴이면 독이 있는 독사나 살모사 종류이고 두루뭉술하면 너불매기, 진대, 화사 등속의 독이 없는 종류라고 하였다.

할아버지가 옆으로 돌아서자 그때 뱀은 몸을 돌려 정면으로 돌아왔다. 할아버지는 재빨리 다시 옆으로 비켜서며 뱀의 머리를 작대기로 내리쳤다. 그 순간 뱀은 머리를 휙 뒤로 빼는가 했더니 카악 입을 벌리고 달려들었다. 할아버지는 그때를 놓치지 않고 작대기를 내리쳤다. 머리를 얻어맞은 뱀이 풀썩 꼬꾸라지며 전신을 비틀어 꼬았다.

할아버지는 뱀의 머리를 작대기로 누르고 모가지를 쥐어 들었다. 목대를 잡혀 입이 쩍 벌어진 뱀의 입에서 코끼리의 상아처럼 솟아난 송곳니가 한낮의 햇빛에 번쩍 부서졌다.

할아버지가 배가 불룩한 건 숫놈이라며 배를 가르고 위에서 밑으로 훑어 내렸다. 그러자 노오란 알들이 줄줄이 마늘 대궁처럼 엮어져 밑으로 빠져 나왔다.

할아버지는 그것을 산우 앞으로 내밀었다.

"먹어 보겠느냐?"

"아니오."

산우가 펄쩍 뛸 듯이 고개를 내젓자 할아버지는 껄껄 웃으며 손자를 내려다보았다.

"이놈아 니놈이 몰라서 그렇지 이게 바로 넙대로 치면 웅담인기여. 넙대란 놈이 발바닥에 영양을 모아 놓고 겨우살이를 하듯이 요 것이 바로 동면할 동안의 식량인기여."

"그래두 싫어요!"

산우가 영 마음 내키지 않아 하자 할아버지는 다시 한 번 웃고는 그것을 홀랑 입 속으로 털어 넣었다. 강렬하게 내리비치는 해를 향해 얼굴을 들고 그것을 씹는 할아버지의 얼굴에는 어떤 달관된 미소랄까 그런 것이 흘러가고 있었다. 산우는 그때 그 모습이 징그럽기만 하였다.

할아버지는 그것을 먹고 난 뒤 칼로 뱀의 입을 좌우로 따고 이빨을 솎아 낸 다음 아가리의 껍질을 잡아 꽁지 쪽으로 쫙 까내렸다. 양파 껍질이 벗겨지듯 뱀의 껍질이 쭉 벗겨지자 불을 피우고 그것으로 주린 배를 채우면서 눈치만 살피는 손자 녀석을 보며 빙긋이 웃었다.

머리를 꼿꼿이 쳐들고 갈라진 혀를 날름거리는 흑절구를 산우는 마주 노려보았다.

흑절구는 여전히 물러설 기색이 아니었다.

할아버지가 하던 대로 산우는 옆으로 몸을 슬쩍 비켜서며 꼬챙이로 뱀의 머리를 툭 내리쳤다. 산우의 어설픈 작대기질에 영악스런 뱀이 맞을 리 없었다. 작대기가 허공을 가르는 순간 흑절구가 휙 몸을 날리는가 싶더니 작대기 중간 부분을 꽉 씹어 물었다. 작대기를 쥔 손이 바로 그의 입 위에 있었다. 씹어 문 입에서 흘러나온 독이 금세 작대기에 묻어났다.

산우는 그만 작대기를 놓고 도망치듯 소 쪽으로 물러서고 말았다. 할아버지의 흉내를 내려다 하마터면 도로 당할 뻔한 꼴이어서 산우는 픽 웃음이 나왔다. 어설프게 뱀 한 마리도 잡지 못하면서 그래도 칼잡이라 자처하고 이 산엘 올랐으니.

소를 몰고 걸으면서 산우는 피식피식 웃었다. 뱀 하나 잡지 못하는 자신이 여전히 어설프고 나약한 것 같았지만 사실은 뱀을 잡으려 하면서도 그리 달갑지 않았던 건 사실이었다. 처음은 토끼를 살리기 위해 꼬챙이를 들었지만 나중엔 뱀고기를 씹으며 알 수 없는 웃음을 날리던 할아버지의 미소를 이해해 보려고 작대기를 휘둘렀는데 그것이 뱀에 대한 좀 전의 관념을 뛰어넘을 수 없었다는 건 어쩐지 산우 자신을 스스로 무안하게 만드는 기묘한 느낌이었던 것이다.

　할아버지의 미소는 분명히 뱀에 대한 손자놈의 생각이 언젠가는 뒤바뀌리라는 의미였는데 그걸 어설프게나마 교묘히 피했다는, 할아버지의 바람에 대한 반역이 그저 싫지 않은 건 또 무엇 때문인지 몰랐다. 그래서 중생인 이상 생각의 척도는 역시 중생심 속에 있다고 하는 것일까. 아니 그보다는 자신은 아직도 여유가 있다는 사실이었다. 뱀고기를 거부하는 여유가 남아 있다는 건 기아에 대한 여유가 있다는 증거이고 보면 앞으로 눈이 뒤집힐 만한 기아가 덮쳤을 때 그것을 스스로 찾아 헤맬 소지가 있다는 생각에 산우는 그만 끔찍해졌다. 승도 도를 구하려면 육체를 오롯이 한다는 말이 있고 보면 언제나 고정관념은 그렇게 깨어지기 마련일 것이었다. 그렇다면 할아버지가 보여 준 웃음의 의미는 무엇일까. 그것은 바로 너라는 객관을 지워 버리는 소각 작업은 아니었을까. 의미성이 이루어진 관념 인자를 없앰으로써 보다 깊이 본질 속으로 침잠하는 모습을 보여 주려 했던 것은 아니었을까.

뱀 때문에 일어난 생각들을 지워 버리듯이 산우는 소를 좀 빨리 몰았다.

풍화토로 덮인 산세를 벗어나자 울창한 수목이 눈앞으로 다가왔다. 바람 때문인지는 몰랐으나 수목 위로 보이는 구름들이 물결 모양의 파문을 이루며 누워 있고 하늘은 신령스러운 기운으로 넘쳐났다. 멀리서 보기엔 아득하기만 한 능선들이 여전히 거칠고, 골짜기마다 양쪽으로 갈라진 암벽 사이로 천 년을 구비치는 계곡이 곤두박질치고 있었다. 산금낭화나 원추리가 무더기무더기 피어 있는 평지가 나타났는가 하면 금방 눈앞이 캄캄한 밀림지대로 변하고 그것을 지났는가 하면 깎아지른 절벽이 옆으로 누워 있었다.

암벽이 노출된 절벽 위에서 산우는 잠시 휴식을 취한 다음 일어났다. 일어나는 눈에 고사목 가지 끝에 앉아 울고 있는 새 한 마리가 보였다. 무슨 새인지는 모르겠으나 굴뚝새보다는 좀 크고 도랑새보다는 좀 작은 새였다. 공작처럼 화관을 쓰지는 않았으나 물방울 같은 모양의 남색 무늬가 박힌 빨간 꼬리는 유난히 현란하였다.

새가 날아올라서야 산우는 정신을 차리고 소를 돌아보았다.

누워 있던 소가 되새김을 하며 마주 쳐다보았다.


"일어나셔야겠소!"

산우의 무뚝뚝한 말을 들으며 사내는 눈을 지그시 감았다 떴다. 일어나기 싫은 표정이었다. 성한 몸도 엿가락처럼 늘어지는 판에 썩어 가는 상처를 안은 그로서는 당연한 일이었다.

"지금 정상인이 하루에 걸을 수 있는 길이 이틀이 넘게 걸리고 있소. 고통스럽겠지만 좀더 힘을 내야 할게요."

그를 향해 산우는 좀 찬 어조로 일렀다.

주위를 환기시키는 의미로 한 말이었는데 그가 심각한 얼굴을 하고 일어났다.

암석이 있는 곳까지 다다르자 아침부터 불던 샛바람이 거칠어 졌다. 상봉의 검은 구름들이 장벽처럼 다가왔다.

둘은 걸음을 멈추었다.

그때 사내가 무엇을 보았는지 놀란 얼굴로 소리쳤다.

"저게 뭐요!"

"?"

"저 앞을 봐요!"

사내가 가리키는 곳으로 시선을 돌리자 시커먼 물체가 숲속에 가로 누워 있는 것이 보였다.

"저게 뭐요?"

산우가 물었다.

"그건 내가 묻고 있지 않소!"

"가봅시다."

풀숲을 헤치자 시커먼 짐승이 나자빠져 있는 것이 보였다. 주위 는 온통 피 범벅이었고 땅이 어지럽게 파헤쳐진 것으로 보아 죽어 가면서 몸부림친 흔적이 역력했다.

산우는 짐승이 죽은 체하고 있다가 갑자기 벌떡 일어나 달려들지도 몰랐으므로 만약을 위해 사내를 일단 쉬게 한 다음 짐승을 향해 다가갔다. 모로 쓰러져 있어서인지 얼른 무슨 짐승인지 분간할 수가 없었다.

다가가면서도 산우는 방어 태세를 잊지 않았다. 산짐승들의 음흉한 본능을 어디 한두 번 겪어보았던가. 방심은 금물이었다. 언제 어느 때 죽은 듯이 있다가 내달려 올지 모를 일이었다.

가까이 다가가 보자 그것은 뜻밖에도 늑대였다. 어림잡아 갓 난 송아지만 했다. 목덜미와 뒷머리가 온통 짓이겨져 있었다. 왼손 어깨 쪽으로도 주먹만한 상흔이 따로 나 있었다. 머리의 상처와는 달리 피의 색깔로 보아서 꽤 오래된 상처인 것 같았다. 산우는 늑대의 머리 곁에 주저앉으며 흘러내린 피를 엄지와 검지로 문질러 보았다. 응고되어 말라 버린 어깨의 상처와는 달리 확실히 시간상의 차이가 있었다. 손가락에 묻어 난 피는 아직도 응고되어 있지 않았다. 그나마 온기조차 남아 있는 것 같았다. 죽은 지 오래되었다면 피 냄새를 맡은 산짐승들이 몰려들지 않을 리 없었다.

산우는 의미심장한 눈으로 사내를 돌아보았다.

"뭐요?"

사내가 그 눈을 마주보며 물었다.

"우연이 또 한 번 온 것 같소. 이번엔 노루가 아니라 늑대요."

"늑대?"

피 묻은 사내의 음성이 튀었다.

"그렇소. 분명 늑대요."

사내가 상체를 세웠다.

"이리 와서 날 좀 부축해 주시오."

"왜 그러오?"

"뭔가 짚이는 게 있어서 그러오."

"짚이는 게?"

산우는 좀 어리둥절한 얼굴로 사내를 향해 다가갔다.

"짚이는 게 있다니 무슨 말이오?"

사내가 말없이 산우를 의지하고 일어났다.

넙대 있는 곳까지 다다르자 사내의 눈이 넙대의 동체서 유별나게 빛났다.

그는 잠시 후에 산우를 향해 자기 쪽으로 넙대의 얼굴을 돌려주길 원했다.

산우가 넙대를 낑낑거리며 사내 쪽으로 뒤엎자 사내의 눈이 넙대의 어깨에 비수처럼 박혔다. 상처 난 곳이었다.

"맞아! 그때 그놈!"

"무슨 소리요?"

"동굴 앞에서 나를 덮친 놈, 덮치는 순간 총이 심장을 겨누었지만 너무 어두웠기에 그것은 빗나갔고 어깻죽지에……."

"그렇다면 당신의 그 상처가 그때 이놈에게?"

사내가 넙대의 동체에 눈을 고정시키고 머리를 끄덕였다.

"그때는 두 놈이었소!"

"두 놈?"

산우가 놀란 얼굴이 되자 사내가 고개를 끄덕였다.

"이놈이 어깨를 엽총에 맞고 숲속으로 뛰어들길래 안심했는데 갑자기 저놈 짝이 나타나는 바람에……."

"그래서……."

"상처는 이놈에게가 아니라 뒤늦게 나타난 놈에게였는데 총이 정수리를 겨누는 순간 심장을 막았던 앞발이 바람처럼 스쳐 갔었소. 찢어진 옷자락과 살 한 줌이 쥐어져 있었는데 물러나면서 총을 겨누니까 그땐 안 되겠는지 허청허청 뒤로 두어 발 물러나더니 그냥 숲속으로 꽁무니를 빼더군. 놈이 사생결단하고 달려들었다면 그때 난 끝장이 났을 거요."

"집채만한 소가 이놈에게 걸리면 허리가 부러진다는데 넙대 두 놈이 당신 하날 당하지 못하다니……."

사내가 풀썩 웃었다.

"두 놈이 총 때문에 달려들진 못하고 숲을 헤치고 다니는데 산이 온통 뒤집어지는 것 같았소."

"그럼 그 짝이 죽지 않았다면 이 부근 어디엔가 있다는 말 아니오?"

"모르지요. 발바닥을 핥으며 우릴 노려보고 있을지도……아니면 혼이 나 멀리 달아났을지도……."

"무엇엔가 혼이 났다?"

사내와 산우의 두 눈이 똑바로 마주쳤다.

"그럼 그게 뭘까요? 이런 놈을 혼낼 수 있는 게, 아니 이 지경으로 만들 수 있는 게."

"나도 지금 그걸 찾고 있는 중이오. 워낙 사나운 맹수들이 들끓는 곳이라 빨리 가늠할 순 없지만, 여기 이렇게 싸운 흔적을 보면……."

사내가 가리키는 곳을 산우는 내려다보았다. 사내의 눈은 정확했다. 풀이 뽑혀 나간 땅바닥 위를 유심히 살펴보자 사람 발자국 같은 족적과 뒤엉킨 족적이 보였다. 사람 발자국 같은 족적은 넙대의 것이 틀림없었다. 하나의 족적은 얼른 알아볼 수가 없었다.

문득 흑망이 생각이 났다.

그렇다면 이 족적의 임자가 쫓고 있는 흑망이란 말인가.

산우는 머리를 내저었다. 아닐 것이었다. 소의 족적이라니.

사내가 그런 산우를 향해 고개를 끄덕였다.

"아니오, 맞을 거요."

"무슨 소리요?"

"방금 흑망이를 생각하지 않았소?"

"아니 그걸 어떻게……."

"나 역시 그놈을 생각했으니까요."

"그럼 이 족적이?"

"그럴지도 모르오."

"그럴 리가?"

"물론 우리들이 쫓아온 족적과는 다른 면이 있지만 그놈이 아니라면 이 산속에 이런 족적을 가진 놈이 어디 있겠소?"

"그렇다면……."

"믿기지 않는 일이지만 사실인 것 같소. 도살장을 뛰쳐나온 놈이 이런 짓 정도야……."

"기가 막힐 일이오!"

"분명히 또 한 놈이 있었을 텐데……."

"당신에게처럼 두 놈이 한목에 당할라구!"

"한 놈이 사냥을 나간 후에 이놈이 당했다면……."

"오늘 밤 어찌 장소를 잘못 잡은 것 같소."

"어디나 마찬가지일 거요. 전부가 산짐승들의 소굴이니……."

"그렇다면 우선 피 냄새를 맡고 산짐승들이 몰려오기 전에, 아니 사냥을 나간 놈이 돌아오기 전에 이놈부터 잡아야겠소."

넙대를 잡기 시작하자 곁에 앉아 있던 사내가 껄떡껄떡 웃기 시작했다.

칼질을 멈추고 산우는 그를 돌아보았다.

"왜 웃소?"

"당신 솜씨를 보고 있노라니까 당신의 실력을 알만 해서 그러오."

"무슨 소린지 모르겠군."

"당신 손짭손 아오?"

"손짭손?"

"그래요. 손짭손."

"아니 손짭손이 무어요?"

사내가 또 껄껄 웃었다.

"손짭손이란 얄망궂은 손장난을 두고 하는 말이오!"

"아니 그럼!"

"그렇소. 당신의 손놀림을 보고 있으니까 우리들의 행동반경이 눈에 선한 것 같아서 말이오. 우리들은 정말 얄망궂은 손장난을 하기 위해 이 고행을 하고 있는 게 아닐까 하고……."

"또 시작이군?"

"어젯밤 꿈을 꾸었더랬소."

"꿈?"

사내가 고개를 끄덕였다.

"무슨 꿈이었기에?"

"넙대와는 상관없는 터무니없는 꿈이었소."

"터무니없다는 걸 보니 개꿈을 꾸었던 모양이로군."

"개꿈이 아니라 소 꿈이었소."

"소 꿈?"

"소를 쫓다 보니까 그런진 몰라도 그 소가 나를 한 입에 삼켜버리는……."

"정말 개꿈을 꾸었군. 밤새 잡아먹혔던 사람이 이렇게 살아 있다니……."

사내가 풀썩 웃었다.

"그렇소. 지독한 악몽이었소. 난 그놈에게 잡아먹히지 않으려고 몸부림을 쳤는데 그의 입을 당해 낼 수가 없었소. 나는 그의 뱃속에서 허우적거렸소. 그 벽은 너무도 엄청난 것이었소. 도저히 내가 뚫고 나갈 수 없는, 그때 나의 뇌리에 한 가닥 깨달음 같은 느낌이 지나갔소."

"뭐요 그게?"

"일생을 걸고 내가 구하려 하던 모든 것을 얻지도 못한 채 내 바깥 인생도 이렇게 끝나 버리는 게 아닌가 하는……."

듣고 있던 산우는 안됐다는 얼굴로 혀를 끌끌 찼다.

"참으로 안됐구먼, 어찌 몰랐을까. 그 벽 자체가 찾고 있던 것이었다는 걸. 하긴 그래서 그렇게 몸부림을 쳤을 테지만, 그래 그 벽도 뚫지 못하고 일어났단 말이오?"

"그런 셈이오."

"어렵소, 어려워……물론 인간이란 누구나 다 무엇인가를 찾아 방황하고 있겠지만……그래서 엄밀히 따지고 보면 우리도 이렇게 이 산야를 방황하는 것인지도 모르지만……."

"그래서 하는 말이오. 당신의 그 얄망궂은 손장난으로야 그 벽을 어떻게 깰 수 있을까 해서……."

"이런!"

산우는 벌떡 일어났다.

"그럼 당신이 잡으시구랴!"

산우의 노골적인 불쾌에 사내가 웃으며 손을 내저었다.

"아아, 화내지 마시오. 난 느낀 대로 말했을 뿐이니까."

산우는 눈을 질끈 감았다.

따지고 보면 그렇기에 소를 놓쳤던 게 아닌가. 사내의 말처럼 얄망궂은 손장난이 아니었다면 왜 소를 놓쳤겠는가. 그러나 그것은 적어도 관념의 유희는 아니었다. 표적을 향해 날아가는 화살의 움직임일 뿐. 또 그렇기에 나는 여기 온 것이 아닌가.

소를 일으켜 세우고 산우는 절벽을 벗어나 키가 넘는 잡목 숲을 헤쳐 나갔다.

울창한 숲을 헤치며 한참을 나아가자, 빽빽한 송림이 나타났다. 산우는 소를 몰고 미끄러지듯 송림 속으로 들어갔다. 음지에 들어섰을 때의 서늘함이 전신을 휘감았다.

태양은 보이지 않았다. 송림의 엽맥 사이로는 그 빛살조차 쳐다볼 수가 없었다. 그래서인지 낙엽 더미 사이로 솟아난 풀잎도 칙칙하게 젖어 있어서 산우는 자주 미끄러졌다.

미끄러지다 보니 어느 한순간 본의 아니게 땡비집을 건드리고 말았다.

땡비집은 본시 햇빛이 내려쬐는 돌담 틈새나 자갈밭에 있기 마련이다.

그런데 어떻게 된 판인지 손바닥만한 햇빛이 비쳐드는 언덕바지의 돌 틈에 있었다. 미끄러지던 산우의 발길이 땡비굴이 있는 돌덩이를 움직였으므로 땡비가 무리지어 날아올랐다. 날아오른 땡비들이 산우의 주위를 돌며 윙윙거렸다.

땡비란 놈은 건드리지 않으면 쏘지 않으므로 가만히 미끄러진 자세로 앉아 있었다.

뻥비들이 굴속으로 내려앉기 시작했다.

어린 날 현숙과 함께 땡비집을 잘못 건드려 쏘여서는 얼굴이나 손등이 퉁퉁 부어오르면 어머니는 손톱 끝으로 이빨에 누렇게 낀 이똥을 긁어서 발라 주던 생각이 났다. 다음 날은 복수를 한답시고 깡통에 물을 담아 가 깡통 채로 벌집의 입구를 틀어막고는 몰살을 시켰다. 굴을 파보면 토봉은 벌집이 크고 나무의 통 속에 집을 짓고 사는 목봉은 매우 작았다. 한 가지 이상한 것은 일벌에겐 독이 있는데 어째서 왕벌에겐 독이 없는지 모를 일이었다. 나중에 할아버지에게 물었더니 덕이 있어서 그렇다고 대답하였다. 한낱 곤충의 세계에서도 덕으로 인한 법도가 정해져 있다는 것이다.

벌집 속을 산우는 가만히 들여다보았다. 하나같이 서로를 위해 일사불란하다. 저 아래 저잣거리에 비한다면 이 하나의 소우주는 잘 짜인 바둑판 같다.

산우는 일어나 소를 몰고 걸음을 옮겼다. 송림 사이로 차츰 전망이 트였다. 저물어 가는 석양의 놀이 붉다.

송림을 막 빠져 나오다가 낙엽 더미 위로 또 미끄러지고 말았다. 미끄러지는 얼굴에 한 줄기 석양이 꽃가루처럼 부서졌다.

송림을 완전히 빠져 나오자 엎드린 여인의 등판과도 같은 옥류봉이 눈앞으로 확실하게 다가왔다. 그 너머 선녀봉으로 통하는 산의 지맥은 그 봉우리를 위쪽으로 천궁골로 흐르고 있었다.

산우는 소를 몰고 솟구치는 가래침을 풀숲으로 내뱉으며 걸어

나갔다. 이름 모를 잡목과 넝쿨들을 걷어찰 때마다 철럭철럭 소리가 일어났다.

고사목이 즐비한 편편한 초원을 산우는 가로질러 나갔다. 앙상하게 뼈만 남아 쓰러진 고사목 사이로 활엽림의 무리들이 듬성듬성 떼를 지어 서 있는 곳이었다. 인간의 해골을 보는 것 같은, 앙상하게 말라비틀어진 고사목에 비한다면 불어오는 미풍에 늘어진 잎을 흔들며 서 있는 활엽림의 모습은 너무도 푸르고 당당해 보였다.

그곳을 지나치며 산우는 인간의 생과 사를 생각해 보았다. 인간의 생과 사가 떠오르는 아침과 저무는 낙조에 비유할 수 있다면 언젠가는 청청한 나무도 한줌 흙이 되어 미풍에 날리는 티끌이 되리라. 그것이 자연의 법칙이요, 순리라면 불타가 말한 색즉시공(色卽是空)은 바로 이를 두고 한 말이 아닌가. 산우는 문득 승이 되어 본질을 찾아 헤매던 과거의 한 점을 기억했다. 그때 자신이 보려했던 것은 저 색즉시공의 세계가 아니었을까.

지엄한 노승의 가르침.

흐르는 세월.

그 세월 속에서 화두를 끌어안고 자신의 과거, 자신의 현실, 자신의 미래, 그 모든 것을 해결할 수 있는 자아 각성을 위해 한 사람의 선객이 되어 언제나 매진하던 세월. 앉으나 서나 화두를 끌어안고 어떠한 고행도 서슴지 않던 세월.

앞산에서는 진달래가 피었다 지고 늦가을 산사의 추녀 끝을 때리고 지나던 비. 산우는 한숨을 쉬며 하늘을 올려다보았다. 그 옛날 그런 자신을 부르던 노승의 음성이 생생하게 들려오는 것 같았다.

"그래 잡으라는 소는 잡았느냐?"

"잡지 못했습니다."

진심이었다. 알면 알수록, 파고들면 파고들수록 어려워지는 것이 불가의 진리라는 것을 산우는 그제야 조금은 알아 가고 있었다.

그런 산우를 향해 노승은 빙그레 웃으며 홀온한 음성으로 말을 하였다.

"고마운 일이다. 다람쥐처럼 이 울타리를 빠져 나가려 하던 니가 이만큼 자라 주었으니. 넌 그때 아마 새가 되고 싶었을 게야. 죽지를 펴고 구릉 위를 나는 새들의 자유. 지금도 너의 마음 한구석엔 그 자유를 염원하는 마성이 눈뜨고 있을 테지만……그러나 참아야 한다. 인간의 해탈이란 기적처럼 오는 게 아니니까. 견성을 위해 고뇌하고 또 고뇌할 때 기연은 어느새 네 곁에 와 있을 테니까."

밖에서는 함박눈이 내리고 있었다. 꽃이 피고 봄이 가고 여름이 왔다.

산우는 어느 날 밤 한 마리의 소를 끌고 노승의 앞으로 나아갔다. 노승 앞에 무릎을 꿇기가 무섭게 노승이 손을 눈앞으로 내밀었다.

"소를 잡았으면 그 소를 이리 다오."

산우는 그만 눈을 꽉 감고 말았다. 천신만고 끝에 잡아들인 소는 이미 거기 없었다. 그에게 넘겨주려고 끌고 들어온 소가 거기 없었다.

노승이 손을 거두며 고개를 설레설레 흔들었다.

"소를 잡았으나 그 본체(本體)는 보지 못했다. 그 본체를 향해 손을 뻗치면 촉(觸)했으므로 그 본체를 보지 못할 것이요, 그렇다고 찾지 않으면 배(背)할 것이니 어이 헐꼬……."

산우는 그만 어금니를 꽉 씹어 물며 방을 뛰쳐나오고 말았다.

다시 봄이 가고 여름이 갔다.

어느 날 산우는 노승의 방으로 들어갔다. 촛불을 켜고 아련한 향 내음 속에서 노승은 허리를 곧바로 편 자세로 눈을 감고 명상에 잠겨 있었다.

가만히 다가가 산우는 두 무릎을 꿇고 합장 배례한 다음 조용히 입을 열었다.

"스님!"

"무엇이냐?"

어느 때보다도 차가운 냉기가 방안에 감돌았다.

산우는 용기를 내어 입을 열었다.

"스님, 부처란 무엇입니까?"

순간 노승의 눈이 번쩍 열렸다.

산우는 노승의 서늘한 눈초리에 가슴이 덜컥 내려앉았다. 질문의 우매함이 그제야 후회스럽게 전신을 훑어 내렸다.

"진정 모르겠느냐?"

노승이 눈을 감으며 물었다.

"그러하옵니다."

"그럼 내 가르쳐 주지!"

말을 마친 노승의 눈이 번쩍 열렸다. 그의 곁에 놓여 있던 죽비가 손에 잡히는가 했더니 그대로 산우의 얼굴을 향해 날아왔다.

얼굴을 감싸 안으며 산우는 뒤로 벌렁 나자빠졌다. 산우는 나자빠진 자세로 왜 그러느냐는 표정으로 노승을 쳐다보았다.

노승이 죽비를 눈앞으로 쑥 내밀었다.

"바로 이것이니라!"

"?"

"물러가라!"

산우는 두 주먹을 불끈 쥐었다. 코에서 흘러내리는 피가 승복자락 위로 방울방울 떨어졌다.

노승의 시선을 의식하며 방으로 돌아온 산우는 이불에 고개를 묻고 울었다. 알 것도 같고 모를 것도 같은 불가의 이 모든 것, 이것이라니, 이것이 무엇이란 말인가. 불화살같이 날아오던 죽비, 죽비, 죽비……스무 번, 백 번, 아니 억만 번을 생각해도 그것이 부처일 수 없는 것을…….

아침이 밝아 오자 노승은 아무런 일도 없었다는 듯이 무표정을 가장하고 공양을 받았다.

산우는 심한 갈증을 느꼈다. 노승의 담담한 얼굴을 보자 속이 뒤집어졌다.

오냐 두고 보아라. 내 꼭 알아내고 말 테니…….

그러한 산우의 객기는 채 사흘을 넘기지 못했다. 가부좌의 고통

속에서 화두는 멀리 달아나고 회의만 깊어 갔다.

산우는 다시 노승 앞으로 나아갔다.

노승은 허리를 펴고 흡사 석상처럼 앉아 있었다. 단상 위에 있는 부처가 그를 내려다보고 있었다.

노승의 너무도 조용하고 엄숙한 자태에 산우는 질리면서도 전처럼 합장배례하고 입을 열었다.

"스님, 정말 부처가 무엇인지요?"

노승의 눈이 또 번쩍 열렸다.

"아직도 모르겠단 말이냐?"

"그러하옵니다."

"역시 이것이니라!"

설마 했던 산우의 기우는 또 보기 좋게 부서졌다. 노승은 재빨리 죽비를 들었고 죽비는 허공을 가르며 여지없이 산우의 얼굴을 난타하고 있었다.

뒤로 벌렁 나자빠진 자세로 얼굴을 감싸 쥐고 산우는 노승을 노려보았다. 가슴 밑바닥에서 불덩어리 같은 울화가 울컥울컥 올라챘다.

산우는 벌떡 일어났다.

노승이 무표정하게 눈을 감았다. 방금 있었던 일들을 깡그리 잊어버린 듯한 그의 표정엔 티끌만한 동요도 없었다.

바람이 불고 있었다. 어디선가 설채목 넘어지는 소리가 산짐승의 울음소리처럼 을씨년스럽게 들려왔다.

샘가로 가 피를 닦아 내고 갈증을 채운 뒤 산우는 방으로 돌아왔다. 입 속에선 자신도 모를 탄식이 터져 나왔다. 불가에 귀의하고 처음으로 내뱉어 보는 탄식일지 몰랐다. 오늘날까지 견성을 향해 몸부림쳐 온 자신의 처지가 그때처럼 허망해 보이기는 처음이었다. 생살을 도려내는 듯한 십 수 년의 공부가 겨우 죽비 한 방이라니. 허지만 두고 보라지. 이 복수는 꼭 하고야 말테니.

화두는 계속되었다. 권태와 허무와 삼 년 동안 이빨을 사려 물고 싸웠다. 삼 년이라는 세월은 긴 것이었다. 참으로 긴 여정이었다.

삼 년을 보내고 노승의 방으로 들어갔다. 노승은 변함없는 얼굴로 앉아 있었다.

노승 앞으로 다가가 산우는 그와 똑같은 자세로 좌정하고 그의 곁에 놓인 죽비를 뚫어져라 내려다보았다. 삼 년 동안 찾아왔던 소가 거기 있었다. 바로 자신이 찾던 소의 얼굴이요, 부처의 얼굴이었다.

산우는 손을 뻗쳐 소를 잡았다.

그때였다. 산우는 자신의 눈을 의심했다. 노승을 쳐다보았다. 죽비를 잡는 순간 소는 이미 거기 없었다. 손에 잡힌 것은 소고삐가 아니라 죽비였다.

노승의 얼굴을 보기 좋게 난타해 주겠다던 복수심은 복수심으로 그렇게 처참하게 끝나버렸다.

허망한 얼굴로 문을 열고 나오는 산우에게 그때까지도 눈을 감고 있던 노승이 빙그레 웃으며 딱 한마디를 내뱉었다.

"지위분명극(只爲分明極)하여 번령소득지(翻令所得遲)하니 조지등시화(早知燈是火)요 반숙이다시(飯熟已多時)라. 약야직하(若也直下)에 명득(明得)하면 안사유성(眼似流星)하고 기여철전(機如掣電)하린즉. 부처가 따로 있으니 어찌 부처를 만날꼬!"

산우는 돌아서서 노승을 노려보았다. 너는 분명하여 깨침이 더디다. 등이 불인 것을 빠르게 알지 못하면 밥은 이미 되어 버린 지 오래다. 만약에 알아챘다면 그 눈이 유성과 같고 재빠름이 번갯불과 같다 하고 노승은 말하고 있었던 것이다.

노승은 더 말이 없었다.

방으로 돌아온 산우는 미친놈처럼 날고뛰었다. 속세에서 느끼던 절망보다도 더 큰 절망이 도사리고 있음을 산우는 그제야 좀 알 것 같았다.

그렇게 신앙에 대한 회의가 시작되었을 때 야누끼를 만났다는 것은 어쩌면 불행 중 가장 불행한 일이었을지 몰랐다. 그동안의 고행이 하루아침에 무너지는 결과를 초래하고 말았던 것이다.

노승과의 그런 일이 있은 지 며칠이 지난 어느 날 산우는 읍내에서 쌀 한 말을 구한 다음 바랑 깊숙이 술 몇 병을 사서 숨기고는 오세암으로 향했다. 신작로와 산길이 갈라지는 길목에서 우연히 어떤 처녀와 마주쳤는데 그녀가 바로 야누끼였다.

처음엔 산우도 야누끼를 전혀 의식하지 못했었다. 그저 낯선 사람이려니 하고 걷고 있었다. 그런데 마주 다가오던 사람이 천천히 걸음을 멈추어 섰다.

산우는 고개를 들지 않았다. 어쩌다 읍내에서 돌아오는 길에 은둔리 사람들을 만나는 일이 종종 있었다. 그때마다 그들은 이쪽이 피해 가거나 아니면 산우가 그들을 피하곤 했다. 은둔리 사람 중에 만나면 반가워하는 사람이 없는 것은 아니었다. 그래도 뜻이 있는 사람들은 가던 길을 멈추고 팔을 붙들어 옛날 생각하면 뭘 하느냐, 동생은 읍내에 있다는데 만나 보느냐, 이렇게 커서 스님이 되고 보니까 대견하다. 이 얘기 저 얘기 늘어놓는 사람이 없는 것은 아니었다.

그런 그들이 사라지고 나면 산우는 언제나 심한 열패감을 맛보지 않으면 안 되었다. 자신을 알아보고 반가워하는 그들의 저의 속에는 물론 순수한 정도 내포되어 있겠지만 보다 근본적인 이유는 그들의 염원대로 중이 되어 있다는 데 대한 반가움이었다. 중이 되어 있는 한 그들 자신의 안녕과 질서가 보장되고 있는 셈이기에. 그것을 모를 리 없는 산우로서는 참으로 괴로운 일이 아닐 수 없었다. 그렇기에 야누끼가 앞에서 자신을 알아보고 발을 멈추었어도 산우는 고개를 들지 않았던 것이다.

그런데 야누끼는 여느 사람과 달랐다. 산우가 그냥 지나치면 여느 사람들은 고개를 갸웃거리다가 그냥 지나치곤 했는데 야누끼는 산우의 뒤를 따라오고 있었다.

오세암으로 올라가는 길로 접어들어서야 산우는 뒤를 돌아보았다. 그리곤 적이 놀라고 말았다. 그가 야누끼라는 것을 단번에 간파해 낼 수가 있었기 때문이었다.

야누끼가 산우의 눈빛을 바라보며 심중을 굳힌 듯 다가왔다.

"저 스님, 혹시 은둔리에 사셨던 분이 아니신지요?"

산우는 야누끼의 시선을 의식적으로 피하며 돌아섰다. 선친들의 원수나 다름없었던 일본인 마무리의 딸이어서가 아니었다. 그런 증오 따위는 이미 남아 있지 않았다. 증오심은커녕 십 수 년 만에 처음으로 대하는 야누끼의 너무도 아름다운 자태에 산우는 눈이 멀고 있었다. 그를 보는 순간 가슴 한쪽이 무너지면서 노승의 죽비가 잔인하게 얼굴을 난타하고 있었다.

돌아서서 다시 걷기 시작하자 야누끼가 달려오며 다시 불렀다.

"스님!"

산우는 걸음을 멈추었다.

야누끼가 잰걸음으로 다가오더니 옆에 와 섰다.

"스님, 역시 은둔리에 사셨던 분이 틀림없군요. 그렇지요?"

산우는 머리를 저었다. 그 순간 야누끼의 손이 산우의 손을 덥석 잡았다.

"아니에요, 분명히 맞아요!"

야누끼의 너무도 돌발적인 행동에 산우는 그의 손을 홱 뿌리쳤다.

야누끼는 산우의 손을 놓아 주려 하질 않았다.

"스님, 모른 체하실 건 없어요. 저 야누끼예요. 절 모르시겠어요?"

산우는 손을 잡힌 채 고개를 돌려 야누끼를 쳐다보았다. 어린 날의 모습을 그대로 간직한 그녀의 얼굴에 한 가닥 여린 빛이 스치고 지나갔다. 제발 자신을 기억해 달라는 풀잎처럼 여린 염원이.

무슨 말을 하려다가 산우는 고개를 숙였다. 그 모습을 쳐다보던 야누끼가 한층 용기를 얻었는지 더욱 다가들었다.

"그렇군요. 절 알고 계시는군요?"

"이 손을 놓으시지요."

"가요, 우리 어디 가서 얘기나 좀 해요."

야누끼가 애원하다시피 산우의 손을 잡아끌었다.

산우는 낭패한 빛을 얼굴에 담고 인적이 드문 곳으로 끌려갔다.

오세암으로 오르는 산기슭에 다다르자 야누끼가 먼저 자리를 잡고 앉았다.

바랑을 진 채로 산우는 그녀와 좀 떨어진 자리에 앉았다. 해는 이미 서편으로 기울어져 핏기를 잃었다. 멀리 보이는 강기슭엔 철새들이 모이를 찾고 있었다.

산우는 가만히 고개를 숙였다. 결 좋은 바람이 어디선가 불어왔다. 그것은 야누끼의 풋감처럼 싱싱한 냄새였다. 아니 그것은 참으로 오랫동안 잊어 왔던 인간의 채취였다. 사랑하고, 저주하고, 증오하고, 버리고, 끊임없이 일어나고, 끊임없이 쓰러지는 저 속세만이 가질 수 있는 한 폭의 풍경 냄새였다.

산우는 그 냄새를 깊이 콧속으로 음미해 보았다. 갑자기 노승의 얼굴이 눈을 부라리고 다가왔다. 손에 들린 죽비 끝이 여지없이 얼굴을 향해 날아왔다.

할 말이 많은 것처럼 설쳐 대던 야누끼는 의외로 말이 없었다. 검푸르게 펼쳐진 들판과 그 뒤로 가로놓인 강줄기를 조용한 시선으로 바라보고 있었다. 일본 여인이면서도 제 나라의 옷을 입지 않고 하얀 치마저고리에 싸인 그녀의 얼굴은 너무도 청아해서 한 송이 옥잠화를 대하는 느낌이었다. 얽히고설켜서 구겨지고 그래서 혼탁하기만 한 자신의 암담한 얼굴에 비한다면 야누끼의 얼굴은 그대로 순백이었다.

한창 물이 올라 터질 듯한 잔디를 산우는 뜯어 입에 물었다. 풋콩깍지처럼 싱싱한 비린내가 입 속에 돌았다.

침묵이 흘렀다. 긴 침묵이었다. 그 침묵을 산우는 먼저 깨지 않았다. 야누끼가 잠시 후 고개를 돌리고 침묵을 깼다.

"할 말이 많을 것 같았는데 막상 말을 하려니 나오질 않는군요."

산우는 잠자코 고개를 숙이고 있었다.

"정말 꿈만 같아요. 이렇게 만날 수 있을 줄이야."

야누끼가 억지로 웃음을 지어 물었다.

"동리 사람들에게 들어 알고는 있었지만 정말 그동안에 이렇게 장성하셨을 줄이야……."

산우는 역시 야누끼의 말을 듣기만 했다. 방금 한 말은 내가 하고 싶은 말이오 하고 말하고 싶었지만 목이 꽉 막혀 아무 말도 할 수가 없었다.

"생각이 나요. 스님이 우리 집 담을 뛰어넘어 소를 죽이려 했던 날이……그 일이 있고 오세암으로 가 스님이 되셨다는 말은 들었지만……."

가까운 곳에서 여치 한 마리가 풀쩍 날아올랐다가 내려앉았다.

"이상해요. 마음만 먹으면 몇 시간이면 만날 수 있을 텐데도……."

거짓말을 하는 사람처럼 야누끼는 말끝을 흐렸다.

야누끼의 말에 산우는 일말의 동요도 나타내지 않았다. 이어지는 그녀의 말을 듣고만 있었다.

"이곳에 나온 건 이제 일 년 남짓밖에 되지 않았어요. 나도 그 후론 본국에 들어가 공부하고 있었거든요. 나오던 길로 스님의 소식을 물어 보니 그냥 오세암에 계신다더군요. 어찌나 안심이 되었던지……."

산우는 자신도 모르게 번쩍 고개를 들고 야누끼를 노려보았다. 그렇게 긴 세월을 본국에 들어가 살았다면 한국말이 그렇게 유창하지는 않으리라는 생각에서가 아니었다. 너마저 동리 사람들과 하나도 다를 바 없는 생각을 하고 있느냐는 분노가 가슴속에서 치솟아 올랐던 것이다. 사실 그녀라고 예외는 아니겠지만 불쾌했다.

산우의 불쾌를 야누끼는 그냥 두지 않았다. 금세 산우의 증오 어린 눈빛을 의식하고는 입을 열었다.

"스님, 아직도 우릴 미워하고 계신가 보군요?"

산우는 고개를 황급히 흔들었다.

"아……아닙니다."

"그래서 저를 피했던 게 아니었던가요?"

"아닙니다. 잊은 지 오랩니다."

"잊은 것 같질 않아요."

산우는 고개를 숙였다. 더 무엇인가를 변명하고 싶은 마음은 없었다. 그것이 사실이었으므로.

"정말 옛날 일은 사과하고 싶어요. 내 아버지나 그리고 내가 살고 있는 그 동리를 대신해서라도……."

"그러실 것 없습니다. 이미 지나간 일인걸요."

"말은 그렇게 하시지만 스님의 눈빛은 그렇지가 못해요."

야누끼가 이마에 흐트러진 머리카락을 쓸쓸히 쓸어 올렸다.

"난 알아요. 왜 그렇게 우리들을 저주하는지. 스님은 스님대로 우리들에게 증오의 이유가 있겠지만, 동리 사람들은 동리 사람들대로 왜 우릴 싫어하는지……."

"……."

"그건 아버지가 뿌린 씨앗이기 전에 내 나라가, 내 나라가 뿌린 씨앗이기 전에 순박하고 무지하고 어질기만 한 이 나라가……. 요즘은 하루에도 몇 번이고 본국으로 가고 싶은지 몰라요. 아버님도 늙어서인지 많이 어질어지셨지만 여전히 우릴 쳐다보는 사람들의 눈길은 순수하지 않거든요."

강기슭에서 모이를 찾던 철새들이 날아올랐다.

야누끼의 눈이 철새들의 날갯짓을 쫓았다.

"그래 절에는 스님이 많이 사나요?"

철새들에게 눈을 준 채로 야누끼가 물었다.

산우는 머리를 저었다.

"아닙니다. 둘이 삽니다."

"무척 외로우시겠군요."

산우는 쓸쓸하게 웃었다. 그 웃음의 의미를 야누끼가 알 리 없었다. 온실 속에서 곱게 자란 그녀가, 화두의 생명을 걸고 피나는 고행을 서슴지 않는 승방의 세계를 알 수 있을까. 하루에도 몇 번씩 속세에 파묻혀 술이나 마시고 화투나 까며 계집의 살에 입 맞추며 놀아나고 싶은 본능을 꾸역꾸역 씹으며 오직 나를 찾기 위해 몸부림치는 그 처절함을 알 수 있을까.

날아오른 철새들이 무리를 지어 하늘 높이 비상하다 강기슭으로 내려앉는 걸 보며 산우는 일어났다.

야누끼가 놀라며 산우를 올려다보았다.

"왜 가시게요?"

"가야 합니다."

야누끼가 일어났다.

"섭섭하군요. 모처럼 만났는데……."

그녀를 향해 산우는 합장한 다음 돌아섰다. 돌아서는 눈가에 야누끼의 조용한 얼굴이 쓸쓸하게 비쳐 왔다.

오세암을 향해 산우는 걸음을 옮겼다. 두어 보쯤 옮겨 놓았을까. 뒤에서 야누끼의 목소리가 들려왔다.

"스님, 한 번 찾아가면 안 될까요?"

산우는 발걸음을 멈추지 않았다.

"못 다한 말도 있는데……."

못 다한 말이 무엇일까, 하고 생각하면서 산우는 뒤를 돌아보지 않았다.

그날 밤 비가 내렸다. 추녀 끝에선 낙숫물이 섬돌 위로 추적추적 떨어졌다.

바랑에 숨겨 가지고 온 술을 마시며 이 생각 저 생각에 잡혀있던 산우는 술이 점차 깨자 정말 이래선 안 된다는 생각에 젖어 들었다.

몸부림을 치다가 가부좌를 틀고 화두를 잡으면 화두는 도망가고 눈앞엔 누군가의 모습이 스쳐갔다. 신앙에 대한 회의의 징표처럼 그 얼굴은 산우의 가슴속에 부조처럼 각인되어 오고 있었다.

그날 밤 처음으로 산우는 생각지도 않은 해괴한 꿈을 꾸었다. 그것은 벌거벗은 야누끼를 짐승처럼 범하는 상상할 수도 없는 꿈이었다.

눈을 떴을 때 산우는 바짓가랑이가 축축하게 젖었다는 걸 알고는 예불을 드리러 일어난 노승을 바로 쳐다볼 수가 없었다.

아침 공양을 마치고 난 노승은 그런 산우를 불렀다.

노승의 방으로 산우는 들어섰다. 무릎을 꿇고 앉자 노승이 지그시 눈을 떠 산우를 꿰뚫어 보았다.

"그래, 요즈음 공부는 잘되어 가는고?"

할 말이 없었다. 마음속의 번뇌를 어찌 다 얘기할 수 있을까.

노승은 더 말이 없었다. 더 할 말이 없다는 눈치였다.

산우는 노승의 심중을 충분히 이해할 수 있었다. 방황하는 가슴에 천 마디의 말보다 한 마디의 물음만으로 쐐기를 박으려는 의도를. 화두를 멀리하고 방황하는 심정을 꿰뚫어 보는 그의 눈빛은 칼날처럼 번쩍이고 있었다.

노승의 방을 나온 산우는 계곡으로 가 번뇌를 떼를 밀듯 몸을 씻고 돌아와 도량을 깨끗이 한 다음 가부좌를 틀고 명상에 잠겼다. 쉽게 명상의 세계는 다가오지 않았다. 화두는 자꾸 멀리 달아나고 자신도 모르게 문득문득 산 아래쪽으로 눈길이 돌아갔다.

법당으로 들어가 불전에 엎드리고 산우는 빌었다. 이 번뇌의 오욕을 뿌리째 떨쳐 주십사 하고. 나를 떠나 버린 이 욕망의 수레를 멈추게 해 주십사 하고.

그러한 간구도 헛되이 다음 날 야누끼는 산사로 올라오고 있었다.

마침 공양을 마친 때여서 산우는 샘가에서 그릇을 닦고 있던 참이었다. 돌계단을 밟는 구둣발 소리가 시끄럽게 들리는 것 같더니 생각지도 않았던 마무리의 얼굴과 야누끼의 모습이 불쑥 나타났다.

산우는 좀 멍한 눈으로 샘가에서 일어났다.

생긋이 웃으며 다가오는 야누끼 곁의 마무리는 많이 늙어 있었다. 죄를 많이 지어서일까. 아쉬운 것 없이 권세 부리며 풍족하게 사는 사람 같지가 않았다.

마무리는 마주 바라보는 산우의 얼굴을 잠시 뚫어지게 건너다보다가 헛기침을 한 번 큼 했다.

"네놈이로구나! 바로 그때 그놈!"

의식적으로 산우는 마무리의 시선을 피했다.

"참으로 많이 컸소다! 내 집 담을 넘을 땐 철다구니노 어린애였는데……그래 주지 스님이노 계소까?"

산우는 두 손을 모아 합장하고 돌아서서 노승의 방 앞으로 그들을 인도해 갔다.

"스님, 뵙자고 합니다."

"무엇이냐?"

근엄한 노승의 음성이 튀어나오자 마무리가 헛기침을 했다.

"은둔리에서 손님이 오셨습니다."

"법당으로 모시거라!"

일행을 법당으로 인도하고 난 산우는 그릇을 마저 닦은 다음 차를 끓여 올렸다. 그러고는 송림 속으로 몸을 숨겨 버렸다. 숨어 버릴 이유가 하등 없었으나 노승과 마주하고 앉아 쿵쿵거리는 헛기침 소리나 호탕한 웃음소리를 듣는다는 것은 아직도 수양이 덜 된 산우에게는 고통이 아닐 수 없었다. 더욱이 야누끼의 얼굴을 본다는 것은 괴로운 일이었다.

풀 위에 몸을 맡기고 산우는 멍하니 하늘을 올려다보았다. 송림에 가려 하늘은 보이지 않았으나 빛의 입자들이 무너지며 눈으로 쏟아져 내렸다.

송림 저쪽에서 새들의 노랫소리가 들려왔다. 아마도 새들이 나뭇가지 사이로 날고 있는 모양이었다.

산우는 문득 몸을 웅크리고 대문을 빠져 나가던 어둠 속의 어머니를 떠올렸다.

송림 저쪽에서 다시 무슨 소린가 들려왔다. 산우는 고개를 들었다. 새소리라고 생각했던 것은 새소리가 아니었다.

누구인가 이쪽을 향하여 올라오고 있었다.

산우는 적이 놀랐다. 야누끼가 웃으며 눈앞으로 다가왔다.

"여기 계셨군요!"

"어쩐 일이신지……?"

산우는 일어나 앉았다.

"여기 계신 것도 모르구 한참을 찾아 헤맸어요."

"벌써 아버님이 돌아가실 모양이군요."

"아니에요. 오신 김에 하룻밤 주무시고 가시겠대요. 노스님에게 설법도 들을 겸해서……."

대답 없이 산우는 입술을 질끈 씹었다. 마무리가 아무리 변했다고 해도 그럴 수 있을까 싶었다.

아니 그럴 수 있다고 하더라도 그와 하룻밤을 같은 지붕에서 지내야 한다니…….

그런 산우의 표정을 야누끼는 놓치지 않았다.

"역시 달가워하는 표정이 아니군요. 그렇겠지요. 허지만 아버지가 머무르게 된 건 저 때문이에요. 제가 묵어가자고 졸랐기 때문이죠."

산우는 묵묵히 시선을 떨구었다.

"그래요. 내려가야 한다는 아버지를 제가 막은 거예요."

"알 것 같군요."

"전 스님을 만난 후 밤잠을 설치며 많이 생각해 봤어요. 거짓말 같았던 그 증오가 정말 깨끗이 씻어진 것일까 하고……."

가랑잎 하나가 지나는 바람결에 날리다 산우의 무릎 위로 떨어져 내렸다.

"만약 스님의 마음에 그 증오가 씻어졌다면 씻어 버리게 했던 그것은 과연 무엇일까 하고……."

산우는 말없이 가랑잎을 무릎에서 치워 냈다.

"아버지를 이곳까지 데려온 것도 바로 그 때문이었지요. 남의 나라에서 아근바근 살려고 죄도 많이 지었으니까요. 그러나……."

"산우야!"

야누끼의 말이 채 끝나지도 않았는데 암자 쪽으로부터 노승의 부름 소리가 들려왔다.

산우는 일어섰다. 상대를 잃어버린 야누끼의 눈이 파르르 흔들렸다.

암자를 향해 산우는 몸을 돌려 내려갔다. 그렇지 않아도 피하고 싶었던 자리. 그러나 마음은 웬일인지 홀가분하지 않았다.

암자로 들어서자 노승이 마루 끝에 서 있었다.

"부르셨습니까?"

"어서 건넌방을 치우고 말끔히 닦아라! 손님이 묵으신다."

산우는 묵묵히 물러나 대야에 물을 떠 방을 훔쳤다. 마무리의 썩은 마음을 닦아 낼 것처럼.

밤이 되자 샛바람이 불었다.

잠을 정하여 몸을 뒤채던 산우가 일어나 문을 열고 밖으로 나갔다. 비가 오려는지 나뭇가지 끝에서 청개구리가 개굴개굴 울고 있었다.

낮에 올랐던 자리로 산우는 올라갔다. 풀벌레 소리와 함께 흐느끼듯 우는 부엉이 소리가 들려왔다.

산우는 팔베개를 하고 누웠다. 바람이 불어와 싱그러운 풀냄새를 남기고 어둠을 베어내며 사라졌다. 산우는 눈을 감았다. 대문간을 빠져 나가던 어머니의 뒷모습이 어둠 속에 보였다. 그 모습 속에는 부정한 역신들이 밤마다 토해 내는 비린내가 배어 있었다.

그 냄새를 의식하며 산우는 야누끼의 모습을 생각했다. 그의 곁에서 맡았던 살 냄새까지도.

산우는 점차 입 가득히 육욕의 침이 고이는 걸 의식했다. 육욕이 한 번 바퀴를 달자 하체의 돌기가 감당할 수 없이 일어났다.

고개를 들어 양 다리 사이를 내려다보았다. 갑자기 휑하니 가슴 한쪽이 비어 왔다. 그 동공 속으로 칼날 같은 겨울바람이 후비고 지나갔다. 산우는 독 오른 뱀 대가리를 쳐다보듯이 진저리를 치며 이를 악물었다.

이 무슨 망발이라니, 이 무슨…….

산우는 벌떡 일어났다. 그와 동시에 아주 가까이에서 낙엽 밟는 소리가 버석버석 들려왔다. 분명히 사람의 발자국 소리였다.

"누구요?"

드러난 치부를 황급히 가리듯이 산우는 허물어져 내리던 자신을 벌떡 일으켜 세웠다.

"저예요!"

대답은 빨리 왔다. 생각할 것도 없이 야누끼의 음성이었다. 그녀는 웃고 있었다.

"방금 나가는 소리가 들리기에 살며시 따라 나왔어요."

"내려가십시다."

산우는 돌아섰다.

야누끼가 산우의 팔을 잡았다.

"아니에요. 할 얘기가 있어요."

"밤이 늦었습니다. 내일 해도……."

"지금 해도 나쁠 건 없지 않아요? 앉아요! 앉아서 얘길 해요!"

야누끼는 이쪽의 의사 따위는 무시한 채 풀숲에 먼저 앉으며 산우의 손을 잡았다.

손을 뿌리치지도 못하고 산우는 엉거주춤 주저앉았다.

멀지 않은 곳에서 청개구리가 개굴개굴 기승을 부리며 울어댔다. 풀벌레 소리, 부엉이 우는 소리가 뛰는 가슴을 부채질하듯 어둠을 베어 물며 다가왔다.

"아버지는 잠이 드셨어요. 역시 아버진 어쩔 수 없는가 봐요. 미친 소처럼 날뛰다가 이런 곳에 와 자신의 과거를 한 번만이라도 뉘우칠 줄 알았었는데……."

"……."

"제 말을 듣고 있으세요?"

산우는 대답 없이 그대로 묵묵히 고개를 숙이고 앉아 있었다.

"사실 이제야 말이지만 난 언제나 스님에게 빚진 듯한 기분을 안고 살아온 게 사실이에요."

말을 끝낸 야누끼가 입술을 꼬옥 씹고 있다고 산우는 생각했다. 쓸쓸히 침잠된 이마 밑으로 한 가닥 회한이 스치고 있었다.

　"그래요. 난 언제나 그 응어리를 안고 살았어요. 먼 옛날 스님이 소를 죽이려다 광에 갇히던 날, 스님의 어머니가 아버지의 방에서 나왔을 때 그 뒷모습을 바라보던 스님의 눈망울, 그 눈망울을 의식했을 그때부터 나는……."

　야누끼가 말을 다 못 맺고 좀 전처럼 잠시 입을 꼬옥 다물었다. 한숨이 길게 그 뒤를 따랐다.

　야누끼의 얼굴에서 산우는 시선을 돌렸다.

　"그때부터 전 스님을 볼 면목이 없어져 버린 거지요. 본국에서 돌아온 지가 얼마 안 된다던 말은 거짓말이었어요. 왜 그랬을까요? 찾아오려면 몇 시간이면 찾아올 수 있는 이곳을……나는 멀리서만 바라보며 그 무엇으로라도 아버지가 저지른 일을 대신해서 갚아야 한다고 생각하며 지냈던 거예요."

　"하지만……."

　무슨 말인가를 해야 되겠다는 생각으로 입을 여는데 야누끼가 가로막고 나섰다.

　"알아요. 스님의 심중을……다아 부질없는 짓이라는 걸 말하고 싶으신 거겠지요."

　"……."

　"스님이 거처하는 방을 좀 전에 보았어요. 온기라곤 없는 스산한 바람만이 그 속엔 일고 있더군요. 그 속에서 외로움을 씹으며 칼날처럼 솟아나는 증오를 잠재웠을 걸 생각하면 스님!"

갑자기 야누끼의 목소리가 격하게 튀면서 그녀의 손이 산우의 손을 거머잡았다.

산우는 손을 황급히 뿌리쳤다. 야누끼는 그럴 줄 알았다는 듯 손을 잡은 손에 힘을 준 채 놓지 않았다.

산우는 손을 잡힌 채 고개를 휙 돌렸다. 가슴이 커다란 풍선처럼 부풀어 올랐다.

야누끼가 잡은 손에 더욱더 힘을 주었다.

"스님, 정말 갖고 싶어요. 그 외로움에 단 한 번만이라도……그래서 스님을 파계로 이끌어 천 길 알 수 없는 무간지옥에 떨어진다 하더라도 그것으로 내 마음이 홀가분해질 수만 있다면."

야누끼의 말을 들으며 산우는 손을 또 뿌리쳤다. 역시 야누끼는 손을 놓지 않았다. 산우는 계속 손을 뿌리쳤다. 그러나 손은 야누끼의 손아귀 속에 있었다.

숨 가쁜 침묵이 흘렀다. 가슴이 뜨거워지고 서서히 육욕의 수레가 가능성의 바퀴를 달고 치달리기 시작했다.

산우는 남은 한 손을 이마에 갖다 대었다. 감당할 수 없는 욕정이 혀를 날름거리며 점령군처럼 순식간에 전신을 에워쌌다.

어느새 야누끼의 어깨가 가슴으로 기대오고 있었다. 현기증이 일었다.

진저리를 치며 산우는 그녀를 향해 손을 뻗쳤다. 이성의 촛불은 꺼지고 이제 남은 것이라곤 오직 야누끼를 향해 타고 있는 육욕의 불꽃뿐이었다. 전신의 세포가 기관차의 바퀴처럼 뛰놀았고 아랫도리가 일시에 부풀어 올랐다.

산우는 내심으로 강하게 아주 강하게 머리를 흔들었다. 이러는 것이 아니었다. 분명히 이러는 것이 아니었다. 나를 알기 위해 그 십 수 년의 세월을……파계라니……파계라니……. 일어나야 한다. 일어나야 한다…….

전신의 기관이 이미 이성의 말을 듣지 않음을 산우는 뼈저리게 느끼며 허무하게 쓰러졌다. 모든 감각 기능이 오직 야누끼를 향해 치달았다.

떨리는 손으로 야누끼를 안았다. 살 비린내가 진하게 전신으로 흘러 들어왔다. 산우는 취한 듯이 그녀를 안은 손에 힘을 주었다. 입술과 입술이 포개어지고 옷이 벗겨졌다. 일단 옷이 벗겨지기 시작하자 그렇게도 멀리 있던 육체는 희한하게도 멀리 있는 것이 아니었다. 한 번 껍질을 벗기기 시작하자 모든 것은 하나였다. 더러운 입술과 입술이 맞붙고 배와 배가 그리고 마음과 마음이 분명한 하나였다.

야누끼의 형용할 수 없이 싱그럽고 부드러운 유두를 산우는 늑대처럼 잘게 씹으며 어쩌면 자신이 지금까지 벗기려 하던 것은 이 어둠이 아니었을까 하고 생각했다. 수천 갈래로 산발하는 어둠.

산우는 집요하게 그녀를 탐해 갔다. 탐해 갈수록 어둠은 아주 가까이에 있는 것 같았다.

혼신의 힘을 다해 산우는 그 어둠을 향해 나아갔다. 가까이 가면 갈수록 어떻게 된 것인지 그 어둠은 그리 가까이에 있는 것이 아니었다. 한 발 다가서면 그녀는 먼저 한 발 뒤로 물러 나갔다.

그러는 사이 격정의 순간이 왔다. 그 순간은 짧고 참혹했다. 산우는 그 순간을 맞으면서 어둠의 껍질을 벗기기 위해 환호하며 일어나던 자신의 모든 것들이 처참하게 쓰러지는 모습을 보았다.

썩은 나무 등걸처럼 산우는 풀 위로 허망하게 굴러 떨어졌다. 가까이에 있던 어둠이 흰 이를 드러내고 끼들끼들 웃으며 횅하게 비어 가는 가슴의 동공 속으로 꾸역꾸역 몰려왔다.

산우는 몸서리를 쳤다. 악무는 이빨 사이로 짐승의 울음소리가 새어 나왔다. 산우는 머리를 감싸 안았다.

'이럴 수가, 이럴 수가……이렇게 허망할 수가…….'

노승의 얼굴이 보였다. 그 길고 딱딱한 죽비의 끝이 보였다.

"산우야!"

"……."

"이놈 산우야!"

누군가 흔들어 깨우는 것 같아 산우는 눈을 번쩍 떴다.

'아!'

서늘한 한기 한 줄기가 전신을 휘감고 지나갔다. 눈을 들어 주위를 살펴보았다. 옆에 있어야 할 야누끼도, 둘을 에워쌌던 숲도 없었다. 어둠 속에 노승의 모습만이 시커멓게 그림자를 드리우고 장승처럼 서서 자신을 내려다보고 있었다.

꿈을 꾸었구나 하는 생각이 그제야 들었다. 몸을 일으키려 하자 하체가 섬뜩했다. 감당할 수 없는 불쾌가 뒤이어 지나갔다.

노승의 입에서 소리 없는 긴 한숨이 터져 나왔다.

"심전(心田)에 잡풀만 가득하니 어찌 허깨비가 숨어들지 않으리오. 못난 놈!"

다음 날 아침 야누끼는 고개를 들어 마주 얼굴도 쳐다보지 않는 산우를 향해 할 말을 못 다한 아쉬운 얼굴을 하고 절간을 서성거렸다.

그녀는 다시 오겠다는 말을 남기고 산을 내려갔다.

산우는 노승의 눈치를 살피며 다시 오라는 말도, 오지 말라는 말도 하지 못한 채 멀어져 가는 그녀의 뒷모습을 바라보고만 있었다. 그 너머로는 핏빛 같은 태양이 떠오르고 있었다.

방으로 돌아온 산우는 숨겨 두었던 술을 꺼내어 입 속으로 털어 넣었다. 자신을 향한 연민이 적의처럼 타올랐다.

그녀가 이곳까지 와 하고 싶었던 말은 무엇이었을까. 쓸쓸히 돌아서는 그녀의 뒷모습에서 읽을 수 있었던 아쉬움의 그늘, 그 그늘이 어젯밤 꿈에 본 그녀와의 정사를 의미하고 있는 것이라면 그래서 그것이 용서와 화합을 의미하고 있는 것이라면 나의 현실적인 파계는 당연하다는 말이 되는 것일까. 나도 모르게 그녀를 생각하고 그녀를 원하고 있다는 게 분명 그것을 증명하고 있다면, 그리하여 내 가슴속에 타고 있는 이 한 가닥의 사랑이 그녀와 나를 하나로 묶어 놓을 수만 있다면, 그것은 바로 파계의 늪이 아니라 용서와 화합의 끈으로 이루어진 사랑의 늪?

이런…….

산우는 술병을 밖으로 내던졌다. 어느덧 자신을 합리화하고 있는 못난 자신이 지독하게 부끄럽고 저주스러웠다.

'미친놈, 이 무슨 망발이라니…….'

거친 숨을 산우는 몰아쉬었다. 술기운으로 인해 몸이 훈훈하게 달아올랐다. 그것은 자신을 향한 적의보다도 더 강렬한 육욕의 불꽃이었다.

산우는 입가에 고여 있는 침을 의식했다. 뒤이어 어젯밤의 꿈이 선명히 기억되었다. 하체의 돌기가 어느 사이에 뻣뻣하게 치솟아 올랐다. 어둠이 내리는 밖으로 나왔다. 법당 쪽에서 노승의 염불 소리가 은은히 들렸다. 가끔씩 부엉이 우는 소리가 어둠을 도려내 듯 들려왔다. 야누끼와 함께 앉아 있던 자리에도 어둠만이 도사리고 있었다.

그 자리에 쭈그리고 앉았다. 풀벌레 울음소리 너머로 노승의 염불 소리가 어렴풋이 들려왔다.

손으로 두 귀를 막았다. 노승의 염불 소리가 희미해졌다. 산우는 그대로 뒤로 벌렁 누웠다. 전신을 마비시키는 술기운 속에서 육욕만이 금속의 불꽃처럼 타올랐다. 모든 세포들이 아우성을 치며 일어나고 자신의 내부는 엉망이 되어 가고 있었다. 이제 돌이킬 수 없는 파계승이 되어 버릴지도 모른다는 불길한 예감만이 자신을 미치게 하고 있었다. 생각지 않으면 않으려 할수록 그 생각은 더 깊숙이 응어리지어 가슴속에 자리하고 있었다.

산우는 기다렸다. 다시 한 번 오리라는 그녀의 약속을 기억하며 하루와 이틀……그녀를 기다렸다. 꿈속에서처럼 그녀가 올지도 모른다는 가녀린 희망을 가슴속에 안고 그녀를 기다렸다.

그런 산우를 향해 노승은 아무런 반응을 나타내지 않았다. 미친놈처럼 변해 가면 변해 갈수록 가부좌를 튼 그의 명상은 길어만 갔다.

노승을 볼 때마다 산우는 자신의 추악스런 몰골에 경악했지만 그러나 그녀를 기다릴 수밖에 없었다.

칼끝처럼 번쩍이던 지각은 육욕에 눈이 어두워 돌이킬 수 없는 상태까지 와 있었다.

하루가 가고 또 하루가 갔다. 일주일이 가고 또 일주일이 갔다.

산우의 목은 육욕의 갈증으로 인해 언제나 말랐다. 마르면 마를수록 그녀는 어떻게 된 것인지 오지 않았다.

뜬눈으로 밤을 새우는 날이 계속되었다. 겨울이 가고 어느덧 여름이 왔다.

노승은 여전히 말이 없었다.

산우는 어느 날 밤 기어이 산사를 나섰다. 야누끼를 찾아 달리기 시작한 것이다. 산우는 달렸다.

산을 내려 은둔리에 다다르자 오랜만에 보는 동리는 변함없는 모습으로 그를 맞았다. 낡은 성황당을 지키는 파수꾼 같은 풀벌레의 울음소리, 그것을 싸고도는 적막한 어둠, 강바람에 시달리면서도 늠름하게 서 있는 암수 한 쌍의 정승, 풀빛처럼 여린 불빛의 무리⋯⋯.

그러나 정작 산우를 색다른 감동에 떨게 했던 것은 동리 입구를 들어서면서였다. 때를 맞추어 온 것도 아니련만 옛날의 그 저주스런 소요가 아직도 가라앉지 않은 채 동리의 끝에서 일고 있었다.

믿기지 않았다. 지난 과거의 한순간이 다시 되살아나지 않았는가 하는 생각이 들었다.

'이상도 하지.'

장승을 돌아 물레다리를 건너섰을 때도 그런 생각은 들지 않았다. 그저 마실 나온 사람들이려니 하고 별다른 생각 없이 야누끼의 집을 향해 걷고 있었을 뿐이었다.

그런데 그게 아니었다. 동리 복판으로 들어갈수록 서편 하늘이 점점 붉어 보이더니 사람의 무리가 늘어나고 있었다. 그들의 손에는 낫과 곡괭이, 심지어 호미까지 들렸는데 모두가 힘에 겨운 일을 해치우고 난 사람들처럼 식식거리며 웅성거리고 있었다.

산우는 그 옛날 선친들의 무덤을 파헤치고 난 뒤의 모습들을 기억하면서 야누끼의 집을 향하여 달렸다. 가늠할 수 없는 불길한 예감이 머릿속에 일었다.

야누끼의 집으로 갈 수 있는 샛길로 산우는 접어들었다. 멀리서 사람들의 웅성거리는 소리가 들려왔다. 뒤이어 구장네 대밭 너머에서 검은 연기와 함께 커다란 불기둥이 솟아올랐다.

산우는 뛰었다. 그 불기둥은 분명히 야누끼의 집에서 솟아오르는 것이었다.

구장네 대밭을 돌아서자 야누끼의 집이 보였다. 아니 그것은 집이 아니었다. 낫과 곡괭이를 든 동리 사람들에 의해 불 질러지는 하나의 연옥이었다. 동리 사람들의 손이 닿을 때마다 지붕도 벽도, 창고도, 대들보도 매운 연기를 내며 타오르고 있었다.

그 불꽃을 향하여 산우는 달려갔다. 의식 속에는 이제 그 무엇도 없었다. 오직 동리 사람들의 아우성 속에 묻혀 가는 야누끼의 비명 소리만이 가슴을 찢고 있을 뿐이었다.

산우는 사람들을 헤쳤다. 불을 지르고 날뛰던 사람들이 옆으로 물러났다. 갑자기 바람처럼 나타난 산우의 모습에 그들은 하나같이 넋이 빠진 모습들이었다.

불타오르는 추녀 밑으로 산우는 달려들었다. 마루 건너 방문이 열려 있었다. 산우는 그곳으로 뛰어들었다. 야누끼가 보였다. 마무리의 얼굴도 보였다. 산우는 쓰러지듯이 야누끼를 향해 몸을 날렸다. 그러나 손에 잡힌 것은 야누끼가 아니었다. 무수히 난자당한 하나의 시체였다. 그것은 분명 생의 헛그림자였다. 눈을 감고 미소 짓듯 누워 있는 야누끼의 얼굴에서는 만행을 저주하는 그 어떤 그림자도 찾아볼 수 없었다. 비록 꿈이었지만 빚을 갚기 위해 스스로 몸을 던질 때처럼 모든 것을 받아들이는 듯한 자태로 그녀는 누워 있었다.

산우는 야누끼를 안아 들었다. 모든 것이 타고 있는 마당에 그녀의 얼굴이나 쳐다보며 더는 꾸물거릴 수 없었다. 매운 연기와 살을 볶는 듯한 화기로 인해 더 지체하려야 할 수도 없었다.

야누끼를 안고 방을 나서자 참혹하게 나자빠진 마무리의 얼굴 위로 대들보가 내려앉았다. 재빨리 마루를 내려섰다. 추녀 끝에서 떨어지는 불덩이가 갑자기 시야를 가로막았다. 그 불길을 걷어찼다. 불덩이가 검은 연기를 흘리며 날아가 파편처럼 흩어졌다. 신방돌을 내려섰다. 불을 피해 흩어진 사람들이 모여들었다. 그들 사이로 야누끼를 안고 천천히 걸어 나왔다.

잡는 사람은 없었다. 그렇다고 어떤 숙연함이 흐르는 것도 아니었다. 산우의 뒷모습을 바라보며 수군거리는 말소리만이 불길 속에 녹아들뿐이었다.

"아니 저놈이 어째서 산을 내려왔대야?"

"그러게나."

"정말 알 수가 없군. 그것도 이런 판에……."

"저놈 혹시 일본년하고 관련이 있었던 게 아닐까?"

"안 그렇다면 저 미친 짓을 할 리가 있나……."

"원체 기분 나쁜 놈이 되어 놔서 건드리려니 겁이 나는구먼."

"겁나기는……그걸 겁내는 사람이 이 짓을 해!"

"그거야 이와는 다르지. 놈들 등쌀에 시달린 생각을 하면……."

"그려, 이제 해방이 되었으니까 우리 세상이 온 거여. 지금쯤은 주재소도 몽땅 불타고 있을 것잉께."

야누끼의 시체를 다비(茶毗)하고 난 산우는 한 마리의 완전한 미친개가 되어 있었다. 산우는 중이 아니었다. 절밥만을 축내는 마구니일 뿐. 노승 앞에서도 산우는 분풀이나 하듯 보란 듯이 술을 마셨다.

그뿐만이 아니었다. 어느 날 밤 노승의 방으로 무뢰한처럼 밀고 들어가서는 단아하게 앉아 명상에 잠겨 있는 그의 얼굴을 죽비 끝으로 갈겨 버렸다. 부처가 여기 있다는 말을 덧붙이면서.

노승은 뒤로 벌렁 나자빠진 채 바람처럼 문을 나서는 산우를 멍하니 쳐다보았다.

그날 밤 산우는 꿈을 꾸었다. 죽비를 맞고 피를 흘리며 나자빠진 노승이 문을 나서는 등 뒤에서 박장대소하고 있는 꿈이었다.

등에 찬물을 끼얹은 듯한 한기를 산우는 서늘하게 느끼며 뒤를 돌아보았다. 웃고 있던 노승은 이미 거기 없었다. 아무것도 없었다.

잠이 깨었을 때 노승이 치는 종소리가 늙은이의 울음소리처럼 들려왔다. 어쩌면 그 꿈은 자신이 노승에게 바라던 것이었는지도 몰랐다.

그날 이후 노승은 변해 갔다. 사람이 변하면 그렇게 쉽게 변할 수 있을까 싶게 노승은 변해 갔다. 명상에 잠긴 단아한 모습이나 칼날처럼 빛나던 눈빛은 더는 찾아볼 수 없었다. 자신이 미친개가 되어 버린 것만큼이나 노승은 늙어 가고만 있을 뿐이었다. 산우에게서 수도승의 모습을 발견할 수 없듯이 그에게서도 도박에 저버린 인간에게서 맡을 수 있는 허망한 냄새만이 풍겨나고 있었다.

그러던 어느 날이었다.

불을 밝히고 경을 읽노라면 등허리에 찬 기운을 느낄 무렵, 얼굴이 희고 좀 회의적인 듯한 사내 하나가 찾아들었다.

바로 일엽이었다. 일엽은 많이 변해 있었다. 승복을 걸치고 목탁을 두드리며 돌멩이 세례를 받던 그때의 일엽은 아니었다.

십 수 년 만에 만나는 장성한 옛 제자를 노승도 잘 알아보지 못했다.

마루 끝에 쪼그리고 앉아 산우는 그들의 상봉을 지켜보았다.

"아니 그래 네가 정말 일엽이란 말이냐?"

일엽은 대답 없이 날카로운 시선으로 노승을 쳐다보았다. 먹이를 노리는 맹수의 눈처럼 그의 모든 것이 한 점에 모인 듯한 그런 시선이었다.

노승은 그 시선을 쳐다보며 어떤 대답이라도 찾을 양 말을 이었다.

"그래 어쩐 일이냐? 응 어쩐 일이야?"

"북으로 가는 길에……."

"북으로 가는 길에?"

무슨 소리냐는 노승의 음성에 비해 일엽의 음성은 지극히 냉랭하고 거칠었다.

"스님이 말하던 천칭의 법칙 말입니다."

"천칭의 법칙?"

"네에. 그 천칭의 법칙을 실현하려 이북엘 간다 이 말입니다."

"?"

"내 말을 못 알아들으시는 모양이군요. 그럼 간단히 설명해 드리지요. 스님이 말하던 그 천칭의 법칙은 여기보다 저쪽이 더 어울릴 것 같기에 그걸 실현하러 떠난다는 말입니다."

"아니 그럼?"

"그렇습니다. 이제야 뭔가 이해가 가시는 모양이군요. 이곳에선 그 천칭의 법칙은 이루어지지 않아요. 그래서……."

"?"

"그래서 어젯밤에 한 읍을 통째로 들어먹으려는 읍장놈을 죽였지요. 내 신념을 증명하고 시험해 보기 위해서라도……."

거침없이 내뱉는 일엽의 엄청난 말에 노승이 벌떡 일어났다. 일엽은 싸늘한 얼굴에 어떤 변화도 나타내지 않았다. 지독한 조소를 입가에 떠올렸을 뿐이었다.

"역시 놀라시는군요. 허지만 사실입니다."

"네 이놈!"

드디어 노승의 입에서 고함이 터졌다.

일엽은 미동도 하지 않았다.

"노하시기 전에 왜 내가 읍장을 죽이지 않으면 안 되었는지 경위를 물어 보진 않으시는군요. 그럼 내가 먼저 말해 드리지요. 한마디로 그런 얼굴이 사는 이 세상엔 그 천칭의 법칙은 이루어지지 않기 때문이죠. 이 세상의 표본 같은 그 얼굴을 없애 버리지 않는 한은……그래요. 어림없는 말이에요. 내가 비둘기였다면 피 한 방울 흘릴 사람은 이 세상엔 아무도 없어요. 오히려 증오, 저주, 학대 그것뿐이죠. 이 세계의 죽음과 나의 새로운 삶, 이제 천칭은 어느 쪽으로도 기울어지지 않을 겁니다. 읍장놈의 주검 속에서 나는 그 세계를 발견했고 이제 그 세계를 향해 떠나는 것이니까요."

"네 이놈!"

"내가 곧장 그길로 가지 않고 당신을 찾아온 것은 옛정의 미련 때문이 아니라 비둘기를 위해 피를 흘리는 방법이 틀렸다는 것을 일깨워 주려는 것이지요. 천칭의 법칙은 그렇게 오질 않아요. 나가야지요. 인민의 평등을 위해 고을의 읍장놈을 죽이듯 앞장서서 나가 싸울 수밖에 없는 거지요. 이 선방 구석에서 싸운다는 것은 거짓말이오. 망발일 뿐 오득은커녕 아무것도 남는 게 없다 이 말입니다. 그렇게 해서 이 세계가 바라는 천칭의 법칙이 이루어질 것이라면 그건 거짓말이지요. 나는 지금 스님의 눈에서 읽을 수가 있어요. 스님의 가슴속에 뛰어들었던 하찮은 한 마리의 비둘기에 대한 그 연민, 그 우월성, 그것은 이 세계가 가진, 나를 향해 가진 얼굴, 이제 올 겁니다. 천칭의 법칙이 실현될 그날이……."

"미친 놈!"

일엽의 싸늘한 얼굴과 노여움으로 몸을 떠는 노승의 얼굴을 번갈아 보며 산우는 신파극을 구경하는 것 같아 킬킬 웃음을 물었다. 그 웃음소리에 일엽이 고개를 돌렸다. 입은 노승을 향하고 있었다.

"누굽니까? 저 미친개는?"

노승의 굳은 얼굴이 일엽을 노려보았다.

"이놈아, 이 미친놈아! 미친개는 바로 네놈이야! 천칭의 법칙이 어쨌다구! 무지해도 분수가 있지, 에이……."

노승이 몸을 홱 돌리더니 그대로 문을 열고 밖으로 나가 버렸다.

산우는 일엽을 향해 다가갔다.

일엽이 쏘아보았다.

"이보게 날 모르겠나?"

"누구야?"

"나 산우일세. 정골피의 손자, 왜 자네 우리 집에도 시줄 하러 오질 않았나."

산우의 얼굴을 살피던 일엽의 얼굴이 더욱 굳어지더니 한참 후에야 풀어졌다.

"중이 되었군!"

"개가 되었지!"

"정말 별일도 다 있구만. 그래 어쩌다 네놈마저 이렇게 되었나?"

"그건 내가 할 소린데?"

일엽의 눈꼬리가 찢어졌다.

"무슨 소린지는 모르겠지만 자넨 읍장을 죽였다면서?"

산우의 말에 일엽이 고개를 홱 돌렸다.

"그렇다면 살인자 아닌가? 살인자가 살인잡네 하는 것은 좀 이상한……자네 혹시 머리가 이렇게 된 것 아닌가?"

머리에 동그란 원을 그려 보이자 일엽이 침을 칵 내뱉었다. 그러고는 싸늘한 어조로 입을 열었다.

"미친 쪽은 오히려 네놈 쪽인 것 같은데……."

"아하, 그런가. 그런지도 모르지. 그래 내 이 꼴이 우스운가?"

"우습다기보다는 믿지 못하겠다."

"어린 날 자네의 모습을 보는 기분이라 불쾌한가?"

일엽이 싸늘한 눈으로 되돌아 쏘아보았다.

"물론이다."

"그렇다면 자넨 어떤가?"

"어떻다니?"

"만족한가?"

"물론. 내가 간구하던 세계가 도래하고 있으니까."

가소롭다는 듯이 산우는 또 킬킬 웃었다.

"그래 자넨 어떻게 해서 정신세계가 물질로 환원될 수 있다는 말인가?"

"몰라서 묻는 말이냐?"

산우는 고개를 끄덕였다.

"그렇다면 모르는 게 좋을 게야. 어차피 네놈에겐 독이 될 테니."

"난 중이 아니고 개가 아닌가."

일엽의 눈빛이 매섭게 빛났다.

산우는 머리를 흔들었다. 그러고는 푸념처럼 아무렇게나 씨부렁거리기 시작했다.

"아닐세 아니야, 겸손이 아니야. 오히려 그 반대이지. 나는 타의에 의해서 중이 된 몸이니까 말씀이야."

"타의에 의해서?"

"그렇네. 내 핏속에는 나쁜 홍액이 숨어들어 검게 흐르고 있다네. 그 검은 피를 씻기 위해서 동리 사람들에 의하여 난 이 절로 보내졌다, 이 말씀이네."

일엽은 순간 입을 크게 벌리고 껄껄 웃었다.

어떻느냐는 표정으로 산우는 일엽을 쳐다보았다.

"정말 웃기는 소리군. 그러니까 결국은 그들이 정해 놓은 율법대로 지키고 순응하면 네놈의 죄과를 씻을 수 있다, 이 말인가?"

"그렇지. 원하는 대로 중이 되어 주겠다는 순종적인 약속이기도 하지."

일엽은 갑자기 신음하며 머리를 감싸 안았다.

"지독한 착취야! 지독한……."

"이기는 아닌가?"

"그렇다. 이건 분명한 이기, 유산계급이 무산계급에 가하는 지독한 이기."

"!"

"내가 북으로 가는 것은 바로 그것 때문인지 몰라. 그들의 이기를 때려 부숴야 하는 데에……."

산우는 하늘을 보며 킬킬 웃음을 터뜨렸다. 가소로운, 가소로운…….

산우는 한참을 킬킬거리다가 말고 다시 일엽을 향해 물었다.

"그래, 정말 그런 세계가 도래하나?"

일엽이 입에 힘을 주었다.

"물론! 지금은 지구의 반이, 앞으론 세계의 전부가……."

산우는 건성으로 고개를 끄덕였다.

"으흠, 그러니까 결코 방관하고 있을 수만은 없다는 말이로군?"

"그렇다. 인민의 평화를 위해 우리는 일어서야 하는 것이다. 세계의 전부가 공산화될 때까지. 우리는 싸워야 하는 것이다."

산우는 건성으로 고개를 끄덕였다.

"그렇다면⋯⋯."

"싸울 용기가 있다면 길은 있어. 어떠냐? 한번 싸워 볼 생각은 없나? 당은 바로 우리 같은 사람을 원하고 있을 테니까."

산우는 여전히 고개를 끄덕이고만 있었다.

일엽이 일어서더니 산우의 손을 덥석 잡았다. 그의 얼굴만큼이나 차가운 손이었다. 산우는 그의 손길이 차갑다고는 생각지 않았다. 가슴 밑바닥에서 끓어오르는 감당할 수 없는 희열이 뜨겁게 전신을 휘감았다.

일엽은 고답적인 학문을 닦은 사람들이 갖는 진지한 표정으로 자신이 가져 온 작은 가방의 맨 밑바닥에서 때 묻은 책 몇 권을 꺼내 들었다. 모두가 모서리가 닳고 손때가 반들반들 묻은 책이었다. 책갈피마다 일엽의 숨결이 배어 있었다.

일엽은 그것을 내밀었다.

"우선 이 책으로 철저하게 정신적인 무장을 갖추도록 해. 그러고는 때를 기다렸다 이곳으로 날 찾아와."

"무슨 책인가?"

"공산주의 이론서."

산우는 그 책을 받아 옷섶 깊숙이 찔러 넣었다. 꺼릴 것은 없었다. 다시 또 하나의 세계가 찬연하게 펼쳐지고 있었다. 어머니가 주었던 그 강렬한 저력 속에서 어쩌면 빠져 나올 수 있을지도 모르는 세계, 자신의 죄과를 그리고 그들의 기적과 평안을 객관적으로나마 확실하게 쪼개어 볼 수 있는 세계, 그 세계를 위해서라면 어떤 위험도 감수할 자신과 용기가 있었다.

계절이 바뀌었다.

때가 되면 만나자는 말을 남기고 일엽은 곧장 떠났고, 그가 떠난 후로 노승은 자리에 눕는 날이 많아져 갔다. 일엽이 던져 준 충격도 충격이려니와 그를 만나 잠시 일어나던 불꽃도 세월의 나이를 어길 수 없어 제풀에 꺼져가고 있었다.

어느 날 밤 노승은 산우를 찾았다.

산우는 술로 가물거리는 정신을 차리고 노승의 방문을 열었다.

"들어오너라!"

노승은 힘없는 모습으로 일어나 앉았다.

"너를 부른 것은 다름이 아니라……."

서두를 떼어놓은 노승을 산우는 몽롱한 시선으로 빤히 쳐다보았다. 그가 무슨 얘기를 할 것이라는 걸 산우는 이미 짐작할 수 있었다.

"지금이라도 늦지 않으니 대오 각성하여……."

노승은 말을 계속했다.

"너에게 이런 말을 해서 어쩔지 모르지만……죽비가 얼굴을 스치던 순간 나는 오늘이 있을 것을 짐작했었다. 매 한 대에 권위를 상실해 버린 이 추악한 모습, 부질없는 위엄이 땅에 떨어지고 허위가 땅에 떨어지고, 역시 견성하지 못한 중생인 이상 판단의 척도는 중생심일 수밖에 없는 것, 견성하지 못하고 대야를 말함은 망발이요 위선이라는 것……나도 역시 인간이었으니까."

반응 없이 산우는 그냥 앉아만 있었다. 속이 메슥거리고 알 수 없는 분노가 앙금처럼 쌓여 가고 있었다.

"허지만 나의 신앙에 후회는 없어. 이 길이 바르다는 것을 알고 있기에, 이제 나는 더 못 살 것 같아. 내 죽는 건 서럽지 않지만 막상 눈을 감으려 하니까 네 장래가 걱정이 되는구나."

어둠이 깃든 처마 밑으로 몹쓸 바람이 지나는 것인지 달강달강 풍경 흔들리는 소리가 들려왔다.

"허지만 안 될 말이야. 난 불가에 수십 년을 몸 바쳐 나를 구해 왔다. 나를 구할 수 없으면서 전체를 구할 수 없다는 생각 아래…… 그런데 네놈들은 인민을 구한다고 그래. 진정한 천칭의 법칙이 무엇인지조차도 모르면서. 더욱이 사물 속에 정신을 던져 버린 자세로…… 앞으로의 네 장래, 어쩌면 정신세계를 거부하고 인민들 속에서 신앙의 원상을 파기해 버릴지도 모르는 네 장래……"

"스님!"

"허지만 믿어야지. 돌아오리라고 믿고 가야지. 돌아오리라고……"

산우는 고개를 들었다. 울울이 쌓여 가던 울분이 일시에 가슴 속에서 끓어오르고 있었다.

산우는 자리를 박차고 일어났다.

노승이 산우를 올려다보았다.

"가려느냐?"

"가렵니다!"

"어디로?"

"인간들 속으로 가렵니다. 그 인간들 속에서 나를 찾아보렵니다. 화두 속에서가 아니라 인간들 속에서 울고 웃으며……."

"나무관세음보살!"

노승은 한숨처럼 말을 끊고 조용히 불상 앞에 켜진 촛불을 쳐다보았다. 흠뻑 패인 두 눈두덩이가 가늘게 떨고 있었다.

한참 후에 노승은 그 눈을 돌리며 중얼거렸다.

"……눈이 멀어지니까 한 개의 촛불이 여러 개로도 보이는구나."

방으로 돌아온 산우는 비우다 남은 술병을 집어 들었다. 술을 마시면서 내부 속에 앙금처럼 가라앉아 가는 공감을 침착하게 내몰았다. 동물의 표본처럼 텅 빈 가슴에 그 어떤 감화력이나 동경 같은 건 사치에 불과할 뿐이었다. 이미 하나를 잘라내고 다른 하나를 선택한 이상 그는 너무 멀리 있었다. 도박에 져버린 한 인간의 몰골이 오히려 역겨울 뿐이었다.

다음 날 아침 마지막 인사를 하려고 노승을 찾았을 때 그는 이미 죽어 있었다. 굳어 버린 노승의 쇠잔한 가슴과 눈가를 바라보며 산우는 떠나려던 걸음을 멈추었다.

무엇인가. 이 모든 게 다 무엇인가. 도박에 져버린 이 하찮은 생명, 꽃이 미웠기 때문에 꽃에 물을 주어야 했고 나중 그것이 모화라는 사실을 알았을 때 느끼는 이 허망한 비정.

노승을 다비하고 나서도 산우는 바락바락 악을 쓰고 있었다.

그래. 나가 버리자. 깨뜨려 버리자. 썩어 문드러지는 한이 있더라도 다시는 돌아오지 말자. 한낱 짐승만도 못한 미물이 부처를 흉내내 견성해 보겠다던 발심은 역시 어리석었던 것, 이제 본능대로 살면서 인간 속에 묻혀 철저하게 나를 까뒤집고 살아 보자. 인간으로 대접받지 못하는 이 생명을 어떤 방법으로든 그들과 동등한 위치에 서게 하고 내 본성이 할 수 있는 그 어떤 마성도 저질러 보자. 사타구니를 젓가락질하던 현숙의 비명 소리, 그것은 바로 평등을 향한 순수한 혁명적 투쟁의 기초 개념이지 않은가. 그들의 사고에 발맞추고 그들과 함께 붕괴시키고 폐기하기 위해서는 그곳을 젓가락질하던 현숙의 행동만이 필요하지 않은가.

신앙의 좌절은 엉뚱하게도 산우를 한 마리의 멧돼지로 만들어가고 있었다.

암자로 돌아온 산우는 몽둥이 하나를 주워 들고 어린 날 눈사람을 부수어 나가듯이 법당을 짓부수기 시작했다. 석회질 먼지가 뽀얗게 날고 눈사람처럼 불상이 조각나 갔다.

산우는 뛰었다. 어린 날 암자를 달아날 때처럼 구릉과 구릉을 넘고 개울을 건너 붉은 함성이 들려오는 북으로 내달았다.

제6장

# 소를
# 몰고
# 돌아오다
## [騎牛歸家]

그림설명

제6 기우귀가
(騎牛歸家 : 소를 타고 깨달음의 세계인 집으로 돌아온다)

다시 날이 바뀌었다.

소를 몰고 모골이 송연하게 펼쳐지는 단애 밑의 험로를 산우는 걸었다. 옥류봉을 어떻게 지났는지 몰랐다. 며칠이 걸린 것인지 아예 기억하고 싶지도 않았다.

이렇게 산세가 험한 줄 알았다면 차라리 일월봉에서 소를 잡은 즉시 왔던 길로 되돌아갈 것을 좀 질러가겠다고 이쪽으로 길을 잡은 것이 잘못이었다.

산세는 나아갈수록 험하고 만나는 짐승의 무리도 다양하였다. 그들은 험준한 산세를 닮아서인지 언제나 소리 없이 지켜보다가 슬슬 뒤따르며 공격할 기회를 노리곤 하였다. 그중에서도 늑대들의 습격은 유별났다.

어젯밤만 해도 그랬다. 모닥불이 없고 병풍 같은 큰 바위를 의지하지 않았다면 사방으로 공격해 오는 그들의 공격에 끝장이 났을 것이었다. 다행히 바위 쪽으로 소를 몰아붙이고 가로막듯이 싸웠는데 사력을 다해 서너 놈을 촛대로 해치울 수가 있었다. 나중에 놈들이 물러나고 소를 돌아보았더니 또 한 놈이 바위 밑에 나가떨어져 있었다. 소의 뿔에 피가 묻어 있는 것으로 보아 아마도 놀라 뛰면서 달려드는 놈을 엉겁결에 들이받아 버린 모양이었다.

그 후 놈들은 노골적인 공격을 해 오지 않았다. 그 대신 옥류봉에서 사나운 멧돝을 만났다. 처음엔 슬슬 옆으로 피하는 것 같기에 방심했더니 그게 아니었다. 어느새 뒤로 돌아가서는 내달려 오는데 풀을 차는 소리가 흡사 물장구를 치는 것 같았다. 뒤를 돌아봄과 동시에 촛대를 날리지 않았다면 박살이라도 났을 것이었다. 멧돝은 촛대에 주둥이를 찍히고 피를 흘리며 인근 숲속으로 뛰어들었다. 멧돝은 사나운 성미에 비해 몰이를 하지 않은 이상 인간을 의식적으로 공격하는 법이 별로 없다고 산우는 알고 있었다.

그런데 의식적으로 공격하는 걸로 보아 몰이 아닌 몰이, 그러니까 저쪽 목에서 이쪽 목으로 옮겨 오는 사이 그도 모르게 멧돝을 몰고 온 모양이었다. 산짐승들의 습성이란 정작 인간을 만나면 두려워하다가도 끈질기게 추격을 해 오면 역습을 가해 오기 마련이었다. 예감은 맞았다. 나중 좀 일찍 모듬을 치고 막 잠이 들려는데 그놈이 또 찾아들었다. 처음에 산우는 멧돝이 지나치다 우연히 마주친 것이려니 했다. 그러나 달려오는 놈의 콧사등이를 보자 낮에 보았던 그놈이었다.

멧돝은 편안하게 누워 있는 산우를 향해 사정없이 내달려 왔다.

얼떨결에 촛대를 쥐고 몸을 세웠으나 그 바람에 모듬이 박살이 나고 소가 놀라 후닥닥 일어났다. 엉겁결에 되돌아 달려오는 놈을 촛대로 내갈겼다. 촛대는 빗나갔고 그래서 멧돌의 흥분을 더 조장하는 결과를 빚고 말았다.

산우는 멧돌이 급히 방향 전환을 못하고 수 미터 밀려가서야 몸을 돌리는 걸 보며 정신을 가다듬었다.

돌진해 오는 놈의 머리를 촛대로 내리쳤다. 산우는 그 순간 아무 것도 생각하지 않았다.

몸을 돌리자 놈은 육칠 미터나 미끄러지듯 나아가 쓰러지고 있었다.

멧돌을 향해 산우는 곧장 다가가지 않았다. 할아버지에게 멧돌의 음흉함을 들어 알고 있는 그로서는 좀더 기다려야 한다고 생각했던 것이다. 확실히 멧돌은 네 다리를 완전히 허공으로 뻗은 게 아니었다. 배를 땅 위에 붙이고 죽은 듯이 산우를 기다리고 있었다.

촛대를 꼬나 쥔 손에 산우는 더욱 힘을 주었다. 가까이 다가가면 안 된다는 걸 알고 있는 그로서는 그의 음흉한 위장술에 속을 수는 없었다.

산우가 다가가지 않자 생각했던 대로 멧돌은 갑자기 몸을 벌떡 세우고 돌아서더니 콧김을 품으며 돌진해 오기 시작했다.

몸을 슬쩍 비끼면서 달려오는 멧돌의 정수리를 산우는 내리쳤다. 급소를 빗맞았는데 멧돌은 다시 돌아서서 미친 듯이 내달려 왔다. 치면 달려오고 치면 달려오고 그렇게 얼마를 싸웠는지 몰랐다. 산속은 멧돌의 발굽 소리, 촛대의 둔탁한 음향, 관목 숲을 뒤흔드는 바람 소리가 한데 어우러져 기괴하고 을씨년스럽게 저물어 갔다.

멧돌이 바람처럼 곁을 지나칠 때마다 산우는 비틀거리기 시작했다. 멧돌의 머리와 코에서도 붉디붉은 피가 흘러내렸다.

산우는 어느 한순간 마지막 힘을 모우고 기관차처럼 돌진해 오는 멧돌의 머리를 향해 아무 생각 없이 촛대를 내리쳤다. 형언할 수 없는 둔탁한 음향이 멧돌의 머리에서 일었다. 순간 한 가닥 확신이 가슴을 재우쳤다. 언제나 할아버지가 소를 쓰러뜨릴 때면 들던 확신에 찬 그 음향이었다.

그 음향이 하루아침에 이루어진 것은 아니라는 생각이 그 순간 들었다. 불속에서 나온 종처럼 울며 얻어낸 맨 마지막의 것이라는 생각이 들었다. 수도승의 몸 깊숙이 앙금처럼 가라앉은 사리빛과도 같은 것이라고나 할까. 바로 생애를 바쳐 구해 온 소리. 그 소리를 얻어내기 위해 할아버지는 얼마나 많은 세월을 울었고, 앞으로 그보다 더 완전한 소리를 얻어내기 위해 얼마나 또 많이 울어야 할 것인가.

멧돌이 완전히 네 발을 허공으로 뻗어 올리고 꺼꾸러지자 산우는 모듬을 고치고 소를 본래의 자리에 눕힌 후 멧돌 고기로 배를 불렸다.

밤 사이 검은 구름은 물러가고 날이 밝자 태양이 눈부시게 떠올랐다. 산우는 소를 몰고 선녀봉을 향해 나아갔다. 나아갈수록 고사목의 수가 늘어나고 펼쳐지는 자연의 경관도 가경이었다.

날카롭게 솟아오른 절벽 밑 숲덤불 사이에서 산우는 한 무더기 핏빛 같은 꽃을 만났다. 이름 모를 꽃이었으나 참으로 아름다웠다.

꽃 숲을 지나면서 산우는 얼핏 자신의 손으로 죽인 멧톨을 생각하였다. 자신의 촛대에 맞아 흘러내리던 피가 꽃빛과 흡사했던 것이다. 산우는 그대로 꽃 무더기를 지나쳤지만 가슴이 짜르르하게 아파왔다.

소를 몰고 선녀봉의 중턱에 다다랐을 땐 다시 해가 기울었다. 비축했던 멧톨 고기로 주린 배를 채우고 모듬을 쳤다.

선녀봉을 지나쳤을 땐 비축했던 식량도 바닥이 났고 여독으로 인해서인지 발은 한 발짝도 옮길 수 없었다. 해가 좀 남아 있었지만 일찍 소를 쉬게 한 다음 모듬을 쳤다.

다음 날부터는 도라지나 고사리, 세어 버린 취, 냉이, 잔대, 더덕, 느타리, 표고, 고비, 병풍, 느르대, 곰취 따위를 삶아먹거나 머루 다래 심지어는 채 익지 않은 도토리로 연명하며 천궁골을 향해 나아갔다.

소야 무진장한 풀이 있으니까 걱정할 것 없었지만 이상하게 그 후로는 사냥도 제대로 되지 않았다. 그 흔한 뱀이라도 있을까 인근 바위를 뒤졌으나 그림자조차도 볼 수 없었다. 오소리나 멧토끼를 더러 보기는 했으나 쉽게 잡을 수가 없었다.

장도봉 기슭에선 팔뚝만한 더덕을 발견하곤 껍질을 까 씹었는데 속에 썩은 물이 고여 있었다. 그걸 몸에 좋을까 싶어 미련하게 들이켜고 말았는데 전번에 머루즙을 내 먹고 취했던 것처럼 정신 못 차리고 나가떨어졌다. 어떻게 해서 그런 어리석은 일을 자주 저지르게 되는지 모를 일이었다. 하찮은 짐승들도 제가 먹을 것이 있고 없고를 간파해 내는 예지가 있는데 하물며 인간이 남들이 그저 몸에 좋다니까 썩은 물까지 둘러 마실 수 있을까 싶었다. 그런 낭설에 놀아날 만큼 무지하고 못난 놈이라는 생각에 산우는 자신이 그렇게 혐오스러울 수가 없었다. 머루즙에 한번 혼이 났으면 조심을 해야 할 텐데 먹고 죽을지도 모르는 것을 그대로 둘러 마셨으니 기가 막힐 일이었다. 그래서 중생은 한순간의 생명도 보장받지 못하는 것일까. 그건 바로 생명에 대한 외경사상이 부족하기 때문이라고 산우는 나중 생각하였다.

　허황한 낭설에 속아 생명을 버리려는 놈이 어찌 남의 생명이 소중한 줄 알까. 생명을 죽이는 걸 업으로 삼는 사람이 생명 귀한 줄을 모른다는 건 참으로 부끄러운 일이었다. 생명은 죽이는 게 아니라 보내는 것이라던 할아버지의 말이 다시 가슴을 아프게 찔러왔다. 생명을 죽이는 걸 업으로 삼고 있지만 보아야 할 것은 바로 생명의 외경사상 그것이었다. 생명을 죽이는 대가로 얻어지는 것은 바로 구도자의 넋 같은 것이며, 그리하여 얻어진 한 근의 고기는 젯상 위에서 효의 다함으로 남고, 그렇게 하여 얻어진 한 장의 가죽은 승전고의 울림으로 남는 것이 아닌가.

장도봉 계곡에 이르렀는데 하루 종일 먹은 게 없었으므로 관솔불을 켜고 가재와 부쿠리, 태행수를 잡아 구워먹었다.

모듬을 칠 때까지도 날이 계속 좋을 것 같았는데 아침이 되자 샛바람이 불었다. 비가 올 모양이었다.

좀 일찍 몸을 일으켜 산우는 소를 몰았다. 칡넝쿨이 우거진 숲을 헤쳐 나갔다.

골짜기 깊숙한 언덕 가까이에 이르자 이름 모를 풀들로 이루어진 언덕의 살갗은 환상적인 요괴스러움을 이루고 있었다.

산우는 소를 몰고 천궁골을 향해 부지런히 걸었다. 이슬을 머금은 풀잎들이 스칠 때마다 서늘한 감촉으로 전신을 휘감았다. 옷깃은 물기로 젖어 나고 옷자락이 휘감길 때마다 걷기가 불편했으나 쉬지 않았다. 하루라도 빨리 천궁골로 돌아가기 위해서는 언제나 정확한 판단과 쉬는 시간을 줄이며 걸어야 하는 것밖에는 별다른 방법이 있을 리 없었다. 그것이 불행한 일인지 다행한 일인지는 모르겠지만 장도봉을 돌아섰을 때는 거먹봉에 해가 걸렸고 뒤늦게 비가 오려는지 먹장구름이 몰리기 시작했다.

땅거미가 지기 전에 다음 목까지는 가야겠다는 생각으로 산우는 암석의 단애가 층층으로 이루어진 협곡으로 소를 몰고 들어섰다. 수없이 많은 돌들이 천만 년 오랜 풍우에 깎이어서 이끼마다 금별 무늬가 현란한 골짜기였다.

골바람이어서인지 뼛속까지 적셔 드는 한기를 느끼면서 소를 몰고 한참을 나아가자 뿌리가 반쯤 드러난 석벽이 시야를 가로막았다. 그 아래 숲이 우거진 곳에 얼굴을 발쪽하게 쳐들고 있는 썩은 통나무 하나가 보였다.

산우는 직감적으로 너구리가 거처하는 집이라는 걸 알았다. 너구리란 놈은 통나무 속에 집 지어 살기를 좋아한다.

소에게 잠시 풀을 뜯게 한 다음 통나무를 향해 다가갔다. 가까이 다가가 보니 통나무 속은 비었다. 마른 꺽쇠풀만 둥지처럼 깔려 있었다. 아마도 근처의 물가에 가재를 잡으러 나갔거나, 아니면 어둠 속에서도 아주 작은 빛도 포착할 수 있는 그 반짝이는 눈으로 먼저 이쪽을 발견하곤 도망을 갔거나, 그도 아니면 자신이 먹여 살려야 할 식구들을 끌고 먹이를 구해 옮겨 갔거나 했을 것이었다.

예상했던 목을 반 정도 남겨 놓았을 때 산우는 산 중턱에서 싸우고 있는 갈가지(살쾡이)들을 만났다. 근육과 골격이 단단한 한 놈이 저보다 작은 놈의 주위를 빙빙 돌아 겁을 주고 있었다. 분명히 그 부근 일대를 장악하려는 침입자가 틀림없었다.

침입자는 산우와 소가 풀숲에서 지켜보고 있는 것도 모르고 어느 한순간 빙빙 돌던 행동을 멈추고 상대의 앞가슴을 덥석 썹어 물었다. 그러자 상대는 날카로운 발톱으로 침입자의 뒷발을 할퀬다. 그 바람에 침입자가 입에 털을 한입이나 물고 나가떨어졌다.

곧이어 둘은 한 덩어리가 되어 으르렁대며 엉겨 붙었다. 엎치락뒤치락 거릴 때마다 주위의 숲은 엉망이 되어갔다.

종당엔 안 되겠는지 침입자 앞에 상대가 땅에 엉덩이를 붙이고 더 덤벼들 자세를 취하지 않았다. 그러자 침입자는 이빨을 드러내고 어깨를 쩍 한 번 벌려 자신을 과시한 다음 그의 앞에 엉덩이를 붙이고 당연하다는 모습으로 앉았다. 이제 약한 자는 침입자의 노리개가 되어 모든 욕을 감내해야 할 것이었다. 침입자는 입에 게거품을 물고 그의 가족을 욕보이고 값진 것을 수탈하며 당연하다는 듯 살아갈 것이고.

그것을 보고 있자 산우는 문득 일본인 마무리의 얼굴이 떠올랐다. 할아버지에게 호령호령하던 그 모습, 어머니에게 보내던 징그러운 그 눈웃음, 얼룩이 앞에 버티어 섰던 할아버지의 마지막 모습이 다시 한 번 생각났다.

소를 몰고 산우는 그 자리를 좀 빠른 걸음으로 벗어났다.

한참을 나아가노라니 아무래도 뒤가 이상했다. 좀 전에 싸우던 갈가지들이 꼭 뒤를 따르는 느낌이었다. 곁을 지나칠 때 이쪽을 쳐다보며 눈치를 살피는 꼴들이 아무래도 심상찮았는데 설마 했었다.

산우는 걸음을 멈추었다. 아나나 다를까 걸음을 멈추자 어느새 한통속이 된 놈들이 풀숲에서 이쪽의 동정을 살피고 있는 것이 보였다.

어쩔까 멈칫거리다가 산우는 소를 몰고 슬슬 걸었다. 될 수 있으면 소 가까이에 붙어 서서 걸었다. 잠시라도 소에게서 떨어진다면 언제 덮칠지 모를 일이었다.

한참을 소와 함께 나란히 걷다 보니 소가 나인지 내가 소인지 모를 정도로 호흡이 같아졌다. 산우가 멈추면 소가 멈추고 소가 멈추면 산우도 멈추었다. 나와 소가 한마음이 된 것처럼 그렇게 움직이고 있었다.

장도봉을 지날 때쯤 해가 졌는데도 뒤따르는 놈들은 무슨 생각에선지 여전히 공격을 해 오지 않았다.

모듬을 치고 즉시 모닥불을 거세게 피워 올렸다. 가까이에서 뒤따라온 놈들이 입에 게거품을 물고 주위를 돌고 있었다. 멀리서 여우의 울음소리가 들려왔다.

나무를 얹을 때마다 불꽃이 거세게 타올랐다.

산우는 하늘을 보았다. 흐려서인지 별무리조차도 보이지 않았다. 달빛도 없는 하늘이고 보면 그들은 인근 숲속에서 모닥불이 꺼질 때를 기다릴 것이었다.

저쪽 능선에서 여우들의 울음소리가 계속 들려왔다. 산우는 모닥불에 나무를 더 얹었다.

지치면 포기하고 다른 먹이를 찾아 나서겠지.

예상은 맞아떨어졌다. 새벽까지 주위를 서성이던 놈들이 제풀에 지친 것인지 소를 몰고 걷기 시작해도 따르는 기척이 없었다. 거먹봉을 막 들어섰을 때야 그들의 모습이 불쑥 나타났다. 그러나 길목을 막고 나서는 것이 아니었다. 그들은 새로운 먹이를 쫓고 있다가 산우를 발견하곤 불쑥 나타난 것이었다.

그들은 그것을 증명이라도 하듯 언덕바지 아래로 쏜살같이 달려 내려갔다.

소고삐를 잡은 채 산우는 언덕을 올라섰다. 커다란 바위 밑에 고라니 두 마리가 반쯤은 수풀 속에 몸을 숨기고 바람이 불어오는 곳으로 머리를 내밀고 늦잠을 자고 있었다.

갈가지들이 언덕바지를 달려 내려가 소리를 죽이고 살금살금 다가가도 고라니들은 귀를 쫑긋거리면서도 눈을 뜨지 않았다. 바람이 불고 있었으므로 나뭇잎 부딪치는 소리쯤으로 착각하고 있는 모양이었다.

가까이 다가간 갈가지 한 마리가 꺾털을 바짝 세우더니 고라니 앞에 버티어 섰다. 누렇게 이빨이 까뒤집어지고 있었다. 한 입에 물어 죽일 것 같았다.

그 순간 바람이 더 거세게 불어 관목가지 부딪치는 소리가 일어났다. 고라니의 귀가 몇 번 쫑긋거리는 것 같더니 이내 눈을 번쩍 떴다. 그 찰나에 갈가지가 몸을 날렸다. 고라니는 방금 전까지 자고 있었으므로 달려드는 갈가지를 피할 수 없었다. 고라니들이 벌떡 일어나는 순간 갈가지들이 앞에 있던 고라니를 향해 덮쳤다. 바위에 등을 붙이고 안쪽에 자고 있던 암고라니가 후닥닥 뛰어 일어나는 바람에 갈가지의 몸뚱이가 뒤로 튕기듯이 물러났다. 그때를 놓치지 않고 두 고라니가 숲속으로 뛰기 시작했다. 갈가지가 날쌔게 그 뒤를 따랐다.

그제야 산우는 소를 돌아보았다. 소는 태평스레 풀을 뜯고 있었다.

자리를 떠 예상했던 목을 반 마장 정도 남겨 놓았을 때 한두 방울의 비가 떨어졌다. 비를 맞으며 거먹봉을 올려다보았다. 검은 구름이 낮게 내려앉은 산등성이가 음침하고 기괴해 보여서 역신의 얼굴을 보는 느낌이었다.

숲을 헤치며 산우는 소를 향해 혼잣말처럼 뇌까렸다.

'이눔아, 이젠 천궁골이 얼마 남지 않았어.'

잿빛 그림자로 가득 찬 풀숲을 산우는 소를 몰고 헤쳐 나갔다. 비가 더 거칠어지기 전에 비를 피할 마땅한 장소도 물색해야 했지만 그냥 걸었다.

한낮이 지나자 비가 쏟아지기 시작했다. 나무들의 가지 끝을 올리고 숲을 때리며 떨어졌다.

산은 온통 비 때문에 흐려지기 시작했고 거먹봉은 뽀얀 비보라에 휩싸여 고운 솜씨로 그려 놓은 묵화를 연상시켰다.

산우는 젖어 가는 옷깃을 추스르며 소를 몰고 계속 나아갔다. 비에 젖은 관목 숲이 흔들릴 때마다 사금파리처럼 반짝거리던 차가운 물방울들이 전신으로 젖어 들었다.

비로 인해 가려지는 시야를 팔뚝으로 문지르며 산우는 이름 모를 풀과 잡목 숲을 촛대로 헤치며 나아갔다. 때로 소고삐를 잡은 채 미끄러지기도 하고 구렁텅이에 떨어지기도 했다. 가시덤불에 걸려 넘어지기도 했다. 그럴 때마다 소는 멀거니 돌아서서 산우를 쳐다보곤 하였다. 어쩌다 담비를 만나기도 했다. 멧비둘기와 너구리를 보기도 하였다.

숲과 숲을 뚫어 목에 다다랐을 때 빗발은 더 거칠어졌다.

산우는 그제야 비를 피할 은신처를 잡았다. 모듬을 칠까 했으나 비가 너무 거친 것 같아 바위 밑으로 몸을 숨겼다. 푸른 관목 숲이 반 마장가량 험악하게 줄기를 이룬 곳이었다. 산 옆면은 지류로 인하여 끊겨 흡사 섬처럼 독립되어 있었고 그 이쪽으로는 잿빛 등을 빗줄기에 내맡긴 암석들이 숲속에 묻혀 있었다.

소와 등을 돌려 앉는 자세로 앉아 산우는 옷을 벗어 대략 물기를 짠 뒤 입었다. 훨씬 찬기가 가셨다. 옷 위로 수증기 같은 김이 피어올랐다.

산우는 소의 등에 자신의 등을 기댔다. 소가 놀라 일어설 줄 알았으나 푸르르 털을 떨 뿐 그대로 있었다.

빗소리, 비바람 소리, 나뭇잎 부딪치는 소리…….

숲 저쪽에서 작은 새들이 빗속을 이리저리 날고 있었다. 이상스레 숲속이 포근하게 느껴졌다.

추위 때문일까. 갑자기 따뜻해진 등을 눕힐 수 있는 방이 그리웠다. 인간의 기름때가 번들번들한 그곳만이 쉴 곳은 아니련만. 저 밀림 속, 새들이 날고 노루나 넙대, 코짤맹이……누구나 와서 비비대고 지나고……벌레가 우는 저 숲속, 저 능선, 저 구릉 그 어디든 내 보금자리이련만. 어떻게 해서 저 숲은 엄청난 거리감을 느끼게 하는 것일까. 그것은 그를 잊고 있었다는 것을 알고 있었다는 걸까. 모두가 자신의 품속을 잊어버렸다는 것을 알고 있기 때문일까.

이 순간이 지나면 저 숲은 또 내 기억 속에서 잊힐 것이다. 저 바위처럼 풍화되어 부스러져 조약돌이 되고, 모래가 되고, 흙이 되고, 먼지가 되어 흩어지듯 그렇게 흩어져 잊힐 것이다. 무엇이든 상대는 그렇게 잊혀진다. 내가 소를 잡았지만 소를 잡았다는 생각조차도 잊어버리고 있었듯이 우리는 모든 걸 잊어버리고 나아간다.

산우는 눈을 감았다.

빗소리, 바람 소리, 나뭇잎 부딪치는 소리…… 그러다 모든 것은 사라지고 한순간 정신이 면경처럼 맑아져 왔다. 나를 찾기 위해 화두를 잡고 명상에 잠겼을 때처럼 모든 잡념은 사라지고 그 무엇도 없는 적멸의 상태가 계속되었다.

천천히 눈을 뜨고 산우는 소를 돌아보았다. 소의 모습이 전혀 남같이 느껴지지 않았다. 너와 내가 사라진, 객관과 주관이 사라진 백정식(白淨識)이 이런 것일까. 무엇일까. 무엇 때문일까. 왜 나는 지금 이러한 곳에서 이러한 상태에 젖어 들고 있는 것일까. 저 봉우리, 저 물안개, 저 산빛, 저 궁륭, 저 나뭇가지의 흔들림, 저 빗발, 아아 저 구름 더미, 그 가는 이동(移動)……자연의 이 모든 것, 우주의 이 오묘한 균형……그러한 것들이 이루어 풍기는 형언할 수 없는 이 기운……일찍이 나는 그 어떤 곳에서도 이러한 상태를 경험하지 못했었다. 누가 말했던가. 내 몸의 행주좌와(行住坐臥), 모든 사물의 활동 작용 그대로가 본질의 활동이라고. 흘러가는 구름, 산과 들, 나무와 풀, 그 모두가 부처 되나니.

새벽까지 비가 왔으므로 산우의 몰골은 말이 아니었다.

산우는 몸을 떨며 소를 몰고 바위 밑을 나섰다. 험준하고 장쾌한 거먹봉의 봉우리를 바라보자 자신의 모습은 하나의 나뭇잎 정도에 불과하다는 생각이 들었다.

울창한 잡목 숲을 헤치며 산우는 천궁골을 향해 바로 나아갔다. 자줏빛으로 일렁이는 밀림 속에 햇살은 없었다. 오직 신령스러움만이 미묘한 빛깔을 안고 있을 뿐.

자금당 같은 빛이 밀림을 뚫고 들어왔을 때 산우는 갑자기 오른쪽 발목에 바늘로 찌르는 것 같은 통증을 느꼈다.

산우는 퍼뜩 고개를 숙이고 발목을 내려다보았다. 그 순간 산우는 뻣뻣하게 굳고 말았다. 잿빛 뱀 한 마리가 발목을 물고 몸을 비틀며 꼬리를 치고 있었다.

눈앞이 아득해 왔다. 자신도 모르는 사이에 왼손이 옆구리의 촛대를 뽑고 있었다.

그와 동시에 기억의 골방 속에서 사내의 모습이 뛰쳐나왔다.


"으흑!"

사내의 입에서 갑자기 형용할 수 없는 신음 소리가 새어 나왔다.

산우가 눈을 크게 뜨는 사내를 쳐다보았다. 사내의 손에 든 총이 부들부들 떨리고 있었다.

"왜 그러오?"

"물렸소!"

"물려?"

"뱀!"

산우의 눈이 둥그레졌다. 사내의 손에 든 총이 그의 왼쪽 비복근 부근을 겨누고 있었다. 산우는 총소리를 의식하며 그를 향해 다가

갔다.

발밑까지 다가가도 사내는 방아쇠를 당기지 않고 부들부들 떨고만 있었다. 자신의 살을 한 입 물고 꼬리를 떨고 있는 뱀을 내려다보고만 있었다.

엉겁결에 뱀을 향해 발을 가져가 차려다가 산우는 소리를 쳤다.

"쏴요! 쏴!"

사내의 얼굴이 더욱 부들부들 떨렸다. 땀이 빗물처럼 흐르고 있었다.

산우가 꽁지를 떠는 뱀을 내려다보며 다시 소리를 쳤다.

"쏘란 말이오! 쏴!"

사내는 산우의 고함 소리가 끝나기 무섭게 총을 놓아 버렸다.

"왜 그러오?"

"틀렸소!"

"틀려?"

그때 꽁지를 떨던 뱀이 물고 있던 살을 놓고 혀를 날름거리며 뒤로 물러났다.

산우가 사내를 향하여 달려들었다. 총이 눈 깜빡할 사이에 산우의 손으로 옮겨지고 한 방의 총성이 뱀 대가리 끝에서 일어났다. 뒤이어 두어 자도 넘을 뱀의 동체가 풀썩 솟구치더니 풀 위에서 몸을 꼬다가 서서히 죽어 갔다.


촛대를 치켜들고 산우는 뱀을 노려보았다. 뱀은 여전히 발목을 문 채 꼬리를 털고 있었다.

……그때 당신들은 깨달았을지 몰랐다. 대상이 본질 그 자체라는 걸. 그렇기에 그들은 자신이 보려하던 본질 속으로 들어가 버린 것이 아닌가. 자신이 잡으려던 소에게 떠받혀 죽은 것은 바로 그것을 증명한 것이 아니고 무엇인가. 찾으려 하는 대상이 곧 본질 그 자체라는 걸. 나는 아직도 그러한 경지를 체험해 보지 못했다. 죽이려는 대상의 눈빛이 빛날수록 내 가슴은 알 수 없는 집착으로 떨고 칼날은 그것을 증명이라도 하듯 소의 멱을 따고 있었으니. 그것은 살생이었다. 그것은 보내는 것이 아니었다. 그것은 소를 죽이는 게 아니라 나를 죽이고 있었던 것이다…….

산우는 어금니를 꽉 씹었다. 지금 내부에서 일어나고 있는 이건 무슨 소리인가. 아니 지금 이 판국에 무슨 역설인가. 이 소리는 분명 찾고 찾던 대상 속으로 들어가 버린 선조들의 최후를 합리화하고 있는 말이 아닌가.

아아 하고 산우는 신음을 물며 뱀의 머리 위로 촛대를 내리꽂았다. 그러나 이미 뱀은 꽁지를 털며 물러나고 있었다.

산우는 그 자리에 풀썩 꼬꾸라졌다.


총을 던지고 산우는 사내의 다리를 향하여 달려들었다.

옷을 찢었다. 찢어진 옷 조각이 붕대처럼 상처를 중심으로 감겼다.

뒤이어 칼을 뽑아 들었다. 뱀의 이빨 자국이 선명한 살을 두 줄기로 갈랐다.

사내의 입에서 단말마 같은 비명 소리가 터져 나왔다.

무자비할 정도로 두어 번 더 그었다. 두부처럼 허옇게 갈라지는 살에서 스멀스멀 피가 배어 나왔다. 산우는 그곳에다 입을 가져갔다.

피를 빨아내기 시작하자 입 안에 고이는 피 비린내가 말 못할 역겨움을 몰고 왔다. 계속 빨아 댔다. 검붉은 피가 독과 함께 입속에 고이면 다시 뱉어 내고 또 빨았다.

드디어 맑은 피가 비치기 시작했다.

산우는 일어나 주르먹을 끌어당겨 수통을 꺼내 입을 씻어 낸 다음 약초를 꺼내 상처의 부위에다 발랐다.

옷 조각으로 상처를 처맨 다음 사내를 노려보았다.

"정말 알다가도 모르겠소. 다행스럽게 혈관을 비꼈으니 말이지 엎친 데 덮친 격으로 이게 무슨 꼴이오."

"……."

"참 하느님도 무심하시지. 이렇게 끌고 가다가 내버릴 양이면 아예 처음부터 그냥이나 둘 일이지. 그래 물어 봅시다. 왜 쏘지 않았소?"

"……."

"참으로 알다가도 모르겠소. 또 뭔가를 회의하고 있었던 게 아니오? 그러니까 자꾸 이런 불상사가 당신에게만 생기는 것 같지 않소. 그런 사람이 어찌 처음부터 이런 산에 오를 걸 생각했는지?"

사내가 고개를 끄덕였다.

"처음엔 나도 쏘려고 했었소!"

"그래서 총을 겨누었던 게 아니오?"

"그런데……."

"?"

"그 순간에 이상한 생각이 들었던 게요."

"?"

"그 뱀의 얼굴이 갑자기 소의 얼굴로 보였던 거요!"

"그렇다면 더욱 쏘아야 했을 게 아니오?"

"그래서 방아쇠를 당기려 했었소. 노루를 죽일 때와는 달리 정말 의식적으로……."

"그런데?"

"그런데 한 가닥 생각이……."

"생각이?"

사내가 고개를 숙였다.

"그만둡시다."

"그만두다니?"

"말을 꺼내면 길어질 것 같아서 그러오."

"해 보시오. 도대체 무슨 소리기에?"

사내는 한참을 묵묵히 앉아 있다가 한순간 무엇인가를 결심한 듯 고개를 들었다.

어디선가 새소리가 들려왔다.

"내 아버지는 원래가 깊은 산골에서 산삼을 캐는 심메마니였소. 그는 어인마니(최고참마니)도 아니었고 삼뿌리를 한 번이나 소망 보았던 사람도 아니었소. 그러나 그는 채삼인으로서 다른 약초를 캐는 변절은 하지 않았소. 그는 한평생 심메를 보면서도 산삼을 캐 팔자를 고쳐 보겠다거나 논밭 뙈기를 자식을 위해 사두겠다는 생각보다는 그저 산에서 돌과 산과 말을 나누며 사는 걸 보람으로 알고 있는 사람이었소. 산은 바로 그의 신앙이었던 게지요. 내 나이 열여섯이 되자 그는 날 염적이마니를 만들려 했었소. 염적이마니란 가장 나이 어린 마니로서 삼을 찾아 산을 헤매는 동안 맨 앞에 서서 이슬에 젖은 수풀을 헤쳐 주거나 새용이나 낫호미, 톱, 칼 등을 넣은 주르먹을 넣은 지냇짐을 지는 사람을 말하는 거요. 아버지의 바람을 알고 난, 나는 머리를 내저었소. 난 그때쯤 서당에 나가면서 《명심보감》이니 《동몽선습》이니 《훈몽자회》《소학》 등을 깨우쳤고 그러한 어설픈 깨우침이 되지도 못하게 아버지와 나의 인생을 조명하고 있었던 것이오. 회의랄까. 나는 누구인가. 나는 무엇이며 어디서 와 어디로 갈 것인가? 바람보다도 자주 흔들리는 신념, 아버지가 날 끌고 산을 오르려하면 할수록 그러한 회의는 더욱 더 꼬리를 쳤소. 산삼을 찾다 평생을 바쳐 버린 아버지, 그가 무엇을 찾아 헤매었는지 그리고 이제 내가 산에 올라 무엇을 찾아 헤매어야 할지 그것이 의문스러웠던 것이오. 그런 어느 날, 어느 날이었소. 우연히 산에서 금어승(金魚僧) 한 분을 만났는데 그가 바로 나의 스승 만유 선사였소. 그 승을 처음 보는 순간 나는 한눈에 그가

날 구하리라는 느낌을 받았었소. 전생의 인연 때문이었을까. 그날
그분에게 귀동냥으로 얻어들은 불교에 관한 지식들이 영 뇌리에서
떠나질 않았소. 그때 그분은 내게 유식(唯識)의 도리를 《방엄경》의
의리로 설했던 것 같은데 어쨌든 바람처럼 스쳐가는 그의 말들이
내 가슴속으로 해금처럼 스며들어 왔던 거요. 그래서 나는 집을 떠
났소. 찾아간 곳은 역시 그분이 있는 절이었소. 눈물겨운 행자 생
활을 나는 거기서 시작했소. 금어계를 받으며 난 부르짖었소. 여기
해탈을 구하러 왔습니다. 머리를 깎고 계율을 지키고 세속의 애착
을 끊겠나이다. 이제 불법을 배워 펴서 중생을 구제하겠나이다. 부
처님이 말씀하신 정법(正法)을 티끌만큼의 의심 없이 수행하겠나
이다. 모든 중생을 이익하게 하고, 모든 중생을 섭수할 것이며, 중
생의 고를 대신하고, 보살의 정신으로 보살도를 버리지 않을 것이
며, 보리심을 잃지 않고 선근을 부지런히 닦겠나이다. 나는 출발했
었소. 나의 공안은 '남전참묘(南泉斬猫)'였소. 동당과 서당 간에 고양
이 한 마리를 놓고 서로 제 것이라고 싸우는지라 남전 스님이 고양
이 목을 잡아 삭도칼을 들이대고 대중아, 도득(든 이유)하면 이 고양
이를 살리고 불도득(對句가 맞지 않으면) 하면 죽이리라. 그러자 서로
자기 것이라고 법석이던 대중들의 숨소리 하나 들려오지 않자 남
전은 고양이의 목을 쳐버렸소. 나중 조주 선사가 돌아와 그 사실을
알고는 아무 말 않고 신발을 벗어 머리에 이고 밖으로 나가며 내가
만약 있었다면 고양이는 죽지 않았을 것이라고 탄식했소. 남전 스
님이 왜 고양이 목을 쳤는지 조주 선사가 무엇 때문에 신발을 이

고 그런 말을 했는지 난 알 길이 없었소. 나는 그것을 알기 위해 초화를 배우고 조색을 배우고 십왕초, 천왕초, 여래초를 배우고…… 참으로 뼈를 깎는 인고의 세월이었소. 그러나 나의 스승은 내가 그려 놓은 그림 앞에서 칼질을 서슴지 않았소. '아직도 멀었다' 그의 입에서는 언제나 그 한마디뿐이었소. 나는 더 견디지 못하고 하산하고 말았소. 집으로 돌아온 것이오. 그때야 아버지의 세계가 점차 이해되더란 말이오. 어느 날 나는 아버지를 따라나섰소. 돌아오는 길에 산기슭에서 지금 우리가 쫓고 있는 소를 만난 것이오. 소는 우리를 발견하자 눈을 까뒤집고 달려들었소. 목동이 소에게 풀을 먹이다 놓쳐 버린 소라고 생각한 아버지가 마음 놓고 달려들다가 그 청동 같은 뿔에 일격에 나가떨어졌소. 그때 난 보았던 거요. 사라지는 소의 늠름한 동체를 보며 내가 붙잡았던 공안을…… 죽은 아버지의 복수보다는 먼저 떠올렸던 건 불살생을 원칙으로 하는 불가에서 왜 남전 스님이 고양이 목을 치지 않으면 안 되었던가를 먼저 생각했던 것이오. 그것은 소승적 입장이 아니라 대승적인 것, 죽장 끝에 방울을 달고 다니며 살생을 금기로 하는 소승들로서는 풀 수 없는 대승적인 입장에서 그 공안을 풀 수밖에 없다는 걸. 남전 스님이 살생계를 모르는 입장이 아니고 보면 고양이를 죽임으로 인해서 한 사람이라도 깨우쳐 보겠다는 남전 스님의 거룩한 입장을 이해할 수가 있었던 거요."

"흐흠."

팔짱을 끼고 사내의 말을 잠시 생각하다가 산우는 시선을 들었다.

"결국 당신은 그 소를 집착의 근본으로 보았다는 말이군요. 바로 남전이 잘랐던……."

"그렇소. 아집의 근거로 보았던 거요. 그걸 자르고 나면 너와 내가 사라지고 하나는 또렷해진다 그것이지요."

산우의 입가에 비릿한 웃음이 물렸다.

"죽인다는 것은 지엽적인 것에 지나지 않는다?"

"호생(護生)은 모름지기 죽이라, 죽이고 죽여서 비로소 정거(定居)라 바로 그것이지요."

"하하하……. 결국 대비와 균형의 질서를 파괴하는 것은 번뇌의 소치이므로 모두 죽여라?"

"그렇소. 번뇌로 인한 무지와 무명은 죄악의 근본이요, 망상 망념의 근본이 되기 때문이오."

"그런데 왜 뱀을 죽이지 않았소?"

"뱀을 죽이려는 순간 난 섬광처럼 지나는 내 관념의 사기성을 보았던 거요."

"그래 그게 뭐요?"

"그를 죽이는 순간 그를 죽인다는 것도 없는, 나라는 인식조차도 없는 상태를 맞을 수 있을까 하는 회의 말이오."

"그것은 그 순간에 결정되는 것 아니오?"

"그렇소. 그게 문제요. 그래서 고양이 목을 자른 남전을 보고 조주 선사는 신발을 이고 말했던 거요. 내가 있었다면 고양이는 죽지 않았을 것을."

"결국 상(相)에 집착했단 말이오?"

"남전은 대중 속의 한 사람도 대꾸도 없었으니 선언한 바와 같이 고양이 목을 칠 수밖에 없었지요. 그때 조주가 있었다면 분명히 그 칼을 뺏어 남전의 목을 도로 쳤을 테니까요."

"그래서 결국 당신은 각자들이 뱉어 놓은 관념에 유희 당했다는 말이로군?"

"그렇소."

"그러나 우리는 사물과의 일체가 되는 순간을 맞기 위해 이까지 온 것 아니오."

"내 마음속에서 그 소가 죽은 지는 오래요."

"그럼 됐지 않소?"

"그것이 실체가 아니라는 사실이 괴로운 것이오."

"그렇다면 지금의 당신 행위는 정당한 것, 그 뱀을 죽여야 했을 게 아닌가?"

"그 역시 실체가 아니었기 때문이오. 그 뱀을 죽인다 하더라도 그것은 가상일 뿐, 실체에 대한 번뇌는 오히려 그대로 남아 있었을 게요."

"정말 당신의 궤변에는 정신을 못 차리겠구려."

"말장난을 하고 있는 게 아니외다."

"알고 있소. 당신의 회의는 이제야 원상태로 돌아온 것이니까. 그러나 당신은 그 뱀을 쏘았어야 했소. 가상을 죽이지 못하면서 실체에 대한 번뇌를 끊을 수 있다는 건 모순이지 않소? 그래 총알은 이제 몇 발이나 남았소?"

"몇 발 남지 않았을 게요."

"몇 발 남지 않았어도 다음부턴 쏘아야 할 게요."


산우는 눈을 한 번 질끈 감았다 떴다.

그렇다면 나 역시 지금까지 조상들이 홀려 놓은 관념에 유희되고 있었다는 말인가.

산우는 머리를 내저었다. 아닐 것이었다. 유희되기는커녕 모든 걸 죽이러 여기에 온 것이었다. 부처를 만나면 부처를 죽이고 조사를 만나면 조사를 죽이고……. 그것만이 객관과 주관이 사라진 순수 직관의 울타리 속으로 들어갈 수 있는 길이라는 걸 알았으므로.

산우는 재빨리 칼을 뽑아 들었다. 사내의 상처를 치료할 때처럼 상처를 치료하기 위해서였다.

제7장

소를
잊다
[忘牛存人]

그림설명

제7망우존인(忘牛存人 : 소를 잊고 안심한다)

간밤에 비가 왔으므로 풀숲은 젖어 있었다.

산우는 거덕봉을 소를 몰고 지났다. 뱀에게 물린 지도 벌써 이틀이 지났지만 걷지 못할 만큼 상처가 대단한 것은 아니었다. 여독으로 인해서인지 물린 자리가 계속 짓무르고 부기가 가시지 않았지만 다행히 뱀은 별 독이 없는 살망이였던 모양이었다. 혹시나 해서 약초는 자주 갈아붙였지만 크게 덧나지는 않았다.

가시덤불뿐인 숲이 나타나더니 초목으로 우거진 평지가 나타났다. 간간이 고사목의 수가 늘어나는 걸로 보아 여기도 그 옛날엔 엄청난 삼림이 피륙처럼 짜여 있었을 것이었다. 세월이 흐르면서 자연적으로 불이 일어나고 그것이 다시 밑거름이 되어 땅 위의 초목이 자라고 그렇게 자연은 이루어지는 것일 터였다.

한참을 올라가자 굴참나무와 키 작은 소나무가 꽉 들어찬 골짜기가 나오고 그곳을 지나자 하늘을 찌르는 듯한 침엽수 사이사이에서 다갈색의 새들이 이리저리 날며 맑은 소리로 지저귀었다. 그 저쪽으로 이름 모를 꽃들이 한데 어울려 불어오는 미풍에 자태를 뽐내고 있었다. 다갈색의 꽃 무더기의 아름다움과 향기로움. 새들은 인간이 보지 못하는 것을 그들 나름대로의 감성으로 노래하는 것 같았다. 충일한 아름다움을 감식하듯 지저귀고 있는 것 같은 새들이 예사롭지 않아 보였다. 자신이 보지 못하는 것을 그들이 보고 있다는 느낌은 산우에게 한 가닥 이상스런 그림자를 던져 주었다.

업이란 무엇일까. 내가 저 충일한 아름다움을 느끼지 못하게 태어난 것? 그들은 저 충일한 아름다움을 느끼게 태어난 것? 그것이 업이란 것일까? 그렇다면 그 업을 없애 버리면 우리는 다 같이 무엇이 될까? 내가 새가 되고 새가 내가 되면 그것이 바로 불타가 말한 색즉시공(色卽是空)?

소를 몰고 좁은 길을 한참을 나아가자 코짤맹이 두 마리가 무엇인가를 뜯어먹고 있는 게 보였다.

산우는 깜짝 놀라 소의 고삐를 잡아당기며 걸음을 멈추었다.

얼른 인근 숲속으로 몸을 숨길까 했으나 나무 위에 있는 다람쥐들이 짓까불며 소리를 내지르는 바람에 코짤맹이의 눈이 이쪽을 쳐다보았다. 코짤맹이의 얼굴이 눈에 들어오는 순간 산우는 그만 입을 딱 벌리고 말았다. 한 놈은 낯이 설었으나 한 놈은 분명히 일월봉에서 넙대와 싸우던 놈이었다. 그때 넙대에게 입었던 목덜미의 상처가 채 아물지 않아 뒤집어진 살이 게딱지처럼 시커멓게 보였다.

소고삐를 단단히 잡은 채 산우는 촛대를 뽑아 들었다. 코짤맹이들이 달려든다면 정면으로 맞설 수밖에 없는 상태였다.

산우가 노려보고 서 있자 코짤맹이들이 어떻게 된 판인지 슬그머니 고개를 돌리고 먹이를 다시 뜯기 시작했다. 먹이가 있는 이상 주린 배부터 먼저 채우고 보자는 심사 같았다.

산우는 뭔가 좀 이상하다는 생각이 들었다. 전번에 넙대와 싸우던 놈이 흘끔흘끔 이쪽을 쳐다보며 그 큰 몸으로 먹이를 가로막아서는 모양이 혹시나 제 먹이를 빼앗기지나 않을까 하는 행동거지였다.

움직이지 않고 산우는 좀 더 지켜보았다. 분명히 저놈은 넙대와 싸우던 그때를 기억하고 있다는 생각에서였다. 자신이 상대할 수 없는 놈을 산우가 꺾자 놈은 자신보다 더 강한 놈이 있다는 걸 알고는 몸을 숨겨 버렸던 것이 분명했다. 그리고 아마 그 지역으로 다시는 돌아가지 못하고 이쪽으로 옮겨와 살다가 다시 마주친 것일 터였다. 그렇다면 먼저 건드리지만 않는다면 코짤맹이들이 달려들진 않을 것이었다.

그런 판단이 서자 산우는 소를 몰고 조심조심 그들 곁을 지나쳤다.

산우의 생각이 들어맞은 것인지 능선을 다 넘도록 코짤맹이들의 기척은 없었다.

기먹봉이 거의 끝나는 지점까지 다다르자 해가 저물었다. 코짤맹이들이 있던 곳에서 완전히 멀어진 지점이었다.

산우는 자리를 골라 모듬을 치고 모닥불을 피웠다. 자신의 예감이 맞다면 별 탈은 없을 것이었다.

그러나 그것은 산우의 오산이었다. 소를 의지하고 막 잠이 들려는데 바로 근처 숲에서 산천이 쩌렁쩌렁 울리는 코짤맹이의 포효 소리가 들려왔다. 낮에 본 코짤맹이들이 몸을 숨기고 이곳까지 뒤따라온 것이 분명했다.

산우는 우선 소의 고삐를 단단히 쥐고 모닥불에다 나무를 더 얹었다. 불이 있는 이상 그리 쉽게 덤벼들지 못할 것이었다.

한 손에 촛대를 움켜쥐고 한 손에 소고삐를 잡은 채 사방을 살펴보자 자꾸 할아버지의 얼굴이 떠올랐다.

"……촛대로 움직이는 표적을 단 한 번에 꺼꾸러뜨린다는 건 참으로 보통 실력으론 안 되는 법인 기여. 그건 눈을 감고도 소의 정수를 꿰뚫을 수 있는 정도가 아니면 어림없는 일이거든. 그래서 옛 조상들은 항상 눈을 감고 마음의 눈으로 대상을 보려 했던 것이야. 멀쩡히 뜬 눈을 가리고 촛대질을 시키는 것도 먼저 마음의 눈으로 상대를 보라는 것인 게야. 마음의 눈으로 상대를 보았을 때 아찔광한다면 상대가 무엇이든 뭐가 문제가 되나. 니 고조부는 그 옛날 집채만한 코짤맹이를 잡은 것으로도 유명했지. 그것도 단 한 수에. 내가 열 살 때였던가. 우시장에 따라갔다가 도중에서 코짤맹이를 만났는데 그때도 이렇게 산중에서 모듬을 치고 모닥불을 피우고 있었지. 천궁골에서 해진읍까지는 산길로 꼬박 이틀이 걸리는 곳이었으니 도중에서 꼭 하룻밤을 묵어야 했던 게야. 갑자기 나타난 코짤맹이는 너의 고조부나 나 같은 건 안중에도 없었는지 그냥 누워 있는 소에게 다가들더니 한입에 삼킬 듯이 울어 젖히는데 소가 후닥닥 뛰어 일어나더군. 그러자 코짤맹이의 앞발이 소의 목을 내리치는데, 금세 피가 펑펑 쏟아지더니 소가 미친 듯이 달아나기 시작했지. 코짤맹이가 그 뒤를 따랐어. 얼마 가지 않아 코짤맹이가 소의 뒷다리를 앞발로 쳐올렸어. 소가 몇 번 비틀거리다가 어떻게 균형을 잡고 후닥닥 돌아서는데 눈에서 시뻘건 불이 뿜어 나오는 게야. 코짤맹이가 주춤하더구만. 소는 그 눈빛을 앞세우기나 하듯 코짤맹이를 향해 달려드는데 허나, 상대가 되어야지. 코짤맹이의 앞발이 소의 면상을 다시 후려쳤는데 그 큰 놈이 그냥 풀썩 나가떨어지는 게야. 그러나 이내 일어난 소가 안 되겠는지 되돌아서서 뛰는데 코짤맹이가 틈을 주지 않고 소의 등 뒤로 뛰어올랐어. 그리고 목덜미를 꽉 물어 씹는 게야. 그러자 소가 미친 듯이 날뛰었지. 그 바람에 그의 발길질에 모닥불의 불티가 흡사 눈가루처럼 날아올랐다가 소의 몸뚱이 위로 떨어져 내리는 게야. 그러자 코짤맹이가 불티 때문인지 물었던 목을 놓고 땅으로 뛰어내렸는데 그때 너의 고조부가 촛대를 들고 코짤맹이를 향해 뛰어간 게야. 그는 조금도 두려워하는 낯빛이 아니었어. 소를 잡던 여느 때처럼 얼굴엔 별 동요가 없었어. 너의 고조부는 코짤맹이 앞을 가로막아 서서 눈을 잠시 감더군. 그는 꼭 달래듯이 말하는 것 같았다. '이놈아, 이러는 게 아녀, 이런 법이 어디 있남' 할아버지는 계속 눈을 뜨지 않는 게야. 난 멀리 떨어져 몸을 떨며 할아버지가 어쩌려고 눈을 감고 있을까 싶어 답답했었지. 눈을 떠요! 눈을 떠! 하고 고함이라도 막 지르고 싶은 게야. 그러나 누가 알았겠냐. 그가 어둠을 깨고 마음의 눈을 서서히 뜨고 있을 줄을……. 어느 한순간 코짤맹이가 날아올랐지. 그러나 그것은 이미 할아버지의 적수가 되지 못했다. 눈을 감은 할아버지는 날아오른 코짤맹이의 정수리를 정확하게 촛대로 찍어 놓고 있었으니까. 소는 그대로 시름시름 죽었지만 할아버지는 그 대신 코짤맹이를 끌고 산을 내려왔었지.”

지금 근처에 있는 코짤맹이가 그때처럼 덮쳐온다면 고조부가 보았던 그 상태를 나는 맞을 수 있을까. 있고 없고는 결과 뒤에 오는 것이지만 우선은 용기를 가지고 촛대를 들어야 할 것이었다. 고조부는 그때 코짤맹이 앞에서 먼저 주관을 버렸을 것이었다. 너와 나라는 주객의 두 벽을 모두 버렸을 것이었다. 에고를 버리고 주관과 객관이 사라진 순수 직관의 세계로 들어가 코짤맹이를 맞았을 것이었다.

산우는 촛대를 쥔 손에 오달지게 힘을 주며 계속 주위를 살폈다.

오너라! 오면 맞서 주리라!

코짤맹이는 산우의 결심을 아는 듯이 쉽게 나타나지 않았다. 주위를 돌며 가끔 포효할 뿐이었다.


“뭣일까요? 저 울음소리?”

사내가 기분 나쁘게 들려오는 산짐승의 울음소리를 들으며 산우를 향해 물었다.

"모르겠소. 피 냄새를 맡은 산짐승들이겠지요."

"괜찮을까요?"

"먹이가 있으니까 그렇게 쉽게 공격해 오지는 않을 게요. 공격해 온다 하더라도 총이 있지 않소."

사내의 입이 묘하게 일그러졌다.

"역시 이 총은 소에게 무용지물이 되겠소. 만나면 이미 탄환은 한 발도 남아 있지 않을 테니……."

"!"

"그게 바로 나 자신이 아니겠소?"

"당신 혹시 또 회의하고 있는 것 아니오?"

"어쩔 수가 없소."

"어쩔 수가 없다니요?"

"탄환이 떨어지는 것만큼이나 몸의 기력은 떨어지고 있으니 말이오."

"그러니까 얼마나 조화롭게 나아가느냐가 문제 아니오. 오득이 생이 초월에서 오는 게 아니라 생의 조화에서 오듯이 말이오."

"그래서 하는 말이오. 고행을 의식하는 고행, 그게 진실한 고행이랄 수 있을까 하는 것이오. 그래서 얻어지는 오득은 오득이 아니라 사물의 늪이 아니겠느냔 말이오. 고행이란 무의식적으로 이루어져야만 참된 고행이 될 수 있고 참된 오득을 얻을 수 있다는 말이오."

"!"

"지금 내게 있어서의 고행은 고행이 아니라 총알을 허비하는 고행이란 말이오."

"나는 지금 고행을 하면서 양생을 외면해야 한다는 말은 하지 않았소. 고행 속에서 한정되어 있는 총알이나 무엇이나 간에 그 한정된 것들을 얼마만큼 적절히 아껴서 목표에다 꽂을 수 있느냐 그게 문제일 뿐이란 말이오. 결과는 거기서 오는 게 아니겠소?"

"그러나 지금 이 상태에서는 탄환을 오롯이 하고서 나아갈 수는 없는 게 아니오?"

"그렇다고 해서 지금에 와 포기한다는 건 자기 학대는 될지언정 자기 위주는 되지 않을 게요."

"모르겠소. 이런 말장난으로 끝날 회의였다면 벌써 끝장은 났을 게요."

"그럼 시초부터 왜 이렇게 나선 것이오……."

"역시 회의했기 때문이오."

"허 참, 그래 이제 어떡하시겠다는 거요?"

"회의하면서 나아갈 뿐이지요. 탄환만을 허비하며……."

"그건 자멸이오!"

사내가 괴롭게 머리를 저었다.

"그렇다면 당신은 알고 있소? 한정된 탄환을 소비하지 않고 소에게 갈 수 있는 방법을……."

"나도 그건 모르오."

"그렇소. 당신도 모르고 있소. 그걸 아는 자는 각자밖에 없을 테니까. 나는 이제 왜 내가 이런 고행을 하고 왜 방아쇠를 당겨야 하는 것인지 그것조차도 의심스러워지오. 불타는 성불함으로써 모든 번뇌의 불을 껐지만 그 번뇌를 끄고 난 뒤의 적멸은 어떻게 맞았는지……"

"그만둡시다. 불타에게도 이만한 고행, 이만한 방황, 이보다 더한 집착이 있었을 게요. 지금 당장 번뇌의 불도 끄지 못하면서 적멸을 운운한다는 것은 어불성설이오. 그를 욕되게 할 뿐……"

"하지만 이 난관을 거쳐 소를 만난다 하더라도 나는 내가 바라던 목적을 이루기 전에 나의 모든 것이 사물화 되어 버릴 것이 아닌가 하고……"

"기가 막히는군."

사내가 침통하게 고개를 숙였다.

"그렇소. 그럴지도 모르오. 나는 그게 무서운 거요. 지금 나의 이 행위가 보편성을 떠나 특수성에만 머물러 있는 게 아닌가 하고……"

"정말 소심하시구만. 그래서 목적을 이루지 못한다 하더라도 갈 길은 가야 할 것이 아니요."

"목적을 이루지 못할 것이면 아예 여기서 그만두는 것도 현명한 것이 아니겠소?"

"이것 보시오. 그건 결과 뒤에 오는 것이오. 당신이 소를 죽일지 내가 소를 죽일지 둘이 함께 소를 죽일지 그건 모르는 것 아니요? 그걸 모르기 때문에 우리는 지금까지 동일의 적을 향해 이곳까지 온 것이오."

"모르겠소. 나 자신이 또 하나의 바보 같은 왕이 되어 가고 있다는 생각을 떨쳐 버릴 수가 없소."

"바보 같은 왕이라니요?"

"옛날 어느 나라에 바보 같은 왕이 하나 있었는데 그는 적국을 치기 위해 바다 위에다 가교를 놓았소. 그런데 바다가 폭풍을 일으켜 그 다리를 부셔 버린 거요. 그것을 본 왕은 명령했지요. 바다를 처형하라고, 수백 대의 곤장과 족쇄 한 벌로 그의 심장에 낙인을 찍으라는……."

"그래 찍었소?"

"물론 찍었지요. 그러나 바다는 처형되기는커녕 오히려 그를 비웃었소. 낙인이 찍힌 것은 그 왕 자신이었던 것이오. 자신의 권세로 인한 어리석은 객기와 시위의 가슴에다……."

"당신 참 보기보다 어리석고 무지하구려. 난 그렇게 생각하지 않소. 중요한 건 그 왕이 이미 바다는 처형되지 않는다는 사실을 알고 있었다는 것이오. 그는 이미 대상 그 자체가 본질이란 것을 알고 있었다는 말이오. 그는 그 본질을 깨었을 뿐. 언젠가 우리들이 나눈 말을 나는 지금도 기억하고 있소. 마라가여, 쓸모없는 공론에 치우치지 말라. 쓸모없는 공론에 치우쳐 회의하다 보면 너는 너를 죽이는 화살의 임자도 모른 채 죽어 가리라."

"……."

"난 당신처럼 비약을 좋아하진 않소. 허지만 난 분명히 이 말만은 하고 싶소. 바다를 징벌한 그 왕의 시위가 오늘날에 와서 당신

같은 사람에게 조롱감이 될 수도 있겠지만 그는 그럼으로 인해서 대상 그 자체가 본질이란 사실을 똑바로 볼 수 있었다는 거요. 당신은 깨친 자들의 관념을 그대로 유희할 수도 없는 바보에 지나지 않지만 그는 그제야 각자들의 말들을 자신의 행위로써 증명할 수가 있었던 것이란 말이오. 그럼으로써 그는 본질을 여는 주자가 된 것이지 당신의 입에 오르내릴 멍청이는 아니었다는 말이오. 당신은 썩어빠진 공론과 소리도 없이 가슴을 침식하는 회의에 젖어 우자(愚者)마저도 될 수 없는 인간이 되어 가고 있지만 그러나 그게 아니오. 우리는 도착하기 위해서 방황하는 것이지 후회하기 위하여 방황하는 건 아니란 말이오."

산우가 말을 끝내자 사내는 아무 말 없이 허공을 향해 시선을 옮겼다.


계속 코짤맹이의 울음소리가 들려왔다.

산우는 모닥불에다 나무를 얹고 또 얹었다. 이젠 완전히 가까이 다가왔는지 바로 위쪽에서 소리가 났다. 촛대를 꼬나들고 천천히 몸을 세웠다. 목이 꽉 막혔다. 소리 나는 곳으로 눈을 준 채 자세를 가다듬었다.

한순간 소리 나는 곳에서 무엇인가 불쑥 나타났다. 산우는 자신의 눈을 의심했다.

이게 무엇인가.

코짤맹이인 줄 알았던 것은 의외로 엄청나게 큰 멧돝이었다. 멧톨은 산우를 발견하자 미친 듯이 모닥불 옆으로 내달렸다. 모닥불 옆을 지나는 멧톨의 모습이 불빛에 한순간 선명하게 드러났다. 전신이 무자비하게 찢긴 멧톨은 완전히 피투성이였다. 무엇에겐가 쫓기다가 불쑥 튀어나온 게 틀림없었다. 그제야 짐작이 갔다. 코짤맹이는 이쪽을 노리고 있었던 것이 아니었다. 달빛을 이용하여 멧톨을 사냥하고 있었던 모양이었다.

예상은 빗나가지 않았는지 잠시 후 멧톨이 올라간 산정 쪽에서 코짤맹이의 포효 소리와 꽥꽥거리는 멧톨의 울음소리가 들려왔다.

그 소리를 끝으로 아무런 소리도 들려오지 않았다.

산우는 그제야 좀은 안심이 되어 소를 멀거니 돌아보았다. 소는 태평스럽게 제 몸을 핥고 있었다.

지금쯤 멧톨은 코짤맹이의 먹이가 되었을 것이었다. 그럼 그 먹이가 있는 이상 이 밤 안으로 습격을 가해 오진 않으리라.

눈을 감자 모닥불 앞을 지나던 멧톨의 피 번진 모습이 보였다. 약육강식의 살벌한 생존경쟁이 어디 여기뿐일까. 죽고 죽이고 뿌리가 있어도 흔들리던 세월…….

전쟁으로 인해 침체되어 가라앉은 풍경 속으로 한 마리의 미친 멧톨이 되어 북에서 돌아왔던 세월이 눈앞으로 다가왔다. 나를 버렸던 인간들을 나와 동일한 수준에 올려놓기 위하여 광분하던 세월, 참으로 뿌리가 있어도 흔들리던 세월이었다.

산우는 입술을 지그시 물었다.

은둔읍이 접수되고 난 며칠 후 일엽은 산우와 행동대원 몇 명을 데리고 평소에 희망하던 은둔리로 들어섰다.

산우는 그때 일엽의 속셈을 짐작하고 있었다. 그에게도 은둔리는 한 서린 땅이었다. 헐떨어진 승복에 어린 몸을 감싸고 시주를 하려 이 집 저 집 돌아다닐 때 날아오던 돌팔매질을 어이 잊었겠는가.

일엽은 은둔리의 공회당을 접수하고 그곳에서 혁명과업의 제 일보를 구상하였다. 그는 은둔리에 들어서면서부터는 산우에게 상관으로서의 예우를 강요하지 않았다.

그런 그에게서 산우는 이상스럽게도 친구로서의 우정보다는 친구의 의리를 내세운 그의 동맹 전술적 불신을 먼저 보았다. 그들의 사상을 익힐 때부터 그들의 세계에선 목적을 위해서는 인민을 위해 친구까지도 이용물로만 보아야 한다는 것을 귀가 닳도록 들어 왔기 때문이었다.

그런 산우에게 일엽은 언제나 알지 못할 이상스런 미소를 짓곤 하였다. 그 미소는 꼭 말하고 있는 것 같았다.

……네놈에게도 이 고을은 지독히도 한스러운 곳일 터이지…….

어찌 한스럽지 않은 곳일까. 생각 같아서는 모두를 쳐 죽이고 모든 것을 쓸어 버려도 그래도 못 다한 한이 그대로 남아 있을 것 같은 곳이 그곳이었다.

드디어 일엽은 어느 날인가 문을 열고 들어서면서 자신의 속을 드러내기 시작했다.

"자네 언젠가 내게 무녀의 얘기를 해 준 적이 있었지?"

"무녀?"

"자네를 오세암으로 보냈던 주범 말일세."

갑작스런 그의 말에 산우는 그 옛날의 기억을 더듬었다.

"그래서?"

"내게 생각이 하나 있어서……."

"생각이 있다니?"

"두고 보게나."

일엽의 얼굴에 음흉스런 미소가 스치고 지나갔다.

"무슨 소린가? 말을 하려면 내가 알아듣게 말해 주게나."

산우의 말에 일엽은 뭔가 잠시 생각하는 표정이더니 한 번 히뜩이 웃고는 입을 열었다.

"혁명과업을 위한 제1단계로 먼저 그 옛날의 무녀를 잡아들이기로 했단 말일세."

"무녀를 잡아들여?"

"물론 자네에겐 뜻밖이랄 수밖에 없겠지만 난 나름대로 멋들어진 간극을 구상하고 있다네. 생각해 보게. 사실 자네는 그의 말 한마디로 동리 사람들의 제물이 되어 버린 게 아닌가. 그렇기에 그 책임은 전적으로 무녀가 져야 하는 것이란 말일세. 본래대로 돌아오게 해야 할 의무가 그녀에게는 있다는 말이지."

"본래대로? 어떻게?"

"물론 개인적인 보복을 위해 이 땅에 내려온 것은 아니네만 그렇다고 해서 이점이 없는 것도 아닐세. 개인적인 보복이 오히려 전체

인민을 구할 수 있는 길은 얼마든지 있는 것이니까. 폭력으로 동리 사람들을 전복하기 전에 그들의 정신세계를 역이용한다는 것은 통쾌한 일이기도 한 것이니까."

산우는 어이가 없었다. 더 들어 보지 않아도 그가 무엇을 생각하고 있는지 알 것 같았다. 물론 그다운 착상이었고 그다운 행동거지였다.

"그게 가능하다고 생각하나?"

"물론."

"내가 생각하기에 유물론자의 발상은 아닌 것 같은데……."

"그런 소리가 나올 줄 알았지. 그러나 그게 바로 동맹 전술 아닌가. 신이나 정신이나 그 무엇이라도 이익이 되면 취하다가 쓸모가 없으면 버리는 것 말일세."

"그래 자네는 무녀를 끌어내어 춤추게 할 수 있다고 생각하나?"

"물론일세!"

"무엇으로?"

"무력으로!"

일엽의 말은 거침없었다.

"무력으로 진정하게 춤추게 할 수 있다고 생각하나?"

"진정이 무슨 소용인가. 춤만 추게 하면 그뿐이지. 또한 신명이란 추다 보면 생겨나는 게 아니라던가."

"글쎄……."

"무녀를 끌어내어 춤추게 할 수만 있다면 그의 말을 신처럼 신봉

하는 인민들의 정신 속에 자네의 존재는 다시 옛날로 돌아갈 수가 있다 이 말일세. 또한 그들 역시도 당의 충성스런 부하가 될 수 있을 게 아닌가. 그 후 그들에게서 정신세계를 빼내어 버려도 늦지는 않을 것이거든, 심한 반발이나 혐오감 같은 걸 유발시키지 않고도 잃어버린 권리를 그리고 당이 내린 임무를 수행할 수 있을 테니까 말일세."

말을 끝내고 기분 좋게 웃어 젖히는 일엽을 보며 산우는 눈을 감았다.

한 마리의 개가 되어 북으로 넘어가 보고 느낀 공산주의의 실상. 어이없었다. 그만큼 기대가 컸기 때문이었을까. 한마디로 엉망이었다. 이곳의 실정. 별반 다를 것이 없었다. 권력을 잡기 위한 암투와 살생, 백성을 위한다는 명목 아래 이쪽의 권력자들이 미친개처럼 날뛰고 있었다면, 평등의 천국을 이룩한다는 그들의 혁명은 우선 이론과 실천의 모순점 하나 해결하지 못하고 있었다. 이쪽 사람들이 민주를 앞세워 민중의 피를 빨고 있었다면 그곳의 지도자들은 혁명이란 미명을 앞세우고 권력을 잡기 위해 공포를 조성하고 있었다. 진정한 평화는 어디에도 없었다. 이곳이 그렇듯이 그곳에도 미친 자의 광기가 어디에고 흘러다니고 있었다. 무엇인가 이곳과 다르다고 생각하고 들어간 산우는 혁명을 위해 왜 이러한 것들이 필요할까 하고 생각하였다. 혁명의 근본 목적이 자기의 의지를 강요하는 것이라 할지라도 그것이 하필이면 총부리에 의해서 이루어져야 하는지……그로 인해 그 혁명의 대가가 이보다 더 값진 것일지는 생각해 볼 문제였다.

자신이 몸담고 살던 세상의 불평등. 인민을 위한 평등한 세상을 위해서라면 무엇인가 최소한도 달라야 한다고 생각했었는데 썩어 빠진 이곳과 다를 게 없다는 사실은 실망이었다. 무엇이 다른가. 무엇이. 폭력만이 남은 사회, 폭력에 의해 세워진 혁명의 모습, 그것은 산우가 아무리 타락했다 할지라도 상상할 수 없는 일이었다.

산우가 원했던 것은 무력이나 폭력이 난무하는 세계가 아니었다. 민주든 공산이든 그가 원하는 세계는 무력이나 폭력으로 세워지는 세계가 아니었다. 그것은 평화의 세계였다. 폭력과 무력으로 세워진 세계는 결코 평화로울 수는 없었다. 그것은 오직 무력과 폭력의 순환일 뿐, 독나무의 가지에서 열린 열매는 역시 독소가 담겨 있기 마련이다. 그들에게 있어서 폭력이나 무력의 유일한 원인은 자본주의이지만 폭력은 이념의 대립이 없던 그 이전에도 있었고 그 이전에도 있었던 것이었다. 그들의 평화관이 옳지 않은 이상 그들의 폭력관 역시 결코 이유에 지나지 않았다.

산우는 그들이 가진 이론과 실천의 모순점 속에서 지상의 천국을 꿈꾸어 오던 자신의 변심이 얼마나 무모하고 개인적인 것이었던가를 뼈아프게 깨달았다.

그러나 한번 그렇게 빠져 들어가 버린 실수를 역사는 용서하지 않았다. 그것은 역사의 수레바퀴였다. 이제 와서 공산주의의 집단에서 벗어난다는 것은 바로 죽음을 뜻하는 것이었다. 타의에 의하여 흔들리는 요람 속의 어린애처럼 그저 눈을 감고 절망 속에서 몸부림쳤다. 이제 더 밝은 빛을 향해 나아갈 길도 없었고 그렇다고 그보다 더한 어둠 속으로 미끄러질 이유도 없었다. 자신이 보고자 하는 세계를 간단하게 정리할 수 없는 세계가 가져다 준 결과치고는 너무도 엄청난 것이었다. 절망, 절망, 그 옛날보다 더 진한 절망만이 놓여 있을 뿐이었다.

다음 날 아침 일엽이 남몰래 잡아들인 무녀는 많이 늙어 있었다. 잎맥처럼 잔잔한 주름과 신들린 사람 특유의 창백한 광기만이 남아 뿌우연 혼돈 속에서 썩은 고목을 바라보는 그런 기분이었다.

일엽이 거칠게 그녀의 앞으로 다가갔다.

"무녀 동무?"

무녀가 천천히 고개를 들었다.

"저기 저 동무를 알아보시겠소?"

무녀의 가늘게 뜬 눈이 일엽이 가리키는 산우를 훑어보았다.

그녀는 한참 후에 고개를 흔들었다.

"몰라!"

"진정 모르겠단 말이오?"

일엽이 사납게 무녀를 쏘아보았다.

무녀가 다시 고개를 내저었다.

"똑똑히 보시오! 똑똑히……."

"몰라!"

"생각해 보시오. 그러니까……."

"몰라! 난 공산당 아는 사람 없어!"

"그러니까 당신의 말 한마디로 중이 되어야 했던 바로······."

순간 무녀의 눈이 확 열렸다. 산우는 무녀의 시선을 놓치지 않았다.

무녀가 갑자기 무릎을 탁 쳤다.

"으응! 그러고 보니까 기억이 나는구먼. 정골피의 손자!"

"그렇소. 소백정 정골피의 손자 나리오."

"그런데?"

"그런데라니?"

"저놈은 중이 된 줄 알았더니만······."

"그렇소. 소문대로 중이 아니라 인민 전사가 되었소."

순간 무녀의 눈이 푸르르 떨렸다.

"어떻소?"

"어떻다니?"

"동무도 이 대열에 참가할 생각이 없느냔 말이오?"

푸르르 떨리던 무녀의 두 눈이 번쩍 빛났다.

"날더러 빨갱이가 되라구?"

"그렇소. 동무 말대로 빨갱이가 되어 정정당당하게 굿판을 벌여 보자는 거요."

"기가 막힐 노릇이네. 네놈들도 무당을 믿는다니. 혼백을 믿고 귀신을 믿어? 소문에 난 그런 말 들은 적 없어!"

"물론이오. 동무의 정신세계를 인정하지 않소. 단 한 가지 동무를 인정하는 것이 있다면······."

무녀가 일엽을 쏘아보았다.

"그것은 동무의 능력이오. 이 동리의 어리석은 사람들을 무조건 믿게 하는 능력 말이오!"

"더런 놈!"

무녀의 입에서 욕설과 함께 일엽의 얼굴로 침이 튀었다.

일엽이 사정없이 그녀의 머리카락을 낚아챘다.

"더러워도 어쩔 수 없는 일, 당과 인민을 위한 것이라면……."

"못 해!"

예상했던 대로 무녀의 몸부림은 완강했다.

"못할 건 없소. 모두가 뛰어나와 혁명과업에 몸을 바쳐야 할 때요. 더욱이 동무 같은 사람은……."

"못 해!"

"첫째, 동무가 그 옛날 짓밟아 버렸던 저 자의 인권에 대한 책임을 철저히 보상하시오. 본래대로 돌려놔야 할 의무가 동무에겐 있으니까."

무녀가 머릴 내저었다.

"둘째, 이 땅에 군림한 인민 전사들의 혁명과업을 찬양하시오. 종교가 따로 있을 수 없으며 당이 곧 신임을 인식케 하시오."

"못 해! 나는 못 해!"

"셋째, 공산주의를 신처럼 신봉하지 않는 한 이 동리가 깡그리 망한다는 것을 미리 시사하시오. 물론 눈치 채지 못하게 동무 특유의 몸짓으로 그들을 현혹해야 하오."

"못 해! 그런 꼭두각시 노릇은 못 해! 암 못 하구말구!"

"동무는 어차피 혼백의 꼭두각시 아니었소?"

"무슨 소릴 이놈아, 이 염천에 벼락 맞아 죽을 놈아, 꼭두각시는 오히려 네놈들이야!"

"반동적인 언사는 용서하지 않겠소. 어쨌든 성공하면 동무는 인민의 영웅이 되는 거요."

"혼백들이 날 가만 놔두지 않을 것이야. 꼭두각시가 되어 가는 날 가만 놔두지 않을 거라구!"

"나는 분명히 동무의 정신세계를 인정하지 않는다고 말했소. 거부하면 죽음이 있을 뿐이오."

"그래도 못 해!"

"정말이오?"

"못 해! 감히 날더러 꼭두각시 노릇을 하라니!"

"좋소!"

일엽은 무녀의 머리카락을 던지듯이 놓고 돌아섰다.

산우는 밖으로 나왔다. 어떤 쾌감보다는 이상스레 말할 수 없는 불쾌가 가슴 밑바닥에서 일어나고 있었다.

무엇인가. 무엇이란 말인가. 나를 찾기 위해 몸부림치던 진실의 온상을 버리고 억겁을 헹귀 내도 구제받지 못할 더러운 몸이 되어 무엇을 위해 이곳에 왔더란 말인가.

인근의 나무들이 전신을 흔들며 바람을 보내 왔다. 산우는 그 바람을 맞으며 오세암을 향해 걸어 올랐다.

샛길로 접어드는 길목에서 산우는 고개를 들어 성황당을 올려다 보았다. 곰팡이 냄새라도 날 것 같은 길은 가느다랗고 낡은 기둥들의 어울림이 흡사 망부석처럼 그 어떤 변화를 기대하고 있었다.

산우는 곧장 암자로 올랐다.

잡초가 무성하게 자란 입구에 도착하자 산까치 하나가 깍깍 울고 있었다.

뚜벅뚜벅 구둣발 소리를 내며 산우는 허물어진 암자 안으로 들어갔다. 마당엔 잡초가 무성하게 자랐고 구석구석 거미줄이 쳐져 일렁거렸다.

노승을 받들고 나를 찾기 위해 십 수 년을 몸담았던 곳, 과거의 정한이 밀물처럼 밀려들었다.

암자의 이 구석 저 구석을 살피다가 샘가로 갔다. 샘 속에 낙엽이 가득 쌓였고 물은 넘쳐흘러 골을 타고 고랑을 내며 흘러가고 있었다. 쭈그리고 앉아 샘 속에 비친 자신의 모습을 내려다보았다. 승복 대신 번쩍거리는 군복에 가죽 장화를 신은……. 노승이 살았다면 뭐라고 할까.

꺼이꺼이 웃음이 나왔다.

다음 날 아침 일엽은 날이 밝기가 무섭게 들이닥쳤다.

"산우, 기어이 승낙을 받아냈다네. 볼 텐가?"

행동대원 하나가 무녀를 데리고 들어오자 일엽은 고문으로 일그러진 그녀의 얼굴을 회초리로 치켜 올렸다.

"무녀 동무, 맘이 변한 건 아니겠지?"

무녀는 체념한 듯 눈을 감았다. 얼굴은 말짱하였지만 밤새 그는 지독한 고문을 당한 모양이었다.

일엽은 뒷짐을 지며 입을 열었다.

"무녀 동무 예상했던 바요. 너무 섭섭하게 생각하지는 마시오. 혁명과업을 위해 흘리는 피는 고귀한 것이니까."

"……."

"동무는 이제 정신세계가 분리해 놓은 인민의 의지를 하나로 통일시켜야 하는 중책을 짊어진 거요. 단 한 번의 실수도 용납하지 않소. 지금 당장 성황당 가장자리에 젯상을 장만하시오. 잡이들은 물론 동리 사람 모두를 끌어 모아야 하오. 특히 주의할 것은 우리들의 의도를 동리 사람들이 눈치 채서는 안 된다는 사실을 명심하시오."

굿은 시작되었다. 성황당 돌 덤불 주위에는 병풍이 둘러쳐지고 일엽의 간극을 알 바 없는 동리 사람들은 난데없는 굿거리에 꾸역꾸역 몰려들었다.

"아니 그래 갑자기 굿은 무슨 굿이야?"

"그러기에 말이유. 훌쩍 어딘가 갔다 오더니만 미친 사람처럼 저러타지 뭐유."

"전쟁 통이라 시국이 어지러우니 혼백들도 동하는 모양이지!"

"그렇게나 말이에요. 중이 되어야 할 놈이 빨갱이가 되어 돌아왔으니……."

"말조심하우. 저놈들도 구경나온 모양인데……."

"또 무슨 일이 일어날는지 원!"

동리 사람들을 둘러보며 일엽은 연신 미소를 머금고 있었다. 이제 좀 있으면 무녀의 입에서 어떠한 말들이 쏟아질지 그는 생각만 해도 기분이 좋은 모양이었다.

일엽은 창가에 기대어 서서 성황당을 멀거니 바라보고 있는 산우를 억지로 끌며 행동대원들을 둘러보았다.

어떤가 동무들! 이 엄청난 간극이 정말 훌륭하지 않은가.

덩덩 덩더쿵
덩덩 덩더쿵
…….

산우가 일엽에게 이끌리어 굿판 가까이 다가갔을 때 드디어 기다리기라도 했다는 듯이 바라와 북, 꽹과리가 제각기 입을 열고 울기 시작했다. 무녀의 몸이 천천히 풀리기 시작하고 중천의 태양은 잘게 부서지며 내려앉았다.

모든 것은 잠시였다. 융복 자락을 휘날리며 신명나게 돌아가던 무녀의 몸이 휘파람 소리와 함께 뻣뻣하게 굳어지는가 했더니 천천히 모든 것을 무산시켜 버리고 있었다.

너무도 엄청난 변화에 누군가 겁에 질린 음성으로 소리를 쳤다.

"아니 이게 어떻게 된 거야! 아이구 저 눈! 저 눈!"

일엽에게 끌리다시피 나와 미루나무 뒤에 붙어 서 있던 산우는 순간 섬뜩하게 타 내리는 전율을 느꼈다. 머리카락이 뻣뻣하게 치솟아 올랐다. 무녀의 모습은 바로 그 옛날 융복 자락을 차며 혼령을 부르다가 갑자기 이쪽을 노려보던 바로 그 모습이었다. 더욱이 뒤이어 무녀의 눈을 따라 옮겨 오는 동리 사람들의 눈과 눈, 산우는 마른침을 꿀꺽 삼켰다. 강렬한 낭패감이 목구멍 깊숙이에서 꿈틀거렸다.

그때였다. 무녀의 몸이 풀썩 한 번 솟구치는가 했더니 어느새 그의 손에 팥 한 줌이 쥐어지고 융복 자락을 걷어차는 발길은 이쪽을 향해 다가오고 있었다.

그의 입에서 괴성처럼 주문이 터진 것은 그 다음이었다.


어허
네로구나
바로 바로
네로구나
되라는 중
되지 않고
빨갱이가 되었구나
어허 어허
물러가라
물러가라
어허 어허
…….

납처럼 굳어가는 산우의 얼굴을 향해 무녀의 손이 몇 번이고 허공을 헤집었다. 그럴 때마다 작은 팥알들이 정확하게 그 옛날처럼 산우의 얼굴 위로 떨어졌다.

산우는 이를 부드득 갈았다. 말 못할 분노가 오열처럼 치밀어 올랐다. 자신도 모르게 손이 총집으로 향했다. 가슴속에서 휠휠 거리고 있던 불덩어리 하나가 기회를 만난 듯이 터져 나갔다. 떨리는 손으로 총집을 따고 총을 뽑아 방아쇠를 당겼다. 눈 깜짝할 사이였다. 신명나게 넘어가던 장구 소리와 징 소리 대신 수 발의 총소리가 허공을 찢어 버리자 무녀는 비틀거리기 시작했다.

일시에 쏟아지던 동리 사람들의 눈들은 하나 둘 흩어지고 돼지 머리만이 하늘을 향해 웃고 있었다.

휘날리던 무녀의 융복 자락은 가슴에서 뿜어 나오는 피로 인해 붉게 물들어 내려쪼이는 한낮의 햇빛에 칭칭 휘감겼다.

무녀의 몸이 젯상 위로 나가떨어지자 제유들이 멍석 위로 쏟아졌다. 아우성치며 흩어지는 동리 사람들 속에서 어린아이의 울음소리가 유난히 길게 찢어졌다.

한낮 백주의 엄청난 간극은 그렇게 허망하게 끝나 버렸다.

당사로 돌아온 산우는 최초의 살인이 주는 충격으로 인해 두 무릎 위에 얼굴을 놓고 깊은 고뇌에 빠져 들었다. 촛대 하나로 코짤맹이를 잡으셨다던 고조부, 비록 눈이 멀었으나 백정의 길을 걸었던 눈먼 증조부, 그리고 할아버지, 아버지, 그들도 나처럼 이 생명 시대에 단 한 번 받은 생명을 그렇게 죽여 갔을까.

소를 죽이는 게 아니라 보내는 것이라던 할아버지의 말이 생각났다.

보냄과 살생의 차이!

산우는 머리를 내젓고 또 내저었다.

모순이었다. 엄청난 모순이었다. 그들과 동등한 위치에 자신을 올려놓는다는 것 자체가 모순이었다. 이미 규정지어진 결정적인 평등 속에 살면서 검은 것을 붉다하고 붉은 것을 검다하던 그들의 아집을 그들로 인해 발가벗겨 보자 했던 그 자체부터가 모순이었다. 일엽이 이러한 사실을 알고 있었다면 결코 이런 일은 없어도 좋았을 일이었다.

그들과 동등한 위치에 나를 올려놓고 무엇을 더 어째 보자는 건가. 그것은 열등이 빚은 엄청난 복수극이요, 관념의 유희일 뿐, 내 속에 응어리져 있는 아집을 그들의 아집을 통해 들여다보겠다는 것은 야수가 되기 위한 허울 좋은 구실에 지나지 않는 것일 뿐…….

그러나…… 그러나…….

산우는 이를 악물었다.

어쩌면 나는 그렇게 되기 위하여 이 짓을 택한 게 아니었던가. 나의 행위가 허울 좋은 구실에 불과하다 하더라도 이제 어쩔 수 없는 일 아닌가. 이제 다시 회의의 구렁텅이에 빠져 어쩌자는 것인가. 구도를 위한 회의, 오늘날까지 끊일 사이 없이 일어나던 회의. 그래서 무엇이 남았는가. 남은 것은 역시 절망 그것이었을 뿐.

미친 듯 껄껄거리며 산우는 고개를 주억거렸다.

역시 나는 되는 것이다. 미친개가 되어야 하는 것이다. 그래서 이 제는 살인까지 저지르지 않았는가. 나는 너희들이 말하는 빨갱이 다. 나는 소 백정이다. 나는 사람 백정이다. 이제는 모든 것을 던져 버리고 정말 한 마리의 야수가 되는 길밖에 없는 것이다. 최초의 살 인에서 오는 일말의 죄책감이나 회의쯤이야 씻은 듯이 던져 버리 고 구도의 온상인 절간을 버렸듯이 견성의 여지도 없는 미친개가 미련 없이 되어 버리는 것이다.

그러나 되어 가고 있는 것은 산우가 아니라 일엽이었다. 산우가 그렇게 외치며 고민하고 있는 사이 일엽은 자신이 꾸민 간극의 실 패성이 주는 당연성에 도전이나 하듯 행동대원들을 불러들였다.

"동무들 이제부턴 닥치는 대로 동리 사람들을 잡아들이시오! 철 저하게 반동분자를 색출하란 말이오!"

당사의 낡은 처마 밑으로 거센 바람이 지나가고 있었다.

"이유는 없소. 마르크스·레닌의 변증법적 발전을 무력 투쟁에 도입한 근거를 재인식해야 한다는 것뿐. 그렇지 않는 한 우리는 더 이상 이 땅에 머물러야 할 이유가 없어지는 거요."

일엽은 입에 물린 게거품을 혀로 핥고는 다시 소리쳤다.

"죄명은 무어라 해도 좋소. 부르조아 근성을 고수하려는 기미가 엿보인다면 무조건 잡아들이시오. 그들이 가진 사유재산을 가차 없이 몰수하고 그들의 사유재산을 폭력으로 전복하시오. 더욱이나 마땅히 뛰어나와 혁명 대열에 앞장서야 할 젊은이들, 그중에서도 부르조아의 표본 같은 상현이란 자, 그자를 잡아들여 목을 베어선 장승 위에 달아매시오. 부르조아의 표본적인 얼굴이 얼마나 비참하다는 걸 그 모두에게 보여 주란 말이오!"

과업은 시작되었다. 인간의 가슴속에 공포로 인해 평등의 질서를 심어야 하는 과업은 그렇게 또 시작되었다.

날이 저물면 시체들이 공동묘지 부근에 수없이 나뒹굴었고, 비라도 후드득 떨어질라치면 피비린내가 온 동리를 휘저었다.

독주엔 언제나 대립성이 결여되기 마련이었다. 상현을 잡으러 간 부하들이 그를 놓치고 그의 부모만을 잡아 왔다.

상현을 기다리고 있던 일엽은 이를 갈았지만 어쩔 수 없는 일이었다. 그는 부하들을 다시 풀었고 그 분풀이나 하듯 상현의 부모들을 개 잡듯 잡아 족쳤다. 그러나 상현이 있는 곳을 알 길이 없었다.

현숙이 찾아든 것은 그때쯤이었다. 현숙의 모습은 그 옛날 어릴 때의 모습과 별로 다를 바 없었다. 그 특유의 앙칼진 목소리도 옛날 그대로였다.

그녀는 들어서자마자 특유의 앙칼진 음성을 접어 두려 하지 않았다.

"결국 이렇게 돌아오셨군요!"

오랜만에 만나는 누이의 인사치고는 너무도 살벌하기만 한 음성이었다.

남포등에 불을 댕기던 산우는 천천히 고개를 들어 오랜만에 만나는 동생의 얼굴을 냉정한 시선으로 건너다보았다. 마음 같아서는 벌떡 일어나 손이라도 잡아 보고 싶은 심정이었으나 그녀의 우회 없는 음성을 듣는 순간부터 그런 감정은 배제되어 있었다. 아니 배제되어야 한다고 생각하고 있었다. 또 실제로 살갑지가 않았다. 오늘날까지 타인을 대하듯이 운동장 밖에서 그녀를 의식했었던 것이 사실이었다. 그녀의 그런 행동이 오히려 사사로운 혈육의 인정에 이끌려 체면 없이 행동할 수 없는 산우로서는 다행스러운 일이 아닐 수 없었다.

현숙이 또 먼저 입을 열었다.

"역시 소문대로 틀림이 없군요. 도대체 어쩌려고 이러는 거예요?"

"어쩌다니?"

"정말 이 동리를 망해 먹을 생각이신가요?"

현숙을 멀거니 산우는 건너다보았다.

설마 너까지?

그런 생각이 들었으나 이내 그렇지 싶었다.

그들 속에 살려면 그들에게 동화 되어야 했을 테니.

그렇다면 피붙이가 무슨 소용인가. 그저 타인에 불과할 뿐. 적당한 긴장감이 둘 사이에 떠돌았다.

서먹한 분위기가 하나도 이상할 것이 없다는 생각이 산우는 들었다. 오히려 살벌한 분위기가 더 좋다는 생각이 들었다.

어째서 이제는 노여움도 서러움도 느껴지지 않는 것일까. 이 엄청난 역사의 수레바퀴에서 헤어날 수 없다는 체념 때문일까.

"대답이 없으신 걸 보니 그렇다는 말이군요?"

"그만두자!"

"오빠가 중이 되었을 때 이 동리는 편안했어요. 그런데 이게 뭐예요. 갑자기 빨갱이의 앞잡이가 되어선 사람들을 짐승 죽이듯이 죽이다니……."

"결국 다시 중이 되어 달란 말이냐?"

"물론이에요. 인민의 평등, 인민의 평화를 위해 그 어떤 희생도 감수할 자신이 있다면 이 동리를 위한 희생도 감수할 자신이 있어야 하지 않겠느냔 말이에요. 동리 사람들의 무지나 이기를 폭력과 무력으로 해결할 수밖에 없다면……."

산우는 주먹을 쥐었다.

"상현 씨 아버지를 잡아 오셨다지요? 도대체 그 사람들이 무슨 죄가 있다는 거예요? 죄가 있다면 이 동리의 구장이라는 것뿐."

"내가 상관할 성질의 것은 못 돼!"

"어째서 상관할 바가 못 된다는 거지요?"

"그럼 네가 상관할 이유라도 있다는 게냐?"

"상현의 어린애가 내 뱃속에서 자라고 있기 때문만은 아니에요."

"뭐라구?"

책상 모서리를 짚고 산우는 벌떡 일어났다.

이 무슨 소리인가…….

너무도 어이없는 그녀의 말에 산우는 그저 어안이 벙벙할 뿐이었다. 더구나 그 엄청나고 생소한 사실을 아무렇지도 않게 내뱉는 꼴이라니. 아무리 집념이 강하다 해도 어린 날 갯가에서 상현의 다리 사이로 초롱한 열기를 모았던 네가 그것을 기어이 너의 것으로 만들어 버렸다 한들⋯⋯.

현숙이 다시 입을 열었다.

"퍽이나 놀라시는군요. 지금의 오빠답지 않게. 분명히 말해 두지만 상현의 어린애를 가졌기 때문만은 아니에요."

입술을 지그시 산우는 깨물었다.

입술에서 피가 흘러내렸다.

현숙의 입꼬리에 시퍼런 조소가 물렸다. 얼음장보다도 찬 음성이 흘렀다.

"이 동리를 위해서이지요. 이 동리를 위해서 상관할 필요가 있다는 말이지요."

"그만둬!"

"생각이 나는군요. 오빠가 붉은 완장, 뻗정다리 걸음으로 동리 어귀를 들어섰을 즈음 그때 난 읍내에 살고 있었어요. 양부모의 덕으로 별 어려움 없이 지내며 동리 사람들 몰래 상현과 어울리고 있을 때였으니까요."

허청거리며 산우는 돌아섰다.

"애를 뱄다는 것을 확인하던 날 밤이었어요. 상현이 다급한 얼굴로 나를 찾아왔더군요. 그리곤 느닷없이 말하는 거예요. '동리가 망해 가고 있어, 동리가⋯⋯' 나는 영문을 몰라 그게 무슨 소린가 했지요. '무슨 소리예요! 동리가 망해 간다니, 이 전쟁 통에 안 망한 동리가 어디 있어요?' 그런 나를 상현은 침통한 표정으로 쳐다보았어요. 차마 말할 수 없다는 듯이 나중에 안 사실이었지만 오빠에게 부여된 그 모든 것을 부인해 보려던 우리들의 결합이 서서히 무너지는 소리였던 거예요. 무언가 한 바닥 불길한 예감이 껍질을 벗어 그 형체를 드러내듯이 어느 사이에 우리들은 동리 사람들처럼 오빠의 핏속에는 역시 저주의 피가 흐르고 있다는 걸 서서히 인정해 가고 있었다는 말이에요."

뒷짐을 지고 산우는 현숙을 향해 천천히 돌아섰다.

그녀는 너울거리는 남폿불 너머로 산우를 쏘아보고 있었다. 맑고 투명하던 등피가 어느새 그을리어 안에서 타고 있는 불이 제 모습을 잃었다.

현숙이 말을 이었다.

"결국 그 저주의 피를 씻지 못한 책임을 왜 우리들 스스로가 감당해 나가야 하느냐는 말이지요. 그것은 강요도 아니고 희생도 아닌 죄과, 오빠의 몸속에 흐르고 있는 저주의 피, 그것은 오빠의 것이란 말이지요. 그것은 오빠만이 책임져야 할 의무가 있다, 이 말이에요."

산우는 머리를 내저었다.

"그것을 책임지지 못할 때 결국 오빠의 죄과를 우리들이 감당해 나가야 된다는 말이에요. 오빠의 몸속에 숨어 있는 그 저주의 영기는 내 뱃속에 든 어린 생명까지 미친다는 사실……."

눈을 부라리고 산우는 주먹으로 책상을 쳤다.

"허지만 내가 중이 되지 않았다고 해서 너희들의 생명을 유기하고 있지는 않아! 너희들의 안락을 위해서 나에게 중을 강요한다면 그것은 분명한 이기, 유산계급이 무산계급을 수탈해 가는 것과 하나도 다를 바 없는……."

"결국 오빠는……."

한 치의 양보도 허용하지 않던 현숙의 오연한 이마에 파란 핏줄이 드러났다.

산우는 기를 쓰듯 이를 악물었다. 가슴속에 옹쳐 있던 소리가 터져 나갔다.

"그래서 난 이렇게 온 것이다. 어떤 의미에서건 너희들의 머릿속에 뿌리박혀 있는 우월에서 나온 그 무지를 건져 주기 위해……."

현숙의 미간이 심하게 꿈틀거리는가 했더니 벌떡 일어나며 무서운 어조로 부르짖기 시작했다.

"안 돼요! 그건 허울 좋은 변명에 불과해요. 상현 씨 부모들을 돌려주세요!"

"그럴 순 없어!"

산우는 냉정하게 돌아섰다.

"도대체 그들이 무슨 죄가 있다는 거예요?"

"그들은 반동분자야!"

"그들이 무엇을 반동했기에?"

"인민들을, 하찮은 우월성을 가지고 무산계급을 우롱한 죄, 난 지금도 기억하고 있어. 더러운 버러지나 바라보듯 바라보던 그들의 눈빛을……."

"그건 열등의식일 뿐이에요."

"그래, 열등의식, 그들의 하찮은 우월감이 가져온 열등의식, 그래서 난 상현이란 놈을 더 잡으려는 게야. 그놈의 뇌리 속에 공산주의의 사상을 불어넣어 나와 똑같은 인간을 만들려는 게야."

"정말 무엄하군요!"

"무엄이 아니라 혁명이지!"

"정말 고귀한 혁명이군요!"

산우가 돌아섰을 때 냉정한 얼굴에 깊은 조소를 담은 채 현숙은 뒷걸음질 치며 멀어지고 있었다. 자기의 주장이 허망한 소리의 울림에 불과하다고 느꼈을 때의 매우 낭패한 웃음이 그녀의 입가에 물려 있었다.

산우는 등불 너머로 멀어지는 그녀의 눈빛을 피하지 않았다.

현숙이 시야에서 사라지자 산우는 스르르 눈을 감았다. 마음에 없는 살인을 저질렀고 이제는 마음에 없는 말을 해야 하는 자신이 혐오스럽다는 생각은 들지 않았다. 현숙의 얼굴에서 낭패한 웃음이 사라지는 순간 번쩍이던 그녀의 눈빛, 그 눈빛이 잊혀질 것 같지 않았다. 분명히 저주로 인한 체념의 빛이었다. 죽음의 기색 같은 것이라고나 할까. 어쩌면 현숙이 죽을지도 모른다는 생각이 가슴을 재우쳤다.

예감은 맞았다. 다음 날 밤, 그렇게도 잡으려 하던 상현의 팔에 현숙은 죽은 모습으로 안기어 왔다. 그 빛깔의 실체가 눈앞에 나타난 것이었다.

산우는 현숙의 죽음을 바라보며 머리를 흔들었다. 평정, 무녀의 입에서 그러한 예언이 떨어졌을 때부터 이미 한쪽으로 기울어진 평정, 그 책임은 누구에게도 없는 것이었다.

그런 산우를 향하여 상현은 현숙을 안은 채 입을 열었다.

"산우, 정말 오랜만이군그래. 자네를 만나지 않으려 했네만……."

현숙이 주는 죽음의 충격으로부터 가까스로 벗어나며 산우는 상현을 노려보았다. 책상 하나를 사이에 두고 그만큼한 자리에서 뜻밖에 만나 버린 얼굴. 일엽이 그토록 잡으려고 애썼던 사나이. 덥수룩한 수염, 고뇌롭게 흔들리고 있는 검은 눈…….

상현의 어릴 때 모습이 저러했을까.

"자네가 제 발로 어쩐 일인가? 부모를 잡아들여도 나타나질 않더니……자네 혹시 현숙의 죽음을 미끼로 내 값싼 감상을 이용해 생명이나 부지해 보려고 나타난 것은 아닌가?"

"산우!"

"그렇다면 그 비루함을 먼저……."

말을 듣고 있던 상현의 눈에 불이 붙었다.

"내 그럴 줄 알았지!"

"그럴 줄 알았다니?"

"동생의 주검보다는 자네의 무엄이 앞설 줄을, 이렇게 된 이상 나도 더 이상은 도피하거나 진실을 부정하진 않겠네. 정말 이제는 그 소극적이고 광망적인 개인주의 생활에서 과감하게 탈피해야 되겠다는 말일세."

"호!"

생각지도 않던 상현의 당돌함에 산우는 적이 놀라다가 입가에 웃음을 지어 물었다.

"그래, 과감하게 탈피해서 어떡하겠다는 건가? 인민 전사라도 되겠다는 말인가?"

"나는 보았네. 오늘에야 비로소 본 것일세. 이 현숙의 주검 앞에서 결코 공포가 진정한 질서를 잉태할 수 없다는 걸……."

"그것 참 멋진 발견이군! 상현, 그건 반동 아닌가? 반동!"

"알고 있네. 반동적인 언사라는 걸. 허지만……."

"허지만 뭔가?"

"어째서 공포가 진정한 질서를 잉태할 수 있다는 말인가? 난 본 것일세. 숨을 거두어 가던 현숙의 눈에서 연민, 저주보다는 연민 말일세. 자네들이 저지르는 공포 속에서 현숙은 차라리 눈 먼 개를 보는 듯한 연민을 자네 등판에 쏟고 있었다는 말일세."

"그러기에 그것은 너희들의 우월이 아니냔 말이야. 그걸 바로 잡는다는 게……."

"그렇겠지. 그러나 그 피의 우월 속에서 자네 동생은 죽었네."

"그러니까 반동이라는 게야. 하찮은 무녀의 말로 인해 뱃속에 든 어린 생명의 정신세계까지도 인정한다는 사실, 내가 중이 되지 않았으므로 인해 뱃속의 어린 영혼까지 저주받으리라는 그 터무니없는 집착, 그게 바로 정신세계를 거부하지 못하는 인간들의 패배가 아니냔 말이야."

"그러나……."

"그러나 뭔가?"

"거부하는 것이나 거부하지 않는 것이나 무엇이 다른가."

"흠!"

"생각해 보게. 정신세계를 거부하는 것이나 거부하지 않는 것이나 무엇이 다른가를……현숙의 주검은 우리들에게 바로 그걸 가르쳐 준 것이 아닌가?"

산우는 말없이 돌아섰다. 상현의 음성이 뒤를 따랐다.

"끝으로 말해 두네만 이제 그 누구도 멧돼지처럼 꽃밭을 유린하는 자네를 그냥 두진 않을 걸세. 도피할 사람은 한 사람도 없어. 이제 더 이상의 무엄은 용서하지 않을 게야. 내 부모들을 보내 주게나. 자네가 이 동리를 지키기 위하여 그렇게 광분하고 있다면 나라고 이 동리를 위하지 말란 법은 없을 테니까."

천천히 허공으로 산우는 고개를 쳐들었다.

"오늘은 이만 돌아가겠네. 그래도 자네를 인간이라 믿고 찾아온 내가 잘못이었어."

현숙을 안고 상현은 돌아섰다. 인간적인 기대가 사라진 이상 그 어떤 연민도 느낄 수 없다는 듯이.

그러나 상현은 채 문을 열고 나가기도 전에 일엽이 겨눈 총구에 뒤로 밀리고 있었다. 상현이 책상 모서리에 부딪쳐서 더 물러서지 못하자 일엽의 눈이 매섭게 빛났다.

그를 마주 쳐다보는 상현의 눈이 가볍게 흔들렸다.

그냥 묵묵히 산우는 서 있었다.

일엽이 상현의 목 밑으로 총구를 겨누었다.

"한 번 더 말해 보시지 그래, 뭐 이제 더 이상은 도피하거나 진실을 부정하지 않겠다고……아니 그건 고사하고 그 무슨 논리라니, 정신세계를 거부하는 것이나 거부하지 않는 것이나 똑같다는?"

"어리석은 놈들!"

상현의 욕설에 일엽의 손이 부들부들 떨렸다.

산우는 그를 잡았다.

"일엽, 보내 주게나!"

일엽이 매서운 눈길로 산우를 노려보았다.

"보내라고? 이 간나를!"

"보내 주게!"

"무슨 소리야!"

산우는 머리를 내저었다. 그러고는 천천히 일엽의 앞을 가로막아 섰다. 상현을 향해 겨누어진 총에서 철컥 하는 소리가 일어났다. 산우는 물러나지 않았다. 그 사이 상현이 문을 열고 밖으로 사라졌다.

상현이 사라지고 나자 일엽이 사납게 산우의 멱살을 끌어 잡았다.

"무엇 때문이야, 네놈의 목숨을 걸고도 그놈을 살려 보내는 이유가?"

"이 손을 풀게나."

"말해, 무엇 때문이야? 네놈 역시도 그의 사상에 동의하고 있단 말인가?"

산우는 일엽의 손을 뿌리쳤다.

"무엇 말인가?"

"정신을 거부하는 것이나 거부하지 않는 것이나 마찬가지라는 저 자식의 논리!"

"그만두게나."

"그만두라니?"

일엽의 얼굴이 더욱 사나워졌다.

그 얼굴을 향해 산우는 싸늘하게 웃음 지었다.

"정말 자네답지 않구만. 정신이란 사물의 허상에 지나지 않는 것 아닌가?"

"뭐라구?"

"허기사 상현의 말도 일리가 없는 것은 아니지. 오늘날까지 너희들은 정신세계를 거부했을 뿐이라는, 정신을 물질로 환원시킬 때 그 사물의 근저에 있는 것은 역시 정신세계가 아니고 무엇이겠느냐는……"

"산우!"

일엽이 숨을 시큰거리며 달려들었다.

산우는 몸을 돌렸다.

"이유는 별것 아니었다네. 그를 죽이고 싶은 마음이야 내가 더했으면 더했지 어찌 자네가 더하겠는가. 그러나 이를 악물고 참는 것은 그 순간을 참지 않는다면 영원히 그에게 패배해 버릴지 모른다는 생각을 하고 있었던 것일세. 깨끗한 승부를 따질 겨를은 아니었으나 그를 미워하는 근본적인 이유가 열등의식에 있었던 것이라면 한 발 뒤로 물러서야 하는 곤욕을 무릅쓰지 않고는 일생 동안 그 열등보다 더한 치욕을 안고 초라해질 것만 같은 그런 자존이 머리를 들었기 때문이야. 그는 분명히 말하지 않았는가. 이제 더 이상은 도피하거나 진실을 부정하지 않겠다고……."

일엽을 뒤로 하고 산우는 창가로 다가갔다. 늦가을 오동잎이 하나 둘 지고 있었다. 이제 잠시 후면 겨울이 올 것이었다. 서편 하늘에 노승의 얼굴이 나타났다. 허리를 펴고 눈을 감은 채 명상에 잠긴 모습이었다.

산우는 어금니를 꽉 씹어 물었다. 그것이 지금 자신의 모습일 수는 없었다. 산우는 고개를 들어 허공을 보았다. 현숙의 모습이 거기 한동안 나타났다가 사라졌다.

산우는 당사를 나왔다.

술집은 무척이나 쓸쓸하였다. 북으로 난 작은 들창으로부터 한 가닥 미풍만이 지나고 있었을 뿐, 마주보이는 강바닥마저도 둔하게 일렁이는 회색의 파도에 싸여 암울하게 빛나고 있었다.

적당한 자리에 자리를 잡은 산우는 술을 가져다 놓기가 무섭게 연거푸 몇 잔을 들이켰다.

속이 얼얼해 올 때쯤 문이 열리는 것 같더니 일엽이 들어섰다. 그는 말없이 다가와 앞자리에 앉았다.

산우는 술잔을 비운 다음 그에게 내밀었다. 일엽이 잔을 받았다. 둘은 말없이 한동안 술만 들이켰다.

술병이 비자 일엽은 좀 거나한 목소리로 주모를 불렀다. 지분 냄새를 풍기며 주모가 다가오자 일엽은 술을 시킨 다음 주모를 옆자리에 끌어 앉혔다. 한 잔의 술기운 때문만도 아닌 것 같은데 그는 평소의 그답지 않았다.

주모는 낯설었으나 따뜻한 열기가 가득히 배어 있는 그런 얼굴을 하고 있었다.

"처음 보는 얼굴이야 주모!"

일엽의 말에 주모가 눈을 내리깔고 웃었다.

"난 주모가 아니에요. 이 집 색시지."

"색시?"

"그러니까 우린 처음 보는 거지요."

"우리?"

우리라는 말에 일엽이 산우에게 힐끗 시선을 던졌다.

산우는 자신도 모르게 계집처럼 눈을 내리깔고 웃었다.

'많이 바랬군. 일엽, 네놈을 암자에서 처음 만났을 땐 영웅처럼 보이더니만. 혁명의 영웅이 이 누추한 술집에 앉아 계집과 히히덕거리다니……'

"그럼 넌 여기가 고향이 아니란 말이냐?"

"피난 가다 눌러앉아 버렸지요."

거리낌 없이 계집이 일엽의 물음에 대답했다.

"그럼 이 집 주인은 어딜 갔나?"

"장군님들이 무섭다고 도망을 가던데요."

"흐흠, 그래 넌 우리들이 무섭지 않단 말이지?"

"무서워요? 왜요?"

"왜요?"

"우리들을 구하러 오셨다니까 그때부터 무섭기는커녕 어떻게도 생기셨는지 보고 싶기만 하던데……."

"보고 싶었다구?"

"그래요."

"하하하……."

갑자기 일엽이 어색하게 웃음을 터트렸다.

"그래 몇 살이냐?"

일엽이 웃음을 끝내고 계집을 향해 물었다.

"몇 살로 보이세요?"

"글쎄 서른쯤?"

"스물다섯이에요."

계집의 대답 너머로 얼핏 불에 타죽은 야누끼의 모습이 달려왔다.

현숙과 같은 또래였지 아마…….

야누끼의 모습이 계속 머릿속에 남아 좀처럼 잊힐 것 같지 않았다.

"스물다섯이라……어쩌다 이 짓거리를 하게 됐나? 나이도 보기보다 어린데……."

거나한 음성으로 묻는 일엽의 물음에 계집이 갑자기 까르륵 소리 나게 웃음을 물었다.

일엽이 웃고 있는 계집을 붉은 눈으로 쳐다보았다.

"왜 웃나?"

계집이 곱게 눈을 흘겼다.

"장군님두, 말 같지가 않으니까 우습지요."

"말 같지가 않다니?"

"그래 어쩌다 술집 계집이 됐냐는 것도 말이라고 해요?"

"무슨 사연이 있느냐고 묻는 것도 말이 아닌가?"

"사연이 어디 있남요. 여자니까 이 짓이지요. 남자로 태어났다면 미쳤다고 이 짓을 해요."

산우는 무심결에 계집을 향해 눈길을 들었다.

어린 날 현숙이 그곳을 향해 젓가락질하던 모습이 점화된 한 줄기 불꽃처럼 이어져 왔다. 어린 날 현숙은 젓가락으로 그곳을 파헤치다 말고 주먹을 휘두르는 아버지를 향해 눈물 어린 눈매를 들어 분명히 이 계집과 똑같은 말을 하고 싶었을 것이었다.

남자로 태어났다면 미쳤다고 이 짓을 하겠느냐고.

산우는 벌떡 일어났다. 비틀거리는 걸음걸이에 이미 규정지어져 있는 결정적인 평등을 얘기하던 계집의 다리가 걸렸다.

일엽이 산우를 쏘아보았다. 산우는 일엽의 눈길을 뿌리쳤다.

"산우 왜 그러는 겐가?"

일엽이 소리쳤다.

산우는 비틀거리며 일엽을 향해 돌아섰다. 속이 갑자기 메슥메슥해지며 딸꾹질이 일어났다. 산우는 손을 흔들며 자조적으로 느물거리기 시작했다.

"들어보라구, 왜 그러는가……."

산우는 껄덕껄덕 딸꾹질을 했다.

"이미 규정지어진 결정적인 평등 속에서 인간들은 한다……."

다시 딸꾹질이 나왔다. 산우는 그것을 목 뒤로 넘겼다.

"젓가락질을 한다. 왜 어처구니없는 인간들의 젓가락질이 있어야 하는가? 왜 하는가?"

눈을 게슴츠레 뜨고 산우는 일엽과 계집을 번갈아 보았다. 다시 딸꾹질이 나왔다.

"물론 회의할 값어치조차 없는 지극히 상식적인 의문, 그러나 최소한도 나에게 있어서 그 대답은 어디 있는가."

"?"

"나 자신의 핏속에 있을지도 모른다는 이 깨달음……."

일엽이 기가 찬다는 듯이 웃음을 터트렸다.

"정말 자네 미쳐 가는군!"

산우는 다시 딸꾹질을 해댔다.

"미쳐? 누가? 아니야, 휘두르는 젓가락질 속에서 아직도 나는 나의 피를 모르고 있다는 깨우침이야. 현숙의 사타구니에서 흘러내리던 피가 붉어 보이지 않았던 것이나, 어린 날 왜 소의 피가 인간의 피처럼 붉어야 하느냐는 물음에, 하지만이라고 일축했던 아버지의 대답은 어쩌면 내 핏속에 있었던 것이라고나 할까."

정말 무슨 말을 하고 있는지 모르겠다는 듯 일엽이 머리를 훼훼 내흔들었다.

산우는 개의치 않았다.

"아직도 나의 피를 모르고 있는 한 나를 찾기란 불가능한 것! 그러기에 나를 찾아 방황해 온 것이었지 않은가?"

돌아서서 산우는 걷기 시작했다. 밖은 이미 어두워져 있었다. 대청봉의 준엄한 표정은 보이지 않았다. 잎새를 흔드는 바람 소리가 음모처럼 입가를 살랑거릴 뿐이었다.

다음 날 아침 산우는 침착하게 상현의 부모를 끌어내었다. 살려 달라고 아우성치는 그들의 목을 잘라 대창에다 꿰었다. 시뻘건 선혈이 대창을 타고 흘러 땅 위에 한 폭의 그림을 절묘하게 그려 나갔다.

산우는 그것을 행동대장에게 동리 어귀에다 갖다 걸 것을 명령했다. 일엽은 여전히 이해할 수 없다는 표정으로 지켜보았지만 아무 말이 없었다.

행동대원이 떠나자 산우는 지그시 눈을 감고 상현을 기다렸다. 이 암벽 같은 어둠 속에 한 가닥 빛을 던져 주기 위해 너는 오리라. 오지 않고는 배기지 못하리라.

점액질 같은 기다림은 헛되이 상현은 재빨리 나타나지 않았다.

다음 날, 그 다음 날, 상현이 나타난 것은 사흘 후였다.

총성이 어지럽게 들리는가 했더니 상현이 조직한 민병대에 쫓겨 일엽이 먼저 당사로 뛰어들었다.

"당했어. 모두가 그 쌍놈의 새끼에게."

산우는 빙그레 웃음을 물었다.

그 웃음 때문인지 일엽이 눈을 크게 떴다.

"아니 자네?"

"총마저 놓쳐 버린 자네 꼴이 우습군……."

"농담할 시간 없네. 어서 총을 주게!"

"내 총은 무기고에 넣어 두었네."

"무기고에? 그럼 열쇠를 주게."

"열쇤 자네에게도 있지 않은가?"

"자고 있는 사이에 놈들이 닥치는 바람에……."

"잃었다면 어쩔 수 없지."

"어쩔 수 없다니 무슨 소리야?"

"내가 가진 열쇠는 자네에게 줄 수 없다네."

"뭐?"

"그보다 일엽, 한 가지 자네에게 할 말이 있어."

"무엇인가?"

"자네 이런 말 들어 본 적 있나? 왕에게 몸을 주면 왕비가 되고 종에게 몸을 주면 종이 된다는?"

"아니 자네 지금 이 판에 무슨 소릴 하고 있는 겐가?"

"어느 날 왕은 보여 주었다네. 혁명의 모습을, 그것을 본 종들은 주인을 따라 그 짓을 흉내 내 보았었지. 주인이 시키는 대로……."

"산우, 지금 정말 무슨 소릴 하고 있는 겐가?"

"우리들이 미쳤던 혁명에 대해서 말하고 있는 것일세. 혁명! 그래 혁명 말일세. 혁명의 본질은 무엇인가? 종속적인 것이 아닌 주체적인 것, 그것이 혁명의 본질 아닌가."

일엽이 입술을 부르르 떨었다.

"이제 보니 자네……."

그의 변화 따위에 산우는 상관하지 않았다.

"회의가 아니라 우리들의 것이 필요하다는 말일세. 우리들의 것, 이상적 목적을 위해 우리들 스스로가 방법을 만들고 절차를 만들어 낼 수 있는 우리들의 것, 그게 우리들의 혁명이지 않은가."

일엽이 이빨을 부드득 갈았다.

"이런 반동……."

"싸늘한 현실만이 있을 뿐인 세계, 자아 발견이란 신앙 같은 에고도 허용되지 않는 세계. 물론 나는 민주주의의 신봉자는 아니네. 이곳도 썩을 만큼은 썩었으니까."

"개자식!"

일엽이 사납게 욕설을 내뱉으며 산우를 향해 다가들었다.

"그렇다면 네놈은 도대체 무엇을 원한다는 말인가?"

산우는 입가에 빙긋이 웃음을 물었다.

"바로 통일사관(統一史觀)일세."

"통일사관?"

"그렇다네. 유심사관과 유물사관을 하나로 모두는 것이지."

"하나로?"

"그렇네."

"미친놈!"

"그러나 욕하지 말게. 자네는 이제 보게 될 테니까."

"보게 돼? 무엇을?"

"우리가 찾아 쥐어야 할 게 무엇이라는 걸……."

그게 무엇이냐는 얼굴로 일엽이 더욱 다가들었다.

"그건 바로 피일세."

"피?"

"그렇다네. 그 두 세계에 희생당한 우리들의 피 말일세."

"피라고?"

눈을 한 번 감았다 뜨며 산우는 고개를 끄덕였다.

"그렇다네. 이제 우리들의 목이 피를 뿌리며 동구 밖에 걸리면 이미 거기 걸려 있는 두 목에서 흘러내리는 피와 우리들의 피가 어떻게 다르다는 걸……."

"이런!"

산우는 미소 지었다.

"이제야 하는 얘기지만 그들의 목을 잘라 동구 밖에 내걸었던 것은 그들의 자식으로 하여 우리들의 모가지를 그들 곁에 걸게 하기 위한 시위였던 것일세. 붉다는 그들의 피와 검다는 나의 피가 한데 어울릴 때 이제 나나 그들은 나의 피와 그들의 피가 어떻게 다른가를 비교하고 증명할 수가 있을 테니 말일세. 자기 발견을 위해 자기 포기는 당연한 것, 오직 확인만이 있을 뿐이지."

일엽이 부르르 진저리를 쳤다. 산우는 돌아서며 미친 사람처럼 웃었다. 일엽이 악을 썼다.

"두 개의 목에서 흘러내리는 피와 자신의 피가 어떻게 다른가를 증명하기 위해……."

산우는 고개를 저었다.

"아니야!"

"아니라구?"

"그건 이미 규정지어진 결정적인 평등 아닌가?"

"결정적인 평등?"

"그러나 자기 껍질을 깨지 않고는 자신의 본질을 볼 수 없으니까 말일세. 내 본질이 내 핏속에 있는 것이라면 내 껍질을 깨고 내 피를 확인하는 것만이 붉은 것을 검다하고 검은 것을 붉다하던 나를 똑바로 볼 수 있기 때문이지."

"미친 개자식! 관념을 유희해도 분수가 있지."

"관념의 유희가 아니라 하나로 합쳐지는 핏속에서 우리는 이제야 진실로 볼 수 있는 걸세. 비로소 너와 나의 대립이 사라진 순수한 우리들 본래의 모습을 말일세."

일엽이 주먹을 쥐고 산우를 향해 달려들었다.

그때였다. 거칠게 문이 열리면서 상현이 불쑥 들어섰다. 그는 들어서기가 무섭게 더 빠를 수 없는 동작으로 표적을 향해 방아쇠를 당겼다.

격철의 짧은 작동과 함께 총알이 표적을 꿰뚫자 일엽이 타악기를 집어 뜯는 듯한 비명을 지르며 허망하게 나가떨어졌다.

산우가 어깨에 통증을 느낀 것은 그 다음 순간이었다.

상현은 산우가 무릎을 꿇자 가쁜 숨을 몰아쉬며 뚜벅뚜벅 다가와 총구를 목에다 가져다 댔다.

급히 한 번 숨을 몰아쉬고 산우는 총목의 완만함과 둥근 곡선을 이룬 방아쇠울을 쳐다보았다. 총구가 떨리고 있었다.

상현의 얼굴로 산우는 시선을 옮겼다.

온몸의 피가 응결되어 한곳에 모인 것 같은 그의 얼굴에는 번득이는 살의가 꿈틀거리고 있었다. 그는 거칠게 숨을 한 번 몰아쉬고 가슴속에 웅쳐 있는 소리를 내었다. 독기가 절절히 배인 음성이었다.

"나는 분명히 말했었다. 이제 도피하거나 진실을 부정하지는 않겠다고. 그런데 네놈이……."

"상현!"

어금니를 사리물고 극심한 고통을 참으며 산우는 피 묻은 손을 상현의 앞으로 뻗쳤다.

"상현, 잘 와 주었네. 나의 시위가 헛되지는 않았군……."

상현이 이를 부드득 갈았다.

"마지막으로 한마디만 묻겠네."

"네놈이 그래도……."

"이 피 말일세."

"피라고?"

"이 피가 붉은지 검은지 좀 보아 주게나!"

"어리석은!"

모멸에 찬 상현의 음성이 튀는가 했더니 그의 발길이 산우의 면상을 걷어찼다.

얼굴에 심한 통증을 느끼며 산우는 바닥 위로 힘없이 쓰러졌다.

상현이 그런 산우의 목을 밟으며 소리쳤다.

"그것은 이미 규정되어진 것!"

"그렇네. 그것은 이미 규정되어진 결정적인 평등이었네. 내가 듣고 싶은 것은 그 결정적인 평등을 눈앞에 두고 검은 것을 붉다하고 붉은 것을 검다하는 그 아집의 본상을 보아 달란 말일세."

"어리석은 놈, 하찮은 관념에 유희되어 심장을 먹혀 버린 놈, 보려무나 실컷 보려무나."

상현의 총구에서 불이 뿜었다. 또 한쪽의 어깨에서 피가 튀어올랐다. 붉은 피가 흡사 분수처럼 솟아올랐다가 바닥 위로 떨어졌다. 산우는 두 손으로 어깨를 안고 쓰러지면서 눈을 감았다 떴다.

상현이 이번엔 총구를 머리에 갖다 대었다. 산우는 미련 없이 눈을 감았다.

"망설일 것 없다네. 쏘게, 어서 쏘게나!"

살기가 배어나는 시뻘건 상현의 눈에서 불기둥 같은 것이 터져 나왔다. 긴장된 한순간이 지나갔고 어쩐 일인지 총소리는 빨리 일지 않았다. 상현은 방아쇠에 손가락을 건 채 신음을 물고 부들부들 떨었다. 죽음을 기다리던 산우는 눈을 떴다. 총부리를 머리에 겨누고 부들부들 떨고 있던 상현이 그제야 오열하듯 허공으로 눈길을 들었다. 그리곤 응얼거리듯 입술을 달싹였다.

"그래, 네놈은 죽어두 여한이 없을 게다."

"……."

"내 부모들을 생각하면 널 찢어 죽여도 한이 풀릴 리 없겠다만 그러나……."

"……?"

"난…… 난 인간을 죽이지는 못하겠다. 넌 이미 야수의 모습에서 인간의 모습으로 돌아와 있어."

"……."

"오늘 밤 안으로 이 바닥을 떠나거라. 그리고 다시 살 수 있거든 부디 인간답게 살아라!"

산우는 둔중한 그 무엇으로 얻어맞은 기분으로 상현을 올려다보았다. 미친놈처럼 날뛰던 상현의 돌변함이 죽음을 기다리던 산우로서는 영 실감이 나지 않았다. 산우가 어떻게 몸을 일으키려는데 상현은 자신을 억제하는 오달진 안간힘이 절절히 배인 눈을 하고 돌아섰다.

산우가 입을 벌려 무슨 말을 하려 했지만 그는 몸을 돌려 서슬에 찬 걸음걸이로 문을 향해 걸어갔다.

상현의 멀어지는 발소리를 들으며 산우는 눈을 감았다. 자신이 살아 있다는 사실이 믿어지지 않았다.

산우는 주위를 살펴보았다. 숨을 거둔 일엽의 참혹한 모습이 보였다. 그는 입을 쩍 벌린 채 가슴에서 뿜어 나는 피를 안듯이 하고 모로 쓰러져 있었다. 갑자기 가슴 한쪽에 칼로 잘라내는 것 같은 아픔이 왔다. 뒤이어 허망함이 참으로 지독한 허망함이 그 아픈 가슴 밑바닥에서 일어났다. 조금 전까지만 해도 혁명에 미쳐 광분하던 한 사나이, 그의 최후가 저리도 허망한 것이라면 그것은 그 세계의 허망함을 증명하는 것. 산우는 피 묻은 손을 눈앞으로 가져왔다. 그리곤 손바닥 가득히 묻어 난 피를 바라보았다. 그가 지금까지 보아 왔던 피와 하나도 다를 바 없이 붉은 피가 거기 있었다.

눈을 감으며 산우는 주먹을 힘껏 쥐었다. 자신이 찾던 본질은 분명 그 핏속에 있었다.

산우는 힘껏 쥔 주먹을 폈다. 티 하나 없이 맑은 순백의 피가 거기 있었다.

산우는 붉은 피가 번져 나는 어깨를 안고 일어났다. 가슴 밑바닥에선 삶에 대한 희열이 샘물처럼 솟구쳐 올라오고 있었다. 가슴을 짓누르던 암벽 같은 어둠은 어느새 멀어졌고 다시 인간답게 살아 보고 싶다는 간절한 소망이 꿈틀거리며 머리를 들었다.

더 이상 어떤 주의에 몸 담가야 할 이유가 없었다. 투쟁의 대상이 주의에 있는 것이 아니라, 인생 그 자체에 있다는 것을 또 한 번 뼈아프게 느낀 이상 관념의 유희가 먹어 버린 심장을 치료하고 사물 속에 던져 버린 정신세계를 마땅히 찾아와 한 방울의 올바른 피나마 만들 수 있는 건강한 순백의 자신을 찾아야 할 것이었다. 이물질을 용해하는 용광로 같은 정신세계를 가지고 얼룩이 앞에 버티어 선 아버지처럼 흰 명주옷에, 흰 대님, 흰 구두를 신고, 아지랑이 속에 장다리꽃 밟으며, 소도를 들어 이기의 배를, 집착의 맥박을 잘라야 할 것이었다. 그 옛날 왜 소의 피가 사람의 피처럼 붉으냐는 물음에 대답하지 못하던 아버지처럼 행위로써 그것을 증명해 줄 수가 있어야 할 것이었다. 그 어둡고 싸늘했던 새벽. 당신의 무섭도록 조용한 몸가짐, 소 앞에 버티어 선 당신의 시위, 집착의 맥박을 잘라 가던 그 현란한 손놀림, 당신의 행위는 분명한 살생이었다. 단 한 번 받은 생명을 무참히 꺼꾸러뜨리는 살생. 그러나 그것은 누구인가 해야 할 살생이었다. 티 없는 자식들에게 천역의 한이 미치더라도 그들을 위하여 그들을 대신하여 했어야 할 살생이었다. 그것은 평등의 부조리를 외치는 항거의 시위였고 집착의 맥박을 자르는 소도의 분노였다.

산우는 자신이 만들어 놓고, 자신이 스스로 뒤집어쓰는 그 굴레의 축을 끊기 위하여 걷기 시작했다.

제8장

# 소를 잊고
# 나도 잊는다
## [人牛俱忘]

그림설명
제8인우구망
(人牛俱忘 : 사람도 소도 공이라는 사실을 깨닫는다)

**8**

　밤새 모닥불을 피우고 소를 곁에 한 채 눈 한 번 붙여 보지 못한 산우는 날이 밝기가 무섭게 일어났다.

　어젯밤의 코짤맹이가 달려들지 몰라 불안했으나 그렇다고 불만 피우고 앉아 있을 수만은 없는 일이었다.

　울창한 비자림을 빠져 나가자 중문봉의 정상이 보였다. 그 뒤로 겹쳐지는 봉화봉이 장엄하게 솟아올라 솜뭉치 같은 검은 구름을 물고 누워 있었다.

　다행스럽게도 한낮이 될 때까지 코짤맹이는 나타나지 않았다. 어젯밤 쫓던 멧돌의 고기가 아직은 남아 있어서인지 아니면 정말 겁을 먹어서인지는 모르지만 울음소리 한 번 들려오지 않았다.

　한낮이 넘어서자 샛바람이 불었다. 또 비가 올 모양이었다.

　산우는 소를 몰고 걸음을 빨리했다. 중문봉의 기슭에 다다르자 샛바람이 더욱 거칠어졌다. 상봉의 먹장구름들이 장벽처럼 시야를 가로막았다.

숲이 드문드문해지고 골짜기가 깊어 갈수록 샛바람은 맞바로 몸을 감싸고 지나갔다.

짐승의 울음소리 같은 천둥이 울고 번개가 쳤다.

산우는 이곳저곳을 살피다가 문득 들어오는 한 바위에 시선을 던졌다. 수 미터 전방에 전번과 비슷하게 생긴 바위가 있었다. 바위는 산봉우리를 방불케 할 만큼 거암은 아니었으나 소를 눕히고 그 곁에 자신도 들어가 누울 수 있을 정도의 공간을 두고 이마를 맞대고 있었다.

소를 몰고 산우는 그 바위를 향해 다가갔다. 손가락처럼 생긴 버섯이 바위 결을 따라 이끼처럼 피었다.

바위 밑 공지 앞에는 만개나무가 열매를 가득히 달고 무성하게 어우러져 있었다. 어린 날 현숙과 함께 뒷산에 오르면 그걸 따서 집으로 돌아와 실로 꿰어 목걸이를 만들곤 하던 것이었다.

산우는 바위 밑에다 소를 몰아넣었다. 그리곤 혼잣말처럼 소를 향해 입을 열었다.

"이눔아, 만개나무 밑엔 언제나 뱀이 있기 마련이야, 조심해야 할 걸."

소가 이곳저곳에 코를 갖다 대었다.

"내 어릴 때 뒷산에 오르면 언제나 만개나무 곁에 뱀이 또아리를 틀어 있곤 했었지. 열매를 따다간 혼쭐이 나곤 했으니까."

소가 무릎을 꿇었다. 산우는 소를 뒤로 하고 고사목이 즐비한 골짜기로 내려갔다. 고사목을 한아름 꺾어 와 모닥불을 피울 때까지도 소는 여전히 되새김질을 되풀이 하고 있었다. 그 조는 듯한 모습이 흡사 모든 것을 잊어버린 것 같았다.

소의 모습을 산우는 한참이나 지켜보았다. 얼마나 그 표정이 편안해 보였던지 주위의 모든 것이 그 표정 속에 녹아드는 것 같았다.

산우가 처음 천궁골로 와 정착했을 때 그가 느낄 수 있었던 것은 바로 저러한 편안함이었다. 이제야 처절한 대립은 끝나고 오랜 여행에서 돌아와 자신이 들어앉아야 할 자리에 비로소 들어앉은 것 같은 안심입명의 경지라고나 할까. 무엇에서나 그렇게 편안하고 푸근하기만 했다. 마을 어귀를 감싸고 도는 운무나 그와 흡사한 모깃불이나 풀벌레의 울음소리, 음모처럼 불어오는 미풍에 실린 초저녁의 땅거미 냄새, 밤하늘의 별들, 그러한 모든 것이 한데 어울려 이루어 내는 분위기 속에 던져진 자신이 한없이 행복스러웠다. 비로소 그 풍경 속에 던져질 수밖에 없는 자신의 존재가 충분히 사랑스러웠다.

그러나 피 번진 몸으로 자수를 했을 때 당국의 조치는 기대와는 달랐다. 관대할 줄 알았는데 그것은 바람이었다. 적군 지휘관으로 자수를 했다는 사실 하나만으로도 일시적인 과오로 인정하고 무조건의 신뢰를 보여 주리라 생각했었는데 아니었다. 선전과는 달랐다. 항복만 한다면 자유의 몸이 된다느니, 영웅 취급을 하겠다느니 했었는데 그것은 선전에 지나지 않았다. 심문이 시작되고 정보를 요구하고 정보가 성에 차지 않으면 주리를 틀었다. 무서운 것은 기절하면 물가지를 퍼붓듯 상처를 치료하면서 정보를 캐기 위해 물불을 가리지 않는다는 사실이었다.

"뭐라고? 어깨의 총상으로 죽어가고 있다고? 그럼 치료해. 데지면 정보를 캐낼 수 없으니까."

"놈에게 쓸 약도 없습니다."

"살려! 살려내서 무엇이라도 캐내란 말이야."

그들의 말을 듣고 있으면 키득키득 웃음이 나왔다. 이 세계나 저 세계나 다를 것이 무엇인가. 잘못된 것은 사상이 아니었다. 그것을 집행하는 이들에게 있었다. 서로는 잇속을 채우기 위해 광분하고 있을 뿐.

역시 길은 하나였다. 두 길이 하나로 만나는 정점. 거기 내가 가야 할 길이 있었다. 그 길로 흔들림 없이 걸어 들어가는 것. 그 길이 내 길이었다.

전쟁이 끝나 만신창이가 되어 풀려나자 갈 곳이 없었다. 이곳저곳을 떠돌다 그해가 다 갈 무렵 조상들이 살았다던 천궁골을 기억해 내고 찾아들었다. 찾아와 보니 옛날 조상들이 살았다는 집터는 자취만 남았고 풀벌레 소리만 요란하였다. 그러나 할아버지를 기억하고 있는 사람의 음성은 생기에 차 있었다. 동리에서 가장 연장자인 옥돌 영감이란 사람이었다. 그는 그 옛날을 어렴풋이 기억하고 있었다.

산우는 산에서나 집에서나 이해할 수 없는 말만 지껄이던 할아버지를 대할 때처럼 옥돌 영감이 입을 열 때마다 가슴이 설레었다. 그럴 때면 언제나 산우는 이 천궁골에 뿌리를 내렸던 조상들이 초저녁 한가로이 모깃불 주위에 모여 앉아 오순도순 얘기를 나누고 있는 환영을 보곤 하였다. 자식이 어버이에게서 받은 피를 속이지 못하듯이 혈관을 박차고 뛰노는 설렘 같은 것은 무엇 때문인지 몰랐다.

"……이 고을에 눈먼 백정이 있었다는 것을 아는 사람은 이제 몇 되지 않을 거구만. 그만큼 세상은 변했고 세월이 흘렀으니께. 아무튼 그 당시에 눈먼 백정은 있었고 그의 소 잡던 얘기는 전설처럼 남아 있지. 그의 아버지에 관해선 기억이 없고 그의 아들인 정골피는 나보다 연장자이긴 했지만 아직도 기억할 수가 있구먼. 눈먼 백정이 첫 도살에 실패하자 한때 그의 집은 풍비박산이 났지. 그의 아버지는 그 먼눈을 하고 홀연히 어디론가 사라졌고, 그의 어미와 그 어린것은 아마 외할아버지가 데려갔을 게야. 골피 그 양반이 외가에서 자라다 이곳으로 다시 돌아온 것은 오랜 세월이 흐른 후였어. 그 후 바람처럼 사라졌던 그의 눈먼 애비가 돌아왔는데 그가 어디를 헤매다 돌아왔는지에 대해선 아는 사람이 없어. 그는 돌아오자마자 죽었는데 그 후 그 양반도 이곳을 뜨고 말았지……."

산우는 가슴 아픈 할아버지의 과거를 접듯이 그길로 정착을 결심했다. 옥돌 영감 밑에서 새로이 칼질을 시작했다. 처음 촛대를 잡았을 땐 그렇게 가슴이 뿌듯할 수 없었다. 촛대질에 쓰러지는 소를 보았을 때 산우는 언뜻 이런 생각을 하였다. 어쩌면 그 옛날 눈먼 증조부나 할아버지 그리고 아버지 그 모두는 깨달았을지도 모른다고. 대상은 본질 그 자체, 그들은 자신이 보고자 하는 세계 속으로 들어가 버린 것일지도 모른다는 생각이었다. 한 마디로 이렇게 쉽게 꺼꾸러뜨릴 수 있는 소를 그들이 해내지 못한 걸 보면 그렇다는 생각이 들었는데 그러한 생각이 곧 자만심에서 오는 것이요, 오만의 결과이며, 자부의 소치이며, 지적 추리와 감정의 오염, 날카로운 논리, 날조된 사고로 뭉쳐진 날조된 견성의 체험에서 왔다는 것을 안 것은 불과 얼마 후였다. 그때까지만 해도 외부와 내부가 실제로 하나의 눈뜬 상태는 아니었던 것이다. 실제를 충분히 인지하고 포착한 상태는 아니었다. 첫 번째로 놓친 흑망이를 대했을 때 그 엄청난 동체에 우선 질리기도 하였지만 소의 눈빛이 빛나면 빛날수록 감당할 수 없는 집착으로 떨고 있는 자신의 보잘것없는 허상을 보았다. 그것은 분명히 칼잡이의 기술만으로 해결할 수 없는 거대한 벽이었다. 소의 눈빛이 빛나면 빛날수록 반대로 촛대를 든 마음은 걸림이 없는 적멸의 상태를 가질 수 있는 자만이 넘을 수 있는 벽이었다. 그렇지 않고서는 아무리 촛대를 휘둘러도 그것은 할아버지의 말처럼 살생일 뿐이었다. 그것은 보내는 것이 아니었다. 찾고 찾던 대상 속으로 들어가는 게 아니었다. 그것은 바로 자신을 죽이고 있는 것이었다. 두 번씩이나 소를 놓쳐 버린 것은 바로 그 때문이었다.

소의 얼굴에서 산우는 눈을 떼지 않았다. 어느 날 조상들의 내력을 얘기하던 할아버지의 무심한 얼굴 같은, 일체를 잊고 선정에 든 노승의 단아의 모습 같은, 어쩌면 저렇게도 편안한 모습으로 누워 있을 수 있을까.

샛바람은 점점 거칠어지고 천둥과 번개가 계속 엇갈리며 지나갔다. 소는 되새김질을 하며 일체를 잊은 표정으로 여전히 누워 있었다.

이윽고 비가 쏟아지기 시작했다. 비바람이 불 때마다 일어나는 타격음이 속살까지 파고드는 핏물만큼이나 을씨년스러웠다.

　산우는 몸을 웅크렸다.


　사내는 몸을 웅크리고 앉아 있었다.

　그를 끌고 저 암봉의 기슭을 돌아 소가 있는 곳까지 나아간다는 것은 참으로 난감한 일이 아닐 수 없었다. 이곳까지는 정말 죽을힘을 다해 왔었다.

　한 걸음 또 한 걸음 뱀에게 물린 자리에선 독을 제거했고 붙여 두었던 약초로 인해서인지 별다른 이상은 없었으나 엉치의 상처와 여독으로 인해 그는 이미 온전하질 못하였다. 헐떡거리며 비틀거리다가 쓰러지기 일쑤였고 가시덤불이나 넝쿨에 걸려 앞으로 처박히거나 주저앉기가 예사였다.

　이를 악물고 산우는 견뎠다. 내리막을 사내와 같이 구르고 또 일어나면서 전신이 피투성이가 되어 감을 의식하면서도 큰소리 한 번 치지 않았다.

　암봉 기슭까지 왔을 때 날이 저물었고 천상 바위틈에서 하룻밤을 보내지 않을 수 없었다.

　밤새 사내는 엷은 신음을 이빨 사이에 물고 기운을 차리는 표정을 짓곤 했지만 아침이 돼도 그 상태 그대로였다. 눈을 감고 죽은 듯이 누워 있는 사내를 향해 산우는 손을 내밀었다.

　"서 형!"

　언제부터 그들은 서로를 그렇게 불렀는지 몰랐다. 분명 사내 쪽이 먼저였지만 그것이 꼭 확실한 것은 아니었다. 신음을 물고 몸부림치던 사내가 어느 순간 갑자기 산우의 손을 잡으며 물기 어린 눈을 들어 "정 형!" 하고 불렀던 것이다.

산우는 그때 가슴이 찡해 견딜 수가 없었다. 엄청난 시련 속에서 서로가 서로를 느낄 수 있다는 건 역시 인간이기 때문일까. 언젠가부터 굳게 닫혔던 마음속에 하나의 끈 같은 것이 생겨난 것은 분명 인간들이기 때문일 것이었다. 서로가 서로를 아직은 확실히 모를지라도 역경이 가중될수록 솟아오르던 감정이 희한하게도 한데 뒤엉키어 하나의 멍에에 운명처럼 연결되고 있다는 것은 그것을 증명하고도 남는 일이었다.

그런 사내를 향해 산우는 "왜 그러오?" 하고 물으며 그의 손을 마주 잡았었다.

사내는 얼른 말이 없었다.

재차 산우가 "왜 그러오?" 하고 묻자 그는 그제야 고개를 들며 내일 아침 날이 밝는 대로 자기를 생각하지 말고 떠나 달라고 했다. 일찍이 이렇게 포기했어야 하는 것을 지금까지 끌어 온 게 잘못이었으나 후회는 않는다는 투의 얘기를 어린애가 훌쩍거리듯이 늘어놓고는 휙 눈길을 돌려 버렸다. 산우는 가슴이 찡해 무슨 말이 었는지는 모르지만 위로라도 한답시고 입을 열기는 열었는데 가슴 한쪽이 계속 무거웠다.

손을 뻗쳐 흔들자 사내는 눈을 뜨고 산우를 보았다. 휑하니 뚫린 동공이 잠자리 날개처럼 파르르 떨리고 있었다.

산우는 사내의 손을 잡았다.

"일어나시오!"

사내가 고개를 내저었다.

"틀렸소, 이제 더는 못 가겠소!"

"저 암봉을 좀 올려다보시오. 암벽의 머리 부분엔 여기서 보는 것과는 달리 죽순 같은 정상은 멀리 물러나 있고 잡목 숲이 우거진 편편한 초원이 가락지처럼 원을 그리며 암봉인 정상을 싸고 있는 것 같은데……."

"그럼 소가 그리로 올랐다는 말이오?"

"지금의 예측으론……."

"설마 소가 저 단애를……."

"물론 저 단애를 소가 오를 수는 없지요. 저 봉을 휘돌다 보면 분명히 정상에 오르는 길이……."

"그럼 소와의 거리를 좁히기 위해 저 단애를 올라야 한다?"

"그렇지 않고는 소를 잡을 수 없을 것 같소."

"내 몸을 보시오. 그걸 말이라고 하오. 나는 이제 갈 수 없소."

"갈 수 있소."

산우는 일어났다.

사내가 고개를 내저었다.

"갈 수 없소. 이런 몸으론……."

사내를 뒤로 하고 산우는 절벽의 이쪽저쪽을 유심히 살펴보았다. 풍석으로 이루어진 직벽이었으나 요철이 심하고 암벽을 수놓은 담쟁이덩굴과 암벽 틈에 기생하는 잡목들로 인해 혼자 힘으론 그리 어렵지 않게 오를 수 있을 것 같았다. 하지만 그를 업고 오른다는 건 엄두도 못 낼 일이었다.

돌아온 산우는 사내를 향해 수통을 건네주었다.

사내가 물을 마시는 동안 산우는 칡뿌리 몇 조각이 남아 있다는 걸 기억해 내고 주르먹 속에서 꺼내 들었다.

사내가 수통을 건네며 좀 생기가 돈 얼굴로 산우를 건너다보았다.

산우는 그를 향해 칡뿌리를 내밀었다.

"우선 이것이라도 좀 씹으시오."

사내가 미소를 지으며 고개를 가로저었다.

산우는 억지로 그의 손에다 칡뿌리 한 조각을 쥐어 주었다.

"이거라도 씹어야 하오. 아침도 먹지 않고 이곳까지 오질 않았소."

사내가 입 속으로 칡뿌리를 가져갔다. 그는 그것을 우물우물 씹으며 쓸쓸하게 미소를 물었다. 산우는 한 조각을 또 사내를 향해 건네 준 뒤 수통의 물을 마셨다.

사내가 칡뿌리를 한참 씹다가 무슨 생각을 했는지 고개를 끄덕이며 입을 열었다.

"딴은 그렇소. 그래서 이곳까지 온 것이니까. 그러나 저놈의 단애는 너무도 높고 험하구려!"

"오를 수가 있을 게요."

산우는 또 칡뿌리 한 조각을 뜯어 사내에게 던져 준 뒤 자신도 그것을 뜯으며 일어났다.

그는 단애 밑으로 걸어가 이곳저곳을 유심히 살폈다. 될 수 있으면 잡목 숲이 없는 직벽을 택하되 요철이 심해 발 디딜 틈이 있고 중간 중간에 사람 하나가 누울 수 있는 바위 조각들이 풍화되어 떨어져 나간 흠집 같은 암붕(岩棚)을 찾기 위해서였다.

이곳저곳을 둘러보고 난 산우는 울창한 숲속을 향해 걸어 들어갔다. 얼마 걸어 들어가지 않아 칡덩굴들이 어지럽게 엉켜 있는 게 눈에 들어왔다.

산우는 그것을 걷었다. 닥치는 대로 걷었다. 한아름이 되면 사내 곁에 가져다 놓고 다시 그 숲으로 들어가 칡덩굴을 걷었다.

칡덩굴의 무더기 너머로 사내의 모습이 보이지 않을 때에야 산우는 돌아왔다. 그는 칡덩굴을 마주하고 앉아 잎사귀를 모두 훑어내고 줄기만을 따로 모았다. 그러고는 인근 나무 하나를 골라 칡덩굴의 끝을 묶은 다음 밧줄을 꼬듯이 여러 갈래로 꼬기 시작했다. 어린애 팔뚝만큼의 굵기로 꼰다는 것은 그리 쉬운 일이 아니어서 힘이 들었지만 침착하게 꼬아 나갔다. 칡덩굴의 끝이 다하면 다시 이어서 엮고 그러는 사이에 사내는 산우를 의미심장한 눈으로 쳐다보고 있었다.

이윽고 산우가 긴 칡덩굴 줄을 들고 돌아섰을 때 사내는 기가 찬다는 표정으로 산우를 올려다보았다.

"어떡하려는 거요?"

"간단하오. 이것으로 당신의 몸을 묶은 뒤 내가 먼저 저 단애의 적당량을 올라가겠소. 내가 위에서 당기면 당신은 그 힘을 이용해 올라오면서 발과 손만을 움직여 주면 되는 거요."

"가능할까요?"

"언제나 하는 말이지만 가능이란 결과 뒤에 오는 게 아니었소?"

"혼자 힘으로 나를 당겨 올린다는 건……."

"물론 나 혼자의 힘으로는 되지 않소. 부근에 나무가 있다면 그 나무를 의지해서 잡아당길 것이고 서 형은 밑에서 필사적으로 올라와 주어야 하오."

사내의 대답을 듣지도 않고 산우는 자신의 몸을 동여매었다. 등에서 오른쪽 겨드랑이로 돌려 가슴과 왼쪽 겨드랑이를 지나 이어 묶은 다음 무성한 자작나무 가지를 꺾어 와 엉덩이 밑에 깔고 등허리로부터 엉덩이 그리고 양 다리 사이를 지나 가슴에다 이어 묶었다.

산우가 그 일을 하는 사이 사내는 줄곧 지켜보고 있었다.

산우는 단애를 오르기 시작했다. 바짝 바위에 몸을 붙이고 될 수 있으면 요철이 심해 발 디딜 틈이 많은 곳을 살폈다. 바위에 몸을 붙이면 힘이 들었으므로 여유를 두고 눈으로 자리를 확인하면서 발을 내딛고 두 손으로 몸의 균형을 잡은 뒤 상체를 바위에서 떼며 몸을 움직였다.

산우는 삼지점(三支點)에서 사지점(四支點)으로 다시 삼지점으로 자세를 쉴 새 없이 환원시키며 올라갔다. 체력의 소모가 극심할 것 같아서였다. 미구에 지쳐 버린다면 모든 건 끝장이었다. 바위의 돌기 부분을 힘을 주고 잡아당기다 보면 얼마 가지 못해 지쳐 버릴 것은 당연한 노릇이었다. 몸의 무게는 발에 있었으므로 성급하게 손에다 힘을 주지 않았다. 낙석을 조심하며 끊임없이 발 디딜 틈을 모색하며 올라갔다.

올라갈수록 단애의 벽면은 밑에서 보기와는 달리 발 디딜 틈이 용이하지 않았다.

얼마 오르지 않아 선반(棚狀)처럼 튀어나와 있는 암붕이 나타났다. 오랜 세월에 풍화되어 떨어져 나간 바위틈이 예상 외로 넓은 곳이었다.

산우는 그 틈으로 기어올라 가쁜 숨을 토해 내었다. 끝없이 솟아오른 암석의 단애가 눈 위에서 가물거렸다. 눈이 부셨다.

숨을 좀 돌린 뒤 산우는 칡덩굴을 흔들었다. 밑에서 신호가 왔다. 칡덩굴이 뻣뻣해지고 손에 무게가 느껴졌다.

산우는 두 발을 앞으로 내밀어 발끝으로 단단히 바위 끝을 밀며 줄을 당겼다. 한 발, 또 한 발…….

바위 끝에 닿은 칡덩굴에서 껍질이 벗겨져 나갔다. 산우는 칡덩굴이 바위 끝에 닿아 끊어질까 걱정했으나 의외로 사내의 몸은 쉽게 올라오고 있었다. 사내는 산우의 힘에 보조를 맞추어 사력을 다해 매달린 자세에서나마 기어오르려고 노력하고 있었다.

껍질이 벗겨진 칡덩굴에 손이 닿을 때마다 손이 미끈거려 손목에다 칡덩굴을 감아쥐고 끌어당겼다.

한참을 끌어당기자 어느새 칡덩굴에 손바닥에서 터진 피가 묻어났다. 회를 거듭할수록 당기는 속도는 느려지고 그럴 때마다 산우는 혼신의 힘을 다했다.

사내가 눈앞에 나타났을 때 그의 손은 피투성이였고 그 손을 내밀어 사내를 끌어올렸을 때 사내의 손 역시 피투성이였다.

사내의 손과 맞잡아진 자신의 손을 바라보며 산우는 뜨거운 무엇이 가슴에서 울컥 치받아 옴을 느꼈다.

"괜찮겠소?"

사내가 고개를 끄덕였다.

"다행이오. 이제 두 번 정도만 이 짓을 반복하면 우리가 원하는 곳으로 나아갈 수 있소. 한숨 돌린 뒤 다시 시작합시다."

산우는 수통을 사내에게 건네주었다. 일어났을 때 해가 머리 위에 와 있었다.

다시 기어오르자 바람이 좀 전보다 더 거칠어졌다는 느낌이 들었다. 손과 발을 조심하며 올랐다. 바람이 계속해서 거세게 불어왔다. 아래쪽에서 느끼던 바람과는 분명히 다른 바람이었다. 아마도 적멸산 쪽에서 불어온 바람이거나 아니면 이 지대에서 특별히 형성되어 있는 바람인 모양이었다.

위로 올라갈수록 바람이 더 거세어졌다. 그 바람이 자신을 암벽에서 떼어놓지나 않을까 염려 되었지만 몸을 바위에 바짝 붙이고 손이 닿을 자리, 발이 설 자리를 찾아 잡고 디뎠다.

한참을 올라서야 바람이 잠잠해졌다. 그제야 적멸산 쪽에서 불어오는 일시적인 바람이었다는 생각이 들었다.

두 번째 목적했던 암봉이 가까워지자 바람은 꿈결처럼 사라지고 복사열이 심한데 직벽이었던 암벽이 모서리가 각진 능각(稜角)으로 변했다. 산우는 말을 타듯이 바위를 타고 기어올랐다. 우선 단단하게 암벽의 돌출부를 양손으로 잡고 능각을 올라탔다. 그리곤 양발을 반듯하게 딛고 능각을 양쪽 발로 조였다. 자세를 안정시킨 다음 양 허벅지로 능각을 끼고 앉아 마찰시키며 몸을 펴듯이 위로 올라챘다. 완전히 바위에 몸이 밀착된 상태였다.

산우는 계속 손발을 능의 양쪽에 돌려서 잡고 양 허벅지 전체로 능을 끼고 올라갔다.

한참을 올라가자 작은 암탑(岩塔)이 길을 막았다. 그는 측벽(側壁)으로 자세를 옮기고 기어올랐다. 손톱이 까지고 무릎의 살이 벗겨졌다. 산우는 약간 지그재그 식으로 몸을 비틀며 올라갔다. 일정한 속도로 올라가려고는 노력하지 않았다. 일정한 호흡에 맞춘 동작의 거듭을 원했다. 손바닥에서 흘러내리는 피가 암벽 위에 점점이 묻어났다.

가로 튀어나온 암벽의 암봉에서 산우는 잠시 숨을 돌린 다음 기운을 차리고 좀 전에 하던 자세로 사내를 끌어올렸다. 예상대로 사내는 사력을 다해 올라오고 있었다. 손바닥에서 흘러내리는 피가 발밑으로 뚝뚝 떨어졌다. 산우는 이를 악물고 또 악물었다. 참아 내지 않는다면, 놓쳐 버린다면 모든 것이 끝장이었다. 사내의 전생애가 그리고 자신의 모든 것이 그렇게 절벽 밑으로 떨어져 버릴 것이었다.

사내가 모습을 나타냈을 때, 산우는 사내의 손을 잡아당겼다. 사내의 손에서도 좀 전보다 더 많은 피가 솟아나고 있었다. 그렇게 해서 남은 거리를 다시 기어올랐다.

이번엔 암형의 평찰도가 심하여 팔꿈치로 몸을 유지하며 올라야 했다. 균열된 바위 조각이 빠지기 쉬운 곳이었으므로 발을 빨리 바꾸어야 했다.

한참을 올라가자 굴뚝을 칼로 자른 것 같은 바위 틈새가 나타났다. 폭이 그리 넓지는 않았으나 쭉 찢어져 오므라진 모습이 입 벌린 조개의 형상이어서 그 안으로 들어가 등을 벽에 붙이고 발을 앞으로 뻗어 바위 틈새에 끼인 돌기 부분과 요철 부분을 밀며 올라갔다.

한참을 올라가자 암벽이 늑골 모양으로 돌출한 작은 암각이 나타났다. 산우는 바위 틈새에서 나와 그 암각 위로 올라갔다. 눈을 들어 위로 올려다보니 순층과 역층이 어지럽게 얽히어 있는 바위 면이 햇빛을 받아 주황색이었다. 급경사를 이루며 파인 암구하며 낙수의 통로가 어지러웠다.

발목에 충분한 힘을 주고 전신의 체중을 균등하게 건 다음 발을 옮겨 나갔다. 발바닥에 몸의 중심을 언제나 의식하며 발을 옮기고 있었으므로 차듯이 발을 빼거나 헛디디는 법이 없었다. 부득이 발을 옆으로 디딜 때는 경사와 직각으로 하지 않았다. 발꿈치를 올려 디디면 미끄러질 것 같았다. 언제나 암벽의 돌기 부분을 높이 잡지 않았다. 발은 인력방향(人力方向)으로 디뎠다.

그렇게 조심했는데도 최상단부의 돌머리를 짚는 순간 잘못하여 한쪽의 발이 미끄러지고 말았다. 갑자기 적멸산으로부터 불어온 엄청난 바람에 의해 숨이 막힐 것 같아 그 바람을 피하려다 일어난 일이었다. 바람을 피하려고 균열된 바위 조각을 너무 성급하게 밟자 그만 바위 조각이 떨어져 나갔던 것이다.

그 순간 산우는 몸이 한쪽으로 쏠리면서 끝없는 깊은 나락의 끝으로 떨어지는 전율을 맛보았다. 그러나 다행스럽게도 두 손은 바위머리를 잡고 있었고 한쪽 발이 여전히 바위틈을 짚고 있었으므로 재빨리 다음 자리로 발을 옮겨 디딜 수가 있었다.

최상단부에 오르자 예상했던 대로 그리 넓지는 않았으나 죽순처럼 솟아오른 거대한 암봉을 잡목 숲이 울타리처럼 둘러싸고 있었다. 구름꽃다지와 애기도라지, 산금낭화가 즐비하게 꽃을 피웠거나 거두었고 고채목과 두메오리나무가 무리를 이루며 서 있었다.

가까이 있는 나무에 칡덩굴을 감고 산우는 사내를 끌어올렸다. 손바닥에서는 여전히 피가 흐르고 있었으므로 손목에다 줄을 감으며 끌어당겼다. 첫 번째와 두 번째보다는 올라오는 속도가 느리고 무거웠다.

사내는 별 탈 없이 모습을 나타내었다. 둘은 손의 상처 따위엔 아랑곳도 없이 길게 누운 채 일어날 줄 몰랐다.

한참을 그렇게 누워 있던 둘은 약속이나 한 듯이 일어났다. 도저히 넘을 수 없으리라던 단애를 넘고 보니 사내도 좀 힘이 나는 모양이었다.

그들은 껴안고 산사면을 돌아 나갔다. 한참을 돌아 나가자 예상했던 대로 소의 족적이 눈에 보였다. 소의 족적을 자세히 살펴보자 지나간 지 얼마 되지 않은 것이었다.

"소가 바로 눈앞에 있소."

사내가 고개를 끄덕였다.

"그런가 보오."

"저게 뭐요?"

"동굴이오!"

"동굴? 이런 곳에 동굴이 있었다니."

"족적은 저 동굴로 연결된 것 같은데."

"그럼 저 동굴 속에……."

"그런 것 같소."

둘은 다시 걸음을 옮겨 놓았다. 동굴 앞까지는 잡목 숲이 즐비하게 있었으므로 그들은 곧바로 직진했다. 소가 동굴 속에서 밖을 내다본다 해도 보이지 않으리라는 생각에서였다.

동굴 앞까지 다다르자 소는 그때까지 접근하는 것을 눈치 채지 못했는지 아무런 반응이 없었다.

동굴 속으로 눈길을 모았다. 속은 텅 빈 것 같았다. 혹시 소가 낌새를 채고 어디다 몸을 숨기고 있을지 몰라 둘은 조심스럽게 안으로 들어갔다.

그때였다. 동굴의 맨 안쪽 구석에 소 같은 것이 누워 있는 게 보였다.

"소요!"

사내가 짧게 부르짖었다.

"그런데 좀 이상하지 않소?"

"저건 누워 있는 게 아니라 네 다리를 뻗어 내린 것 아니오?"

"가봅시다."

둘은 소를 향하여 조심스럽게 다가갔다. 소는 꼼짝도 하지 않았다. 가까이 다가간 사내가 혹 하고 숨을 들이마셨다.

소는 이미 산 것이 아니었다. 아침 햇살에 늠름하게 빛나던 동채는 산짐승들에 의해서인지 갈기갈기 찢겨 있었고 청동처럼 단단하고 긴 뿔은 눈에서 뿜어 나는 시퍼런 정기를 지켜 주지 못하고 있었다. 궁형처럼 쳐들어진 꼬리는 피를 묻힌 채 땅 위에 아무렇게나 곡선을 그리고 있었다.

산우의 가슴속으로 슬픔 같은 아픔이 헤집고 지나갔다.

"어떻게 된 거요?"

기가 막히는지 사내가 물었다. 산우는 머리를 내저었다.

"아마도 산짐승들과 싸우다 지쳐 이곳에 와 죽은 모양이오."

"제기랄!"

사내의 입에 허망함이 묻어났다. 산우는 소 곁에 쭈그리고 앉았다.

"정말 꿈이라더니……."

"그래 이제 어떡할 거요?"

산우는 천천히 사내를 올려다보았다.

"어떡하다니요?"

"내 생각엔 정 형에게 또 한 번의 기회가 온 것 같은데!"

"무슨 소리요?"

"정 형은 이 소의 모가지가 있어야 할 게 아니오. 그래야 동리 사람들에게……."

"그러나 역시 죽여야 할 것은 내 마음속의 소였을 뿐이오."

"그것은 나도 마찬가지요. 하지만 여기까지 온 것은 실상에 대한 미련 때문이 아니요? 정 형은 정 형 입으로 말하지 않았소. 가상을 죽이지 못하면서 실상을 죽일 수 있겠느냐고……. 그리고 이 세계는 원하고 있소. 실상의 세계를, 실상의 미련을 원하고 있는 거요."

"그러나 그들을 확인시키기 위해 내 양심을 잘라 들 수는 없소."

"그렇다면 더욱이 잘라야 할게요. 그들에게 보여 줘야 할 것은 저 소의 목이 아니라, 그 목을 의미하는 우리들의 검은 얼굴일 테니. 아집과 무지로 꽉 찬, 끝없이 확인하려 하고, 끝없이 긍정하려 하고, 끝없이 부정하려 하고, 끝없이 의심하려 하고……이 소의 목을 보는 순간 그들은 느끼게 될 거요. 자신들의 검은 얼굴을."

산우는 고개를 내저었다.

"내가 이렇게 무력할 줄이야."

"다행스럽게도 정 형에겐 최후가 온 것이오. 거대한 하나의 벽, 소의 목을 피하면 위배되는 일이니 배의 함정에 빠지게 되고, 피하지 않고 목을 취하면 촉할 것이니 바로 그 본체를 보지 못할 것이라 집착의 함정에 빠지게 되니……."

눈먼 증조부의 공안이 머릿속에 떠올랐다.

'잡아오너라! 놓쳐 버린 저 한 마리의 소를……. 잡으면 너는 상에 집착했으므로 촉할 것이며 그렇다고 잡지 않으면 위배되니 배할 것이다.'

눈을 뜨는데 사내가 말을 이었다.

"……있는바 모든 상은 허망하여 실체가 없으니 만약 모든 상을 상 아닌 것으로 보면 곧 여래불타라는 말이 있소. 이것을 깨닫는 것이 곧 해탈이라면 두 개의 세계가 아닌(不二) 절대의 무상(無相)의 세계, 그 참지혜의 원력으로 정 형은 칼을 들어야 할게요."

이를 악물고 산우는 옆구리의 칼을 빼들었다. 소를 향해 다가들자 노승의 죽비가 눈앞에서 번쩍 부서졌다. 고양이의 목을 잘라 든 남전 스님으로부터 칼을 빼앗아 든 조주 선사가 눈을 부라렸다.

산우는 칼을 쳐들고 소의 목을 잘랐다. 소의 목은 단숨에 잘라지지 않았다.

목뼈 주위로 칼질을 한 다음 가슴을 발로 밟고 잡아당겼다. 가슴이 찢어지도록 아파 왔다. 이건 유희다, 이건 유희다 하는 생각이 칼끝이 되어 가슴을 찢어 발겼다.

지금까지 무엇을 보아 왔고 무엇을 했었단 말인가. 진정 이 목을 얻기 위해 여기까지 왔단 말인가. 끝없이 회의하며, 끝없이 절망하며, 끝없이 긍정하며, 끝없이 부정하며, 그 끝없는 난관을 뚫고 이 목을 얻기 위해 여기에 온 것이란 말인가. 이 목을 통하여 나의 검은 얼굴을 보려 함은 관념의 유희에 지나지 않을 뿐.

소의 목이 떨어지고 피가 바닥 위로 떨어지자 목을 쳐든 손길이 부들부들 떨렸다. 이럴 수밖에 없는 무력한 자신이 죽이고 싶도록 미웠다.

이 무력이 견성에의 체험, 즉 적멸의 순간을 맞지 못했다는 증거라면은 눈먼 증조부가 내린 그 공안의 답은 어디에 있는 것인가.

비바람은 더욱 거칠어졌다. 나뭇잎을 뒤흔드는 비바람 소리를 들으며 산우는 벌레처럼 몸을 웅크리고 앉아 광대무변한 자연의 섭리를 실감하고 있었다. 번갯불에 언뜻 보이는 나뭇잎의 율동에서, 선명한 색채에서, 한 잎의 잡초를 키우는 부토에서, 이끼 긴 바위에서…… 그런 잡다한 것 속에서 자신의 존재를 실감하고 있었다.

오랜 시간이 지나갔다.

비는 점차 더 심해지는 것 같더니 어느 한순간 한숨처럼 푹 꺾이며 섬뜩하도록 가라앉는 정적이 왔다. 어둠 소에서 모든 것이 정지된 상태, 그 무엇도 보이지 않았다. 오직 나만이 존재할 뿐.

정말 지독한 정적이었다. 자신이 한없이 비소해진 느낌이 한동안 계속되었다. 주관이 소각된 상태, 아니 나 속에서 너와 나라는 개념을 지워 버린 상태가 바로 이러한 상태일지 몰랐다. 창조와 파괴의 두 벽을 탈출한 상태, 에고가 소각된 상태가 바로 이러할 것이었다.

소가 푸르르 몸을 떨었다. 산우는 손을 뻗쳐 소의 등을 쓸어 주었다.

제9장

# 본래대로
# 돌아오다
## [返本還源]

그림설명

제9반본환원
(返本還源 : 있는 그대로의 전체세계를 깨닫는다)

비는 새벽에야 멎었다.

아침이 밝기가 무섭게 산우는 소를 몰고 천궁골로 향했다. 가는 곳마다 송림이 우거져서 솔잎 우는 소리가 흡사 여우의 울음소리처럼 을씨년스러웠다.

가끔씩 소가 풀을 뜯을 때면 기다렸다가 한숨 돌리고 다시 걸었다. 그동안에 칡뿌리로 연명했는데도 전혀 허기를 느끼지 못하고 있었다.

천궁골이 가까워지고 있었기 때문일까.

붉나무숲을 지나면서 산우는 고개를 끄덕였다. 눈앞에 있는 저 산야가 그리 낯설지 않다는 느낌이 드는 것은 이제 천궁골이 가까워졌다는 증거였다. 들의 생김생김이라든가 흙의 빛깔, 숲들의 율동, 빽빽한 송림, 그러한 것들이 한데 어울려 낯익은 냄새를 이루며 흐르고 있었다.

산사면을 돌아 이깔나무가 촘촘히 들어선 밀림을 뚫고 나가자 우거진 백단나무 숲 이쪽으로 흉터처럼 푹 패어져 있는 곳이 나타났다.

산우는 그리로 걸음을 옮겼다. 가까이 다가가 보지 않아도 천궁골에 다 왔다는 증거가 더욱더 확실해졌다. 그것은 사내가 살고 있는 곳이었다. 그가 이루어 놓은 밭들이 어린애의 머리에 난 부스럼처럼 여기저기 보였다.

산우는 백단나무 숲을 지났다. 우거진 잡목 숲에 가린 토담 같은 게 나오고 이윽고 조그마한 암자의 지붕이 보였다.

산우는 암자를 향해 나아갔다. 마당으로 향하는 돌층계가 보였다. 산우는 소에게 풀을 뜯게 한 다음 돌층계를 밟았다. 암자의 모습은 별로 변한 게 없었다.

문득 언젠가 이곳을 찾았을 때의 일이 생각났다. 그때는 사내가 합장을 하고 자신을 맞아들였었다. 소를 쫓던 사내는 그 후 산우와 함께 산을 내려와 바로 여기 이 자리에 암자를 짓고 정착했던 것이다.

그는 여기다 통나무를 베어 귀틀집을 짓고 금어 생활을 시작했고 산우는 옥돌 영감 밑에서 칼질을 계속했다. 어쩌다 산우가 소잡는 일이 없어 찾아들면 자연히 둘은 한 잔의 차를 앞에 하고 옛이야기로 꽃을 피웠다. 주고받는 말은 자연히 둘이 처음 만났던 동굴에서부터 시작되었다.

"지금 생각해 보면 그런 몸으로 소를 잡겠다고 나섰던 건 역시 객기였던 것 같아요."

"묘한 인연 때문이었겠지요."

"오기와 객기는 때로 구제할 수 없는 것인 줄 알았는데 어떻게 그렇게 나설 수 있었는지, 지금 생각해 보면, 꿈만 같으니……."

"그건 오기나 객기이기 전에 발심이었겠지요."

"발심?"

"우리들이 쫓던 소는 바로 종교였으니까요."

사내는 웃으며 고개를 끄덕였다.

"소는 내가 놓친 것이었지만 난 그때 꼭 공안을 놓친 것 같았으니까요. 그래서 소를 따랐는데 동굴에서 서문 수좌를 만났던 거지요."

"그렇겠지요. 전에도 얘기했지만 그건 바로 견성에의 체험, 즉 적멸의 상태를 맞지 못했다는 증거였지요. 우리들의 함정은 바로 소를 찾아 나섰다는 데에 있었으니까요."

"그래서인지 요즘도 눈먼 증조부의 공안이 늘 생각나곤 합니다."

"그래 요즘은 어떠십니까?"

"옥돌 영감님이 몸져누우시고 나니까 소 잡는 일도 뜸하군요."

"동리 사람들의 타박도 여전하지요?"

"소 목이라도 잘라다 주었으니 할 말은 없지요. 요즘은 버는 걸로 그 소 값을 갚고 있습니다. 그래 건강은?"

"덕택에 이렇게 건강합니다."

"괜히 이곳으로 모신 거 아닌지 모르겠습니다."

"아닙니다. 정 형이 아니었다면 난 지금까지 살아 있지도 못했을 겁니다. 이 천궁골에 머물겠다고 한 것은 바로 저였으니까요."

"여전히 건강은 안 좋아 보이시는군요."

그랬다. 그런 일이 있은 지 얼마 후 다시 암자로 찾아와 보니 그의 건강은 말이 아니었다.

방안에선 서리 내린 산죽밭에서나 맡을 수 있는 비릿하고 찬 냄새가 코끝을 스쳤는데 산우는 처음 그 내음이 승방이 너무 청한해서일 거라고 생각했었다. 나중 다로(茶爐)에서 끓는 차 내음 때문에 더 맡을 순 없었지만 그것이 그가 밤새 뱉어 놓은 피 때문이라는 걸 안 것은 한참이 지난 후였다.

산우는 연상 밑에 아무렇게나 던져진 피 묻은 걸레쪽을 보며 한편으론 그의 정진이 가슴 뿌듯했지만 한편으론 그의 건강이 염려스러웠다. 나중에 걱정스러움을 나타내자 그는 조용히 고개를 내저었다. 그러고는 분명한 어조로 말했다. 도를 구하기 위해선 양생해야 하고 양생하기 위해선 수신해야 한다는 것을 모르고 있지는 않으나 이왕 시작한 김에 뿌리를 보겠다는 것이었다.

그는 방 한쪽에 팽팽하게 비단 바닥을 쳐놓은 탱화들을 끌어당겼다. 열 폭이나 되는 큰 것이었다.

그제야 탱화를 의식하고 산우가 눈을 크게 뜨자 그는 빙그레 웃음을 물었다.

"요즘에는 생각지도 않았던 꿈을 자주 꾸곤 합니다. 그건 정 형과 함께 어울려 한 마리의 소를 잡을 때의 꿈입니다. 나는 꿈에서 깨어 일어나면 분명 타자는 본질로 들어가는 문임에 틀림없다는 생각을 곧잘 하곤 합니다. 이 길로 가자고 하면 가자고 하는 주체적인 자기와 그것을 거역하는 반주체적인 자기와의 화합물이 인간이라면 반주체적인 자기를 너[客觀]라 하고 주체적인 자기를 나[主觀]라 할 때 자기 동일성을 회복하기 위해 둘의 만남은 당연하다는 말이지요. 아무튼 그래서 내친김에 이렇게 큰 것으로 잡아 보았습니다. 바로 〈십우도(十牛圖)〉입니다."

"십우도? 십우도라면……."

"본질의 현현을 열 단계로 쪼개 본 적을 말함이지요. 우리에게 있어 소의 출현은 필요상이기에 앞서 당연한 것이니까요. 나는 거기서 우리들의 출발[尋牛]과, 포착[見跡]과, 만남[見牛]과, 획득[得牛]과, 가꿈[牧牛]과, 귀환[騎牛歸家]과, 지움[忘牛存人]과 헹굼[人牛俱忘]과 환원[返本還源]과, 종횡무진한 삶[入鄽垂手]을 나타내보고 싶은 거지요."

그는 말을 끝내고 산기슭 쪽으로 고개를 돌렸다. 이내 그의 입에서 염불소리 같은 노래가 흘러 나왔다.


여기 바람 부는 마음은 공포로 떨고 있다
시작된 출발
이것은 무엇인가


삼세(時間)를 방황하는 존재들이

알지 못하는 곳에서
유리알처럼 투명하게 빛나는 것


굴레를 차고
무한천공(無限天空)을 울며 지나는
소의 몸부림은
분명한 그것에의 길잡이


따르면 만나리라
나 속에 감추어진 너의 모습을……
타자(他者)는 본질로 들어가는 문(門)
그것은 전체 속으로 들어가는 문


네 속에 감추어진 나의 모습을 포착할 때
나는 나를 느끼고


너를 거부함으로써
나를 내면화할 때
마음에 둔 느낌은 스스로 가꾸어지리


가꾼 느낌을 되돌아보면
너라는 생각은 어느덧 사라지고

나라는 생각은 어느덧 사라지고
에고는 소각된다


녀와 내가 사라진 순수직관(純粹直觀)의 세계는
백정식(白淨識)의 세계


그것은
서로가 걸림이 없는 빛과 같은 것
그것은
바로 본질 그 자체


외관상의 형상은
어느덧 녹아내리고
서로가 비형상 속으로 들어가
별리(別離)가 일어나기 전
완전체로서의 하나의 합일점(合一點)을 맞게 되나니


보리라
과거도 미래도 없는 영원한 시간 속에서
변하려야 변할 수 없는
자기의 본성
자기의 본체

만물의 근원에 자리한 불(佛)의 모습을

하나가
여럿이 되고
여럿이
하나가 되는
일다원융(一多圓融)의
저 눈부신 이동(移動)을…….

노랫소리를 들으면서 산우는 눈먼 증조부의 공안을 생각했었다. 그의 의도는 충분히 이해할 수 있었으나 중요한 것은 상에 집착하고 있다는 사실이었다.

문제는 거기서 어떻게 빠져 나올 수 있느냐가 될 것이었다. 산우는 그길로 말 한마디도 못하고 산을 내려왔었다. 그 후 그를 꼬박 석 달 동안 만나지 못했었다. 그동안에 옥돌 영감이 돌아가셨고 그 충격은 심각했던 것이다.

석 달이 훨씬 넘은 어느 날 그를 찾아가 보니 그의 의욕과는 달리 화폭의 어느 한 부분도 메우지 못하고 있었다.

그는 그 후 걸핏하면 암자를 비우기가 일쑤였고 걸핏하면 피비린내가 들끓는 도수장에 나타나 소 잡는 광경을 표정 없는 시선으로 쳐다보다간 사라지곤 하였다. 소의 멱을 따는 백정의 칼날에 그가 끊으려 하는 집착과 논리의 함정을 걸려는 듯이.

결국 그의 그림 한쪽도 보지 못하고 산우는 산을 내려온 그의 마지막 모습을 보고 말았다. 바랑을 메고 암자를 내려온 그는 몹시 지친 모습으로 이런 말을 하고 있었다. 산우로서는 청천벽력 같은 소리였다.

　"이젠 지쳐 버렸습니다. 어떻게 된 것인지 손끝 하나 움직일 수가 없어요……."

　"그럼?"

　"세상이나 한 바퀴 돌아볼까 하구요."

　그때 산우는 그의 앞을 막아서지 못하였다. 그의 하산은 가슴 아팠지만 그 옛날 자신의 방황과 하산이 생각났던 것이다. 그는 다시 세속으로 돌아가지만 그 속에서 그는 탈속에 사무친 절대 고독의 눈빛을 잃지 않을 것이었다. 그것이 그의 또 하나의 시작이라면 그의 하산은 참된 자기와의 만남을 위한 출발이 될 것이었다.

　산우는 마당으로 들어가 보았다. 나무껍질로 이었던 지붕이 전에 왔을 때보다 더 문드러져 내려앉은 것 같았다. 대여섯 평이나 될까말까 한 암자 구석구석에는 붉은곰팡이가 음습하게 돋아나고 있었다.

　부엌이 있는 곳으로 산우는 다가갔다. 나무껍질로 만들어진 문이 아무렇게 자빠진 채 썩어 가고 있었다.

　가까이 다가간 산우는 안을 들여다보았다. 햇빛이 들지 않아서인지 안은 어슴푸레 잘 보이지 않는데 곰팡이 뜬 냄새 같기도 하고 노린내 같기도 한 이상한 냄새가 콧속으로 흘러들었다.

산우는 돌아서려다가 그 사이에 어두운 부엌 안이 밝아졌으므로 이곳저곳 살펴보았다. 생활에 필요한 용기들과 시커멓게 입을 벌린 아궁이 주위에 북데기 한 짐이 보였다. 산우는 북데기 주위를 유심히 살펴보았다.

그 순간 갑자기 북데기 속에서 무엇인가 불쑥 일어나는 게 있었다. 산우는 주춤했다. 그와 함께 일어난 물체가 쏜살같이 산우를 향해 달려 나왔다.

자신도 모르게 산우는 촛대로 손을 뻗치며 뒤로 물러섰다. 전신에 소름이 쭉 끼치고 가슴이 철렁 내려앉았다. 화살처럼 내달려 온 흰 물체는 눈 깜짝할 사이에 산우의 곁을 지나쳐 돌층계 쪽으로 내달았다.

산우는 재빨리 돌아서서 방금 곁에 지나친 게 무엇일까 하고 앞을 쳐다보았다. 돌층계를 내리뛰던 흰 물체가 풀을 뜯고 있던 소 때문인지 우뚝 멈추어 섰다. 소가 풀을 뜯다가 상대를 발견하곤 꿈틀 놀라는 것 같더니 몸을 한 번 부르르 떨었다. 상대가 소를 피하듯이 슬금슬금 옆으로 돌아섰다.

그를 쳐다보던 소가 머리를 숙이는가 했더니 후다닥 앞으로 내달았다. 슬금슬금 피하던 상대가 기겁을 하고 산 아래로 내리뛰었다. 산우는 그제야 그것이 여우라는 걸 알고는 돌아서서 부엌 안으로 들어가 보았다. 전신에 황톳물이 든 여우의 꼴을 봐서는 아마 인가 부근에서 묘를 파헤치며 살아오던 것이 분명하였다.

아니나 다를까. 여우가 누웠던 북데기 주위로는 수없이 많은 뼈다귀들이 나뒹굴고 있었다. 그중에서도 똑바로 쳐다보고 있는 뼈다귀는 아직도 부패된 살점이 묻어 있어 그렇게 오래된 것 같지 않았다.

아무리 교활한 여우라 할지라도 절간 속에까지 들어와 깃을 치다니……. 네놈의 깃은 분명 깃을 치지 못한 부엉이에게 내어 주었겠다. 그리곤 낮에 슬며시 찾아가 눈이 먼 부엉이를 덮치려는 것이겠지. 하기야 네놈만을 교활하다 어찌 욕할 수 있으랴. 저 아래 저 잣거리, 너희보다 더 영악스런 인간들이 서로 살기 위해 서로가 서로를 죽이며 아우성을 치고 있으니. 그것이 이 산, 저 저잣거리에 사는 동물들의 관점일지 모르겠으나 중요한 것은 하나하나의 개체로서 나 역시 이 생존경쟁의 틈바구니에 서 있다는 사실이리라.

부엌을 나와 모퉁이를 돌아 뜰로 나왔다. 상쾌한 공기가 시원하게 전신을 휩쌌다. 산우는 마루로 성큼 올라섰다. 방문을 열고 안으로 들어서자 향 내음 대신 음습한 냄새가 코를 찔렀다.

질서가 있었을 적에는 쾌적한 조화를 이루었을 방안을 이곳저곳 살펴보았다. 부처를 모셨던 수미단, 수미단 밑을 막았던 붉은 홍포, 말라서 색이 바랜 종이들이 어지럽게 흩어진 바닥에는 물감 상자와 필가에 걸렸던 붓들이 널렸다.

머리를 내저으며 산우는 돌아섰다. 순간 그는 전류에 감전된 사람처럼 우뚝 멈추어 섰다. 무엇인가 안쪽 벽을 꽉 채우고 두둥실 떠오른 모습으로 걸려 있는 게 있었다.

고개를 들고 산우는 그것을 올려다보았다. 자신도 모르게 입 속에서 '아' 하는 탄성이 흘러나왔다. 마음을 좀 진정시키고 정신을 차려 보자 그것은 서문 수좌가 그렇게도 이루어 내려 하던 한 폭의 십우도였다. 산우는 잠시 미궁에 빠져 드는 것 같은 혼란을 느꼈다. 지친 모습으로 산을 내려왔던 서문 수좌의 마지막 모습이 눈앞에 어른거렸다. 어쨌거나 해냈구나 하는 생각이 뒤이어 뇌리를 헤집고 지나갔다.

그렇게 피를 쏟고 고행을 하더니만······.

북받치는 감동을 지그시 누르며 산우는 그림의 이곳저곳을 살펴보았다.

한눈에 조감되는 그림은 눈이 부시도록 현란하고 놀랄 만큼 강렬한 색채로 이루어져 있었다. 선(線)과 선들은 미세하게 진동하는 빛 속에서 서로가 깊은 연관을 가지고 뒤엉켜 있었다.

이게 진상인지는 모르겠으나 그림은 말하고 있는 것 같았다. 자신이 이루어 낸 조화 속에서 누구나 그 무엇인가를 볼 수 있으리라고.

한순간 한 가닥 거대한 열광이 가슴속으로 틈입해 들어왔다.

산우는 서두르지 않고 침착하게 좀더 다가서서 본질을 찾아 출발하는 한 노인의 모습을 지켜보았다.

십우도의 첫째 단계 일도(一圖)인 심우(尋牛) 부분은 소를 찾아 산으로 오른 노인으로부터 시작되고 있었다. 근원을 가로지르는 유역이 그의 등 뒤로 보이고 아직도 그의 앞엔 끝없는 태고의 원시림과 몇 십 리씩 계속될 초원이 보였다. 산정은 보랏빛으로 물들었다. 그의 주위엔 이름 모를 꽃들이 피어 있었다.

그 풍경을 보다 말고 다음 화폭으로 눈을 돌리자, 이도(二圖) 견적(見跡)이란 글자가 보이고 아직도 소의 모습은 보이지 않고 있었다. 다행하게도 노인은 소가 남긴 족적을 찾아내고 있었는데 그를 둘러싼 산정의 모습은 험악하기 이를 데 없었다. 깊이도 알 수 없는 늪과 벼랑 그리고 석벽, 협곡 등이 뒤엉키어 독특한 색채와 형태를 이루며 베어져 있었다. 노인은 그 속에 둘러싸인 채 소가 남긴 족적 앞에 쪼그리고 앉아 있었다. 이 깊은 산속 다른 소의 발자국이 있을 리 없다고 그는 판단하고 있었다. 노인은 직감하고 있는 게 분명했다. 족적의 형태나 파동으로 보아 그리 멀지 않은 곳에 소가 있을 것이라는 걸.

삼도(三圖)인 견우(見牛) 쪽으로 눈을 돌리자 노인은 마침내 산정 끝에서 소를 발견하고 있었다. 온 산이 붉게 물들어 있는 석양 무렵이었다.

사도(四圖)인 득우(得牛) 쪽으로 눈을 돌리자 노인은 어느새 소를 잡고 있었다. 그의 주위론 새들이 날아오르고 그 멀리로 우거진 수림이 눈부시고 노인의 얼굴엔 잃어버린 소를 잡았다는 기쁨이 고동치고 있었다.

오도(五圖)인 목우(牧牛)는 어느덧 자신이 잡은 소에게 풀을 먹이는 모습으로 나타나 있었다. 초원 저쪽으로 송홧가루가 바람에 날리고 준령을 타고 뻗어 오른 산봉우리들은 구름 속에 그 자태를 가린 채 우글우글 춤추는 모습으로 엉클어졌다.

그 엉클어짐은 다음 화폭 육도(六圖)인 기우귀가(騎牛歸家)와 어우러지면서 노인은 집으로 돌아오고 있었다. 신령스러운 기운으로 넘쳐 나는 하늘과 물결 모양의 구름들이 유난히 돋보였다. 소의 등에 올라 앉아 조는 듯 눈을 감고 있는 노인의 얼굴은 지극히 평온한데 다음 화폭인 칠도(七圖)는 좀 색달랐다. 망우존인(忘牛存人)이라는 글자와 함께 시작된 노인의 모습은 이미 소를 찾았다는 생각을 잊고 있었다. 그것은 팔도(八圖)인 인우구망(人牛俱忘)과 연결되어 찾은 소와 찾은 나를 모두 잊어버렸다는 느낌을 주고 있었다.

노인은 꼭 말하고 있는 것 같았다. 돌아가리라고, 근본으로 돌아가리라고. 그래서인지 구도(九圖)인 반본환원(返本還源)으로 눈을 옮기자 노인은 어느새 집으로 돌아와 있었다. 그는 외양간 앞에 앉아 깊은 명상에 잠겨 있었다. 일체를 잊은 표정이었다. 집 뒤로는 병풍처럼 둘러쳐진 산들이 아름답게 보였다. 노그레한 햇빛 속에서 노인은 눈을 감은 채 여전히 모든 걸 잊고 있었다. 소를 찾아 출발하던 모습도, 소의 자취를 보았을 때의 확집도, 소를 보았을 때의 설레임도, 소를 잡았을 때의 기쁨도, 소를 타고 집으로 돌아올 때의 편안함도, 소를 찾았다는 생각과 찾은 나를 모두 잊어버린 표정을 하고 있었다. 오직 그는 근본으로 돌아와 있는 모습이었다. 무념(無念) 무상(無相) 무주(無住)의 세 기둥으로 된 반야(般若)의 모습 바로 그것이었다.

마지막 십도(十圖) 입전수수(入廛垂手)로 눈을 옮기자 이게 어인 일인가. 어느새 노인은 술 취한 모습으로 저잣거리에 나앉아 있었다. 무엇에나 구애됨이 없는 모습으로 그는 살아가고 있었다. 때로는 웃기도 하고, 때로는 울기도 하고……. 그러나 그의 눈길은 이 세상에 있으면서도 세상에 물든 사람의 것이 아니었다. 쑥대머리에 진흙투성이의 얼굴이었지만 이상하게 눈빛만은 형형하게 살아 있는 모습이었다.

마지막까지 그림을 다 보고 나자 화폭 맨 끝머리에 다음과 같은 글이 활달한 필치로 내갈겨진 게 보였다.

從來不失이어늘 何用追尋고. 由背覺以成疎하고 在向塵而遂失이라, 家山漸遠하여 岐路俄差하여 得失熾然하고 是非鋒起로다.

依經解義하고 閱敎知蹤하니 明衆器爲一金이요, 體萬物爲自己로다. 正邪不辨眞僞爰分가 未入斯門일세, 權爲見跡이로다.

從聲得入하면 見處逢源이라. 六根門에 著著無差하니 動用中에도 頭頭顯露로다. 水中鹽味요 色裏膠靑이라. 眨上眉毛하면 非是他物이로다.

久埋郊外라가 今日逢渠하니 由境勝以雜追요, 戀芳叢而不已하니 頑心尙勇하고 野性猶存이라. 欲得純和인데 必加鞭韃이로다.

前思纏起하면 後念相隨하니 由覺故以成眞이요, 在迷故로 而爲妄이라. 不由境有로 唯自心生하니 鼻索牢牽하여 不容擬議하라.

干戈已罷에 得失還空이라. 唱樵子之村歌하고 吹兒童之野曲하여 身橫牛上하고 目視雲霄하니 呼喚不回하고 捞籠不住로다.

法無二法이어늘 牛且爲宗하니, 喻蹄兎之異名하여 顯筌魚之差別이로다. 如金出鑛이요 似月離雲이라, 一道의 寒光이 威音劫外로다.

凡情을 脫落하니 聖意皆空이라. 有佛處不用遨遊하고 無佛處急須走過하여 雨頭不着하니 千眼難窺라 百鳥啣華하니 一場廉羅로다.

本來淸淨하여 不受一塵이로되 觀有相之榮枯하고 處無爲之凝寂하니 不同幻化豈假修治리요, 水綠山靑하니 坐觀成敗로다.

柴門獨掩하니 千聖不知라. 埋自己之風光으로 負前賢之途轍이라. 提瓢入市하고 策杖還家하니 酒肆魚行化令成佛이로다.


〈종래 잃지 않았는데 어찌 원심을 일으켜 찾으려 하는가. 본래면목을 잃음으로 말미암아 멀어[疎]지고 하찮은 분별을 배웠기에 오욕속진(五欲俗塵)에 떨어지고 말았다. 본래면목을 찾으러 나섰으나 가산은 점점 멀어지고 기로는 어긋난다. 분별의 구렁텅이에 빠지면 득실이 치연하니 시비는 칼날같이 일고 예리한 칼날로 마구 쳐부수어도 번뇌와 망상은 물러설 줄 모른다. 경에 의하여 의(義)를 알고 교(敎)를 읽고 그 종적을 아니, 만일 금이 변하여 갖가지 형체의 기물이 되어도 금 자체는 변함이 없다. 일체의 성변(性變)이 이와 같으니 정사(正邪)를 가리지 않고 어찌 진위(眞僞)를 알겠는가. 아직도

문에 들지 못하였다면 가령 발자국이나 보았다고 하자. 비로소 음매 하는 소리가 있어 심(心)과 만나니 육근(眼耳鼻舌身意)이 움직이는구나. 그러고 보니 육근문 그 어느 것 하나 깨침의 문 아닌 게 없고 드디어 소리가 들어와 나와 하나가 된다. 불성(佛性)은 모두에게 있는 것, 눈썹 한 번을 움직여도 불성이 움직이고, 들리는 것 그 하나에도 불성 아닌 것이 없다. 그래 어찌 너를 보기만 하랴. 내 너를 붙잡아 내 것으로 하리라. 그러나 오랫동안 찾던 것을 오늘 보았기로 왜 이렇게 뒤쫓기가 어려운가. 너를 길들여 내게 있게 하려면 이놈의 고삐를 단단히 잡아 놓지 말아야 하리라. 말은 웃지도 않고 울지도 않는 것, 진실이 어찌 둘이 있으리. 각(覺)이 아니면 미(迷)함으로써 세계의 진(眞)과 망(妄)이 생기니 고삐를 힘차게 끌어 주저하지 않으리라. 전사(前思)가 조금이라도 일면 후념이 뒤따른다. 번뇌와 보리는 치열하게 싸우는데 어느덧 마음속에 송곳 하나 넣을 틈도 없어졌구나. 소 등에 사람 없고 사람 아래 소 없다. 이제 본가(本家)로 돌아가리라. 너를 타고 하늘을 보니 천하에는 아무것도 구할 것이 없고 법(法)에 이법이 없으니 아하, 너를 잠시 종으로 삼았구나. 처음 이 세상에 나타난 위음왕불은 세로 삼세(三世)를 관통하고 가로 시방(十方)에 미륜(彌綸)하니 진리의 당체 아닌 것이 없다. 번뇌를 탈락하니 깨침의 세계가 모두 공(空)이고 치우침에 사로잡혀 불견불법(佛見佛法)에 얽매이지는 않으리라. 본래 청정하면 한 티끌도 받지 않는 것, 모양 있는 객관적 세계는 변이하고 이제 심경은 아무것도 없는 거울과 같다. 깨친 눈으로 보니 이 세상 모든 것이 그대로 부처다. 앉아서 성패를 본다. 물은 맑고 산은 푸르다. 있는 그대로가 세계의 절대이구나. 앞 산에는 여전히 꽃잎이 피었다 지고 앞 강에는 파도가 여전히 인다. 내가 깨쳤다 하여 무엇이 변하는가. 앞 산의 안개가 깨쳤다 하여 없어지고 앞 강의 파도가 깨쳤다 하여 그 자태를 숨기는가. 굽이침 그대로가 본질인 것을. 돌아와 가산에 듦에 불(佛) 아닌 게 없고 울타리문 닫고 홀로 앉으니 천성도 모른다. 자기의 풍광을 감추고 화타문(化他門)을 두드리고 나가 저잣거리에 들어 그들 속으로 화광동진(和光同塵)하리라. 대상은 본질 그 자체임을 가리키며 이것이 곧 자재(自在)의 생애요, 화령성불(化令成佛)이로다.〉

　마지막까지 글의 뜻을 나름대로 음미해 보고 있던 산우는 지그시 눈을 감았다. 문득 언젠가의 그의 외침이 머릿속으로 떠오르고 있었다.
　'……있는바 모든 상은 허망하여 실체가 없으니 만약 모든 상을 상 아닌 것으로 보면 곧 여래불타라는 말이 있지요. 이것을 깨닫는 것이 곧 해탈이라면 두 개의 세계가 아닌(不二) 절대 무상(無相)의 세계, 그 참지혜의 원력으로 정 형은 칼을 들어야 할게요.'
　그렇다면 이 그림은 절대 무상의 세계, 그 참지혜의 원력으로 이루어진 것이란 말인가. 대립 의식과 차별 의식이 없는, 참지혜의 의지적 내용이 아닌 그 자체가 본래적으로 가지고 있는 속성의 하나란 말인가. 선가(禪家)에서는 무엇을 표현한다는 게 금기로 되어 있을지니 오로지 무방(無方)의 경지를 획득함으로써만이 자신의 행위를 구원받을 수 있는 것이라면 저 그림은 무방의 경지에서 이루어진 것이란 말인가.

그러나 어느 것 하나 가슴에 와 닿지 않는 게 없다. 잠들려는 의식을 언제나 깨어나게 할 것 같은 선들의 조락이나 색조들은 한 가닥 여린 희망이 꿈틀거리는 한 보는 이로 하여금 열광에 빠지게 하여 무엇이나 이루어 줄 것만 같다.

산우는 천천히 방에서 걸어 나왔다.

이미 자신의 정서 속으로 편입된 그림의 영상이 영 뇌리에서 떠나지 않았다.

그는 왜 떠나면서 자신이 이루어 놓은 저 그림에 대해 한마디의 말도 없었을까. 그는 왜 오히려 붓 한 번 움직이지 못하겠다고 말했을까. 그것이 무방의 경지를 체험한 그의 역설이었을까.

밖으로 나온 산우는 암자를 조용히 바라보았다. 잔잔한 애상이 가슴을 재우쳐 왔다. 결국은 해내고 떠났구나 하는 생각보다는 모든 것을 이루고 속세로 돌아간 그의 깊은 뜻이 가슴에 와 닿아 목이 메었다. 마땅히 지켜야 할 이 터전은 야수의 무리에게 내어 주었지만, 그는 지금 어디를 헤매고 있는 것일까.

산우는 황폐한 암자를 뒤로 하고 소를 몰고 걸었다. 송림이 한동안 계속되었다. 한참을 내려가자 지나온 산정은 내려다볼 때와는 달리 송림이 그리 오래 계속되지 않았다.

송림이 끝나는 지점에서 천궁골이 보일 줄 알았는데 막상 송림을 거치고 보니 천궁골은 아직 멀었고 그곳엔 고사목이 즐비하게 총집해 있었다.

고사목의 인상이 너무도 인상적이어서 산우는 지나고 나면 지나온 곳을 몇 번이고 되돌아보며 앞으로 나아갔다.

그래서인지 천궁골까지의 거리는 채 두어 마장도 되지 않았으나 한참을 걸어서야 접목 지점에 다다를 수 있었다.

소에게 풀을 먹이며 산우는 지나온 곳을 되돌아보았다. 굴참나무와 떡갈나무가 엉켜 있는 숲이 먼저 보였다. 엷은 연두빛 떡잎 무리의 농담은 층을 이루며 능선 마루로 깔렸고 보랏빛 구름 떼가 그 위에 떠 있었다. 상봉은 보랏빛 구름 때문인지 잘 보이지 않았다. 구도자가 지팡이를 눕혀 안주하는 이구국(離垢國)의 모습이 저리할까.

산우는 그 자태에서 언뜻 황폐한 암자를 생각했다. 송림과 고사목 그리고 그 절 주위를 싸고 있는 잡목 숲에 의해 암자는 보이지 않았지만 눈에 환히 보이는 것 같았다.

제10장

# 다시
# 시작하다

[入廛垂手]

그림 설명
제10입전수수
(入廛垂手 : 중생 제도를 위해 길거리로 나간다)

한숨 돌린 산우는 소를 몰고 곡예사처럼 숲을 헤쳐 나갔다. 점차 천궁골이 보이기 시작했다. 추수를 걷어 올리고 난 농촌 풍경처럼 천궁골은 한가하고 평화로운 모습으로 누워 있었다.

그 전경은 어느 무인도의 산기슭 같아 무위의 안식처를 구하려는 나그네에게 한량없는 안도감을 주었다. 그것은 또 굽이침 없는 대오(大悟)의 품속 같은 것이었다.

산우는 불출산의 아랫도리를 굴참나무 숲을 차며 소를 몰고 걸었다. 점차 잡목 숲이 듬성듬성해지고 갈잎이 지지해지면서 잔디가 덮인 언덕이 나왔다.

햇빛이 쏟아지는 등성이에는 아지랑이가 눈부시게 어롱거렸다. 이 등성이를 넘으면 개울이 나타나고 초가의 모습들이 확실하게 보일 것이었다.

등성이를 차오르자 골패쪽 같은 화전 밭뙈기들이 보이고 영산

홍처럼 물색 고운 햇빛 속에 초가들이 감빛 그림자를 드리우고 서 있었다.

산등성이를 소를 몰고 잰 걸음으로 내려서자 골패쪽 같은 밭들은 저쪽으로 물러나고 초가의 모습으로 확실하게 보였다.

대나무 숲이 울창한 집 저쪽으로 개울을 사이하고 초가들이 드문드문하게 서 있었다. 밭머리가 지나자 길은 사람 하나 다니기에 좋을 만한 폭으로 초가를 향해 나 있었다.

걸음을 옮겨 놓을 때마다 풀잎 건어차는 소리가 치럭치럭 일어났다. 사람들의 모습은 보이지 않았다.

약간의 오르막길을 올라가자 저쪽 산기슭으로 풍화된 무덤 하나가 덩그렇게 나타나는가 했더니 길이 꺾어지는 모퉁이에 낯익은 사립이 보였다. 그가 언제나 드나들던 사립이었다.

비로소 돌아왔다는 안도감이 전신을 휩쓸었다. 뺨에 닿는 바람의 감촉이 지금까지 자신을 휩싸던 것과는 그 결이 다르게 느껴졌다. 사립 앞에 서자 어디선가 개 짖는 소리가 컹컹 들려왔다. 개울 건너에서였다.

산우는 사립에 서서 잠시 안을 둘러보았다. 마당은 빗자국도 선명한데 옥돌댁은 보이지 않았다. 어디 간 것일까. 달빛이 소슬하게 내려앉은 단초롬한 장독대에도 그녀는 없는 것 같았다. 사립을 지나 마당을 가로질러 외양간으로 걸었다. 토담 밑 꽈리밭에 벌떼가 왱왱거리며 날고 있었다. 그늘을 드리운 외양간이 푸른 기운을 띠고 한가하게 졸고 있었다. 마루 위에는 때기름이 반들반들하게 낀 부들자리 위에 까다 만 콩깍지가 널려 있었다.

소를 외양간에 메고 나와도 아래채 옥돌네의 방에선 여전히 기척이 없었다.

산우는 자신이 기거하던 방으로 향했다. 바라지를 열고 토벽 냄새가 물씬 풍기는 방으로 들어갔다. 부들자리 위에 시커먼 무명 홑이불이 널려 있었다. 아무렇게나 방바닥에 몸을 던지자 한없는 허허로움이 칼끝처럼 전신을 들쑤시며 지나갔다.

이곳을 떠난 지가 어제 같은데 소를 찾아 돌아왔다는 것이 꿈만 같았다. 그동안의 여정이 너무 고달퍼서일까.

잠시 후 옥돌네의 방에서 문 열리는 소리가 들려왔다. 신발 끄는 소리와 함께 화들짝 놀라는 소리가 똑똑하게 들렸다.

"아니 이게 누구여! 이게!"

그녀가 문 앞에 나타났을 때 산우는 눈을 감았다.

옥돌네가 후다닥 방 안으로 뛰어들었다.

"아니, 이 사람아! 이 사람아!"

옥돌네의 흔들어 대는 손길을 뿌리치듯 산우는 꼼짝하지 않았다. 옥돌네가 안 되겠는지 후닥닥 방을 뛰쳐나갔다.

잠시 후 밖이 소란스러워졌다.

"아니 뭐여? 정가가 돌아와?"

"그려, 소를 잡아 왔다는구먼."

"아니 그놈이 어떻게 또 소를 잡아온 기여?"

"닥치는 대로 산짐승들이 사람을 해친다고 들었는데."

"참으로 두 번씩이나 용하기도 용하구먼."

산우는 그들의 말을 들으며 내일은 일찍 일어나 소를 잡아야겠다고 생각하였다.

깊은 잠속으로 산우는 빠져 들었다. 잠이 들기가 무섭게 꿈이 계속되었다. 꿈속에서 소는 그가 잡아온 순하디 순한 소가 아니었다. 동리 사람들의 말처럼 걷잡을 수 없이 날뛰는 한 마리의 멧짐승이었다. 소를 잡으려 하자 소는 사정없이 뿔을 내밀고 달려들었다. 촛대가 소의 머리에 닿기도 전에 몸이 허공으로 붕 떴다. 옆구리를 받아 버린 소의 한쪽 뿔에 시뻘건 피가 묻어났다. 꿈이었지만 옆구리에 극심한 통증을 느꼈다. 붉은 선혈이 왼쪽 옆구리에서 철철 쏟아졌다. 비틀거리며 촛대를 높이 들어 올리자 소가 기다렸다는 듯이 앞발로 땅을 차며 내달려 왔다. 이를 악물고 손을 뻗쳤다. 자세는 거의 절망적이었다. 지칠 대로 지쳐 버린 자세는 칼잡이를 흉내 내는 광대에 지나지 않았다.

그러나 자신만만하게 중얼거렸다.

오너라! 오너라!

소의 눈이 또 한 번 번쩍 빛났다. 그 순간 산우는 소의 눈빛에서 언뜻 집착으로 인해 잃어버렸을지도 모르는 자신의 본성을 보았다. 무엇을 했던가. 오늘날까지. 이를 악물고 몸을 세웠다. 촛대를 쥔 손이 허공에서 한없이 떨렸다. 손에 힘을 주고 허옇게 뒤집은 눈으로 앞을 쏘아보았다. 앞발을 차며 내달려 오는 소의 모습이 희미하게 보였다.

흔들리는 몸을 가누면서 소의 머리를 향해 촛대를 내리꽂았다. 촛대는 빗나갔고 소는 허청거리며 돌아섰다. 알고는 있었다. 촛대를 휘두를 때마다 발밑으로 무수히 나가떨어지는 자신의 허상을, 어느 한순간부터 자신의 허상을 치고 있다는 것을. 가지고 놀듯이 슬쩍슬쩍 스치기만 하던 소가 정작 자세를 취하고 내달려 왔을 때 등을 돌리고 촛대를 휘두르던 몸뚱이는 한 길이나 떴다가 피를 뿌리며 땅에 떨어졌다. 떨어지는 순간 누군가의 얼굴이 보였다. 그것은 바로 선조들의 얼굴, 바람처럼 스쳐 간 바로 그 얼굴들이었다. 산우는 그 얼굴을 하나하나 짚어 보다가 눈을 떴다.

꿈이었다는 생각과 함께 벌떡 일어났다.

어째서 이런 꿈이 꾸어진 것일까.

멍하니 산우는 밖을 내다보았다. 내다보는 눈가에 속절없는 구원을 꿈꾸며 살아온 자신의 반생이 스치고 지나갔다. 희(喜)가 있었고 비(悲)가 있었고 사(捨)가 있었던 세월. 응무소주(應無所住)한 보시(布施)가 있었고 애어(愛語)와 동사(同事)가 있었던 세월. 그리고 이행(利行)이 있었었지. 그것이 오늘날까지 내가 성취한 내용이라면 이 얼마나 엄청난 업보인가.

대상은 본질 그 자체라던 말이 생각났다. 아직도 내 마음속에 깨어야 할 상이 있기에 그런 꿈이 꾸어진 것이라면 이제 다시 시작해야 할 것이었다. 눈물겹게 지탱해 오던 모든 것을 버리고 슬플 것 하나 없는 쓸쓸한 영혼을 머리에 이고 이제 다시 시작해야 할 것이었다.

숨어서 불던 바람이 멀리서 불어왔다.

석양이 내려앉은 산등성이가 단청빛을 띠고 퍼덕이며 일어났다. 이따금 부는 바람에 나뭇가지들이 해초처럼 떠서 허공에서 흘렀다. 어디선가 새소리가 들려왔다. 맑은 공허가 가슴속으로 파고들었다.

그 순간 산우는 무엇을 본 것 같다는 생각이 들었다. 자신의 모든 것을 한 곳에다 모아 보았다. 어둠 너머로 무엇인가 보였다. 그것은 그렇게도 완성해 내려던 한 가닥 빛이었다.

산우는 내부의 심열을 모두 그곳에다 쏟았다. 마음은 심해처럼 가라앉고 숨 막힐 듯한 정적이 왔다.

그 정적은 잠시 후 주위의 모든 빛과 섞이면서 하나의 빈 공동을 파기 시작했다. 명료하고 명확한 하나의 공동이 거기 나타났다.

그 속으로 산우는 전신을 들이밀었다. 드디어 어두웠던 의식 속에 그림자 하나 없는 등불이 빛을 열기 시작했다. 마음속에서 붓끝이 저절로 신들린 것처럼 뻗어 나갔다.

산우는 그 속에서 조사를 만나면 조사를 죽이고 부처를 만나면 부처를 죽이고 나를 만나면 나를 죽여 나갔다. 드디어 거대한 한 가닥 빛이 개화되었다가 이내 터져서 흔적도 없이 사라져 버렸다.

# 해설

—

# 한(恨)의 응어리와 진여(眞如)의 실상(實相)

무엇이든지 쉽게 생각할 필요가 있다. 쉽게 생각한다는 것은 어려운 매듭들을 풀 수 있는 결정적인 열쇠가 되는 경우가 대부분이다. 그럼에도 불구하고 많은 사람들은 어렵게 생각하는 것이 그 매듭을 푸는 길이라고 여기고들 있다. 쉬운 일은 말할 필요도 없고, 어려운 것도 쉽게 생각할 때 대상의 매듭은 저절로 풀리게 된다.

사는 일이 그렇고, 그 사는 일과 그것이 일어나는 터전인 현실의 모든 것을 언어의 그물로 감싸 안는 소설을 그렇게 어렵게 생각할 필요는 없다. 소설은 사람이 그냥 살아가듯이 작가가 삶과 현실에 대해 감응하는 것을 이야기로 술술 엮어 나가면 되는 것이다. 술술 자연스럽게 이야기로 엮어 가면서 언어라는 구슬들에 그것을 꿰어 차곡차곡 갈무리하면 되는 것이다. 좀더 구체적으로 촌철살인하면 삶의 본질과 현실의 진면목은 일상사 속에 도사리고 있다. 그것을 어렵게 찾으려고 할 때 본질과 진면목은 그 모습을 감추어 버리기도 한다. 일상사 속에서 본질과 진면목을 꿰뚫어 보면서 그것을 자기의 것으로 찾아서 획득하고, 획득한 것을 통해 세계 속에 놓여 있는 자신의 모습을 대응시킨다면 진리는 바로 자신의 몫으로 확정될 것이다.

백금남의 소설 《십우도》는 이러한 점을 소설로써 말하려 한다. 굳이 소설로써 말하려 한다는 진술 속에는 자연스러운 자세로 이야기하려 한다는 것을 확인하는 의미가 가로놓인다. 소설《십우도》는 깨달음과 그 깨달음을 획득하기까지의 어려움을 결코 어렵게 말하려 들지 않는다. 쉬운 이야기의 방법을 통해 자연스럽게 펼치려 한다. 좀 달리 말해 본다면 소설《십우도》는 깨달음을 얻기까지 인간 존재의 어려운 고비들을 소설로써 추적한다. 따라서 관념소설의 갈래에 속한다고 할 수 있다. 그러나 관념이란 좀 무겁고 축축하고 경직된 느낌을 주는 말이다. 이 말을 소설《십우도》는 쉽고 말랑말랑한 것으로 바꾸어 놓는다. 그렇다고 그것이 소설《십우도》에서 작가가 추구하고자 하는 소설적 의미와 그 폭과 깊이를 좁혀 놓고 있지는 않다. 오히려 그것을 넓히고 깊게 하면서 관념소설이 지향하는 성찰과 자기 확인을 읽는 사람으로 하여금 행하게 해 준다. 그것의 가닥을 헤아려 보는 일이 소설《십우도》를 이해하는 출발점이 될 것이다.

백정 5대의 이야기가 소설《십우도》의 근간을 이룬다. 백정은 소를 잡는 사람이다. 소를 잡는다는 것은 소의 고삐를 끌어당긴다는 의미는 아니다. 도살이라는 말로 바꿀 수 있는 이 말은 소를 죽인다는 뜻이다. 소를 죽이는 일은 쇠고기를 즐겨 먹는 사람들에 의해 매우 대접받지 못하는 천박한 일로 멸시되어 왔다. 그래서 그 일에 종사하는 사람들은 박해와 멸시와 굴종을 안으면서 살아갈 수밖에 없었다. 대를 이으면서 백정이 된 사람들의 한과 그 한이 또 다른 한을 배태하여 그들의 삶을 질곡으로 질퍽하게 하는 모습을 《십우도》는 소설의 공간으로 설정한다.

정산우(丁山牛)라는 주인공을 통해 검증되는 그들 선조들의 한 많은 삶의 모습은 맹인 백정이었던 정풍정에게서 극명하게 드러난다. 제대로의 시력을 가진 사람도 감당하기 힘든 도살의 일을 맹인이 해내는 것은 상상을 초월한다. 맹인이었기 때문에 꼽추를 아내로 맞을 수밖에 없었고, 꼽추였기 때문에 그의 아내는 방바닥에 등의 혹이 자리할 만한 구덩이를 파고 뭇 사내들과 불륜의 관계를 거리낌 없이 해낸다. 촛대를 잡고 나무로 만든 소의 정수리를 때리는 일로 백정 수업을 할 수밖에 없었던 정풍정의 저 한 많은 삶의 정체를 어떻게 설명할 수 있을 것인가.

작가는 그것을 산우의 회상을 통해 끔찍하게 드러낸 준다. 끔찍하게 드러내 주는 작가의 서술 방법은 매우 자연스럽고, 그 자연스러움은 한을 쌓아가는, 쌓아갈 수밖에 없는 백정 정풍정의 깨달음으로 가는 머나먼 길의 시작임을 놓쳐 버릴 수는 없다.

정풍정이 그의 아들 골피를 외가댁에 두고 표랑하여 승려가 된 것은, 그러므로 소를 죽여 자신을 살리는 것이 아니다. 그것이 소를 죽이는 백정으로서 소를 죽임과 함께 자신의 오욕과 칠정, 삼독

(三毒)을 함께 멸진시킴으로써 참다운 진여(眞如)의 실상으로 향하는 뼈를 깎는 아픔임을 작가는 이야기로서 전달하려 한다.

　풍정의 아들인 골피의 삶 역시 그의 선친과 크게 다를 바 없다. 거지가 되고 실성해 버린 꼽추 어머니와의 해후, 그의 아들이 소에 밟혀 죽게 되고 결국 그 역시 백정으로서의 폄시와 홀대를 온몸으로 감내하다 죽고 마는 것은 깨달음이란 하나의 봉우리를 찾아가는 고행자들의 좌절의 모습을 엿보게 해 준다. 그 질척거리는 삶의 질곡과 간난들을 백정이란 천민으로서 감당해 가는 것은 극한상황 속에 놓여졌을 때의 인간 진면모─존재의 실상을 파악하게 해 준다. 그 존재의 실상인 인간의 진면모는 어떠한 극한의 상황에서도 그것을 의지의 끈으로 동여매어 극복하는 일이다. 그 극복의 일을 산우의 역정(歷程)은 밝히 설명해 준다.

　일본인 마무리의 악독한 행패는 결국 산우의 아버지를 죽게 하고 할아버지인 정골피의 가슴에 한의 피멍을 들게 한다. 해방이 된 날 마무리는 동네 사람들에 의해 죽게 되지만 산우가 스님이 되어 몽매에도 못 잊었던 마무리의 딸 야누끼의 죽음과 만나는 것은 사랑과 복수, 인간의 야수성과 순정한 정감이 인간에게 공존함을 분명하게 말해 준다.

　해방공간에서 좌익이 된 산우가 그의 여동생을 자살케 하고 그를 스님이 되게 한 무당을 죽이는 일들은 사바세계의 실상을 겪지 않고는, 세간(世間)의 피투성이 치는 삶과 현실의 현장을 건넘이 없이는, 출세간(出世間)이 사실상 불가능함을 작가가 확인시켜 주는 것으로 파악해야 할 부분이다.

결국 산우를 통해 작가는 소를 죽이는 백정으로서의 일과 그것을 통해 소를 찾아가는 진리 체득의 어려움이란 모순의 갈등구조를 《십우도》의 두 가지 커다란 골격으로 삼는다.

전생의 업으로 인간 산우에게 짐지워진 백정의 일로 해서 촛대를 잘못 던져 죽이지 못한 소를 찾아가는 과정은 깨달음을 획득하는 일의 어려움을 말해 주는 하나의 골격이 된다. 포수 서문을 만나고 산속에서 짐승들 서로의 약육강식의 쟁투를 통해 삶의 곤고함과 간난의 질척거리는 어려움을 깨닫고 그것을 극복함이 없이는 진여(眞如)의 모습을 체득할 수 없다는 것이 또 다른 하나의 골격이다. 이 두 큰 골격을 두고 《십우도》는 산우의 승려로서의 생활과 서문의 금어로서의 구도를 소설적 메시지로 하고 있다. 좀더 부연한다면 소설 속 다음과 같은 구절로 말할 수 있을 것이다.

(가) "……이 고을에 눈먼 백정이 있었다는 것을 아는 사람은 이제 몇 되지 않을 거구만. 그만큼 세상은 변했고 세월이 흘렀으니께. 아무튼 그 당시에 눈먼 백정은 있었고 그의 소 잡던 얘기는 전설처럼 남아 있지. 그의 아버지에 관해선 기억이 없고 그의 아들인 정골피는 나보다 연장자이긴 했지만 아직도 기억할 수가 있구먼. 눈먼 백정이 첫 도살에 실패하자 한때 그의 집은 풍비박산이 났지. 그의 아버지는 그 먼눈을 하고 홀연히 어디론가 사라졌고 그의 어미와 그 어린것은 아마 외할아버지가 데려갔을 게야. 골피 그 양반

이 외가에서 자라다 이곳으로 다시 돌아온 것은 오랜 세월이 흐른 후였어. 그 후 바람처럼 사라졌던 그의 눈먼 애비가 돌아왔는데 그가 어디를 헤매다 돌아왔는지에 대해선 아는 사람이 없어. 그는 돌아오자마자 죽었는데 그 후 그 양반도 이곳을 뜨고 말았지……."

(나) "본질의 현현을 열 단계로 쪼개 본 적을 말함이지요. 우리에게 있어 소의 출현은 필요상이기에 앞서 당연한 것이니까요. 나는 거기서 우리들의 출발[尋牛]과, 포착[見跡]과, 만남[見牛]과, 획득[得牛]과, 가꿈[牧牛]과, 귀환[騎牛歸家]과, 지움[忘牛存人]과 헹굼[人牛俱忘]과 환원[返本還源]과, 종횡무진한 삶[入廛垂手]을 나타내보고 싶은 거지요."

(가)는 소설 《십우도》가 5대에 걸친 백정들의 한 많은 사연을 이야기로 쉽게 펼쳐 주고 있는 점에 대한 것이고, (나)는 소설 《십우도》가 그것을 통해 무엇을 말하는가를 비교적 소상하게 설명해 주고 있다. '본질의 현현'이란 진여의 실상을 체득하는 과정과 그 어려움을 함축적으로 말해 주는 것이라고 할 수 있을 것이다. '십우도'에 대한 사전적 의미인, 불교의 진리를 수행하는 사람의 입문에서 깨달음의 경지에 이르기까지의 경로를 열 단계로 나누어 그림으로 설명하는 것이란 말을 달아 준다면 그 의미는 더욱 확연해질 수 있을 것이다.

사실 자기 본심인 소를 찾는 심우(尋牛)에서 중생제도를 위해 길거리로 나선다는 입전수수(入廛垂手)에 이르는 이 열 단계의 그 과정 하나하나가 소설 《십우도》에서는 소를 도살하는 백정의 한과 결부되면서 죽임이 곧바로 다시 태어남과의 순환 관계의 고리로 이어지고 있음도 주목해야 될 부분일 것이다. 이 순환의 고리는 윤회 사상과 밀접한 관계를 지니는 것으로 5대의 백정 가계에서 그 수난과 한과 응어리지는 설움과 고통이 모습을 달리하면서 계속되는 사항에서도 볼 수 있다. 뿐만 아니라 산우와 서문의 만남과 갈등 그리고 화해를 통해 서문이 금어가 되어 십우도를 완성시키는 곳에서 그 확실한 의미를 유추할 수 있게 된다.

산우가 도살에 실패하여 달아난 소를 쫓아가서 다시 빈손으로 돌아온다든가 소를 찾아 몰고 오는 일은 문득 헤밍웨이의 《노인과 바다》의 얼개를 연상시킨다.

바다 한가운데서 18척이나 되는 말린(marlin)을 만나 사흘 동안의 악전고투 끝에 산티아고 노인은 마침내 그것을 포획한다. 돌아오는 도중에 상어 떼를 만나 앙상한 뼈만을 배에 달고 오는 그 이야기는 산우가 소를 찾아 산야를 헤매고 온갖 신고(辛苦) 끝에 소를 몰고 허망된 마음을 갖고 돌아오는 것과 매우 흡사하다. 최후의 목적지에 간난과 신고의 어려움을 극복하여 도달했을 때 남는 것은 무엇인가.

산티아고 노인은 악착같은 인간 의지의 승리 속에서 깊은 잠에 빠져들지만 산우는 중생제도인 저 하화중생(下化衆生)과 상구보리(上求菩提)의 또 다른 길거리로 나서는 것만이 다를 뿐이라고 볼 수 있을 것이다. 산우는 악전고투의 어려움을 의지의 승리로 극복하여 허망의 참모습 그 너머의 진여를 체득한 것이라 볼 수도 있을 것이다.

소설《십우도》는 소를 도살하는 백정이 또다시 소를 찾아나서는 저 모순된 순환구조의 바다 속에 윤회적 사유의 자락을 적시면서 인간존재의 삶과 한의 실상을 불교적 화두로 쉽게 이야기한 것이라 파악할 수 있을 것이다. 그러므로 소설《십우도》속에서 삶의 현장인 현실의 사회적 갈등구조는 극도로 제한적이다. 일제 식민지 시대가 다만 먼 배경으로, 해방과 동족상잔의 6·25가 먼발치로 잠깐씩 모습을 나타내곤 사라져 버린다.

관념소설 혹은 종교소설의 갈래에《십우도》를 놓으면서도 사회적 정황과 공동체의 삶과 그 터전에 작가가 이토록 무관해도 좋을 것인가라는 의문은 소설《십우도》가 가진 한계의 하나로 분명히 지적되어야 할 부분일 것이다.

백금남의 소설《십우도》는, 다시 한 번 말한다면, 백정의 일상사인 소의 도살을 통해 깨달음의 길이 얼마나 어려운 것이며 진여와 실상의 체득이 또한 지난한 것임을, 그러나 쉽게 접근하여 이야기로 풀어 가는 소설이다. 그러나 그 이야기는 언어를 잘 꿰어 갈무리한 문체의 특성과 백정의 한과 사무친 설움의 응어리를 불교적 사유와 순환의 구조 속에서 감동으로 말해 주고 있다는 점에서 주목할 만하다고 판단된다.

그러나 사회적 정황과 공동체 속에서의 인간 갈등 모습이 극도로 배제되어 현실에 대한 작가의 사려 깊은 모습을 대할 수 없는 한계를 가진다. 또한 소설이 가진 덕목의 하나인 성격창조(characterization)를 평면적(flat)으로만 몰아붙여 입체적(round)인 모습을 대할 수 없는 천편일률성을 가지는 것을 말하지 않을 수 없게 된다.

김선학(金善鶴) / 문학평론가·동국대 교수

# 십우도

초판 1쇄 찍음   2019년 4월 25일
초판 1쇄 펴냄   2019년 5월 1일

지은이.     백금남
펴낸이.     이금석

편 집.      김창현
디자인.     김민재
기획.마케팅.   박지원
경영지원.    조석근

펴낸곳.     도서출판 무한
등록일.     1993년 4월 2일
등록번호.    제3-468호
주 소.      서울 마포구 잔다리로9길10
전 화.      02-322-6144
팩 스.      02-325-6143
홈페이지.    www.muhan-book.co.kr
이메일.     muhanbook7@naver.com
인스타그램.   Instagram.com/muhanbooks

값 15,000원

ISBN 978-89-5601-413-5 (03810)

※ 낙장 및 파본은 교환해 드립니다.